Mord am Haarstrang

HEINZ POHL

Mord am Haarstrang

Tod eines Ortsgruppenleiters

Bibliografische Information der Deutschen Nationalbibliothek:
Die Deutsche Nationalbibliothek verzeichnet diese Publikation
in der Deutschen Nationalbibliografie; detaillierte
bibliografische
Daten sind im Internet über http://dnb.dnb.de abrufbar.

Satz, Umschlaggestaltung, Herstellung und Verlag:
BoD - Books on Demand, Norderstedt

ISBN: 978-3-7519-2347-7

„Die Zersplitterung der beiden Augenhöhlenränder an ihrem oberen äußeren Teil weist auf besonders wuchtige Gewalteinwirkung hin. Es ist an sich möglich, dass diese Verletzungen auch durch wuchtige Schläge mit dem Engländer entstanden sind. Doch lässt die ausgedehnte Zersplitterung des Knochens eher an ein schwereres Werkzeug denken, das hier aufgetroffen hat. Ob es die Wirkung einer Kante oder die Wirkung einer Zinke war, wird sich mangels genauer Spuren nicht mehr ermitteln lassen.

(…) Nach dem Obduktionsbefund und der Nachuntersuchung des Schädels waren mindestens 13 stumpfe bzw. stumpfkantige Einwirkungen nachzuweisen.

Die ausgedehnte Zertrümmerung des Schädels spricht unter anderem für ein besonders wuchtiges Werkzeug."*

(Aus dem schriftlichen Gutachten des Gerichtsmediziners Professor Krauland, 1955)

Wucht

Montag, 10. Dezember 1945

Abends, kurz nach halb neun. Drei junge Männer trafen sich am Spritzenhaus von Homborn. Der Anführer sah verwegen aus. Unter einer ärmellosen braunen Lederweste trug er einen graugrünen Wollpullover. Seinen Kopf bedeckte eine sogenannte »Schweizerkappe«, eine Art Hut ohne Rand. Er war nervös und zitterte. Es war nasskalt, die Temperaturen bewegten sich um den Gefrierpunkt.

Der zweite Mann stand links neben dem Anführer. Er trug einen grünen Strickpullover mit Fischgrätmuster – einen »Stutzer«. Der Dritte, an der rechten Seite, hatte einen grünen Motorradmantel übergezogen. Er band sich ein Taschentuch vors Gesicht und zog seine helle Wehrmachtsskimütze nach unten, tief über die Stirn. Das war zu viel. Er sah nichts mehr, weil er die Mütze über die Augen gezogen hatte. Die anderen schüttelten den Kopf. Wenn die Sache nicht so ernst gewesen wäre, hätten sie über den Trottel gelacht.

Der Wortführer band sich ebenfalls ein Tuch vors Gesicht und beobachtete die Vorbereitungen seiner Komplizen. Der Mann links von ihm wühlte in seinen Taschen. Einmal, zweimal, dreimal. Er hatte seine Maske vergessen. Als seine zwei Kumpel ihn fragend anblickten, zuckte er wortlos mit den Schultern.

Der Wortführer wurde wütend. Leicht lallend zischte er: »Binde dir gefälligst irgendwas vors Gesicht!«

Sein vergesslicher Kumpel blieb gelassen. Er war leicht beschwipst, schüttelte den Kopf und flüsterte: »Hier kennt mich doch sowieso keiner.« Dabei grinste er breit. Er hielt es nicht mehr für nötig, sich zu maskieren. Immerhin hatte er seine Militärskimütze auf. Er zog sie runter, über die Stirn, aber nicht über die Augen. Und er klappte den Kragen der Jacke hoch.

Die drei Männer sahen aus wie eine Bande von Bankräubern. Sie hatten noch Zeit genug, um mehr Schnaps zu trinken. Das kleine »Spritzenhäuschen« befand sich leicht abgelegen, an einer dunkeln Ecke des Dorfes. Damit war der Treffpunkt günstig, denn er lag abseits der Hauptstraße. Ihr Zielort lag schräg gegenüber.

Freiwillige Feuerwehren hatten seinerzeit noch keine Gerätehäuser und Löschfahrzeuge. Damals hieß das Feuerwehrhaus »Spritzenhaus«. Darin stand die Löschspritze. Sie war auf einem Wagen befestigt, der von Hand oder von einem Pferd gezogen wurde.

Die Hauptstraße führte vom Hellweg im Norden kommend durchs Dorf. Sie ging weiter bis an die Ruhr im Süden. Aber was hieß das schon. Hauptstraße – 1945 hieß sie offiziell »Hauptverkehrsstraße«, das war übertrieben. Es fuhr kaum ein Auto, und so gab es fast keinen Durchgangsverkehr. Der Volkswagen war zwar erfunden, aber das Volk hatte ihn nicht bekommen.

Männer mit Führerschein fehlten. Viele von ihnen würden nie mehr in die Heimat zurückkehren. Sie waren tot, vermisst oder in Kriegsgefangenschaft. Andere waren verstümmelt worden. Kriegsversehrte. Dem einen fehlte ein Bein, dem anderen ein Arm. Wenige Frauen fuhren Auto.

Asphaltierte Straßen waren rar. Kutscher und Autofahrer rumpelten auf Kopfsteinpflaster durch die Gegend. Das war aber immer noch besser als Lehmpisten, die sich im Winter, trotz Befüllung mit Schotter oder Kies, in knöcheltiefe Matschwüsten verwandelten. Ohne Gummistiefel ging hier im Herbst und Winter gar nichts. Wenn es Bürgersteige gegeben hätte, hätte man sie hochklappen können. Namen hatten die Straßen im Dorf damals noch nicht. Die Häuser waren nach irgendeinem System nummeriert. Keiner wusste, welches es war.

Die drei Männer waren zu Fuß zum Spritzenhaus gegangen und hatten darauf geachtet, dass niemand sie sah. Sie waren Anfang bis Mitte 20 Jahre alt und hatten kein Gramm Fett zu viel. Unmittelbar nach dem Krieg gab es keine Lebensmittel im Überfluss. Schnaps konnte man selber brennen, auch wenn es verboten war.

Die drei ließen eine Schnapsflasche kreisen und flüsterten. Sie tranken sich Mut an. Das war nötig. Sie hatten ein schlechtes Gewissen, denn sie waren eigentlich keine Gewalttäter. Aber sie waren wütend auf einen Mann. Sie wollten ihm eine ordentliche Abreibung verpassen. »Eine Wucht«, wie es in Westfalen heißt. Vor allem der Wortführer wollte sich an dem Mann rächen. »Er hat es verdient.«

Sie waren nervös, weil sie noch nie einen Menschen überfallen hatten. Wenn es hell gewesen wäre, hätte man gesehen, wie unwohl sie sich in ihrer Haut fühlten. Sie wussten, dass sie sich strafbar machten. Aber der selbstgebrannte Hochprozentige wärmte auch von innen und löste Hemmungen. Die feuchte Kälte drang in ihre Körper ein.

Als sie die Flasche geleert hatten, machten sie sich auf den Weg. Ihre Anspannung stieg. Der Himmel war klar, der Mond gab etwas Licht, aber es war dunkel genug, um einigermaßen unerkannt zu bleiben.

Sie wollten zum Hof der Familie Bertram. Es war ein imposantes, rund 250 Morgen großes Anwesen mit Wohnhaus und Stallanbauten aus massivem rotem Backstein. Passend zum Ortsbild. Der Nachbarhof stand zwar nur zehn Meter westlich, trotzdem waren beide Höfe voneinander getrennt. Der Hof Bertram war wie eine Burg angelegt, nach Westen,

Norden und Süden durch Gebäude und Mauern abgeschlossen und nur nach Osten hin offen. Die Qualitätsziegel wurden in einer Ziegelei gebrannt, die nur wenige hundert Meter vom Dorf entfernt an der Straße nach Stromberg lag.

Am Hof angekommen, stapften die drei durch den weichen, tiefen Misthaufen bis zur Außentür des Pferdestalls. Es stank nach Pferdeäpfeln. Der Dung haftete an ihren Schuhen. Sie öffneten die Tür und betraten den Stall. Es war stockdunkel. Sie tasteten sich langsam weiter durch eine mehrere Meter lange Stallgasse, bogen links in den Gang zum Kuhstall ein, an dessen Ende sich eine Schiebetür befand. Hier machten sie halt. Sie schalteten kurz das Licht ein, um sich zurechtzufinden. Dann stellten sie sich links und rechts neben die Schiebetür und warteten.

Zur gleichen Zeit machte sich Landwirt Theo Bertram bereit für seine allabendliche Runde. Bertram war 50 Jahre alt, verheiratet und Vater von zwei hübschen Töchtern. Eva war 20 und Gertrud 16 Jahre alt. Er und seine 45-jährige Ehefrau Magdalene, genannt Magda, hatten sich im Laufe der Jahre auseinandergelebt.

Gerade hatte er in der gut beheizten Wohnküche das Abendessen genossen, ohne seine Familie, die ihm lästig war. Danach hatte er ein Linden-Pils getrunken. Es wurde in Unna gebraut. Er freute sich sehr auf den Feierabend und auf die Ruhe. Außer den beiden Hausgehilfinnen und ihm war niemand in der Küche. Er und »seine« Frauen legten auf ein gemeinsames Abendessen keinen Wert, die anderen hatten schon vor ihm gegessen.

Er stand auf, rülpste und räkelte sich. Die 50 Jahre sah man ihm nicht an. Er war ein kräftiger Mann. Jeden Abend drehte er seine Kontrollrunde über den Hof, zu Fuß in Holzpantoffeln. Dabei sah er in den Ställen nach dem Rechten.

Er verließ die Küche durch eine Tür, die in einen Gang führte, der das Bauernhaus mit den Ställen verband. Im Kuhstall angekommen, schaltete er das Licht an. Es schien alles in Ordnung zu sein. Das Vieh war ruhig. Er ging die Stallgasse entlang. Es war etwa 9 Uhr, als er sich dem Pferdestall näherte. Dort angekommen, zog er die Schiebetür auf und tastete nach dem Lichtschalter. Plötzlich hörte er hinter seinem Rücken ein klirrendes Geräusch. Er drehte sich um.

Schon packten ihn kräftige Hände und rissen ihn zu Boden. Zwei Männer hielten seine Arme fest, ein dritter machte sich an seinen Beinen zu schaffen. Bertram versuchte, sich loszureißen, aber er schaffte es nicht. Schnell zogen sie ihn durch den Gang zur Box von Liebchen, einer unberechenbaren Stute. Es war dunkel, er konnte fast nichts sehen und schrie: »Was soll das? Was habt ihr vor?«

Sie antworteten nicht. Es roch stark nach Schnaps, ein vertrauter Duft. Er brüllte sie an: »Ihr verdammten Schweinehunde, lasst mich los!«, aber sie sagten nichts. Dann schlugen sie auf ihn ein. Bertram wehrte sich, so gut es ging. Er war für sein Alter nicht nur kräftig, sondern auch zäh. Aber seine Gegner waren stark, und vor allem waren sie zu dritt.

Als er merkte, dass er gegen die Übermacht nicht ankam, rief er um Hilfe. Einer der Männer packte ihn mit kräftigen Händen am Hals, drückte zu und würgte ihn, um die Schreie zu unterdrücken. Jetzt brachte der Bauer nur noch krächzende Laute heraus. Dann spürte er heftige Schläge. Ein harter Gegenstand traf ihn an Kopf und Körper. Er trat um sich und versuchte aufzustehen, aber er kam nicht hoch.

Einer der Männer sagte: »Nun haut doch zu!« Bertram erkannte die Stimme, er wollte etwas sagen, aber er bekam keinen Ton mehr heraus. Seine Kräfte schwanden. Er hatte keine Chance gegen die Angreifer. Ihm wurde schwarz vor

Augen, alles drehte sich. Er hörte noch, wie ein Metallgegenstand klirrend zu Boden fiel.

Ein Angreifer schaltete das Licht ein. Er hob den schweren Schraubenschlüssel auf, den er verloren hatte, verstaute ihn in seinem Mantel und machte das Licht aus.

Theo Bertram lag auf dem Boden im Stallgang in seinem Blut. Er atmete zwar noch, aber er hatte schwerste Kopfverletzungen erlitten und war mehr oder weniger bewusstlos. Die Männer schleiften ihn ans Ende der Pferdebox und legten ihn dort so ab, dass sein Kopf in Höhe der Hinterhufe von »Liebchen« ruhte. Das Pferd wurde unruhig und schnaubte.

Theo Bertram hörte dumpf, wie sich Schritte entfernten. Mit Mühe öffnete er die Augen.

Dann sah er schemenhaft eine Gestalt über sich. Sie griff nach einer Misthacke, die an einem Pfeiler im Pferdestall stand. Die Hacke hatte einen kurzen Holzgriff und zwei 15 Zentimeter lange, spitze Stahlzinken mit Widerhaken.

Die Gestalt hob die Hacke mit beiden Armen hoch und schlug dann auf Bertrams Kopf ein. Beim ersten Schlag waren die scharfen Zinken nach oben gerichtet. Beim zweiten Hieb zeigten die Zinken nach unten. Sie drangen in den Kopf ein. Bertrams Schädelknochen krachten. Er röchelte.

Die Hausangestellten Erna Hambusch und Lisbeth Specht standen vom Esstisch auf, als der Bauer die Küche verlassen hatte. Wortlos räumte Erna Bertrams Sachen ab. Sie stellte die Bierflasche weg, spülte Besteck, Teller und das Bierglas ab. Der Kachelofen verbreitete eine angenehme Wärme. Lisbeth holte das Strickzeug. Beide waren erst nach der Befreiung auf den Hof gekommen.

Die jungen Frauen saßen gemeinsam am Tisch und strickten Wollsocken für den Winter, als sie ein lautes Brüllen aus dem Pferdestall hörten. Der Schreck fuhr ihnen bis ins Mark. Sie sahen sich an.

»Was war das?«, fragte Erna mit aufgerissenen Augen.

»Da schreit der Alte«, stammelte Lisbeth. »Das hört sich ja grausam an. So, als würde er totgeschlagen.« Die anhaltenden Schreie ließen Lisbeth aufspringen und laut um Hilfe rufen. Ihre Stimme war sehr hell und schrill. Erna hielt sich die Ohren zu.

»Was sollen wir bloß machen?«, schrie Lisbeth jetzt.

Erna zuckte mit den Schultern.

»Wir müssen was tun«, meinte Lisbeth. »Hörst du das nicht? Da passiert was Schlimmes! Wo sind Frau Bertram und Eva?«

»Lass uns warten, bis jemand kommt«, sagte Erna ängstlich, »ich gehe bestimmt nicht hinaus und sehe nach.«

»Wir müssen sofort etwas tun! Ich gehe!«, beschloss Lisbeth. »Die Schreie kamen aus dem Pferdestall«, meinte sie noch, bevor sie die Küche verließ.

Vorsichtig ging Lisbeth durch den Verbindungsgang und betrat den hell erleuchteten Kuhstall. Sie sah, dass die Schiebetür zum Pferdestall halb offen stand. Von dort kamen röchelnde Geräusche.

Lisbeth näherte sich der Schiebetür, aber sie konnte nichts sehen. Es war zu dunkel. Sie wollte trotzdem in den Stall gehen, aber dann verließ sie der Mut. Sie kehrte um und lief eilig zurück in die Küche.

Erna stand an der Tür und wartete. Sie war ganz blass.

Atemlos sagte Lisbeth: »Im Stall ist jemand, ist verletzt. Wahrscheinlich der Bauer. Er würgt und röchelt. Ich konnte nichts erkennen. Ich habe Angst.«

In dem Moment öffnete sich die Tür zum Flur. Bertrams Ehefrau Magda und seine ältere Tochter Eva betraten die Küche. Die beiden Frauen setzten sich an den Tisch.

Lisbeth sah die beiden fassungslos an. Sie wollte etwas sagen, brachte aber keinen Ton heraus.

Plötzlich hörten sie eine Stimme aus dem Stall rufen: »Herr Bertram! Herr Bertram!" Lisbeth fragte sich, ob es ein Mann oder eine Frau war. Sie war außer sich und sagte zu Magdalene und Eva: »Tun Sie doch was! Dem Alten ist was passiert, wir müssen ihm helfen!«

Die beiden Hausherrinnen regten sich nicht und Lisbeth war sich sicher, dass sie nicht verstanden hatten, was Sache war. Magdalene Bertram sah sie nur an, mit einem seltsamen, kühlen Blick.

Magda war eine schöne Frau. Sie war schlank, hatte ein ovales Gesicht, braune Augen und dunkelblonde Haare. Sie strahlte eine eigenartige Ruhe aus.

»Dann eben nicht«, Lisbeth verließ kopfschüttelnd die Küche. Sie machte sich zum zweiten Mal auf den Weg zum Pferdestall, blieb aber auf halber Strecke stehen. Im Verbindungsgang zum Kuhstall öffnete sie die Tür, die auf den Hof führte. Sie sah sich zunächst um und wollte gerade nach draußen gehen, da hörte sie einen Schrei: »Vorsicht!«, rief Eva Bertram aus dem geöffneten Küchenfenster.

Lisbeth erschrak, aber sie verstand nicht. Sie schloss schnell die Tür und ging wieder zurück in die Küche. Was sollte sie nur tun? Sie wollte helfen, aber sie war wie gelähmt.

Magda und Eva Bertram saßen teilnahmslos am Tisch. Warum taten sie denn nichts? Und warum hatte Eva »Vorsicht!« gerufen? Was sollte das? Hatte sie jemanden gesehen?

»Was ist los?«, fragte Siegfried Sprenger. Er war inzwischen auch heruntergekommen und schaute Lisbeth fragend an.

Der pensionierte Polizeibeamte Siegfried Sprenger wohnte mit seiner Familie seit einiger Zeit bei den Bertrams. Sie gehörten zu den zahlreichen Opfern des Bombenkriegs gegen die Großstädte des Ruhrgebiets. Das Mietshaus, in dem sie gewohnt hatten, stand nicht mehr. Ende 1944 waren sie aus Castrop-Rauxel evakuiert und hier einquartiert worden.

In Homborn schlug ihnen offene Feindseligkeit entgegen, anfangs auch auf dem Bertram-Hof. Familie Bertram war strikt gegen die Einquartierung gewesen. Von nationalsozialistischer Volksgemeinschaft hielt der Hausherr nur so lange etwas, wie er nicht mit anderen teilen musste. Trotzdem waren die Bertrams froh darüber, dass sie wenigstens »ehrbare Bürger« als Mitbewohner bekommen hatten, noch dazu einen pensionierten Polizisten.

»Besser die als so arbeitsscheues Gesindel«, hatte Theo Bertram gesagt. »Jetzt, wo der Polizist da ist, hören vielleicht die Diebstähle auf«, hatte er gehofft. Ehemalige Zwangsarbeiter zogen in den ersten Nachkriegsmonaten durch die Gegend und brachen auf der Suche nach Lebensmitteln in Häuser ein. Bevorzugt in die von ehemaligen Nationalsozialisten. Sie hatten Hunger. Aber auch deutsche Banden, die eher Wertsachen stahlen, machten Westfalen unsicher.

Bei den Bertrams ging es öfters laut zu. Siegfried Sprenger und seine Frau Martha hatten sich zunächst über das Geschrei nicht gewundert.

»Sie streiten wieder«, hatte Martha gesagt.

Er nickte. Die Streitereien kannte er gut. Doch als die Rufe und Schreie anhielten, wurde Sprenger unruhig. »Ich sehe jetzt nach!«, sagte er, stand auf und ging die Treppe hinunter in die Wohnküche.

Dort saßen Magda und Eva Bertram regungslos am Tisch, Lisbeth Specht eilte zur Tür herein. Sie sah verwirrt aus.

»Was ist los?«, fragte er.

»Der Bauer wurde überfallen!«, platzte Lisbeth Specht heraus. »Er hat um Hilfe gerufen!«

Sprenger sagte: »Kommen Sie, wir sehen nach.« Er griff sicherheitshalber ein schweres Stocheisen, das neben dem Ofen in der Küche stand, und nahm es mit.

Als er den dunklen Pferdestall betrat, sah er undeutlich eine Gestalt, die sich vom Boden erhob. Der Statur nach war es ein Mann. Er lief weg, als er Sprenger bemerkte. Der Unbekannte trug einen langen braunen Mantel und war schnell. Er musste jung sein.

Der pensionierte Polizist erkannte sofort, dass eine Verfolgung sinnlos war. Auch war er nicht sicher, ob der Mann alleine war oder Komplizen hatte. Das könnte gefährlich werden.

Sprenger hörte in der Dunkelheit ein schwaches Röcheln. Er schaltete das Licht ein und folgte dem Geräusch. Als er die Box von Liebchen betrat, fand er Theo Bertram auf dem Rücken im Stroh liegend. Der Bauer atmete schwach. Vielleicht konnte er dem Schwerverletzten helfen? Doch er musste zuerst an Liebchen vorbei.

Bertrams Kopf lag nur wenige Zentimeter von den Hinterhufen des Pferdes entfernt. Die Stute wieherte und trippelte nervös hin und her. Sie galt als unberechenbar, weil sie öfter nach hinten austrat oder auch schon mal zubiss, wenn sie schlechte Laune, Angst oder Hunger hatte. Eine Geldbörse lag aufgeklappt am Boden, eine Uhrkette im Stallgang vor der Box, so als habe hier ein Raubüberfall stattgefunden.

»Ruhig, ganz ruhig«, sagte Sprenger zu Liebchen.

Seine sanften Worte schienen zu wirken und Sprenger wagte sich vorsichtig in die Box. Er packte Bertrams Arme und zog ihn langsam hinaus in den gut beleuchteten Stallgang. Jetzt erkannte er die Schwere der Kopfverletzungen. Blut quoll aus den offenen Wunden.

Bertram hatte zwei große Wunden und mehrere tiefe Einstiche an den Schläfen, in Höhe der Augen. Weitere Wunden klafften über der Oberlippe, an der Unterlippe und am Kinn.

Die an der rechten Schläfe war besonders groß. »Das sieht schlimm aus, vielleicht hat er keine Chance mehr«, dachte Sprenger.

Er wusste, was zu tun war. Die Automatismen der Polizeiarbeit waren ihm jahrzehntelang vertraut. Ein Arzt musste her. Vielleicht konnte der Bertram noch retten, oder einen Totenschein ausstellen. Sprenger musste seine Kollegen alarmieren.

»Kommen Sie«, sagte er zu Lisbeth Specht, die an der Eingangstür zum Pferdestall wartete, »wir müssen Hilfe holen.«

Sie eilten zurück in die Küche. Sprenger sagte: »Der Bauer wurde überfallen. Er liegt verletzt im Pferdestall.«

Magda und Eva Bertram saßen weiterhin regungslos am Küchentisch, als hätten sie ihn gar nicht gehört. Siegfried Sprenger vermutete, dass sie nicht kapierten, was los war. Also versuchte er, es ihnen möglichst schonend beizubringen.

»Er ist schwer verletzt«, sagte er ruhig. »Rufen Sie einen Arzt.« Er sagte nicht, dass Bertram in Lebensgefahr schwebte.

Sprenger hatte angenommen, dass sie sofort in den Stall laufen würden, um nach dem Vater und Ehemann zu sehen. Er hätte sie notfalls davon abgehalten. Aber das musste er nicht, denn sie machten keine Anstalten, die Küche zu verlassen.

Magda und Eva Bertram taten nichts. Sie griffen nicht einmal zum Telefon, um den Arzt zu rufen.

Sprenger wusste ja, dass die Familie zerstritten war. Trotzdem hätte er erwartet, dass sie zumindest Sorge oder Anteilnahme zeigen würden.

Er fand ihre Zurückhaltung merkwürdig, ihr Verhalten erschien ihm verdächtig.

Martha Sprenger betrat die Küche und schaute ihren Mann fragend an.

»Das hat er nun davon, dass er mich geschlagen hat«, sagte Eva Bertram in den Raum hinein.

Die Söhne der Sprengers, Dietbert und Dietmar, kamen ebenfalls herein. In der Aufregung hatte Sprenger nicht daran gedacht, sie zu rufen. Jetzt hatte er deswegen ein schlechtes Gewissen. Auch sie hatten die Schreie gehört, aber an eine der üblichen Streitigkeiten gedacht. Die jungen Männer hätten eher eine Chance gehabt, einen flüchtenden Täter einzuholen. Dietbert stand noch im aktiven Polizeidienst.

Es wurde eng in der Küche. Die Atmosphäre war angespannt. Die Hausmädchen und die Einquartierten standen, nur Magda und Eva Bertram saßen noch immer am Küchentisch. Die beiden sahen aus, als würden sie auf etwas warten. Sie zogen die Blicke der ungeduldigen Anwesenden auf sich. Auch davon ließen sie sich nicht beirren.

Das Ehepaar Sprenger hatte nach einigen Minuten des Wartens die Nase voll und verließ die Küche. Sprenger schloss die Tür zum Stallgang.

»Eiskalt wie Gefrierschränke sind die«, sagte er. »Sie sind seine nächsten Angehörigen, seine Familie, aber sie sitzen in der Küche und tun nichts. Man könnte denken, dass sie nur darauf warten, dass er stirbt. Warum holen sie nicht den Arzt?«

Martha nickte. Sie war fassungslos und wütend wie ihr Mann, aber sie schwieg. Sie wusste nicht, was sie sagen sollte.

Lisbeth Specht war außer sich. Die Schreie, der Anblick des Schwerverletzten und die kühlen Bertramfrauen, das war zu viel für sie. Aber sie konnte ihren Arbeitgeberinnen schlecht etwas befehlen. Warum taten denn die Männer nichts?

Lisbeth beschloss, zu handeln. Sie verließ die Küche und ging zum Fernsprecher in der Diele. Sie wollte Dr. Karl Bartels im Nachbardorf anrufen. Der Arzt war ein Freund von

Theo Bertram. Ohne die Damen um Erlaubnis zu fragen, wählte sie die Nummer.

Aber es funktionierte nicht. Sie bekam keine Verbindung. »Verfluchter Mist!«, rief sie und knallte den Hörer in die Gabel.

»Die Leitung ist tot«, sagte Dietbert Sprenger, der plötzlich hinter ihr stand. Er wusste, dass fanatische Jugendliche des Werwolfes die Oberleitung vor einigen Tagen durchgeschnitten hatten. Dietbert mochte Lisbeth und war ihr in die Diele gefolgt.

»Ich habe eine Idee«, sagte Lisbeth. »Der Nachbar hat ein Motorrad. Er kann Hilfe holen.« Sie nahm die Hand des jungen Mannes und lief mit ihm die kurze Strecke zum Nachbarhof hinüber. Dort berichteten sie dem Bauern, was vorgefallen war.

Der Nachbar zögerte nicht. Er zog seinen Lederkombi an und machte sich mit dem Motorrad auf den Weg zum Arzt.

Die Tat sprach sich im Dorf schnell herum. Menschen versammelten sich am Tatort, noch bevor die Polizei eintraf.

Ein Nachbar ging in den Pferdestall. Er öffnete dem Bauern, der noch immer röchelte, den Kragenknopf. Er hatte gedacht, dass Bertram so vielleicht besser atmen könnte. Wenige Minuten später war Bertram tot.

Inzwischen war die Polizei in Stromberg alarmiert worden. Ein Homborner Landwirt hatte seine 13- und 14-jährigen Söhne zum Gendarmerieposten ins Nachbardorf Unterhagen geschickt. Sie hatten Glück. Der dortige Gendarm war noch im Büro. Er hatte eine Funkverbindung zur Polizei in Stromberg. Doch auch da gab es Probleme.

Die britische Militärregierung, die eigentlich zuständig war, hatte sich zu einer Orgie in einem Privathaus versammelt. Deutsche Frauen tanzten für sie auf dem Tisch. Die

Mehrzahl von ihnen waren Ehefrauen führender National-sozialisten, deren Männer in alliierten Internierungslagern einsaßen.

Der deutsche Hilfspolizist und CIC-Assistent Gregor Pichler war auf Kneipentour. Der Schutzpolizist, der die Nachricht bekommen hatte, machte sich auf den Weg, um Pichler zu suchen.

Um halb elf erschien endlich der erste Polizeibeamte in Homborn. Herbert Nahlmann machte seit 1939 Dienst im Büro des Gendarmeriepostens Unterhagen. Er wohnte in Altenbüren, weil es in Unterhagen keine Dienstwohnung gab. Beides Nachbardörfer von Homborn.

Seine Polizeiarbeit war umständlich. Er musste hin und her pendeln, aber manche Verkehrswege waren durch Kriegsschäden unpassierbar und viele Telefone funktionierten im Nachkriegschaos nicht.

Nahlmann hatte keinen Dienstwagen, sondern musste zu Fuß gehen oder mit dem Fahrrad fahren. Auch das war anstrengend, weil die Umgebung bergig war und die Straßen teilweise großes Gefälle hatten.

Herbert Nahlmann war 41 Jahre alt. Er hatte von 1924 bis 1936 zwölf Jahre Militärdienst geleistet und war nach einem Zwischenspiel bei Post und Stadtverwaltung im März 1939 in Hamm in den Polizeidienst eingetreten. Er hatte auf einen gemütlichen Posten auf dem Land gehofft. Zur Polizei war er gegangen, um einen sicheren Job zu haben. Das war für ihn sehr wichtig, denn Nahlmann hatte seine Kindheit im Heim verbracht. Seine Eltern waren 1906 gestorben, als er zwei Jahre alt war.

Der Zweite Weltkrieg machte seinen Plänen einen Strich durch die Rechnung. Kurz vor Kriegsbeginn wurde er zur Feldgendarmerie abkommandiert. Bis 1943 war er fast ununterbrochen im »auswärtigen Einsatz«. Als Stabsfeldwebel war er an allen Fronten gewesen, wie er nach dem Krieg gern erzählte.

Von 1939 bis Juni 1940 war er mit der 3. Kompanie der Feldgendarmerie-Abteilung 561 in Frankreich, stationiert gewesen und hatte die Maginotlinie, Flandern, Artois kennengelernt. Und er hatte die Grausamkeit auf den Schlachtfeldern von Verdun erlebt. Nach dem Überfall auf die Sowjetunion wurde seine Abteilung in den Osten verlegt.

Im Juni 1941 kam er nach Litauen, Lettland und anschließend zum Ilmensee in Nordwestrussland. In der Nähe von Nowgorod beobachtete er, wie Schutzpolizeieinheiten Zivilisten und Kriegsgefangene erschossen.

Von April 1942 bis April 1943 gelangte er mit dem 584. Feldgendarmerie-Trupp zurück nach Frankreich. Im April 1943 wurde er zur Durchgangs- und Entlassungsstelle der Feldgendarmerie in Litzmannstadt (Lodz) befohlen, bevor er im Juni 1943 zu seinem Gendarmerieposten in Unterhagen zurückkehrte. Er war stolz auf seine Einsätze. Vor allem aber war er froh, dass er überlebt hatte.

Nach der bedingungslosen Kapitulation erlebte er wieder eine Zeit großer Unsicherheit. Er hatte Angst um seinen Arbeitsplatz, weil er 1937 in die NSDAP eingetreten war. Er durfte im Amt bleiben, weil ihm die SPD einen »Persilschein« ausstellte. Sie bescheinigte, dass er sich nicht an der Verfolgung politisch Andersdenkender beteiligt habe. An einige Veränderungen musste er sich 1945 gewöhnen. Zum Beispiel daran, dass Personen für die Polizei arbeiteten, die seiner Ansicht nach dort nichts zu suchen hatten.

Nahlmann verfluchte die Personalpolitik der Amerikaner und Briten. Er fragte sich, wie man einen Mann wie Gregor Pichler aus Stromberg als Polizisten einstellen konnte. Pichler hielt er für einen Chaoten. Kollegen aus Stromberg hatten ihm einiges über ihn erzählt. Ausgerechnet ein Krimineller wie Pichler durfte die Armbinde des »Criminal Investigation Command« (CIC) der Alliierten tragen.

Der CIC-Assistent traf einige Zeit nach Nahlmann am Tatort ein. Er trat auf wie ein Elefant im Porzellanladen. Pichler hatte keine Manieren, seine Sprache war vulgär. Er war Nahlmanns Vorgesetzter, obwohl er noch nicht einmal gelernter Polizist war.

Gregor Pichler war 41 Jahre alt, 1,70 Meter groß, hatte blaue Augen und auffällig kleine Ohren. Er trug eine weiße Armbinde mit der Aufschrift »CIC« am linken Jackenärmel und zerschlissene Alltagskleidung. Er war unrasiert, roch nach Schweiß und kaltem Rauch. Sein Gesicht war gezeichnet von Alkohol- und Zigarettenkonsum, Schlägereien und Narben aus Zeiten der Inhaftierung vor 1945. Die Fingerspitzen beider Hände waren dunkelgelb.

Pichler hatte das Dortmunder Polizeigefängnis und das Konzentrationslager Esterwegen kennengelernt. Er sah etwa zehn Jahre älter aus, als er war. Heute würde man sagen, Pichler sah aus wie Charles Bukowski auf Urlaub. Normalerweise wäre kein Mensch auf den Gedanken gekommen, dass er als Polizist arbeitete. Aber normal war in der unmittelbaren Nachkriegszeit wenig. Selbst in einem Dorf wie Homborn nicht. Das Chaos regierte.

Gregor Pichler war mehrfach vorbestraft. Vor 1933 hatte er dem kommunistischen Rotfrontkämpferbund nahe gestanden. Den Umbruch 1945 nutzte er. Er konnte eine politische Verfolgung in der NS-Zeit beweisen. Das half ihm, einen Posten bei der Polizei zu ergattern. Er genoss seine Macht.

Herbert Nahlmann und Gregor Pichler waren ein seltsames Team. Sie waren zwar gleichaltrig, blickten aber nicht nur auf ganz unterschiedliche Lebensläufe zurück, sondern waren auch sonst grundverschieden.

Herbert Nahlmann war im Gegensatz zu Gregor Pichler korrekt gekleidet. Er trug die Gendarmerieuniform. Das alte Polizeisymbol war allerdings abgetrennt worden. Das Hakenkreuz musste weg. Eine Waffe durfte er auch nicht tragen.

Siegfried Sprenger stellte sich ihnen auf dem Hof als ehemaliger Kollege vor. Herbert Nahlmann freute sich, ihn zu treffen. Er griff Sprengers Hand und schüttelte sie kräftig.

Sprenger berichtete von den dramatischen Ereignissen des Abends. Dabei musterte er Gregor Pichler von der Seite. Seine Erscheinung gefiel ihm nicht. Sprenger misstraute ihm. Er hielt Pichler für einen ausgemachten Strolch.

Der pensionierte Polizist zeigte ihnen die Misthacke, die an der Außenwand des Pferdestalles lehnte. »Das ist die Tatwaffe«, sagte er.

Herbert Nahlmann sah sich das Gerät genau an. Beide Zinken waren mit einer dünnen Blutkruste überzogen.

»Der Holzstiel hat hier Blutspritzer«, Sprenger deutete mit dem Finger in die Nähe der Stelle, wo Holz und Eisen miteinander verbunden waren. »Und hier, an der Außenwand des Stalles, sind unmittelbar über dem Stiel der Misthacke Blutspuren zu sehen, die von der Hand des Täters stammen dürften.«

Zu dritt gingen sie in den Stall, wo der Tote lag. Herbert Nahlmann sah die schweren Verletzungen an Theo Bertrams Schädel. Zwei deutlich erkennbare größere Wunden fielen ihm auf. Es waren eckige Einstiche, die tief in das Schädelinnere reichten. Ihr Aussehen und der Abstand der Löcher entsprachen den Maßen der Misthacke. Auf der Stirn hatte der Tote auch eine Quetschwunde. Sprenger vermutete, dass sie von dem Nagel verursacht worden war, der Hacke und Stiel der Tatwaffe zusammenhielt.

»Ja, das glaube ich auch«, sagte Nahlmann, während Kollege Pichler – augenscheinlich gelangweilt – herumstand. Das Gespräch der erfahrenen Polizisten ging bei ihm ins eine Ohr hinein und zum anderen wieder hinaus. Der Anblick von Toten war für ihn nichts Neues. Selbst eine so übel zugerichtete Leiche war nichts Besonderes. Während des Krieges hatte er Leichen einsammeln, waschen und für die Bestattung vorbereiten müssen. Er kannte den Anblick von verstümmelten Menschen, von Schwerverletzten und Entstellten. Er kannte Wasserleichen und Köper, die von Bomben zerfetzt worden waren.

»Wir werden den Täter schon finden«, sagte Sprenger.

»War doch nur so ein brauner Verbrecher«, murmelte Pichler.

Sprenger und Nahlmann waren geschockt, aber sie ignorierten seine abfällige Äußerung.

»Am besten, wir fangen gleich mit den Vernehmungen an«, sagte Herbert Nahlmann und blickte in die Runde. Auf dem Hof hatten sich inzwischen die Hausbewohner und einige Nachbarn versammelt. »Sind ja scheinbar alle da.«

Sprenger hatte bereits eigenmächtig mit Familienangehörigen gesprochen, aber Nahlmann wollte sich selbst ein Bild machen. Er befragte die Familie, Nachbarn und andere Zeugen.

Nahlmann stellte die üblichen Fragen und machte Notizen. »Wo waren Sie heute Abend? Gibt es dafür Zeugen?« Das war kein Problem. Wenn er aber ins Detail gehen und mehr erfahren wollte über die Verhältnisse auf dem Hof, dann kam Pichler dazu und hielt ihn davon ab. Er unterbrach ihn, redete pausenlos dazwischen, zog ihn beiseite und machte ihm klar, dass er kein Interesse an einer tiefschürfenden Untersuchung hatte.

Gregor Pichler verhielt sich konsequent ablehnend. Die Aussagen waren ihm egal. Ihn interessierte eher, ob für ihn etwas bei dem Besuch abfiel. Immerhin waren sie auf einem Bauernhof, und hier gab es fast alles, was in Städten an Nahrungsmitteln fehlte.

Theo Bertram war Ortsgruppenleiter der NSDAP gewesen. Damit gehörte er zu den Lieblingsfeinden Pichlers. »Was geht es mich an, wenn so ein Nazischwein erschlagen wird«, sagte er zu einer drallen Frau, die unter den Schaulustigen stand und ihn kurz angesehen hatte. Als er ihre fragenden Blicke sah, meinte er: »Er hatte es verdient.« Ein Raunen ging durch die Menge.

Der ehemalige Homborner Ortsgruppenleiter war ein gefährlicher Nationalsozialist gewesen, der »Staatsfeinde« bei der Gestapo angezeigt hatte. »Warum sollte ich die Tötung dieses Arschlochs aufklären?«, dachte Pichler. Seiner Meinung nach hatte er seine gerechte Strafe bekommen.

Nahlmann erwiderte: »Mord ist Mord. Wir müssen ermitteln.« Pichler sah ihn verständnislos an.

Noch schlimmer war, dass sie keine Kriminaltechnik dabei hatten. Sie konnten keine Fotos vom Tatort machen, noch nicht einmal Fingerabdrücke nehmen.

Die Ausrüstung lag im Amtshaus Stromberg. Pichler hatte sie liegen gelassen, weil er einen Umweg hätte gehen müssen. Er hatte keine Lust, die schwere Ausrüstung zu transportieren. Er hatte sich von einem britischen Soldaten direkt zum Tatort fahren lassen. Nahlmann hatte auf seinem Gendarmerieposten keine Kriminaltechnik.

Eine halbe Stunde nach dem Eintreffen der Polizei, es war gegen 23 Uhr, zwei Stunden nach dem Überfall, kam der

Arzt. Es war viel zu spät. Dr. Bartels untersuchte den Toten. Ein Tierarzt aus dem Nachbardorf kam hinzu, der Schwager des Opfers. Er hatte durch Mund-zu-Mund-Propaganda von dem Überfall erfahren. Die Nachricht von der Tat verbreitete sich wie ein Lauffeuer bis in die Nachbardörfer, auch ohne Telefonverbindung.

Im Pferdestall sah es aus wie auf einem Schlachtfeld: Die Wände im Stall waren voller Blut.

Einige Minuten nach dem Arzt kam der junge Verwalter Heinrich Gerbracht auf den Hof. Er wirkte nervös und stellte sich zu den Leuten, die noch immer in kleinen Gruppen zusammenstanden. Sie waren neugierig. Manche versuchten, einen Blick auf die Leiche im Stall zu erhaschen.

Als Gerbracht den Stall betreten wollte, hielt Nahlmann ihn auf. Der Verwalter meinte, er wolle »Abschied« von seinem Chef nehmen.

Nahlmann zeigte ihm die Misthacke: »Das ist die Tatwaffe«, erklärte er.

Gerbracht erschrak. Diese Reaktion kam Nahlmann merkwürdig vor. Er fragte ihn, wo er gewesen war. Gerbracht zögerte mit einer Antwort.

Eva Bertram fuhr energisch dazwischen: »Der Heinz war zu Hause bei seinen Eltern.«

Sie nahm Gerbracht an die Hand und sagte: »Vater ist tot.« Dann zog sie ihn weg. Beide gingen ins Haus.

Pichler sagte: »Ist schon in Ordnung.«

Nahlmann blieb nachdenklich stehen. Erst nach Mitternacht löste sich die Versammlung allmählich auf.

Herbert Nahlmann schlief in der Nacht schlecht. Er war innerlich aufgewühlt und machte sich Gedanken über den brutalen Mord. Die Bilder des eingeschlagenen Schädels und das seltsame Verhalten der Familie gingen ihm durch den Kopf.

Über die Gründe für das Verhalten seines Kollegen Pichler war er sich dagegen im Klaren. Dem ging es entweder um seinen eigenen Vorteil, oder dem ehemaligen KZ-Insassen war der Mord an dem Ortsgruppenleiter »scheißegal«. Das alles ließ Nahlmann keine Ruhe, denn er nahm seine Aufgabe als Polizeibeamter ernst. Er hatte einen Mord aufzuklären.

Nach einer schlaflosen Nacht kehrte er am frühen Morgen allein an den Tatort zurück. Er suchte Gerbracht und fand ihn in der Küche sitzend. Nahlmann bat ihn nach draußen und vernahm ihn unter dem Verdacht der Täterschaft. Aber der Hofverwalter präsentierte ein scheinbar handfestes Alibi. Er gab an, mit seinem Nachbarn Walter Siegmund in dessen Elternhaus Schnaps getrunken zu haben. Nahlmann bezweifelte, dass Gerbracht die Wahrheit sagte, aber Siegmund bestätigte die Aussage. Heinrich Gerbracht verdächtigte polnische Arbeiter, die am Tattag auf dem Hof gearbeitet hatten.

Nachdem er auf dem Hof Bertram und bei Siegmund nicht weitergekommen war, besuchte Herbert Nahlmann einige Nachbarn. Vom Bauern Peter Baumann erfuhr er, dass Bertram »kein Unschuldslamm« gewesen sei. Als er aber nachbohren wollte, wehrte Baumann ab. Mehr war von ihm nicht zu erfahren. Er und andere Zeugen schwiegen.

Mühsam schleppte sich Nahlmann nachmittags zurück ins Polizeibüro. Die lästige Büroarbeit stand an. Er schnappte sich seinen Notizblock, setzte sich an die Schreibmaschine und tippte seine Notizen ab. Die Befragung der Nachbarn hatte in mehreren Fällen gleichlautende Aussagen ergeben. Dorfbewohner beschuldigten »plündernde Polen« und andere Verdächtige.

Ihm blieb nichts anderes übrig, er musste jeder Spur nachgehen. Er suchte die drei beschuldigten Polen auf. Ihr Lager befand sich in einer nahe liegenden Turnhalle, in der man ehemalige Zwangsarbeiter und Kriegsgefangene aus Polen untergebracht hatte.

In einem Nachbardorf waren im Sommer 1945 drei Menschen ermordet worden. Die Täter blieben unbekannt. Auch hier wurden ausländische Zwangsarbeiter und Kriegsgefangene verdächtigt. Die Lokalpresse setzte nach 1945 die einmal begonnene Linie fort. Lokaljournalisten hatten Bauern namentlich angeprangert, wenn sie mit ausländischen Zwangsarbeitern an einem Tisch gesessen und gegessen hatten. Am 15. Oktober 1943 berichtete der »Hellweger Anzeiger«:

»Der Ostarbeiter, der sogenannte Ostarbeiter, wie soll er behandelt werden (in Landwirtschaft, Gewerbe und Betrieb)? Bedenken wir, daß der Ostarbeiter Slawe ist und noch immer auf einer ziemlich primitiven Kulturstufe steht, so wissen wir schon, daß ihm große Problematik nicht liegt. Er ist mehr Triebmensch und sieht einfache Vorgänge klar ... die Behandlung soll einfach sein, klar, kompromißlos aber dennoch gerecht! Auf absolute Wahrung der Disziplin ist bei ihm bedeutend mehr Gewicht zu legen als sonst bei außerdeutschen Arbeitern, da er anders leicht in vollkommene Disziplinlosigkeit verfällt ... Abstand muß unbedingt gewahrt werden. Scharfe Zurechtweisungen erträgt er leicht (...)!«

In einem Artikel vom 20. März 1944 rief die Lokalzeitung zu größtem Abstand und fester Überwachung der »Ostarbeiter« auf: »Die Tischgemeinschaft mit Fremdvölkischen ist eines Deutschen unwürdig.« Am 19. August 1940 hatte das Lokalblatt geschrieben:

»Umgang mit Kriegsgefangenen verboten! und wird streng bestraft. Das Gericht in Menden verhandelte gegen Landwirt (aus Hüingsen), 71 Jahre alt, der auch in Stromberg tätig war. Er beschäftigte einen polnischen Kriegsgefangenen und erhielt das Merkblatt zum Umgang mit Kriegsgefangenen.« Die Anklage warf ihm vor, daß er mit dem Kriegsgefan-

genen Tischgemeinschaft gehabt hätte – verbotenerweise. Nur mit Rücksicht auf das Alter des Angeklagten wurde er zu einer Geldstrafe in Höhe von 70 Reichsmark verurteilt. *»An sich wäre hier Freiheitsstrafe in Frage gekommen.«* Ein junges Mädchen, das bei ihm beschäftigt war, hatte gegen ihn ausgesagt.

Als Nahlmann die Polen in der Turnhalle befragte, dachte er an die Geldbörse, die im Stall gefunden worden war. War es vielleicht Raubmord gewesen? Doch die drei Polen schieden als Täter aus. Sie hatten ein wasserdichtes Alibi: Sie waren abends in ihr Lager zurückgekehrt und hatten es nicht mehr verlassen. Das Lager war eingezäunt und bewacht gewesen. Alliierte Wachsoldaten, Lagerinsassen und ein deutscher Hausmeister bestätigten ihre Aussagen.

Zeugen verdächtigten nun einen Knecht, der auf dem Hof Bertram beschäftigt gewesen war. Angehörige der Familie Bertram bezeichneten ihn als »geistesschwach«. Der Grund für die Verdächtigungen war recht einfach: Der arme Knecht war nach dem Mord nicht gesehen worden.

Erst am nächsten Tag tauchte er wieder auf und meldete sich zur Arbeit. Dieses Mal rief Familie Bertram sofort die Polizei. Er wurde vorübergehend festgenommen, auf seinen Geisteszustand hin untersucht und wieder freigelassen. Die Verdachtsmomente gegen ihn hatten sich nicht bestätigt. Auch er hatte ein Alibi. Am Mordabend war er bei seinen Eltern gewesen und hatte dort übernachtet. Er war bereits nachmittags zu ihnen gegangen. Der Weg war so weit, dass er in der Zeit nicht nach Homborn und zurück nach Hause hätte gehen können.

Andere Beschuldigte passten ebenfalls ins Bild der NS-Propaganda. Magdalene Bertram hatte bei einer Befragung angegeben: »Es könnten Kommunisten gewesen sein. Mein

Mann war schließlich Ortsgruppenleiter und hatte oft Ärger mit denen.« Auch dieser Hinweis führte zu nichts.

Zwölf Tage nach dem Mord meldete die Polizei die Festnahme des Arbeiters Johannes Schulte aus Unna. Der Kriminalbeamte Hillmann lieferte ihn im Polizeigefängnis Dortmund ab. In der berüchtigten »Steinwache« musste der Arme unter dem Verdacht des Mordes sechs Tage einsitzen. Dann wurde er dem Untersuchungsrichter zugeführt, der einen Haftbefehl ausstellte und ihn ins Dortmunder Gerichtsgefängnis »Lübecker Hof« einwies. Auch diese Verdächtigungen erwiesen sich als falsch. Schulte hatte nichts mit der Tat zu tun. Aber die Weihnachtstage 1945 hatte er im Gefängnis verbracht.

Ein ehemaliger Nationalsozialist hatte Schulte angezeigt, um ihm eins auszuwischen. Schulte war Kommunist.

»Fremdarbeiter, Erbkranke und Bolschewisten« waren die üblichen Verdächtigen aus der Zeit vor 1945. Juden waren keine mehr da.

Gregor Pichler wollte, dass Hinweise auf mögliche Täter aus der näheren Umgebung des Opfers nicht überprüft wurden. Für ihn war der Fall erledigt.

Herbert Nahlmann nutzte das zeitweise Desinteresse seines Kollegen und forschte auf eigene Faust weiter nach. Er wollte wissen, wer ein Interesse am Tod des ehemaligen Ortsgruppenleiters hatte. Ihn interessierten mögliche Feinde Bertrams. Nahlmann war sich sicher, dass der oder die Täter im persönlichen Umfeld des Bauern zu finden waren. Aber das Schweigen im Dorf hielt an. Viele Bürger blieben stumm, andere erinnerten sich nicht. Manche Homborner antworteten mit einem vielsagenden Grinsen. Es gab nur Andeutungen, allgemeine Hinweise, aber nichts Konkretes. Niemand verriet etwas über Personen aus dem Ort, mit denen Bertram Streit gehabt hatte. Die Dorfgemeinschaft hielt zusammen.

Als Pichler davon erfuhr, dass Nahlmann weiterforschte, sorgte er endgültig für ein Ende der Ermittlungen. Er drohte dem hartnäckigen Nahlmann Prügel an, um ihn zu stoppen.

Nahlmann wollte sich nicht damit abfinden, dass ein Mord vertuscht werden sollte. Er widersprach: »Wir müssen in der Familie ermitteln!«

Pichler ging das zu weit. Er besuchte den britischen Stadtkommandanten und behauptete: »Nahlmann ist ein Nazi!« Der Offizier entließ Nahlmann wenige Tage nach dem Mord aus dem Polizeidienst. Damit waren die Ermittlungen beendet. Nahlmann hatte Gerbracht weiter in Verdacht, aber er konnte nichts mehr tun.

Pichler hatte seinen guten Draht zum britischen Stadtkommandanten genutzt. Dieser liebte den Luxus, die Frauen und hatte kein Interesse, die Ermordung des Ortsgruppenleiters aufzuklären. Der Brite war mehr an den Ergebnissen von Pichlers »Beutezügen« interessiert. Pichler versorgte ihn mit besten landwirtschaftlichen Erzeugnissen und Nazi-Devotionalien, die er als Hilfspolizist problemlos bei ehemaligen Nationalsozialisten beschlagnahmen konnte. Der britische Offizier vertrat nach außen die Ansicht, Pichler sei eine vertrauenswürdige Person.

Die weiteren »Ermittlungen« leitete CIC-Assistent Gregor Pichler. Für die Briten war er nur Hilfspolizist, aber immerhin ihr deutscher Polizeichef. Pichler stellte seinen Kumpel Werner Pflock aus Stromberg als Gehilfen ein. Dieser hatte zwar, wie sein Genosse Pichler, überhaupt keine Berufserfahrung als Polizist, aber er galt als überzeugter Antifaschist. Er war Kommunist und Nachbar Pichlers.

Eigene Erfahrungen mit der Polizei hatten beide. Von der Gestapo waren sie als politische Gegner verfolgt und Pichler auch eingesperrt worden. Gerade deshalb waren sie von den Siegermächten als Polizeibeamte eingesetzt worden, denn das war ihre einzige Qualifikation: Sie galten als politisch unbelastet.

Weil sich Pichler und Pflock nicht mit polizeilicher Ermittlungsarbeit auskannten, holten sie sich gelegentlich Rat bei Werner Ernst. Der gelernte Verwaltungsangestellte hatte bis Ende Oktober 1945 die Kriminalpolizei in Stromberg geleitet und versuchte sich danach als Privatdetektiv.

Auch als Detektiv musste Ernst mit Pichler zusammenarbeiten, solange er der Verbindungsmann zur Militärregierung war. Das galt auch für andere Mitarbeiter der Verwaltung und für Kommunalpolitiker.

Alle misstrauten Pichler. Sie wussten von dessen Hilfsdiensten für die Polizei vor 1945. Aber er saß zu dieser Zeit zu fest im Sattel. Seine Gegner – und die waren am Ort zahlreich – wagten sich noch nicht aus der Deckung.

Viele Deutsche behielten nach Kriegsende alte Feindbilder bei. Homborner beschuldigten »plündernde Polen, Russen oder Serben«. Der »Hellweger Anzeiger«, die Heimatzeitung am Haarstrang, durfte nach dem Krieg vier Jahre wegen seiner braunen Vergangenheit nicht erscheinen. Das Blatt schrieb Jahre später, am 19. Oktober 1954:

»Der Krieg, an dem auch Bauer Bertram als Hauptmann teilgenommen hatte und aus dem er nur wenige Monate zuvor zurückgekehrt war. Fremdarbeiter und ehemalige russische Kriegsgefangene waren plündernd und marodierend durch das Land gezogen und zu den vielen Toten des Krieges gesellten sich nun viele, die von den Plünderern auf ihren eigenen Höfen erschlagen wurden.

Der Krieg hatte die Menschen sich entfremdet, die jahrelange Trennung von Haus und Hof, von Weib und Kind hatte viele verändert, so dass sie nun nicht mehr zueinander finden konnten.

In dieser Zeit, wir erinnern uns noch, galt ein Toter nicht allzu viel. Wohl nahm die Polizei in jener Dezembernacht des Jahres 1945 sofort die Ermittlungen auf. (…)

Langsam wurde es still um den Tod des Bauern Bertram, die wirre Zeit drängte neue Ereignisse nach vorn.«

Vom Halbaffen

Homborn und Stromberg

Homborn ist ein kleines Dorf am Haarstrang. Dieser Höhenzug in Südwestfalen hat weder mit Haaren zu tun noch mit der gleichnamigen Pflanzengattung aus der Familie der »Doldenblütler«. Der Haarstrang ist teilweise ausgesprochen flach. Eine Börde, die sich insbesondere um Soest herum ausbreitet und an den Rändern teils steil abfällt, beispielsweise nach Süden in Richtung Möhnetalsperre. Ganz in der Nähe fließt die Ruhr.

Homborn ist bergig und bewaldet. Landwirte haben größere Weideflächen zwischen Buchenwäldern angelegt. Von Norden aus geht der Weg ins Dorf stetig bergauf, um dann kurz vor dem Ortseingang wieder abzufallen. Weiter in Richtung Süden nimmt die Straße einen weiteren langen Anstieg.

Das Bauerndorf Homborn liegt am östlichen Rand des Ruhrgebiets, am »Hellweg«, nahe der Bundesstraße 1. Der Hellweg, die alte europäische Handelsstraße von West nach Ost, führte vom belgischen Brügge an der Nordsee bis nach Nowgorod in Russland. Der deutsche Teil reichte vom Rhein bis an die Elbe.

Leibeigene mussten 1788 für den Preußenkönig Friedrich Wilhelm II. den Hellweg als Straße ausbauen. Der Neffe des Alten Fritz lebte für das Feiern, er wurde dick und fett. Das Volk nannte ihn »der dicke Lüderjahn« (Taugenichts).

Beim Ausbau wurde der Hellweg nach Süden verschoben. Der neue Hellweg lag 500 Meter südlich vom alten Straßenverlauf und damit noch näher an Homborn. Die »alte B 1«

reicht von Aachen über Berlin bis zur polnischen Grenze an der Oder.

Homborn gehört zur Gemeinde Stromberg an der Ruhr. Zwischen niedrigen Bergen, weiten Tälern, grünen Wiesen, dichten Wäldern und der Ruhr bildete Stromberg bis 1968 mit mehreren kleinen Landgemeinden ein sogenanntes »Amt«. Stromberg war Sitz der Verwaltung des Gemeindeverbandes. Für Homborner war es zeitweise äußerst beschwerlich, den sieben Kilometer langen Weg vom Dorf in die größte Gemeinde zu laufen. Vor allem im Herbst und Winter fluchte Theo Bertram regelmäßig wie ein Kesselflicker, wenn er sich mit dem Pferdefuhrwerk auf den Weg über matschige Pisten zur Amtsverwaltung machen musste. Er konnte immerhin mit der Kutsche fahren, Normalbürger mussten das Rad benutzen oder zu Fuß gehen.

Die meisten Häuser sind aus Ziegeln gebaut. Größere Bauernhäuser entsprechen in Form und Gestalt dem Hof Bertram. Sie haben die Form einer Burg, mit einem großen Hof im Innenraum.

Während die Bewohner der Dörfer im östlichen Teil Strombergs streng katholisch waren, lebten in den westlichen und nördlichen Dörfern überwiegend Protestanten. Katholiken und Protestanten hassten einander. Verantwortlich dafür waren Geistliche beider Konfessionen. In Homborn hatte der evangelische Hassprediger Heinrich Wilhelm Schwarzspecht das Klima vergiftet. Er residierte von 1889 bis 1934 als Pfarrer im Büro der evangelischen Kirchengemeinde im benachbarten Altenbüren. Sie war auch für Unterhagen und Homborn zuständig.

Die Bevölkerungsmehrheit hörte auf Schwarzspecht. Seine Schäfchen sollten sechs Tage in der Woche arbeiten, viel beten, saufen, sonn- und feiertags in die Kirche gehen und wenig Zeit zum Denken haben. Während der Woche fielen die Menschen nach der Arbeit todmüde ins Bett. Auch samstags. Sonntags gingen die meisten in die Kirche und dann in die Kneipe. Ihr Weltbild entstand in der Kirche und am Stammtisch. Hier hatten Katholiken und Protestanten Gemeinsamkeiten.

Die Spaltung zeigte sich auch bei den Wahlergebnissen. In Homborn wählte die Mehrheit in der Weimarer Zeit protestantische Listen und deutschnational. Später bejubelten sie Hitler. Auch hier leisteten die Wortführer, evangelische Pfarrer und Landwirte wie Theo Bertram, ganze Arbeit. Die Wahlerfolge der NSDAP in evangelisch geprägten Dörfern waren die logische Konsequenz. Es gab wenige Arbeiter und wenige NS-Gegner. Katholiken waren Außenseiter. Theo Bertram und seine Glaubensgenossen duldeten Katholiken stillschweigend, solange sie sich nicht einmischten oder brav für protestantische Großbauern arbeiteten.

Umgekehrt war es in katholischen Dörfern. Katholiken blieben der Zentrumspartei bis zur Machtübernahme treu, während die protestantische Landbevölkerung nach 1928 den Evangelischen Volksparteien in Scharen davonlief und an ihren neuen Messias Adolf Hitler glaubte, der sie von den Schulden und von der Schuld des Versailler Vertrages erlösen sollte. Hier erwiesen sich Katholiken auf dem Land als immun. Sie wählten die NSDAP nicht und blieben ihren Grundsätzen treu.

Auch in der Gemeinde Stromberg waren Katholiken und Protestanten tief verfeindet. Katholische Kinder durften nicht mit evangelischen spielen. Das wirkte bis nach dem Zweiten Weltkrieg fort. Noch in den 1950er Jahren gingen katholische und evangelische Jungs an der Stromberger Gemeinschaftsgrundschule getrennt pinkeln. Katholiken links, Protestanten rechts. In der Mitte der Toilettenanlage mit den Urinalen war eine hölzerne Trennwand ausgestellt worden. »Damit die einen den anderen nichts weggucken können«, lästerte der Stromberger Sozialdemokrat Bernhard Vogelfuß. In Stromberg fehlten eigentlich nur Mauern wie in Belfast, wo sich Katholiken und Protestanten bis heute bekämpfen.

Abwechslung vom Alltag gab es in der Kneipe, im Verein oder beim Schützenfest. Man fühlte und dachte »treu deutsch«. An diesem Punkt hätten sich Katholiken und Protestanten sogar einigen können. Aber es gab noch keine Ökumene. Es gab noch nicht einmal eine Okulele.

Allgemein galt: Landstreicher, Bettler, Obdachlose, Kommunisten, Juden und Zigeuner waren geächtet.

Theo Bertram und seine protestantischen Kameraden hatten an die Ideen Martin Luthers geglaubt. Der Reformator hatte die Verfolgung der Juden gefordert, weil sie sich nicht hatten bekehren lassen: »Man verbrenne ihre Synagogen, zwinge sie zur Arbeit und gehe mit ihnen um nach aller Unbarmherzigkeit.«

Die evangelische Kirche setzte Luthers Judenpolitik fort. Nationalsozialisten griffen Luthers Anregungen auf.

Stromberger Juden verfolgten die antijüdische Hetze verständnislos. Sie waren nicht religiös. Männer waren im Schützenverein aktiv, hatten im Ersten Weltkrieg als Soldaten für Deutschland gekämpft. Sie waren deutsche Staatsbürger.

Die 20er Jahre

In den »goldenen« 1920er Jahren lebten in Homborn 450 Bürger. 68 Dorfbewohner waren Landwirte. Es gab 15 Gewerbetreibende und 30 Arbeitnehmer. 394 Einwohner waren evangelisch, 56 katholisch. Gemeindevorsteher war der deutschnationale Hubert Kirschkopf.

Die politische Lage war angespannt. Deutschland hatte den Krieg verloren, die Truppenstärke der Reichswehr sollte auf 100.000 Mann begrenzt werden. Dagegen regte sich Widerstand beim antidemokratischen Militär. Viele Berufssoldaten waren ohne Aussicht auf Arbeit. Sie hatten nichts anderes gelernt, als Soldat zu sein. Sie schlossen sich unter Führung des rechtsextremen Politikers Wolfgang von Kapp und Reichswehroffizieren in Banden zusammen, die sie »Freikorps« nannten. Als die »Freikorps« aufgelöst werden sollten, schlugen die Staatsfeinde und Vaterlandsverräter zu.

Am 13. März 1920 marschierte eine Terrorgruppe, die sich »Marine-Brigade Erhardt« nannte, nach Berlin und besetzte während des Kapp-Putsches das Regierungsviertel. Zusammen mit Admiral Alfred von Tirpitz hatte Wolfgang Kapp 1917 die deutsche Vaterlandspartei (später DNVP) gegründet. Sie schlossen sich mit Erich Ludendorff und General Walther von Lüttwitz zusammen. Es wäre Aufgabe des Reichswehrchefs General Hans von Seeckt gewesen, gegen die Putschisten vorzugehen, aber er weigerte sich und verdrückte sich in seine Wohnung. Adlige Militärs hatten den Krieg verloren, nun kämpften die Versager gegen die Republik. Aber sie zogen den Kürzeren, und daran hatten breite Bevölkerungsschichten bis nach Stromberg ihren Anteil.

Am 14. März 1920 beriefen die freien Gewerkschaften eine Volksversammlung auf dem Stromberger Marktplatz ein. Sie, DDP und USPD riefen den Generalstreik aus, um den Putsch zu Fall zu bringen. Und tatsächlich. Am Montag, 15. März 1920, standen in ganz Deutschland die Räder still: bei der Bahn, bei der Post, bei den Telefonvermittlungen, bei den Zeitungen und in den Fabriken. Mit Erfolg. Zwei Tage später, am Mittwoch, 17. März, brach der Militärputsch zusammen. In Stromberg hatten sich 2.300 Arbeiter aus 13 Fabriken und von der Eisenbahn angeschlossen. Am 19. März beendeten sie die Aktion. Die Demokratie hatte einen Sieg errungen. Es war ein historisches Ereignis: Der einzige erfolgreiche politische Generalstreik in der deutschen Geschichte. Es war jedoch nur ein Teilerfolg, denn die Reichsregierung machte den Verräter Hans von Seeckt zum Chef der Heeresleitung, eine verhängnisvolle Entscheidung.

Bei der Reichstagswahl im Juni 1920 wählten 80 Homborner die liberale Demokratische Volkspartei (DVP), gleich 40 Prozent. Die Deutsch-Nationale Volkspartei (DNVP) erhielt 34 Stimmen (17 Prozent). Für die SPD stimmten zu diesem Zeitpunkt 68 Dorfbewohner. Das war etwas mehr als ein Drittel der Wahlberechtigten. Diesen Anteil hielten die Sozialdemokraten in den nächsten Jahren. Die katholische Zentrumspartei lag mit 17 Stimmen bei 8,5 Prozent. Damit hatten die demokratischen Parteien in Homborn einen Stimmenanteil von rund 80 Prozent.

Ab 1921 ging die Tendenz bei Reichstagswahlen in Homborn nach rechts. Die DNVP verdoppelte ihren Anteil auf 63 Stimmen (33 Prozent). Die DVP sackte auf 37 Stimmen (20 Prozent) ab.

Die Militaristen und Rechtsextremisten hatten ihre Niederlage von 1920 nicht verwunden. Die bayerische Regierung putschte zusammen mit Resten der Freikorps unter Führung von General Erich Ludendorff, General Otto von Lossow (Chef der Reichswehr in Bayern) und Oberst Hans von Seisser (Chef der bayerischen Landespolizei), der bayerischen Reichswehr und der nationalsozialistischen SA mit Ernst Röhm zunächst in Bayern. Bayern wollte unabhängig werden. Doch der böhmische Gefreite Adolf Hitler beteiligte sich und wollte die Reichsregierung in Berlin stürzen. Hitler wollte die bayerischen Truppen nach Berlin marschieren lassen, doch die Münchner Polizei stoppte die Putschisten.

General Hans von Seeckt verweigerte auch hier wieder den

Gehorsam, als ihn der Reichspräsident Friedrich Ebert (SPD) am 3. November 1923 beauftragte, die Reichswehr gegen die Putschisten einzusetzen. Am 9. November 1923 marschierten Hitler und Ludendorff los in die Münchner Innenstadt. Bayerische Landespolizei stoppte die Putschisten. Nach einem Schusswechsel flohen die Anführer des Staatsstreichs. Zwei Tage später wurde Hitler verhaftet. Den Einsatzbefehl für die Bayerische Landespolizei hatte der stellvertretende Ministerpräsident Bayerns, Franz Matt, gegeben.

Den Ereignissen zum Trotz, setzte die verfassungsfeindliche DNVP am 4. Mai 1924 ihren Aufstieg fort. Sie erhielt 98 Stimmen. Fast die Hälfte der Homborner Wahlberechtigten wählte deutschnational. Die DVP erhielt nur noch 24 Stimmen (knapp 12 Prozent). Die Wahlen im Dezember 1924 bestätigten den Trend. Die Republik hatte sich leicht erholt, die Lage blieb aber instabil. Adolf Hitler wurde wegen Landesverrats zu einer sehr milden Strafe verurteilt: fünf Jahre Festungshaft in Landsberg. Davon musste er nur neun Monate absitzen, in denen er sein Buch verfasste. Ab 1925 nutzte er die Bewährungschance zur Fortsetzung seines Kampfes gegen die Demokratie.

Theo Bertram, Hubert Kirschkopf und Kameraden verbreiteten die »Dolchstoßlegende« des Reichspräsidenten Paul von Hindenburg, der den demokratischen Parteien die Schuld für das eigene Versagen im Ersten Weltkrieg in die Schuhe schob. Sie machten in Stromberg Stimmung gegen die Republik. »Die Demokraten haben uns verraten«, krakeelte Bertram in den Dorfkneipen.

Die ungerechten und ruinösen Waffenstillstandsbedingungen der Siegermächte spielten den Nationalisten in die Hände. Deutschland hatte den Krieg verloren, der Verlierer musste die Zeche zahlen.

Die Sieger baten nicht die Verantwortlichen wie Militärs, Industrielle und Adlige zur Kasse. Die kleinen Leute mussten bluten. Not, Elend und Arbeitslosigkeit griffen um sich. Politische Halunken wie Theo Bertram und große Teile der Presse machten die Republik für die Krise verantwortlich. Ausgerechnet diejenigen, die am wenigsten unter der Krise leiden mussten, bekämpften die erste deutsche Demokratie.

Gewissenlosen Profiteuren auf Seiten der Siegermächte war das Risiko eines brodelnden Deutschlands egal. Politiker, Waffenproduzenten und Bankiers auf beiden Seiten witterten ihre Chance und hofften auf die Revanche in Form eines neuen Krieges. Ihr Ziel war größtmöglicher Profit.

Im Februar 1925 starb der Gründervater der Weimarer Demokratie, Reichspräsident Friedrich Ebert. Im zweiten Wahlgang stimmten 48,3 Prozent der Wähler für Paul von Hindenburg als neuen Reichspräsidenten, der damit drei Prozentpunkte mehr erhielt als der Kandidat des »Volksblocks« (Zentrum, DDP und SPD), Wilhelm Marx. Anstelle eines Demokraten wurde damit der erklärte Antidemokrat, Landesverräter, Drückeberger und Urheber der Dolchstoßlüge Hindenburg gewählt und in den Posten des Totengräbers der Demokratie erhoben. Adolf Hitler hatte seine Parteigenossen angewiesen, für Hindenburg zu stimmen.

Theo Bertram freute sich, genauso über das Ergebnis der Reichstagswahl vom 20. Mai 1928, als die deutschnationalen Parteien in Homborn zusammen 54 Prozent erzielten. Rechte und Nationalliberale hielten zusammen fast 70 Prozent. Die deutschnationale Christlich Nationale Bauernfront wurde mit einem Drittel der Stimmen (66) stärkste Partei. Die deutschnationale DNVP erzielte mit 43 Stimmen gut 20 Prozent, die DVP mit 31 Stimmen 15 Prozent. Die SPD war mit 44 Stimmen auf 21 Prozent abgesackt. Das Zentrum lag mit zehn Stimmen bei 5 Prozent. Lothar Heckmann aus

Homborn freute sich darüber, dass er für die SPD in die Amtsvertretung gewählt worden war.

Die NSDAP war bei dieser Wahl in Homborn mit nur einer Wählerstimme fast leer ausgegangen. Um das zu ändern, betraten Ende der 1920er Jahre neue Akteure die politische Bühne in Homborn. Sie wollten das große rechtsextreme Potenzial und trugen dafür den Terror ins Dorf. Ausgangspunkt war die Einrichtung eines NS-Stützpunktes 1928 im benachbarten braunen Musterdorf Altenbüren.

Keimzelle der NSDAP hier wie dort war die evangelische Volksliste. Zu dieser einflussreichen Truppe gehörte in Homborn der Kettenschmied Ludwig Prinz. Er vertrat das Dorf im Parlament des Amtes Stromberg. Sein Image als schlagkräftiger Schmied half ihm bei der Verbreitung der NS-Propaganda sehr. Für ihn unterschieden sich protestantische und nationalsozialistische Ziele kaum. Aber die Nazis waren radikaler, und das war für ihn ausschlaggebend. Er erwartete, dass sie mit den Bolschewisten aufräumen und Deutschland wieder stark machen würden. Ludwig Prinz trat wie viele seiner protestantischen Glaubensgenossen 1932 in die NSDAP ein und wurde Sturmführer der SA.

Die ersten Homborner Nationalsozialisten sorgten dafür, dass sich die Wählerwelt in dem Haarstrangdorf in den nächsten zwei Jahren völlig veränderte. Sie befeuerten die Sehnsucht nach einem starken Führer.

Bis Ende 1928 hatten die Deutschen von der Hitlerei keine Notiz genommen. Medien, Tageszeitungen, Radio und Wochenschau berichteten nicht über den Führer. Geldspenden – unter anderem von Fritz Thyssen – hatten nicht viel gebracht. Konzernchef Albert Popper und der Medienunternehmer Alfred Hugenberg machten dem elenden Dasein der Hitlerpartei ein Ende, indem sie eine riesige Medienkampagne starteten. Sie sorgten dafür, dass Hitler in die Wochenschau, in die Zeitung und ins Radio kam. Die Menschen erfuhren von Hitlers Versprechen, seine Wahlergebnisse schossen in die Höhe.

Alfred Hugenberg startete seine mediale Hetzkampagne gegen die Republik im Oktober 1928. Vordergründig führte er sie für seine Partei, die DNVP. Hugenberg besaß zwei Drittel der deutschen Tageszeitungen, darunter sehr große, und viele Zeitschriften. Über sein Nachrichtenbüro beeinflusste er viele Lokalzeitungen. Und ihm gehörte die UFA-Filmgesellschaft. Sie produzierte die Wochenschau fürs Kino.

Die Hugenbergzeitung »Der Tag« berichtete am 4. September 1928: *»Wir hassen mit ganzer Seele den augenblicklichen Staatsaufbau, seine Form und seinen Inhalt, sein Werden und sein Wesen. Wir hassen diesen Staatsaufbau, weil in ihm nicht die besten Deutschen führen (…).«*

Das kleine Stromberg spielte dabei eine wichtige Rolle. Der Stahlindustrielle Albert Popper hatte hier Mitte der 1920er Jahre eine Metallfabrik übernommen, die bis 1933 Fahrradteile produzierte. Er packte sein Privatvermögen in diese Firma und nannte sie »Firma Popper«. 1933 stellte das Unternehmen seine Produktion auf Rüstungsgüter um.

Albert Popper setzte seinen Ziehsohn Fritz Filz als kaufmännischen Direktor und seinen Neffen als technischen Direktor der Firma Popper ein. Popper empfahl Filz: »Wenn du die Leute auf deine Seite ziehen willst, gib ihnen Freibier und Sonderleistungen.« Filz folgte dem Rat und spendierte der örtlichen SA Freibier und Zigaretten. Die Kampagne hatte Erfolg. Popper war neben Fritz Thyssen einer der eifrigsten und wirkungsvollsten Unterstützer Hitlers im Ruhrgebiet. Geld spielte eine Nebenrolle.

Schon 1925 hatte Popper den Nationalsozialisten im Kreis Unna geholfen, als er im Adelssitz »Haus Reck« in Pelkum-

Lerche ein nationalsozialistisches Schulungszentrum einrichten ließ. Offiziell gehörte Haus Reck der Gelsenkirchener Bergwerks-AG, in deren Aufsichtsrat Popper und Hugenberg saßen. Seit 1925 tummelten sich in Haus Reck aktive NS-Kämpfer aus dem Raum Hamm-Unna.

NSDAP-Parteihistoriker Friedrich Alfred Beck schreibt dazu: »Es fanden künftig regelmäßige Zusammenkünfte auf dem Landsitz Haus Reck in Lerche statt. Diese waren nur möglich durch das Entgegenkommen des Pächters des Gutes, des deutschgesinnten Volksgenossen Scharmann, der uns das Burgzimmer des alten Wasserschlosses zur Verfügung stellte. Auch die vom System verfolgten Nationalsozialisten fanden hier jederzeit bereitwillige Aufnahme. Die Führung der Hammer Ortsgruppe und der SA hatte inzwischen Parteigenosse Herbert Merker, jetzt Brigadeführer in Arnsberg, übernommen. Die gemeinsam verlebten Stunden auf Haus Reck werden allen alten Kameraden in bleibender Erinnerung sein. Hier wurde der Kampfgeist gestählt, Pläne geschmiedet und Richtlinien für den Aufklärungskampf und für die Gewinnung neuer Mitkämpfer gegeben; auch mit dem Gebrauch des Gewehres und der Pistole wurden wir hier vertraut gemacht. Glaubte man doch damals, daß die Macht nur mit Waffengewalt errungen werden könnte.«

Der Pächter von Haus Reck, Wilhelm Schaarmann, half der NSDAP seit 1921. 1931 trat der Diplom-Landwirt Hans Kütter seine Nachfolge als Verwalter an. Die etablierte Geschichtsschreibung nahm von der verdeckten Parteienfinanzierung keine Notiz.

Parteigeschichtsschreiber Friedrich Alfred Beck, geboren am 29. Juni 1899 in Harpen bei Bochum, promovierte 1935 zum Thema »Nationalsozialismus als ganzheitliche Einheit von Geist und Leben«. Er betätigte sich als Politiker, Philosoph und Pädagoge. Beck hatte Ämter und Funktionen bei der Bezirksregierung in Arnsberg, beim Preußischen Ministerium für Wissenschaft und Kunst sowie in der Unterrichtsabteilung des Preußischen Schulministeriums. Wühlarbeit, Medienkampagnen, Lobbyismus und Propaganda vor Ort zahlten sich schnell aus.

Offizielle Quellen erwähnen die braune Geschichte von Haus Reck heute nicht. Die Stadt Hamm hält dort Trauungen ab. Der Kreisarchivar in Unna nannte dem Lokalhistoriker Helmut Dorn, der zur Stromberger Lokalgeschichte und zum Mord am Haarstrang forschte, bei Recherchen eine unveröffentlichte Arbeit über Haus Reck. Aber auch darin findet sich kein Hinweis auf die frühen Aktivitäten der NSDAP.

Im Herbst 1929 schmiedete Hugenberg zusammen mit dem Stahlhelm (Bund der Frontsoldaten, bewaffneter Arm der DNVP) und dem Alldeutschen Verband (eine antisemitische Terrororganisation) ein Bündnis mit Hitler. Der Esoteriker machte gern mit, weil er jetzt erstmals die Möglichkeit erhielt, eine riesige Propagandakampagne auf die Beine zu stellen.

Bei der Reichstagswahl vom 14. September 1930 startete die NSDAP in Homborn mit 43 Stimmen von Null auf gut 20 Prozent. Die SPD erhielt noch 44 Stimmen. Während die DNVP verlor und mit 30 Stimmen auf 13 Prozent absackte, erlebte auch die Christlich-Nationale Bauernpartei (CNB) einen Einbruch: Sie erhielt nur noch 54 Stimmen oder 24 Prozent, die DVP 11 Stimmen (5 Prozent). Die Christlich-Nationalen hatten ein Viertel ihrer Wähler verloren. Die KPD erhielt bei dieser Wahl 15 Stimmen.

Theo Bertram war zufrieden. Die Hitlerpartei gefiel ihm viel besser als die Deutschnationalen. »Die räumen auf mit den Kommunisten«, dachte er.

Ganz anders der Dorfbewohner Emil Zilch. Der Landarbeiter machte keinen Hehl aus seiner Vorliebe für die KPD. Andere Kommunisten waren vorsichtiger als er, denn sie verloren schnell ihre Arbeit, wenn sie sich zu erkennen gaben.

Theo Bertram hätte gern gewusst, wer die KPD-Wähler im Dorf waren. Bei Zilch konnte er es sich denken. So einen würde er nicht einstellen. Aber es gab auch Landwirte, die es mit den politischen Vorlieben ihrer Arbeiter nicht so genau nahmen. Hauptsache sie waren fleißig, und das war Zilch.

Er ging regelmäßig zu den Schalmeienkonzerten in Stromberg. Die Musik fand er zwar schaurig, aber wenigstens kämpften die Kommunisten für die Belange der Arbeitslosen und der einfachen Arbeiter. Und sie schlugen zu, wenn es darauf ankam. Über den Rot-Front-Kämpferbund aus Unna hatte er Gregor Pichler kennengelernt.

Im »Rampenlicht«

Die KPD hatte in Stromberg einen schweren Stand, die meisten Kommunisten waren arbeitslos. Sie forderten Arbeit, Bildung und Mitbestimmung. Nicht nur den deutschnationalen und nationalsozialistischen Arbeitgebern galten sie als Störenfriede. In den Betrieben verlangten sie Lohnerhöhungen und kürzere Arbeitszeiten. Mieten und Preise waren zu hoch, Löhne und Arbeitslosenunterstützung zu niedrig.

Emil Zilch und sein Genosse Wilhelm Beller fühlten sich ungerecht behandelt, wie viele Arbeiter zu dieser Zeit. Entweder man hielt den Mund und fand sich mit der Ausbeutung im Betrieb ab, oder man wehrte sich, flog raus und musste von der Fürsorge leben. So war es Beller ergangen.

Er ärgerte sich darüber, dass Vorarbeiter und Meister ihre Macht ausnutzten. Ihn störte es, wenn Lehrlinge in den Betrieben misshandelt wurden. Er empfand willkürliche Entlassungen und die Benachteiligung von Arbeiterkindern in der Schule als ungerecht.

»Wir müssen uns wehren«, sagte Beller zu Zilch. »Wir müssen die Ungerechtigkeiten öffentlich machen, dann gewinnen wir neue Anhänger.« Er sah das braune Unheil kommen: »Wenn die Nazis erst an der Macht sind, wird alles noch schlimmer.«

Die beiden Kommunisten fassten einen Entschluss: »Wir machen eine eigene Wochenzeitung.« Beller wusste, dass seine Aussichten auf einen Arbeitsplatz dadurch auf ein Minimum sanken, andererseits war ihm klar, dass er als Kommunist sowieso keine Chance hatte. Beller hatte die Idee, wie das Blatt heißen sollte: »Das Rampenlicht«.

Bei einer Versammlung auf dem Stromberger Marktplatz verkündete er: »Wir machen eine Zeitung. Ich schreibe alles auf!« Knapp 50 Personen hörten zu.

Kommunisten trafen sich seit Frühjahr 1930 wöchentlich auf dem Marktplatz zu öffentlichen Versammlungen. Sie mussten sich draußen auf der Straße zusammenfinden, bei Wind und Wetter. Gastwirte sperrten sie aus. Sie wollten keine »roten Hunde« bewirten, wie sie sagten. Zahlungskräftige Gäste hatten dafür gesorgt, dass Kommunisten Hausverbot erhielten.

Beller verkündete: »Wir müssen gegen die Ausbeuter und Nazis kämpfen! Und wir müssen für unsere Sache werben. Wir stellen unsere Gegner, die Ausbeuter, Kapitalisten und Nazis, ins ›Rampenlicht‹, wir brandmarken ihre Schweinereien und halten unsere Idee dagegen. Arbeit und Brot, Gerechtigkeit, Sozialismus, ein menschenwürdiges Leben.«

Wilhelm Beller war Feuer und Flamme, aber er stieß nicht nur auf Zustimmung.

Einige KPD-Genossen hielten ihn für bekloppt. »Du und Zeitungmachen, wie soll das gehen?«, fragte der Kunstmaler

Willi Schlotmann. Nicht einmal in größeren Nachbarstädten schafften es Genossen, eine eigene Zeitung zu drucken.

»Und was macht ihr?«, fragte Beller zurück. »Mehr als Rumstehen, Meckern und mit der Schalmeienkapelle aus Hemer zu marschieren ist nicht drin! Das bringt doch nix. Wir müssen was richtig Gutes machen«, sagte er. »Wir müssen Wahlen gewinnen, nicht nur die Straße. Und dafür müssen wir Werbung machen wie die Nazis.« – »Wie denn ohne Geld?«, warf ein Zwischenrufer ein.

Gregor Pichler mischte sich unter die Genossen auf dem Marktplatz und hörte zu. Politische Diskussionen interessierten ihn wenig. Ihn interessierten Aktionen. Saalschlachten waren sein Ding. Er prügelte sich gern. Schon 1926 hatte er auf dem Marktplatz in Unna zusammen mit Angehörigen des Rotfrontkämpferbundes Nationalisten überfallen. Wilhelm Beller und Genossen mochten ihn nicht, hatten aber Respekt. »Das ist ein Schlägertyp«, sagte Beller. Kommunisten aus Unna dagegen nutzten die Schlagkraft Pichlers gern, wenn es gegen Nationalsozialisten ging.

Die Versammlung auf dem Marktplatz dauerte eine gute halbe Stunde. Am Ende und mit Hilfe von Emil Zilch schwenkten die meisten Zuhörer um. Beller hatte sie überzeugt. Die KPD beschloss, das »Rampenlicht« herauszugeben.

Ein wichtiges Argument: In der Parteikasse war noch genug Geld. Die Kommunisten zahlten zwar nur geringe Beiträge, aber dafür gab die Partei fast nichts aus. Saufgelage konnte sie sich nicht leisten.

Die Genossen machten sich an die Arbeit. Sie sprachen mit Arbeitern, Lehrlingen, Schülern und machten Notizen. Beller organisierte eine Schreibmaschine und tippte. Er trat als verantwortlicher Redakteur auf.

Wilhelm Beller war ein einfacher Mann. Mit seiner großen

Familie wohnte er im Spritzenhaus der Feuerwehr an der Krötenstraße. Die Rechtschreibung war nicht seine Stärke. Trotzdem war er die Idealbesetzung. Er kannte Stromberg, hatte viele Verbindungen, Freunde und Bekannte, die Informationen lieferten. Und vor allem hatte er den nötigen Willen, den Biss und das Engagement. Ende 1930 hatte Beller genügend Artikel für die erste Ausgabe zusammen.

Eine Druckerei musste her. Wer würde eine KPD-Zeitung drucken? In Stromberg gab es niemanden, auch in Unna nicht. Wilhelm Beller fand einen Landtagsabgeordneten der KPD, der in Hamm eine Druckerei besaß. Sein Betrieb übernahm den Druck des »Rampenlichts«. 1.000 Stück wurden produziert.

Die erste Ausgabe des Lokalmagazins der Stromberger KPD war am Abend des 31. Dezember 1931 fertig. Die KPD beschloss, sie am Neujahrstag zu verkaufen. »Wenn die Leute aus der Kirche kommen, finden wir die meisten Käufer«, sagte Beller. Motto: »Im neuen Jahr ins Rampenlicht.«

Am 1. Januar 1931 erlebte Stromberg eine dicke Überraschung. Kommunisten standen vor den Kirchen, vor Kneipen und auf Plätzen, das »Rampenlicht« in der Hand. Nach den Gottesdiensten strömten die Menschen nach draußen und direkt auf die Zeitungsverkäufer zu. So etwas hatten sie noch nicht gesehen. Das Layout war dürftig, aber das Blatt machte neugierig. »An einen Stromberger Bonzen«, hieß es auf der Titelseite. Die Leute wollten wissen, wem das Gedicht gewidmet war.

Artikel im Innenteil enthüllten Sinnlosigkeit und unzumutbare Arbeitsbedingen bei der staatlich verordneten Pflichtarbeit. Bei dieser Beschäftigungstherapie ging es mitunter darum, den ganzen Tag Holz vom einen auf den nächsten Stapel und dann wieder zurück zu packen, und das bei Wind, Wetter und kargem Lohn.

Die KPD verkaufte viele hundert Ausgaben. »Wir bringen Dinge ans Licht, die die Lokalpresse verheimlicht«, sagte Wilhelm Beller stolz. Er veröffentlichte Geschichten aus den Kneipen, Schulen, Betrieben und aus der Geschäftswelt. »Die Geheimniskrämerei, das wollen wir nicht.« Das »Rampenlicht« war schnell ausverkauft. Beller war vorsichtig gewesen, hatte darauf geachtet, nicht zu hart zu formulieren. Der große Erfolg ließ ihn mutiger werden.

In Ausgabe 2 rückte er Adolf Hitler mit einer Passage aus »Mein Kampf« ins Rampenlicht. In seinem Buch hatte Hitler »Mischlinge« als »Halbaffen« beschrieben. Wilhelm Beller stellte den Hitlerzitaten Aussagen des Präsidenten der Bayrischen Akademie der Wissenschaften, Dr. Max von Gruber, gegenüber. Rassenhygieniker Gruber, Mitglied im nationalsozialistischen Alldeutschen Verband, hatte Hitler begutachtet und war zu einem für Nationalsozialisten vernichtenden Ergebnis gekommen: »Zum ersten Male sah ich Hitler in der Nähe, Gesicht und Kopf, kleine Rasse. Mischling. Niedrige fliehende Stirn, unschöne Nase, breite Backenknochen, kleine Augen, dunkles Haar.« Wilhelm Beller schlussfolgerte, dass Hitler selbst ein Halbaffe sei, was den »Blödsinn der NS-Rassentheorie am klarsten verdeutlichte«.

Die Herstellung von Ausgabe Nr. 2 hatte Beller und Genossen gezeigt, dass der Druck in Hamm zu umständlich war. Hamm lag zu weit entfernt, und sie mussten die Zeitung mit der Bahn transportieren. Sie suchten einen anderen Hersteller. In Hemer wurden sie fündig. Wilhelm Kalb, Leiter der dortigen KPD-Druckerei, übernahm die Produktion ab Nr. 3.

Jetzt griff das »Rampenlicht« die SPD an: Sozialdemokraten hätten beschlossen, in der nächsten Gemeinderatssitzung zwei Anträge zu stellen. »Der erste soll lauten: Jeder Erwerbslose erhält zu Ostern ein Ei. Die Bedürftigkeit wird geprüft durch den Mütterverein. Der zweite Antrag soll lauten: Jeder Erwerbslose hat sich mit sofortiger Wirkung wohl zu fühlen.«

Ausgabe Nr. 4 präsentierte am 27. Februar 1931 einen neuen Autor: Zoffi veröffentlichte Klatsch und Tratsch aus dem Ort und enthüllte Exzesse der Reichen. Er schrieb über ein Gelage im Hotel »Wilddieb«, das er zufällig mitbekommen hatte. Es sei zugegangen wie in Monaco. »Owienett« musste 52 Mark bezahlen. Ein Dicker habe dabei gegrinst wie »Gutsbespritzer Treudov«. »Stümmelmann« schmeckte der Halbe noch einmal so gut.

Außerdem berichtete Zoffi, bei einer KPD-Versammlung mache sich ein Polizeibeamter von »Juda erwache« immer Notizen. Es sei der »Sandjäger« Schmorwerk aus der Gemeinde »Brettvormkopf«.

Am 20. März veröffentlichte Beller ein Gedicht: »Dass der Nazi dir einen Totenkranz flicht, Deutschland, siehst du das nicht?«

Das »Rampenlicht« war so erfolgreich, dass Nationalsozialisten anonym ein Flugblatt veröffentlichten. Sie beklagten, dass zahlreiche Katholiken, darunter Geistliche, das politische Enthüllungsblatt der KPD kauften.

Nationalsozialisten bekämpften Wilhelm Beller und Zoffi. Die Justiz machte mit. Im Dezember 1931 wurde Beller als verantwortlicher Redakteur wegen Übertretung des Pressegesetzes zu einer Geldstrafe, ersatzweise zwei Tagen Haft, verurteilt. Der Erwerbslose konnte die Geldstrafe gerade eben aufbringen. Das Urteil bedeutete das Ende für das »Rampenlicht«. Das Risiko war Beller zu groß. Er musste an seine sieben Kinder denken. Die KPD fand keinen Ersatzmann.

Damit war die unterhaltsame lokale Enthüllungszeitschrift gestorben. Zwei der aktivsten Verkäufer und Werber für das Magazin, die Arbeitslosen Kurt Degener und Fritz Deinert, verloren eine wichtige Einnahmequelle. Die KPD hatte 15 Ausgaben veröffentlicht, von denen es heute nur noch Kopien gibt. Das »Rampenlicht« hatte für kurze Zeit ein Gegengewicht zur NSDAP geschaffen, dem die Nationalsozialisten vor Ort nichts entgegenzusetzen hatten. Dazu brauchten sie die Hilfe der NS-freundlichen Justiz.

Propagandaschlachten

Die guten Wahlergebnisse von 1930 hatten Nationalsozialisten an Haarstrang und Hellweg motiviert. Sie wurden aktiver. Die NSDAP aus der Bergarbeitersiedlung Bönen übernahm die Eroberung Homborns. Die Bönener Ortsgruppe stand unter der Führung des Landwirtschaftsgehilfen Heinrich Schulze-Haaren.

Für die Bönener Nationalsozialisten war es eine leichte Aufgabe, Mitglieder zu werben. Sie zogen die übliche Propagandaschlacht auf. 25 NS-Aktivisten aus Bönen organisierten im Sommer und Herbst 1931 in Homborn mehrere Veranstaltungen. Geld dafür bekamen sie von Industriellen und von Alfred Hugenberg, der im Oktober 1931 die Harzburger Front gründete.

Im Herbst 1931 lockte die Nazipartei zum ganztägigen »Werbetag« für die NSDAP. 24 Homborner Männer traten in die NSDAP ein, 14 auch in die SA. Das sprach sich herum, jetzt liefen protestantischen Bauern in Scharen zur NSDAP über. Homborn entwickelte sich innerhalb weniger Monate zur Hochburg der Nationalsozialisten. Pfarrer Schwarzspechts Nazipredigten und die Entwicklung im Nachbardorf Altenbüren hatten Erfolg.

Am 28. November 1931 fand die Gründungsversammlung der NSDAP-Ortsgruppe Homborn statt. Unter der

Führung der Ortsgruppe Bönen waren gut 80 Mann in der Wirtschaft Krumbruck zusammengekommen. 40 Homborner traten an diesem Abend in die NSDAP ein – bei 450 Einwohnern. Da durfte Theo Bertram nicht fehlen. Auch er füllte jetzt seinen Aufnahmeantrag aus. Sympathisch war ihm die NS-Partei schon immer gewesen, aber der fehlende Rückhalt in den Kommunalparlamenten hatte ihn bisher vom Parteieintritt abgehalten. Der NSDAP mangelte es an direkten Einflussmöglichkeiten auf die Verwaltung. Das war nun vorbei.

Bertram selbst rührte die Werbetrommel für Hitler. Er überzeugte sogar echte Skeptiker. Konservative, traditionell deutsch-national denkende wählten Hitler, weil Bertram für sie Vorbild war. Dorfbewohner vertrauten dem Landwirt. Er war einer von ihnen. Allein hätte er es nicht geschafft, aber wenn Pfarrer Schwarzspecht auch für Hitler war, dann schien sogar eine zwielichtige Figur wie Hitler der richtige Mann zu sein, um Deutschland in eine bessere Zukunft zu führen. Bertram und Schwarzspecht erreichten, dass einflussreiche Landwirte in die NSDAP eintraten, für die ein Mann wie Hitler eigentlich untragbar war.

Theo Bertram half auch praktisch. Er beteiligte sich an Plakataktionen, ging mit Werbetrupps auf Tour. Sie verteilten Handzettel mit dem Titel »Neueste Nachrichten« und hefteten sie an Telegrafenmasten in Homborn. Die Zettel hetzten gegen Sozialdemokraten, den Regierungspräsidenten Max König, den Stromberger Gewerkschaftssekretär Hermann Dahn, die Homborner Lothar Heckmann und Franz Gerber. Die Roten und die Juden waren die Sündenböcke.

Mit den 24 »Alten Kämpfern« und den Männern, die im Laufe des Jahres 1931 beigetreten waren, hatte die NS-Partei in Homborn im November 1931 schon 64 Mitglieder. Rund ein Drittel der Homborner Wahlberechtigten gehörte der Nazipartei an. Aber anders als im Nachbardorf Altenbüren gab es in Homborn nicht nur Zustimmung.

Einige Tage nach der ersten Ortsgruppenversammlung, am 7. Dezember 1931, kamen auswärtige und einheimische Nationalsozialisten unter der Führung von Theo Bertram erneut zusammen. Sie trafen sich am Abend in der Wirtschaft Krumbruck, um ihre Erfolge zu feiern. 20 Mann saßen am Stammtisch. Aber sie waren nicht allein. Nazigegner aus dem Dorf und aus der näheren Umgebung standen am Tresen und tranken Bier. Kommunisten und Sozialdemokraten, darunter einige Einheimische, wollten den Nationalsozialisten zeigen, dass sie noch nicht gewonnen hatten.

»Sieg Heil«, grölte Bertram, als ein Nachbar den Saal betrat und sich zu den Nazigegnern an die Theke stellte.

Gregor Pichler stand dabei. Emil Zilch hatte ihn informiert. Pichler hatte seine Kampfgenossen Anton Sprenger und Wilhelm Ringsdorf aus Unna mitgebracht. Sie waren nur zehn, aber wie Pichler erprobte Straßenkämpfer.

Bertram bestellte noch eine Runde. »Prost! Sieg Heil«, stimmte er an. Die Nationalsozialisten waren zum Teil bereits stark angetrunken. Sie gaben der zehnköpfigen Thekenrunde lautstark zu verstehen, was sie von ihnen hielten: »Rotes Gesindel, Rote Hunde raus«, schallte es durch den Saal.

Durch die Sprechchöre provoziert, verließen die Rotfrontkämpfer die Gaststube. Sie wollten sich besprechen. Draußen gäbe es auch weniger Zeugen.

»Wir sind in Unterzahl«, wandte Zilch ein, als sie vor der Wirtschaft standen.

Pichler ließ das nicht gelten. »Das ist egal, wir hauen einfach drauf.« Er und seine Kumpel wollten zurück in die Gaststätte.

Sie waren gerade im Eingangsbereich angekommen, als ihnen SA-Parolen entgegenschallten. Die Stammtischrunde war aufgesprungen und drängte in Richtung Eingang. Theo

Bertram war mittendrin. »Ihr gehört an die Wand gestellt und erschossen«, riefen Nationalsozialisten.

Bönener SA-Männer waren kampferprobt. Sie hatten häufig bei Saalschlachten im Kreis Unna mitgemischt. Jetzt zerlegten sie das Mobiliar der Gaststätte. Sie zertrümmerten Stühle, nahmen Stuhlbeine in die Hand und stürmten in den Gang. Dort schlugen sie auf ihre Gegner ein, die zögernd vor der Eingangstür stehen geblieben waren. Sie wurden vom Angriff überrascht.

Der Installateur Ewald Roth aus Homborn war gerade auf dem Weg ins Lokal, als die Schlägerei begann. Eigentlich war er nur als Kneipengast gekommen. Er stand unbeteiligt am Eingang, als ein herausstürmender SA-Mann plötzlich mit einem Stuhlbein auf seinen Schädel einschlug. Auch Roth war zu überrascht, um sich zu wehren. Der erste Schlag hatte ihn angeknockt. Der SA-Mann traf ihn noch mehrfach am Kopf. Blut lief Roth aus dem rechten Ohr und aus der Nase. Er taumelte vor die Tür und fand Zeit, sich zu sammeln, weil der Angreifer jetzt auf andere Männer einschlug.

An sich war Ewald Roth ein friedlicher Mensch. Nun geriet er über den willkürlichen Angriff in Wut. Er kochte innerlich und hatte starke Schmerzen am Kopf. Das sollten ihm die Schläger bezahlen. Er ging nach Hause und holte sein Jagdgewehr.

Minuten später kehrte er, noch leicht benommen, zum Tatort zurück. Mit der Flinte in der Hand stellte er sich auf den Hof des Lokals, wo die Prügelei noch im Gange war. Die Nazis auf der einen, ihre Gegner auf der anderen Seite. Er legte an und zielte. Bevor er abdrückte, rief er noch: »So, jetzt seht ihr, wer hier an die Wand gestellt wird.«

Er gab mehrere Schüsse ab. Ein SA-Mann brach zusammen. Roth hatte ihn getroffen. Schrotkugeln hatten seinen Brustkorb durchsiebt. Auf der Uniform bildeten sich Blutflecken. Roth lud nach. Die anderen Parteigenossen ergriffen die Flucht, ließen ihren verletzten Kameraden draußen vor der Kneipe liegen. Einheimische rannten nach Hause, unter ihnen Theo Bertram. Die Auswärtigen flüchteten in den Saal, verrammelten die Tür und alarmierten mit Hilfe des Gastwirts die Polizei.

Unnaer Polizeibeamte kannten sich gut aus mit Saalschlachten, die häufig mit Schießereien endeten. Sie nahmen den Anruf entgegen und informierten das Dortmunder Überfallkommando. Der Wachhabende wusste Bescheid. Da konnte er keinen einzelnen Gendarmen hinschicken. Das wäre zu gefährlich gewesen. Eine Hundertschaft aus Dortmund rückte an und sorgte dafür, dass es in der Nacht ruhig blieb in Homborn. Als die Polizisten eintrafen, waren alle Beteiligten bereits verschwunden. Die demokratischen Ordnungshüter befragten den Gastwirt und erfuhren auf diesem Wege etwas über den Hergang der blutigen Schlägerei.

Die Kripo Dortmund übernahm die Ermittlungen. Sie ermittelte gegen den Schützen, aber auch gegen die beteiligten Nationalsozialisten, die ein Flugblatt verteilt hatten, das zur Ermordung des Stromberger Gewerkschaftssekretärs Hermann Dahn, des Regierungspräsidenten Max König und anderer Demokraten aufrief.

Im Fall Ewald Roth arbeitete die Justiz ungewöhnlich schnell. Das Landgericht Dortmund verurteilte ihn wegen der Schüsse zu sechs Monaten Haft. Drei Monate musste er verbüßen, der Rest wurde zur Bewährung ausgesetzt.

Diese aus dem Ruder gelaufene Versammlung sorgte für mehr Hass und Gewalt in Homborn. Die Fronten verhärteten sich.

NSDAP-Parteigeschichtsschreiber Beck behauptete: »Die Marxisten versuchten nun durch jeden möglichen Terror die neugegründete Ortsgruppe zu zerstören; in Homborn erfolgte deswegen ein blutiger Überfall.« Der »Überfall«, den Beck hier meinte, ging jedoch nicht von »Marxisten« aus. Es war umgekehrt: SA-Männer hatten den Kommunisten Hans Siegmund überfallen. Er hatte sich gewehrt und einen SA-Mann durch einen Messerstich verletzt.

Typisch für die Zeit war, dass Hans Siegmund aus Homborn angezeigt und vor Gericht gestellt wurde. Das Landgericht Dortmund verurteilte ihn am 23. September 1932 zu zehn Monaten Gefängnis. Kommunisten und Sozialdemokraten wurden schon vor der Machtübernahme Hitlers verurteilt, auch dann, wenn sie in Notwehr gehandelt hatten, wie in diesem Fall. Ermittlungen gegen Nationalsozialisten verliefen meistens im Sande.

Am 12. August 1932 hatte die NSDAP in den Saal »Ruhrblick« in Stromberg eingeladen. 600 Gäste waren gekommen. Karl Voss, Parteiredner der NSDAP aus Bochum, der in den Räumen der Gelsenkirchener Bergwerks AG rhetorisch geschult worden war, krakeelte mit schriller Stimme und rief zur »Ausmerzung« der jüdisch-bolschewistischen Weltverschwörung auf. Der Saal war voll besetzt. Frauen waren nicht dabei. Die meisten Besucher waren aus Neugier gekommen, nicht aber einige Dutzend Kommunisten und etwa 40 SA-Männer. Beide Gruppen waren auf Krawall aus.

Der vom »Rampenlicht« als Nazifreund geschmähte »Sandjäger« (eigentlich Landjäger) Robert Schmorwerk, einer der örtlichen Gendarmen, war zunächst als einziger Polizeibeamter vor Ort. Anfangs, so schrieb er später in seinem Bericht, sei alles ruhig geblieben. »Nur ab und zu gaben der hier als Wüstling bekannte Pichler und zwei Unbekannte aus Menden Zwischenrufe.« Tatsächlich war die Stimmung von Beginn an aufgeheizt. Ein kleiner Funke würde eine Explosion auslösen.

Gregor Pichler war immer dabei, wenn es gegen Nazis ging. Er hoffte auf eine anständige Keilerei. Er war ungeduldig. Es dauerte ihm zu lange. Die Rede langweilte ihn.

Pichler verließ den Saal. Er ging in die Kneipe, setzte sich an die Theke, bestellte ein Gedeck und wartete auf das Ende der Reden. Von hier aus konnte er das Geschehen im Saal auch verfolgen.

Gegen halb zwölf begann die von Pichler ersehnte freie Diskussion. Gewerkschaftssekretär Daniel Schiskowski aus Hamm sprach. Nationalsozialisten und Sozialdemokraten störten ihn mehrfach durch lautstarke Zwischenrufe. Sie beschimpften sich gegenseitig. Pichler brüllte aus der Kneipe an die Adresse von Schiskowski: »Arbeiterverräter!«

Der SPD-Redner wurde niedergebrüllt. »Kommunistensau, roter Hund«, schrien die SA-Männer. Schiskowski konnte seine Rede nicht zu Ende bringen. Sozialdemokraten riefen: »Nazis raus!«

Gewerkschaftssekretär Hermann Dahn protestierte und ging zur Bühne. Der SS-Mann Fritz Bünte stellte ihm ein Bein und Dahn stolperte. Er schrie Bünte an: »Sie provisorisches Arschloch!«, und ging weiter. Bünte rief ihm hinterher: »Herr Dahn, bitte beleidigen Sie mich nicht, sonst gibt es Ohrfeigen!«

Dahn stoppte. Er kehrte um und ging zu Bünte, der ihn vor die Brust stieß. Von hinten traf ihn ein Stuhl im Rücken. Daraufhin rief Dahn: »Genossen, raus!« Er ahnte, was kommen würde.

Pichler und sein Kollege Karl Schmidt hatten in der Gaststätte auf den Moment zum Losschlagen gewartet. Als die Schreie lauter wurden, stürmten sie in den Saal. Sie nahmen Biergläser und warfen diese abwechselnd auf Nationalsozialisten und Sozialdemokraten. Dann warfen sie Stühle. Pichler kippte einen Tisch um und sprang dann über Tische und

Stühle. Seine Brutalität überraschte die SA-Männer aus dem Nachbarort.

Als die Zwischenrufe begannen, hörte Gendarm Schmorwerk aus dem Biergarten Geräusche. Ein Reichsbannertrupp aus Menden versuchte, durch den Hintereingang in den Saal einzudringen. Sie riefen das Kommando: »Mann, sofort drauflos!«

Landjäger Schmorwerk trat den Leuten mit dem Gummiknüppel in der Hand entgegen. Ohne Ankündigung knüppelte er wahllos auf sie ein und trieb sie zurück. Danach lief er in den Saal.

Hier droschen Nationalsozialisten und Sozialdemokraten aufeinander ein. Wenige Kommunisten mischten mit, darunter Pichler und Schmidt. Schmorwerk brüllte: »Sofort aufhören! Polizei!« Aber Stühle und Tische flogen weiter durch die Luft. Von einem einzigen Polizisten ließen sich Pichler und Schmidt nicht bremsen.

Der größte Teil der Anwesenden flüchtete unterdessen Hals über Kopf durch Fenster und Türen aus dem Saal. Im Gewühl wurde auch Landjäger Schmorwerk mit nach draußen geschoben. Von dort musste er sich mühsam den Weg in den Saal zurück erkämpfen.

Dort sah er, dass mehrere Männer mit Flaschen, Gläsern und Stühlen warfen. Er forderte die Leute zur Ruhe auf und brüllte erneut: »Sofort aufhören! Polizei«, aber er konnte nicht viel gegen die Übermacht ausrichten. Die drei Gruppen prügelten weiter drauflos. Schmorwerk stürzte sich ins Getümmel und setzte dabei wieder den Gummiknüppel ein.

Im Polizeibericht heißt es: »Da diese Aufforderung nicht befolgt wurde und um weitere Gefahren abzuwenden, machte ich von dem Gummiknüppel Gebrauch und schlug, soweit es mir möglich war, auf jeden ein, der einen Gegenstand zum Werfen oder Schlagen in der Hand hatte.« »Im Nu« sei die

Ruhe wieder hergestellt worden und die im Saal verbliebenen Frauen und Männer, die sich unter Tische geflüchtet hatten, hätten den Saal verlassen können. »Viele Raufende haben sich an den Stühlen, die beim Hochheben von selbst zusammenklappen, erheblich verletzt.«

Die Saalschlacht dauerte ungefähr eine halbe Stunde. In Schmorwerks Bericht heißt es: »Der Arbeiter Gregor Pichler in Stromberg, Dosenkampschule, war nach meiner Überzeugung der Haupttäter. Nach meiner Aufforderung zur Ruhe warf er noch mit Biergläsern und Stühlen. Er hat auch den Vorarbeiter Heinrich Hagemann, wohnhaft in Unna, durch einen Flaschenwurf auf den Kopf so schwer verletzt, dass er sofort ärztliche Hülfe in Anspruch nehmen musste.«

Schmorwerks Sicht war einseitig. Er wollte Pichler die Schuld in die Schuhe schieben. Er ging nur gegen »Rote« vor. Sozialdemokraten sagten später aus, der Polizist habe den Saal zusammen mit der SA betreten und nur auf Linke eingeschlagen. Tatsächlich hatte Schmorwerk mit seinem Gummiknüppel vor allem Pichler und zwei ihm unbekannte Kommunisten aus Menden traktiert.

Blutige Saalschlachten wie diese waren im Ruhrgebiet Anfang der 1930er Jahre an der Tagesordnung.

Die Polizei ermittelte nach der Stromberger Massenschlägerei nicht nur gegen die Gewalttäter, sondern auch gegen den Landjäger Schmorwerk, weil er die Beleidigungen des nationalsozialistischen Redners gegen Regierungspräsident König und Landrat Hans Bentlage angeblich überhört hatte und nicht eingeschritten war. Von den Beleidigungen hatte nichts in seinem Bericht gestanden. Zeugen hatten den Landrat informiert. Die Staatsanwaltschaft Dortmund verhörte den Stromberger Gendarm.

Täter war Parteiredner Voss aus Bochum. Er hatte Regierungspräsident Max König (SPD) attackiert: »Er hat einen Geheimrat (Regierungsrat) zur Rechten und zur Linken. Ich spreche ihm jede Qualifikation, den Posten als Regierungspräsident zu versehen, ab. Seine erste Leistung oder Arbeit war, dass er seinen Schwiegersohn – einen noch jungen Menschen – den Gärtnergehilfen Hansmann aus Hörde zum Landrat machte und ihn in die höchste Gehaltsstufe einrangierte.«

Regierungspräsident König war gelernter Schmied, wurde aber mit 21 Jahren Funktionär des Deutschen Metallarbeiterverbandes, also einer Gewerkschaft. 1890 war er im Alter von 22 Jahren Delegierter beim SPD-Parteitag in Halle. Er arbeitete auch als Redakteur beim sozialdemokratischen »Volksblatt« in Dortmund. In der SPD vertrat er eher rechte Positionen, sah die Freikorps als Mittel zur Bekämpfung der extremen Linken und agierte gegen den Versailler Vertrag. 1933 wurde er von den Nationalsozialisten abgesetzt. Die Ermittlungen gegen Voss und Schmorwerk verliefen wie üblich im Sande. Die Machtübernahme setzte ihnen ein Ende.

Immer mehr Homborner traten in die NSDAP ein. Theo Bertram wurde am 1. März 1932 offiziell aufgenommen. Sein jüngerer Bruder Anton war schon seit 1. Mai 1931 Parteigenosse. Im Juni 1933 trat Anton in die SS ein und wurde Abschnittsschulungsleiter in Danzig.

Der ehrgeizige Bruder hatte Theo Bertram stark beeinflusst, vor allem politisch. Als Nachgeborener konnte Anton nicht den Hof übernehmen, sondern musste auf eigenen Füßen stehen. Im Ersten Weltkrieg hatte er als Soldat der Kriegsmarine teilgenommen. Nach dem Krieg kämpfte er in einem Freikorps gegen die Revolution. Danach schlug er eine Laufbahn als Landwirt ein. Nach einer kurzen Tätigkeit auf dem väterlichen Hof in Homborn verschlug es ihn auf diverse Güter im Osten Deutschlands.

Ab dem Wintersemester 1922/23 studierte Anton in Münster und Danzig Landwirtschaft. Das Diplom bestand er im Sommer 1930 in Danzig mit der Note »sehr gut«. 1932 promovierte er mit der Note »gut«. Wenig später heiratete er seine erste Frau, die jedoch 1937 starb. 1939 wurde er zur Kriegsmarine einberufen. 1943 heiratete er, inzwischen Kapitänleutnant der Kriegsmarine auf Wangerooge, das zweite Mal.

Die meisten Stromberger Kommunisten setzten – anders als Pichler – auf Propaganda. Der Arbeiter Kurt Degener wohnte 1929 als Untermieter in Krambruch im Sassenland. Sein Nachbar, der Niederländer Willem Hermans, hatte von seinen politischen Aktivitäten gehört und sprach ihn auf der Straße an: »Wir haben gehört, du bist Kommunist?« Degener antwortete: »Ja, bin ich. Warum?« – »Komm am Wochenende mal auf ein Bier vorbei«, lud ihn Willem Hermans ein. Degener hatte nichts dagegen.

Sie tranken ein Bier zusammen. Aus der Bekanntschaft entwickelte sich eine Freundschaft mit der niederländischen Familie. Jan Willem Hermans und seine Söhne Willem, Heinrich und Johann hatten die gleichen Ansichten wie Kurt Degener. Sie sangen gemeinsam die »Internationale«. Die Männer hassten Herrenmenschentum und Ausbeutung.

Ende 1929 heiratete Degener und zog mit seiner Frau nach Stromberg. Der 22jährige wurde leitender Funktionär der örtlichen KPD. Seine Freunde besuchte er auch nach dem Umzug regelmäßig. Die Hermans unterstützten die Arbeit der KPD. Kurt Degener äußerte: »Sie haben dann auch bis zur Machtübernahme und auch noch nachher die von mir regelmäßig dort hingebrachten Flugschriften und Plakate verteilt und geklebt. Da ich im Bezirk Stromberg in der KPD

Kassierer war, habe ich mich wiederholt auch an die Hermans gewandt und Spenden für die KPD erhalten.«

Wegen der zeitraubenden Parteiarbeit konnte Degener nicht mehr ins Sassenland fahren. Fritz Deinert übernahm seine Touren. Er besuchte ab 1930 kleine Bauerngemeinden, verteilte Flugblätter und Plakate. Es war gefährlich. Im katholischen Sassenland und in Krambruch standen ihm die meisten Bewohner feindlich gegenüber. Immerhin waren sie größtenteils katholisch und keine Nazis.

Auch Familie Hermans hatte eine Außenseiterrolle. Die Männer sympathisierten mit der KPD, ohne Mitglied zu sein. Im Ort galten sie als Kommunisten.

Jan Willem Hermans senior war Kleinbauer und besaß außerdem ein kleines Transportunternehmen. »Als einzige in Krambruch haben es damals sowohl der Vater Willem Hermans, seine Söhne Jan Willem Hermans, Heinrich Hermans und Johann Hermans übernommen, die von uns Funktionären hingebrachten Flugschriften und Plakate der KPD zu kleben und zu verteilen«, berichtete Fritz Deinert.

Die Arbeit der Hermans für die KPD blieb auf dem Dorf Krambruch nicht unbemerkt. Die wenigen dort vorhandenen Nazis beobachteten sie genau. Sie wussten, dass die KPD-Funktionäre Kontakt zur Familie Hermans hatten. Kurt Degener hatte 1931 Willi Bellers »Rampenlicht« in Stromberg verkauft, Fritz Deinert hatte die Verteilung in den östlichen Dörfern übernommen, mit Hilfe der Familie Hermans. Damit machten sie sich nicht nur unter den Nationalsozialisten Feinde.

Gefährlicher war es für Kommunisten in Dörfern wie Homborn. Deshalb schlichen sie meist abends, nach Einbruch der Dunkelheit durch die Straßen. Sie mussten sehr vorsichtig sein, dass sie beim Kleben nicht erwischt wurden. Falls doch, riskierten sie nicht nur Prügel. So mancher Landwirt hielt die Schrotflinte bereit, wenn er Kommunisten im Dorf erblickte.

Der Aufschwung der NSDAP setzte sich bei den Reichstagswahlen fort. In Homborn erzielte die NSDAP im Juli 1932 mit 173 Stimmen satte 67 Prozent, das zweitbeste Ergebnis im gesamten Umkreis. Die SPD stagnierte bei 46 Stimmen. Das waren noch knapp 18 Prozent. Die Zugewinne der NSDAP gingen zu Lasten der Deutschnationalen. Sie erhielten nur noch 16 Stimmen. Das Zentrum bekam mit sieben Stimmen (knapp 3 Prozent) noch viel weniger. Die KPD hatte 13 Wählerstimmen.

Inzwischen hatte sich die wirtschaftliche Lage stabilisiert. Reichskanzler Heinrich Brüning hatte ein Ende der Reparationszahlungen erreicht. Hindenburg wurde am 10. April 1932 mit 53 Prozent als Reichspräsident wiedergewählt. Adolf Hitler hatte fast 37 Prozent erhalten. Die demokratischen Parteien hatten sich darauf geeinigt, Hindenburg zu unterstützen, um Hitler zu stoppen. Zum Dank entließ Hindenburg am 30. Mai 1932 Brüning und ernannte den parteilosen, ehemaligen Zentrumspolitiker Franz von Papen zum neuen Reichskanzler.

Gemeinsam mit Hindenburg setzte er beim sogenannten Preußenschlag im Juni 1932 die sozialdemokratische Landesregierung des größten deutschen Teilstaates Preußen ab und bereitete damit den Boden für die Machtübernahme der NSDAP. Dazu gehörte auch die Aufhebung des SA-Verbotes.

Im November 1932 verlor die NSDAP leicht und kam auf 154 Stimmen (63 Prozent). Die SPD-Wähler blieben standhaft. Ihre Partei erhielt 43 Stimmen (17 Prozent), die KPD 18 und die DNVP 16.

Ewald Roth, Hans Siegmund und andere Nazigegner waren froh über die NSDAP-Verluste. Sie hofften auf ein Ende des

Siegeszuges der NSDAP. Theo Bertram war da ganz anderer Meinung. Er war siegesgewiss.

Nach der Novemberwahl entließ Hindenburg Franz von Papen und ernannte zunächst seinen Freund General Kurt von Schleicher zum neuen Reichskanzler, nicht Adolf Hitler.

1933

Hindenburg mochte den »böhmischen Gefreiten« nicht. Aber Fritz Thyssen, Albert Popper und andere einflussreiche deutsche Wirtschaftsführer nahmen ihn in die Mangel: »Hitler ist ein Ehrenmann, er wird uns und Deutschland helfen.« Hindenburg glaubte ihnen.

Am 30. Januar 1933 ernannte der greise Reichspräsident Adolf Hitler zum Kanzler. Damit war sein Kampf gegen die Weimarer Republik fast gewonnen. Zuerst hatte Hindenburg den Ersten Weltkrieg in den Sand gesetzt, dann den Waffenstillstand. Immerhin hatte er es geschafft, die Verantwortung auf andere abzuwälzen.

Paul von Hindenburg unterzeichnete verschiedene Notverordnungen. Damit schuf er die Grundlagen für die Ausschaltung der Demokratie, die Abschaffung der Menschenrechte und für die Errichtung der NS-Diktatur in Deutschland. Die erste Folge waren Massenverhaftungen von Kommunisten.

Theo Bertram hatte die entsprechenden Meldungen im »Hellweger Anzeiger« am Frühstückstisch in der heimischen Küche mit Genugtuung gelesen. Endlich wurde aufgeräumt mit dem »roten Pack«. Zufrieden registrierte er den politischen Erdrutsch bei den Wahlen im März 1933, als die NSDAP in Homborn 180 Stimmen erzielte. Das waren rund drei Viertel der abgegebenen Stimmen. Einzig die SPD hatte sich halbwegs halten können und war noch auf 35 Stimmen

(14 Prozent) gekommen. Die Kampffront Schwarz-Weiß-Rot, ein Zusammenschluss der protestantischen Deutschnationalen, erhielt 20 Stimmen (8 Prozent). Andere Parteien waren bedeutungslos geworden.

Theo Bertram freute sich auch, als er las, dass der Stromberger Gemeinderat am 19. April 1933 mit den Stimmen von NSDAP, Kampffront Schwarz-Weiß-Rot, Zentrum und Kriegsopfern den Ruhrpark in »Hindenburg-Hain« umbenannt hatte. (So heißt er bis heute. Im April 2013, fast 80 Jahre nach der nationalsozialistischen Entscheidung, bestätigte der Stromberger Stadtrat die Umbenennung mit den Stimmen von CDU, FDP und FWG.)

Gegner der NSDAP waren in Stromberg und Homborn ab 1933 absolute Außenseiter. Die Homborner SA hatte bereits über 60 Mitglieder und marschierte gemeinsam mit Gesinnungsgenossen aus den umliegenden Dörfern und Gemeinden regelmäßig durch die Straßen. Evangelische und katholische Geistliche hielten bei den nationalsozialistischen Aktionen ökumenische Gottesdienste ab.

Lothar Heckmann (SPD) war 1933 erneut in den Homborner Gemeinderat gewählt worden, durfte sein Mandat aber nicht mehr ausüben. »Bleib zu Hause, sonst gehst du in den Knast«, sagte Theo Bertram, als sie sich in der Kneipe »Leiter« trafen. Der Homborner Kettenschmied Ludwig Prinz wurde 1933 für die NSDAP wieder zum Amtsvertreter gewählt. Zuvor hatte er der Evangelischen Liste angehört.

Am 22. Juni 1933 verbot Reichsinnenminister Wilhelm Frick die SPD, indem er sie zur »staats- und volksfeindlichen Partei« erklärte. Der SPD wurden alle Aktivitäten untersagt. Von nun an waren Sozialdemokraten wie Lothar Heckmann offiziell Staatsfeinde. Er musste sich täglich auf dem Gendarmeriebüro melden. Für ihn eine unerträgliche Situation. Er war doch Demokrat, ein unbescholtener Bürger. Jetzt wurde er wie ein Verbrecher behandelt und von Leuten wie Bertram schikaniert.

Während Demokraten, entlassen, abgelöst oder verhaftet wurden, behielt Gemeindevorsteher Hubert Kirschkopf seine Stellung. Die Nationalsozialisten akzeptierten ihn wegen seiner »treudeutschen« Haltung. Er amtierte von 1911 bis 1934, als er aus Altersgründen zurücktreten musste.

Als Hubert Kirschkopf im März 1937 verstarb, verfasste der Stromberger und spätere Unnaer Bürgermeister Gottfried Hochmut einen kernigen Nachruf: »Herr Hubert Kirschkopf hat bis zum Jahre 1934 23 Jahre lang mit kluger Umsicht und in vorbildlicher Treue die Gemeinde Homborn geführt. In Folge schwerer Erkrankung legte er sein Amt nieder. Nun ist er von irdischen Nöten erlöst. Mit ihm scheidet ein aufrechter, kerndeutscher Mann, dem das Wohl seiner Gemeinde stets am Herzen lag und der ein Vorbild für seine Mitbürger war (…).«

Der Industriellensohn Hochmut hatte 1919 im thüringischen Sömmerda mit dem Gewehr in der Hand gegen »Spartakisten" gekämpft. Nach 1933 stieg er zunächst zum Bürgermeister im Amt Stromberg auf, ohne Mitglied der NSDAP zu sein. Er arbeitete eng mit den Direktoren der Firma Popper zusammen.

Den Alten Kämpfern der NSDAP in Stromberg und Umgebung war Hochmut ein Dorn im Auge. Sie hatten weitergehende Ziele. Sie bekämpften den deutschnationalen Amtsbürgermeister und die Firma Popper, aber sie kamen nicht weit. Sie verloren ihre Parteiämter und Arbeitsstellen und mussten Stromberg verlassen. Der Führer ließ seine treuen Parteisoldaten im Stich.

Etablierte Fachkräfte, Industrielle und Beamte setzten sich gegen die Träger des Goldenen Parteiabzeichens durch. Der NS-Staat belohnte Gottfried Hochmut mit der Beförderung zum Bürgermeister der Stadt Unna.

In der Region, im Gau Westfalen-Süd, steuerten Fachkräfte wie Hochmut in Verbindung mit Stahlindustriellen das NS-Regime. Direktor Fritz Fils von der Firma Popper und seine Kameraden bekamen Sitz und Stimme in den entscheidenden Ausschüssen des Rüstungsministeriums von Albert Speer. Albert Popper war gut mit Speer befreundet.

In Homborn trat Sohnemann Wilhelm Kirschkopf bald in die Fußstapfen des einflussreichen Vaters Hubert. Im Mai 1933 amtierte er als Zellenleiter der NS-Partei.

Ende Januar 1933 war Fritz Deinert 25 Jahre alt. Er saß in seiner Einzimmerwohnung und las in der Stromberger Tageszeitung über die Machtergreifung. Er hatte Angst. Auf die Straße traute sich der ledige Arbeitslose, der seit 1929 Funktionär der Ortsgruppe der KPD in Stromberg war, kaum noch.

Bis Sommer 1932 hatte er als Metallarbeiter bei einem Kabelwerk gearbeitet. Dann warf ihn die Firma raus. Verantwortlich sei die schlechte Auftragslage. Grund waren jedoch Deinerts politische Aktivitäten, denn Kommunisten wurden zuerst entlassen. An sich war er ein guter Arbeiter. Er steckte voller Tatendrang, aber das zählte nicht.

Kommunisten sollten als politische Gegner ausgeschaltet werden. Am 1. Februar 1933 durchsuchte die Stromberger Polizei seine Wohnung. Sie fand ein KPD-Flugblatt und beschlagnahmte es. Für eine Festnahme reichte es noch nicht.

Nach dem Reichstagsbrand vom 28. Februar 1933 donnerte die Polizei das zweite Mal gegen seine Wohnungstür. Dieses Mal war er vorsichtiger gewesen, sie fanden nichts. Er glaubte, er hätte es überstanden.

Schon einen Tag später, am 1. März 1933, klopfte es erneut laut an der hölzernen Wohnungstür: »Aufmachen! Polizei.« Deinert öffnete und blickte in den Flur. SA-Männer und ein Schutzpolizist riefen durcheinander: »Aus dem Weg!« Sie schoben ihn beiseite und stürmten in die Wohnung.

Sie hatten ihn überrascht. Die Polizeibeamten fanden ein Flugblatt der KPD. Fritz Deinert wurde blass, ihm wurde schlecht. Was würden sie mit ihm machen?

Für die Polizei war er jetzt Wiederholungstäter. Sie nahmen ihn fest und brachten ihn auf die Polizeiwache. Er wurde erkennungsdienstlich behandelt: Polizisten nahmen Fingerabdrücke und machten Fotos. Außerdem trugen sie ihn in die Kartei der Politischen Gefangenen ein. Als Haftgrund schrieben sie: »Kommunistischer Funktionär, Führer der Ortsgruppe«.

Vom 1. März bis 4. März 1933 saß Fritz Deinert im Stromberger Polizeigefängnis ein. Polizisten verhörten ihn mehrfach. Die Verhöre dauerten Stunden. »Als Funktionär versorgte ich die umliegenden Gemeinden, alles kleine Bauerngemeinden, mit Flugschriften und Plakaten«, sagte er. »Wo genau bist du gewesen? Wer hat dir geholfen?«, fragte ein uniformierter Schutzpolizist, den er nicht kannte. Er nannte die Namen der Gemeinden.

»Wer war noch dabei?«, fragte der Polizist. »Helfer hatte ich keine«, antwortete Deinert. Mehr verriet er, trotz »verschärfter Vernehmungsmethoden« mit wüsten Beschimpfungen, Drohungen und Faustschlägen, nicht. Viel mehr hatte er auch nicht zu sagen.

Diese »Beweise« reichten der Polizei. Die Politische Polizei in Stromberg stufte ihn als Staatsfeind ein und nahm ihn in Schutzhaft. Am 4. März 1933 überstellte sie ihn ins Polizeigefängnis Unna. Am 21. April 1933 brachte ihn ein Schutzpolizist in Handschellen ins KZ nach Bergkamen-Schönhausen. In ein Haus, das der Gelsenkirchener Bergwerks AG gehörte.

Morgens um 10.30 Uhr traf er im Lager ein. Bis zum 3. Mai war er dort den Schlägen und Misshandlungen der SA-

Aufseher ausgesetzt. Dann wurde er wegen Überfüllung des Lagers ins Arbeitshaus nach Brauweiler überführt. Das Gefängnis Brauweiler befand sich in einer ehemaligen Abtei. In der NS-Zeit war sie Konzentrationslager und Gefängnis der Kölner Gestapo. Im Juni 1933 war Haftprüfungstermin für Deinert.

Im Frühjahr 1933 waren noch weitere Stromberger Kommunisten verhaftet worden, darunter Kurt Degener und die Brüder Doppler. Der Stromberger Polizeisekretär beurteilte die Fälle und schrieb über Deinert und Degener: »Beide Häftlinge sind als die Führer der früheren Kommunisten Strombergs zu bezeichnen und haben durch ihre Aktivität verstanden, die Ortsgruppe der KPD trotz drohenden Untergangs am Leben zu erhalten. Sie würden nach ihrer Rückkehr nicht nur wieder der Fürsorge zur Last fallen, sondern als Müßiggänger die Beziehungen zu ihren früheren auswärtigen Genossen wieder aufnehmen und in ihrem früheren Sinne weiter arbeiten. Zusammengefasst kann nur gesagt werden, dass nach diesseitiger Ansicht Fritz Deinert und die Gebrüder Doppler im Interesse der Staatssicherheit in Haft zu behalten, während im Falle Degener ebenfalls eine Haftverlängerung erforderlich erscheint, aber im Interesse der Familie eine neue Haftprüfung nach 4–6 Monaten vorgeschlagen wird.«

Gemeindevorsteher Heinrich Robbert schlug vor, alle vier Kommunisten weiter in Schutzhaft zu belassen, »zumal dieselben hier auch keine Arbeit finden und somit als Eckensteher wieder im Ortsbild erscheinen würden. Da sie von der Ortspolizeibehörde auch dauernd beobachtet werden müssten, würden sie der Allgemeinheit nur erhöhte Unkosten verursachen.«

Am 7. Juli 1933 übermittelte die Stromberger Verwaltung dem Landrat Wilhelm Tengelmann wunschgemäß eine Liste von politischen Häftlingen, »die für Moorkultivierungsarbeiten in Frage« kämen. Auf der Liste stand auch Fritz Deinert. Er blieb in Brauweiler inhaftiert.

Freikorpskämpfer Wilhelm Tengelmann war eine Schlüsselfigur für die nationalsozialistische Macht im Kreis Unna vor und nach 1933. Er war 1930 in die NSDAP eingetreten. Seit September 1931 gehörte er dem Direktorium der Gelsenkirchener Bergwerks AG an und saß in dieser Funktion im Direktorium der konzerneigenen Zeche Monopol in Kamen. Er sorgte dafür, dass sein Unternehmen der Polizei im Regierungsbezirk Arnsberg 1933 das Gebäude für das Konzentrationslager Bergkamen-Schönhausen zur Verfügung stellte. Es lag mitten in einer Bergarbeitersiedlung, die ebenfalls dem Unternehmen gehörte. Hinter der Gelsenkirchener Bergwerks AG standen Albert Poppers Vereinigte Stahlwerke. Vor der Umwandlung in ein KZ war in Schönhausen ein Wohlfahrtshaus für nichtschulpflichtige Kinder untergebracht gewesen. Hier lernten Kinder nähen und konnten spielen.

Als Landrat des Kreises Unna ließ Tengelmann im April 1933 mehr als 490 Kommunisten festnehmen, die überwiegend in sein Konzentrationslager eingeliefert wurden. Für die Aufseher war es sehr praktisch, dass sich im benachbarten Lerche im »Haus Reck«, einer weiteren Immobilie der Gelsenkirchener Bergwerks AG, ein SA-Ausbildungslager befand. Da konnte kein Personalmangel aufkommen.

Das KZ in Bergkamen diente als Durchgangsstation. Viele Gefangene wurden in andere Haftstätten überstellt. Bis zur Auflösung des Lagers im Oktober 1933 hatten hier über 1.000 Menschen aus dem Regierungsbezirk Arnsberg eingesessen.

Tengelmann stieg im Oktober 1933 zum Beauftragten des Preußischen Ministerpräsidenten Hermann Göring für Wirtschaftsfragen auf, wurde SS-Sturmbannführer und Wehrwirtschaftsführer. Er verließ Unna und starb 1949 wohlhabend in Berchtesgaden.

Im August 1933 prüfte die Stromberger Polizei die Schutzhaftanordnungen auch im Fall Deinert erneut: »Deinert hat sich nicht nur unter anderen Führern stark betätigt, sondern, als diese nach und nach verzagten, selbst den Posten des Führers übernommen und besonders dafür gesorgt, dass engste Fühlung zwischen auswärtigen KPD-Führern bestand. Da weitere Betätigung des Deinert zu befürchten ist, erscheint seine Entlassung verfrüht. Neue Haftprüfung wird, wie im Falle Doppler, auf den 1.11.1933 vorgeschlagen.«

Zu diesem Zeitpunkt saß Kurt Degener ebenfalls noch in Haft. Auch seine Wohnung war am 28. Februar 1933 durchsucht worden und die Polizei hatte mehrere Flugblätter gefunden. Am 12. April 1933 wurde er verhaftet und früh morgens um 6.30 Uhr ins Konzentrationslager Bergkamen-Schönhausen eingeliefert.

Drei SA-Männer nahmen Kurt Degener bei seiner Ankunft im Lager in Empfang. Sie führten ihn in einen Raum in der ersten Etage und setzten ihn auf einen Stuhl. Degener sah sich um.

Neben ihm saß ein anderer Mann, der Chemiker Dr. Walter Busch. Um ihn herum gruppierten sich fünf Männer, drei von der SA, zwei von der SS. Ein SS-Mann hatte eine Eisenstange, die anderen hatten Gummiknüppel. Der SS-Mann schlug als Erster zu, er traf Walter Busch mit voller Wucht am Oberschenkel. Busch brach zusammen. Nun fielen die anderen über ihn her. Sie schlugen mit den Gummiknüppeln auf ihn ein. Sie trafen seinen Kopf, zertrümmerten seine Nase.

In seiner Verzweiflung versuchte Walter Busch sich auf den Bauch zu drehen, um sich zu schützen. Nun schlugen die fünf Männer auf seinen Rücken ein. Nachdem sie sich eine Zeit lang auf diese Weise abreagiert hatten, ergriff einer Buschs Haare und zog ihn zur Seite. Er riss ihm die Haare büschelweise aus. Wenn eine Stelle kahl und blutig war, griff er woanders zu. Sie schlugen immer weiter auf ihn ein. Als Busch regungslos am Boden lag, ließen die Schläger von ihm ab.

Kurt Degener war erschüttert, aber er hatte Glück. Sie hatten einen Teil ihrer überschüssigen Energie an Dr. Walter Busch ausgelassen. Die Ruhe war trügerisch. Sie hielt nur wenige Minuten.

Nach einer kurzen Verschnaufpause verprügelten die fünf Männer Kurt Degener. Er kam relativ glimpflich davon, blutete aber aus einigen offenen Wunden. Schließlich trugen die Schläger beide Gefangene hinaus und schleiften sie in einen anderen Raum. Hier standen Holzstühle in einer Reihe an der Wand, auf denen bereits andere Männer saßen, die in derselben Weise »vernommen« worden waren.

Alle hatten schwere Verletzungen. Manche bluteten aus klaffenden Wunden am Kopf, anderen war die Kleidung zerrissen worden. Kurt Degener und Walter Busch wurden jeweils auf einen freien Stuhl gesetzt.

Degener war benommen und wie betäubt, aber langsam stellte sich der Schmerz ein. Busch sagte, dass er sein Bein nicht mehr spürte. Und er konnte nicht mehr riechen. Das Sitzen fiel ihm schwer, er wollte sich auf den Boden fallen lassen. Als er sich bewegte, ging der SS-Mann zu ihm und schlug ihm ins Gesicht. »Liegen gibt es nicht! Ihr bleibt sitzen!« Die Männer mussten ununterbrochen auf den Stühlen sitzen bleiben.

Nach etwa 15 Minuten wurde ein weiterer Mann hereingetragen. Er stöhnte und hielt sich den Bauch. Die Bewacher setzten ihn auf einen Stuhl, aber er konnte sich nicht aufrecht halten. Er fiel auf den Boden, ein SS-Mann schlug zu, aber der Gefangene bewegte sich nicht mehr, er wimmerte ständig vor Schmerzen, zum Schreien war er zu schwach.

Der SS-Mann hörte auf zu schlagen und rief seine Kameraden. Sie öffneten dem Verletzten Jacke und Hemd, zogen sein Unterhemd nach oben. Den hartgesottenen Männern wurde schlecht. Ein SA-Mann kotzte auf den Fußboden. Der Magen des Mannes hing aus einer offenen Wunde heraus, darüber sah man noch Operationsnarben, darunter war alles blutig.

Der Mann war vor Wochen am Magen operiert worden, die Wunde war noch nicht richtig verheilt. Hilfspolizisten von SA und SS hatten ihm beim »Verhör« in den Bauch getreten.

Von dem heraushängenden Magen geschockt, schafften die Bewacher ihr Opfer aus dem Raum. Sie brachten ihn mit einem Pkw in ein nahe gelegenes Krankenhaus. Dank der Hilfe der Ärzte überlebte der schwer verletzte Mann.

Spätere medizinische Untersuchungen ergaben, dass die Aufseher Walter Busch mit der Eisenstange den Muskel des rechten Oberschenkels durchgeschlagen hatten. Das Bein war danach teilweise gelähmt. Nach seiner Entlassung musste er am Fuß eine Gummistütze tragen. In Folge der Kopfverletzungen hatte er auf der linken Nasenseite den Geruchssinn verloren. Für einen Chemiker ein großer Nachteil.

Wie alle Häftlinge wurde auch Degener zum berüchtigten »Haareschneiden« aus dem Raum geführt. Als er sich weigerte, warfen ihn vier SA-Wachen die Treppe herunter. Degener fiel auf den Hinterkopf und zog sich beim Sturz eine klaffende Wunde zu.

Busch, Degener und andere Verhaftete mussten zwei Tage in Schönhausen bleiben. Sie mussten während der ganzen Zeit auf Stühlen sitzen, durften sich nicht auf den Fußboden legen.

Busch erzählte Degener, dass er bereits im März und April 1933 von SA-Männern überfallen worden war. Degener erfuhr zu seiner Überraschung auch, dass Busch 1923 der NSDAP angehört hatte. Nach der Machtübernahme hatte er in Unna eine Gruppe der Otto-Strasser-Front gründen wollen, einer nationalbolschewistischen Strömung in der NSDAP. Jetzt war auch er Staatsfeind.

Am 14. April 1933, kurz vor Mitternacht, wurde Kurt Degener aus der Zelle geholt. Zusammen mit einer großen Häftlingsgruppe, darunter Dr. Busch und zwei andere schwer verletzte Stromberger Kommunisten, transportierten ihn uniformierte Polizeibeamte ins Bochumer Zentralgefängnis, wo er bis November 1933 inhaftiert blieb.

Hier stellten Schutzpolizisten das Wachpersonal. Sie verprügelten ihn nicht. In Bochum fühlte sich Degener sicher, obwohl es bei Verhören Misshandlungen durch Beamte der Gestapo gab, aber Degener wurde nicht mehr verhört. Er hatte nichts mehr zu sagen. Alles, was er wusste, hatte er schon unter der Folter von Schönhausen gestanden.

Eines Tages erhielt Degener überraschend Besuch von Gregor Pichler, der ihm Grüße von seiner Frau bestellte. Degener konnte sich keinen Reim darauf machen. So kameradschaftlich-fürsorglich kannte er Pichler gar nicht. Sie sprachen über die Zeit vor 1933 und über das Rampenlicht. Gelegentlich stellte Pichler Fragen, die Degener stutzig machten. In der Nacht nach dem Besuch lag Degener lange wach in seiner Zelle und überlegte, warum Pichler ihn besucht hatte.

Das Polizeipräsidium Bochum fragte am 9. September 1933 beim Landrat Tengelmann in Unna an, ob Degener im Oktober ins KZ Papenburg überführt werden sollte. Es gab Überlegungen, ihn zu entlassen. Die Polizei Stromberg lehnte ab: »Degener ist als eingefleischter Kommunist bekannt. Es steht wohl fest, daß er sich schwerlich von seinem kommunistischen Wahn abbringen lassen wird. Obgleich zu erwarten ist, daß Degener seine Betätigung im Interesse seiner Familie einstellen wird, kann im Augenblick nicht für seine Entlassung eingetreten werden. Haftprüfungstermin für den 1.10.33 erbeten.«

Nach dem Besuch im Bochumer Gefängnis ging Pichler zu Frau Degener. Er erzählte ihr, dass Kurt nicht mehr aus der Haft zurückkehren würde. Sie solle sich schon mal einen anderen Mann suchen. Er wusste auch, wen.

Pichler verkuppelte Frau Degener mit einem seiner Saufkumpane. Zu Hause erzählte Pichler im Freundeskreis herum, in welch üblem Zustand er Degener im Bochumer Polizeigefängnis angetroffen hatte. »Den Kurt haben sie fertig gemacht«, sagte er. »Er ist ein gebrochener Mann.«

Ende Oktober 1933 stand Luise Pichler am Bekanntmachungskasten der NSDAP am Marktplatz. Eine Schlagzeile weckte ihre Neugier: »Konzentrationslager aufgehoben.«

Zuerst freute sie sich, aber als sie den Text las, wurde ihr schlecht. Sie dachte an Kurt Degener und an das, was SA und Polizei dort mit ihm gemacht hatten. Ihr Mann hatte ihr nach seinem Besuch bei Degener im Bochumer Polizeigefängnis berichtet, was er gesehen und erfahren hatte. Selbst ein hartgesottener Schläger wie Gregor war betroffen gewesen. »Kurt ist ein gebrochener Mensch«, hatte er gesagt. Sie war wütend, als sie den Artikel las, der alles verharmloste und verdrehte.

Tengelmanns Nachfolger, Landrat Heinz Klosterkemper, hatte die Wachmannschaften des Lagers zur Abschlussfeier ins Kasino Bergkamen eingeladen. Mit ihnen zusammen feierten Kreisinspektor Karl Warnecke, Bergassessor Fromme aus Kamen, Inspektor Denkhaus aus Kamen, verschiedene Bürgermeister des Kreises Unna, ein Polizeibeamter und Ortsgruppenleiter Wilhelm Kexel aus Bergkamen.

Nach einer Stunde »gemütlichen Beisammenseins« waren die Anwesenden angeheitert. Heinz Klosterkemper erhob sich. In seiner feierlichen Ansprache blickte er zurück in die Entstehungsgeschichte des Lagers. Er erwähnte, dass sein Vorgänger Wilhelm Tengelmann extra aus Berlin angerufen hatte, um ihn und sich selbst zu beglückwünschen. Außerdem wollte Tengelmann daran erinnern, wer der »Gründervater« des Konzentrationslagers gewesen war, nämlich er selbst.

Klosterkemper begrüßte die Hilfspolizei, also die SA und SS, die von Februar bis Oktober 1933 ehrenamtlich »den bestimmt oft nicht leichten Dienst im Sammellager versehen« habe. Der Wachmannschaft dankte Heinz Klosterkemper mit Tränen in den Augen »für die treuen Dienste«. Ganz besonders inbrünstig begrüßte er Kreisinspektor Karl Warnecke, der den ganzen Verwaltungsapparat des Konzentrationslagers organisiert hatte. »Es ist sehr schade, dass das Sammellager nun aufgelöst wird«, klagte Klosterkemper. Es habe im Kreis Unna sehr stark zur Beruhigung der Bevölkerung beigetragen. Er freute sich aber darauf, dass schon Maßnahmen zur Errichtung eines neuen Konzentrationslagers getroffen worden seien. Er fragte die Wachmannschaften, ob sie sich auch dann wieder in den Dienst der Sache stellen würden, worauf die ganze Schlägertruppe mit einem kräftigen »Ja« aus vollem Hals antwortete. Zum Schluss brachte Klosterkemper ein dreifaches »Sieg Heil« auf den Führer Hitler, den Reichspräsidenten Hindenburg und Hermann Göring aus.

Lagerkommandant Willi Boddeutsch ergriff das Wort und dankte dem Landrat für seine lobenden Worte. »Selbstverständlich würden wir uns alle wieder mit Leib und Seele für ein neues Lager zur Verfügung stellen.«

Nach dem Aus für das KZ Schönhausen war die Wachmannschaft zunächst ohne Arbeit. Aber der Landrat beruhigte Boddeutsch. Direktor Fromme hatte sich dazu bereiterklärt, einige Wachleute zu beschäftigen. Andere sollten ins Ausbildungslager bei Hamm-Werries geschickt werden.

»Bei fröhlichem Spiel und Sang und freudiger Unterhalt vergingen die Stunden kameradschaftlichen Zusammenseins

viel zu schnell«, schrieb die Lokalzeitung. Über die Mitarbeit
der Polizei im Lager hatte sie nicht geschrieben.

Theo Bertram, der Ortsgruppenleiter

Auch Theo Bertram las den Artikel. Das morgendliche Zei-
tunglesen gehörte einfach zum Frühstück, wie Kaffee und
Brot. Er freute sich, dass die verhassten Kommunisten dorthin kamen, wo sie hingehörten. Er interessierte sich für Politik, und er war sehr gesellig. Regelmäßig besuchte er die
verschiedenen Dorfgaststätten. Nicht nur am Wochenende
blieb er lange aus.

Seine Frau Magdalene hatte einen ganz anderen Charakter. Sie ging nicht auf Tanzveranstaltungen, war fleißig und
zurückhaltend. Streng preußisch-protestantisch erzogen, ar-
beitsam und gehorsam – bis zu einem gewissen Grad. Sie
blieb zu Hause, wenn er ausging. Sie kümmerte sich um Haus
und Hof. Sie achtete darauf, dass die Mädchen richtig sauber
machten und Essen kochten. Sie half überall, beim Melken
und bei der Feldarbeit. Vor allem kümmerte sie sich um die
Finanzen.

Theo Bertram ging oft mit seiner jüngeren Schwester tanzen. Die Schwester diente ihm als Alibi. In Wahrheit suchte
er die Bekanntschaft anderer Frauen.

Er hatte noch einen anderen Grund zum Ausgehen, denn
er war begeistert von der »nationalen Erhebung«, die ihm
neue Möglichkeiten für seine freie Entfaltung bescherte. Eine
davon war die Kommunalpolitik. Die NSDAP-Mitglieder
wählten ihn zum Ortsgruppenleiter.

Die Parteigenossen setzten große Hoffnungen in ihn. Er
sollte ihre Interessen in den kommunalen Gremien vertreten.
Diese Erwartungshaltung unterstützte er. Er versprach, ihnen

zu helfen. In Kneipen und bei Feierlichkeiten spendierte er großzügig Freibier. An die Versprechungen konnte er sich am nächsten Tag oft nicht mehr erinnern.

Theo Bertram stürzte sich enthusiastisch in die politische Arbeit. Er ging zu Parteiversammlungen. Öffentliche Aufmärsche, Schulungen, Sitzungen der Ortsgruppenleiter, der Delegierten des Kreises, der Kommunalparlamente füllten seinen Terminkalender. Sein Engagement war sehr zeitaufwändig. Die Probleme in der Familie vergrößerten sich.

Er hielt das volle Pensum monatelang durch. Das lag auch daran, dass sich seine »politische Betätigung« überwiegend im Bierdunst der Versammlungsorte abspielte. Das waren meistens Kneipen. Anschließend gab er sich verlockenden Angeboten in Vergnügungslokalen dermaßen ausgiebig hin, dass er nicht mehr genügend Zeit für die Bewirtschaftung seines Hofes hatte.

Morgens kam er kaum aus dem Bett und war auch dann zu keiner sinnvollen Arbeit zu gebrauchen. Er hatte oft starke Kopfschmerzen, war schlecht gelaunt und verbreitete schlechte Stimmung auf dem Hof. Am späten Nachmittag war er in der Regel immer noch matt und niedergeschlagen. Erst abends erholte er sich. Nach ein, zwei Bier war der Kater vergessen.

Theo Bertram unternahm regelmäßig Tagestouren durch die Gaststätten. Sie begannen nachmittags oder abends, dauerten bis in die Nacht, und die Folgen waren für alle auf dem Hof spürbar. Diese Sauftouren standen fast täglich auf dem Programm. Am nächsten Tag war er daheim.

Aber es gab auch andere Exzesse. Manchmal kam er tagelang nicht nach Hause. Dann übernachtete er auswärts, auch bei anderen Frauen. Er gab viel Geld aus. Der Unmut seiner Familie wuchs. Magdalene strafte ihn mit Verachtung. Sie sprach nicht mehr mit ihm. Sein Lebenswandel verschärfte die Krise auf dem Hof. Doch Theo Bertram ließ sich davon nicht beirren. Er war stur und ging seinen Weg.

Laut Gemeindeordnung war der Ortsgruppenleiter auch Gemeindeschöffe (eine Art untergeordnetes Richteramt auf Ortsebene). Nebenbei war Theo Bertram von 1933 bis 1938 auch als Amtsvertreter für die NSDAP ehrenamtlich tätig. Die Sitzungen häuften sich und gaben ihm Anlass, der Familie und der Hofarbeit zu entkommen.

Auf dem Hof lebte neben der Familie Bertram mit den Töchtern noch der alte Friedrich Wilhelm Bertram, geboren 1856, mit seiner Frau Emma, Jahrgang 1876. Von Zeit zu Zeit nahmen die Bertrams Rentner auf, die sich etwas dazuverdienten und umsonst wohnen konnten.

1933 schalteten die neuen Machthaber Deutschland gleich. Die Polizei wurde gesäubert, Demokraten rausgeworfen, SS- und SA-Verbrecher eingestellt. Arbeitervereine, Arbeiterparteien und Gewerkschaften wurden verboten. Später traf es christliche Vereine. Die Nazis hatten es insbesondere auf die Jugend abgesehen. Jugendliche, die Interesse am Fliegen oder an Fahrzeugen hatten, konnten ihre Träume verwirklichen, auch wenn ihre Eltern nicht reich waren. Alle Jugendlichen sollten in die Hitlerjugend (HJ) eintreten. Andere Jugendorganisationen wurden verboten. Wer versuchte, sich der Jugenddienstpflicht zu entziehen, war Staatsfeind und konnte eine Karriere vergessen.

Verwaltungen, politische Vertretungen und Vereine wurden »gesäubert«. Viele Vereine wurden aufgelöst oder an der Spitze umbesetzt. In protestantischen Dörfern wie Homborn änderte sich wenig. Für die meisten ging das Leben fast unverändert weiter. Nur wenige »Volksverräter« wurden aus der sogenannten »Volksgemeinschaft« ausgestoßen. Die Mehrheit feierte mit.

Im August 1933 initiierte die SA einen großen Aufmarsch auf dem Hof Schmettkamp in Homborn. Pastor Schwarzspecht hielt einen Feldgottesdienst. Homborner Bürger verpflegten die SA-Männer.

Beim Biwak des SA-Sturmbannes III/465 im Stromberg hielt der evangelische Pastor Gerd Stollwerk im September 1933 die kirchliche Feierstunde ab. Er würdigte die Verdienste der SA um die nationalsozialistische Erhebung mit dem Führer und dem Reichsfeldmarschall an der Spitze. »Gottes Wille« habe das deutsche Volk noch einmal geeint. Bei einem Aufmarsch des SA-Sturmbannes III/465 im Oktober 1933 in Altenbüren gestaltete Pfarrer Heinrich Wilhelm Schwarzspecht den SA-Gottesdienst. Er war bis Oktober 1932 Superintendent der Kreissynode Unna gewesen.

Pfarrer Schwarzspecht erlebte die »denkwürdige nationale Erhebung und die Berufung Adolf Hitlers zum Reichskanzler« mit »freudigster Anteilnahme«, wie er sagte. Die Kirchen zelebrierten die von der Hitler-Regierung offiziell eingeführten Feiertage, 1. Mai 1933 und 30. Januar 1934, »ökumenisch«, in »erhebenden« kirchlichen Feiern. Eine wahre Euphorie brach aus.

Ortsgruppenleiter Bertram war bei der Organisation des Tages der Hitlerjugend (HJ) am 19. November 1933 Feuer und Flamme. Die HJ wollte ihre neugewonnene Macht demonstrieren. Sie zog einen Propagandamarsch durch Stromberg auf. Beteiligt waren: Bund deutscher Mädel (BdM), Jungvolk und HJ.

Vorneweg marschierte der HJ-Spielmannszug aus Stromberg, finanziert vom Direktor der Firma Popper, Fritz Filz. Nach dem Mittagessen marschierte die Hitlerjugend in Homborn ein. Um 15 Uhr sangen die Jungs Nazilieder.

Theo Bertram hatte die Dorfbewohner mobilisiert oder

unter Druck gesetzt und dafür gesorgt, dass sie zahlreich an den Straßen Spalier standen und den Aufmarsch bejubelten. Wer nicht mitmachte, konnte schnell in den Verdacht der staatsfeindlichen Betätigung geraten. Anders herum: Wer dazugehören wollte, der musste mitmachen. Man musste spenden für die Erbsensuppe des Winterhilfswerks. Wer zu wenig spendete, wurde bedroht, wer nichts spendete, angezeigt. Wenn gegen einen politischen Gegner ermittelt wurde, überprüfte die Polizei das politische Engagement. Keine oder zu geringe Spenden galten als Kriterium für eine Belastung.

Einige Homborner Landwirte gingen aber nur zu den Aufmärschen, weil sie auf Bertrams Hilfe in finanziellen Angelegenheiten hofften.

Nach den Liedern und Sprechchören eröffneten Vertreter der Behörden und der NSDAP die »Nagelung«. Dabei durften die Spender einen Nagel in einen hölzernen Wappenschild der HJ hämmern, wofür sie selbstverständlich bezahlen mussten. Denn um Geld ging es.

Im Nachbardorf ging Ortsgruppenleiter Otto Rostlaube mit gutem Beispiel voran und schlug den ersten Nagel ein. Über die Höhe seiner Spende verlautete nichts. Es wurde genagelt, was das Zeug hielt. In manchen Ortsteilen glänzten die Parteioberen allerdings durch Abwesenheit.

Einflussreiche Bürger waren im Kriegerverein organisiert. Bei einer Versammlung der Stromberger Abteilung am 27. November 1933 hielt Lehrer Dietrich Schnittlauch eine kernige Rede. Er gehörte zu den fanatischsten Nationalsozialisten im Amt Stromberg. Seine Schüler traktierte er mit dem Rohrstock. Von 1933 bis 1936 malträtierte er auch Schüler in Altenbüren. 1933 referierte er vor der Versammlung des Nationalsozialistischen Lehrer-Bundes (NSLB) über das NSDAP-Programm.

Nicht nur beim Schülerprügeln, auch beim Kriegerverein geriet er in Ekstase: »Das verflossene Vereinsjahr ist seit Bestehen des Vereins das tiefgreifendste gewesen. Das wichtigste Datum dieses Jahres für uns und für Deutschland war der 30. Januar 1933, der Tag der nationalen Revolution Adolf Hitlers, ein Ereignis, das alles andere bei weitem übersteigt. Es war ein Aufbruch der Nation. Was folgte, war der volksdeutsche Frühling, auf den wir so lange warten mussten. In der größten Not sandte der liebe Gott unsere beiden Führer und Volkshelden – Hitler und Hindenburg. Wir können Gott nicht genug vor diesem machtvollen Geschehen danken. Die Machtübernahme Adolf Hitlers war die große Tat der Rettung vor der Versenkung in Bolschewismus und Untergang. Die Weimarer Republik war so fürchterlich, dass es niemals vergessen werden kann. Die Inflation war der größte jüdische Raubzug, den es jemals gegeben hat. Aber: Gott hatte unser Volk nicht vergessen. Der Retter war schon erweckt. Als die Stunde der Not am größten war, erschien uns der neue Messias: Adolf Hitler. Für uns und für das Vereinsleben hat der nationale Umbruch viele Vorteile gebracht. Wir haben einige nationale Feiertage hinzugewonnen: Den Tag von Potsdam, den 1. Mai als Tag der nationalen Arbeit, die feldgrauen Abende beim Stahlhelm. Kameraden! Das alles haben wir dem großen Führer Adolf Hitler zu verdanken. Er ist Deutschland und Deutschland ist Hitler. Er sorgt für sozialen Ausgleich. Er hat das Winterhilfswerk geschaffen. Gelobt sei Gott, denn einen Führer wie Adolf Hitler schenkt er dem deutschen Volke nur einmal.«

Die Krieger spendeten ihm donnernden Applaus und lautes Gegröle. Ähnlich sah sein Schulunterricht aus, bloß ohne Applaus und Gegröle.

In Homborn ernannte die NSDAP nach internen Querelen 1934 den Landwirt Heinrich Globke zum neuen Gemeindevorsteher. Er war im Mai 1933 in die NSDAP eingetreten, galt den Alten Kämpfern aber nicht als unumstritten, obwohl er schon seit 1932 als gewalttätiger Unterstützer der Nationalsozialisten aufgetreten war. Vor 1933 war er stellvertretender Gemeindevorsteher gewesen und hatte der Deutschnationalen Volkspartei (DNVP) angehört.

Theo Bertram mochte Globke nicht. Er hielt ihn für einen Emporkömmling, der nach der Machtübernahme aus Opportunismus in die NSDAP eingetreten war. Die Abneigung beruhte auf Gegenseitigkeit. Globke hielt Bertram für vergnügungssüchtig und als Ortsgruppenleiter ungeeignet.

Bertram hatte versucht, diese Ernennung mit einer Anzeige beim Kreisleiter der NSDAP zu verhindern. Er hatte behauptet, Globke sei kein Nationalsozialist und korrupt. Dennoch ernannte der Landrat Heinrich Klosterkemper Globke im März 1935 zum Gemeindebürgermeister. Theo Bertram musste ihm zähneknirschend die Anstellungsurkunde ausstellen, weil er als Gemeindeschöffe dazu verpflichtet war. Er empfand das als Demütigung, weil er seine Machtstellung als Ortsgruppenleiter untergraben sah.

»Ich schwöre: Ich werde dem Führer des Deutschen Reiches und Volkes, Adolf Hitler, treu und gehorsam sein, die Gesetze beachten und meine Amtspflichten gewissenhaft erfüllen, so wahr mir Gott helfe«, sagte Heinrich Globke am 9. April 1935, als er in Homborn seinen Amtseid leistete.

Die Ernennung Globkes reihte sich ein in die Ausschaltung überzeugter Nationalsozialisten. Schaltstellen im Amt Stromberg wurden mit etablierten Fachkräften besetzt. Viele waren wie Amtsbürgermeister Gottfried Hochmut nicht einmal Mitglied der NSDAP. Verantwortlich für diese Personalpolitik war die Firma Popper unter Direktor Fritz Filz.

Der niederländische Melker Hermann ten Brink wurde am frühen Morgen des 3. Juni 1935 im Kuhstall auf dem Hof Bertram tot aufgefunden. Der 71-jährige Invalide hatte sich erhängt. Die Polizei ermittelte, dass es sich um Selbstmord gehandelt habe. Nach Angaben des Arztes, der den Totenschein ausstellte, sei er starker Trinker gewesen.

Nach der Haft: Deinert und Degener

Paul Lins, Polizeichef in Stromberg, vergaß Fritz Deinert nicht. Er ließ ihn während der Haft beobachten und führte Buch über alle seine Schritte. Das Lager schickte ihm wöchentliche Berichte. Er hasste Kommunisten.

Als Polizeichef legte Lins die Haftzeiten fest. Anfang November 1933 schlug er vor, dass Fritz Deinert »vorläufig noch nicht aus der Schutzhaft entlassen werden sollte«. Der neue Landrat Heinrich Klosterkemper, NSDAP seit Mai 1933, stimmte am 6. November zu.

Im Januar 1934 schmorte Deinert noch im Konzentrationslager Brauweiler. Am 8. März 1934 wurde er in ein KZ bei Papenburg im Emsland verlegt. Am 19. April 1934 wurde er aus dem KZ Börgermoor entlassen.

Zurück in Stromberg, wurde er unter Polizeiaufsicht gestellt. Er musste sich täglich auf der örtlichen Polizeidienststelle melden.

Nach der Rückkehr traf er sich heimlich mit seinem Genossen Kurt Degener, der bis 15. November 1933 in Schutzhaft gesessen hatte. Sie gingen im Luna- oder Ruhrpark spazieren. Deinert sprach mit ihm über die Haftbedingungen: »Das erste Mal hatte ich Blut im Urin im KZ Börgermoor. Ob dies nun durch die dauernden Misshandlungen dort oder in Schönhausen entstanden ist, weiß ich nicht genau.«

Degener sah ihn an, aber er schwieg über seine eigenen Erlebnisse. An sich hatten sie sich dazu verpflichten müssen, über die Haftzeit zu schweigen.

Auch die Zeit nach der Haft war nicht einfach. Kommunisten waren geächtet. Nicht nur, dass sie keine Arbeit fanden. Freunde wandten sich von ihnen ab, mit einer Ausnahme, wie Deinert nach dem Krieg berichtete: »Als ich 1934 aus der Haft kam und meine Bekannten vorsichtig wurden, mit mir Umgang zu pflegen, hielten die Hermans zu mir. Sie unterhielten sich immer noch weiter in der Öffentlichkeit mit mir.«

Ansonsten war Fritz Deinert isoliert. Er war vom gesellschaftlichen Leben ausgeschlossen, ständig in Gefahr, erneut verhaftet zu werden. Würde er sich mit anderen Kommunisten treffen, konnte das als Straftat gewertet werden. Kneipen waren für ihn tabu. »Viel zu gefährlich«, sagte er. So saß er die meiste Zeit zu Hause und langweilte sich. Geld für Bier hätte er sowieso keins gehabt.

Ganz ähnlich war es Kurt Degener nach der Haft ergangen. »Ich lebte nach 1933 lange von Unterstützungen und war wirklich manchmal froh, wenn ich mich bei Hermans satt essen konnte, die es mir sehr gerne gaben. Ich kann mich erinnern, daß mir die Hermans oft gesagt haben, daß sie Schwierigkeiten hätten, weil sie sich nicht der holländischen NS-Organisation anschlossen.«

Fritz Deinert war nach der Haft arbeitslos und einsam, und er hatte einen Verbrecher als Nachbarn. Am 24. Juli 1934 erstattete dieser Nachbar, der NSDAP-Blockwart Franz Faserriss, Anzeige gegen Deinert wegen Beleidigung. Faserriss hatte Deinerts Mutter verprügelt und schwer verletzt, als Deinert im Konzentrationslager war. Darüber hatte Deinert mit einem anderen Nachbarn gesprochen.

Faserriss gab bei der Polizei zu Protokoll: »Am Donnerstag,

19. Juli, abends als ich nach Hause kam, erzählte mir meine Schwester Maria, dass sie im Fenster gestanden habe, während Fritz Deinert und Karl Kaiser sich draußen unterhalten haben. Sie habe gehört, dass Deinert über mich geschimpft und unter anderem die Äußerung getan habe: ›Der feige Blockwart vergreift sich an wehrlosen Frauen und schlägt sie blutig.‹« Über die Misshandlung von Deinerts Mutter sagte er natürlich nichts.

Paul Lins ordnete Ermittlungen gegen Deinert an. Befragt wurde Karl Kaiser, der erklärte, dass Deinert mit seiner Aussage zum Ausdruck bringen wollte, »dass Franz Faserriss Deinerts Mutter geschlagen hat«.

Die Polizei verhörte Fritz Deinert. Er sagte aus: »Maria Faserriss provozierte uns und sagte, dass meine Mutter nicht den natürlichen Tod sterben würde.« Deinert gab zu, dass er den Blockwart »feige« genannt hatte: »Ich habe es deshalb gesagt, weil Franz Faserriss während meiner Abwesenheit, als ich im Konzentrationslager war, bei meiner Mutter und Schwester in die Wohnung gedrungen ist und sie misshandelt hat.« Danach musste seine Mutter acht Wochen lang ärztlich behandelt werden.

Polizeichef Paul Lins leitete die Anzeige gegen Fritz Deinert an die Oberstaatsanwaltschaft in Dortmund weiter: »Da Deinert schon zweimal gegen die an ihn ergangenen polizeilichen Anordnungen verstoßen hat und deshalb verwarnt werden musste, erscheint es angebracht, ihm auf Grund des jetzigen Vorfalles eine ernstliche Verwarnung von dort zu erteilen. Es muss Deinert eindeutig zu verstehen gegeben werden, dass er persönliche Sachen von Einrichtungen der Partei zu unterscheiden hat und ihm kein Recht zusteht, durch seine anzüglichen Redensarten den Blockwart der NSDAP und damit die Partei, die einen solchen Blockwart bestellt hat, in schlechtes Licht stellen zu wollen.«

Der Landrat nahm auch diesen Vorschlag am 10. September 1934 an und schickte Deinert einen Brief mit folgendem Wortlaut: »Ich verwarne Sie wegen dieser Äußerung ernstlich und mache darauf aufmerksam, dass ich bei ähnlichen Vorkommnissen schärfste Maßnahmen gegen Sie ergreifen müsste. Sie verquicken persönliche Angelegenheiten mit Einrichtungen der Partei, indem Sie von dem ›Blockwart‹ reden. Ihre Redereien sind damit geeignet, Einrichtungen der Partei in ein schlechtes Licht zu stellen.« Fritz Deinert hatte Glück, dass die Polizei hier Milde walten ließ. Gegen Faserriss unternahmen die Behörden nichts.

Pichler

Stromberg, Mitte November 1934, 12 Uhr mittags. Eine Dachgeschosswohnung am Kirchplatz. Der Qualm billiger Zigaretten lag in der Luft. Hätte man sie zerschneiden wollen, hätte man einen Bolzenschneider gebraucht. Es roch nach Bier. Kronkorken lagen auf und unter dem Tisch.

Gregor Pichler und seine Frau waren zu Besuch bei den Schwiegereltern. Dort wohnten auch sein Schwager Josef Fischer, SA-Mann, und dessen Frau Elsbeth. Die Familie saß in der Wohnküche und Pichler kam langsam in Fahrt. Mit dem kalten Bier im Blut fühlte er sich gut. Er machte seinem Unmut Luft und brüllte Schwager und Schwägerin an: »Bei der Saarabstimmung am 13. Januar geht es rund. Mit Hilfe der Franzosen kommt der Umsturz. SA und SS und Uniformierte werden an die Wand gestellt und erschossen, alles wird kurz und klein geschlagen.«

Er war in seinem Element. Saalschlachten waren sein Ding gewesen. Gern hätte er mal wieder alles kurz und klein geschlagen, aber damit war seit April 1933 Schluss.

Die Schwiegereltern wohnten in einem alten Fachwerkhaus im Ortszentrum, direkt neben der alten Kirche. Das Haus gehörte der jüdischen Familie Steinborn. Die Mieten waren so niedrig, dass einfache Leute problemlos zahlen konnten und noch genug Geld zum Leben übrig hatten. Auch deshalb war Familie Steinborn im Ort beliebt. Sie verlangte keine Wuchermieten, und sie leistete guten Service als Händler. Sie verkauften Stoffe und Textilien. Früher hatten sie auch eine Metzgerei gehabt.

Unter der Dachgeschosswohnung lag noch eine weitere Mietwohnung. Die übrigen Wohnräume im Erdgeschoss bewohnte die Witwe Jeanette Steinborn mit ihren beiden Töchtern Rosa und Else. Ihr Mann, der Kriegsveteran und Metzgermeister Josef Steinborn, war vor Jahren gestorben.

Die Geschäftsräume waren geschlossen. Seit dem Boykott am 1. April 1933 kamen keine Kunden mehr. Nur heimlich kauften wenige Einheimische weiter bei Familie Steinborn. Der Historiker Helmut Dorn hätte gern herausgefunden, wer so mutig war, aber leider sind die Akten dazu nicht mehr vorhanden. Helmut Dorn recherchierte 1977 zur Lokalgeschichte Strombergs. Der gebürtige Unnaer lebte in Dortmund. Er war in Stromberg zur Schule gegangen und beschäftigte sich mit Lokalgeschichte. Mittlerweile arbeitete er für eine Lokalzeitung.

Die Frauen hatten etwas Geld angespart, das ihnen neben den wenigen verbliebenen »staatsfeindlichen« Kunden über die nächsten Jahre half. Andere Juden mussten Betteln gehen. Das war eine Straftat.

Bei Familientreffen fiel Pichler schon öfter aus der Rolle. Er hasste Fischer. Trotzdem besuchte er die Verwandten regelmäßig, denn Fischer hatte Arbeit und damit Geld für Bier. Während sie tranken, diskutierten sie lautstark über Politik. Josef Fischer war überzeugter Nationalsozialist. Er sagte:

»Mir geht es seit 1933 richtig gut.« Er ließ seinen Schwager seine tiefe innere Zufriedenheit spüren, obwohl er genau wusste, dass er Pichler damit provozierte.

Pichler kochte. Fischers dämliches Grinsen nervte ihn. Gregor Pichler hatte vor 1933 zeitweise der KPD angehört, war am 1. April 1933 wegen »politischer Unzuverlässigkeit« aus dem Dienst der Gemeinde-Elektrizitätswerke entlassen worden und seitdem arbeitslos.

Er wurde immer wütender und schimpfte auf das neue Regime. An die Adresse seiner Schwägerin sagte er: »Das nationalsozialistische Ehestandsdarlehen wird durch ›Furtfickerei‹ verdient. Mit den Sammlungen für das sogenannte Winterhilfswerk werden nur Waffen gekauft. Es wird aufgerüstet für den nächsten Krieg.« Er rief seine Verwandten dazu auf, am kommenden Eintopfsonntag, der für den 18. November 1934 angesetzt war, nichts zu spenden.

Obwohl Josef Fischer mit Pichlers Redensarten nicht einverstanden war, sagte er nichts mehr. Er hatte Angst vor Pichler, der als Schläger bekannt und berüchtigt war. Er würde es ihm schon heimzahlen, aber nicht jetzt und hier.

Elsbeth Fischer mischte sich ein: »Jetzt sag doch auch mal was!«, schrie sie ihren Mann an, ihre Stimme kreischte. Er schwieg und dachte: Hoffentlich hält sie jetzt die Klappe, sonst gibt's noch richtig Ärger. Aber sie konnte ihren Mund nicht halten, denn der Alkohol löste ihre Zunge. Sie war beschwingt und fühlte sich stark.

Sie beschimpfte Pichler: »Du rote Sau. Pass boß auf! Jetzt kannst du nicht mehr ungestraft hetzen und prügeln, ha!« Ihr Mann wollte sie zurückhalten, aber sie machte weiter.

Plötzlich wechselte sie das Thema. Sie klagte über die hohen Schulden, die sie für die neuen Möbel gemacht hatten und nun abbezahlen mussten. Die Möbel hatten sie vom »Ehestandsdarlehen« gekauft. »Von wegen Furtfickerei. Unsere

Geldangelegenheiten gehen dich einen feuchten Scheißdreck an«, sagte sie zu Pichler.

Sie machte eine einfache Rechnung auf: »Ich nächsten Jahr bekomme ich noch ein Kind, und wenn das Geld dann noch nicht reicht, dann bekomme ich eben noch ein Kind, damit ich die Schulden bezahlen kann.«

Pichler antwortete: »So machen es die Huren auch, nur dass sie keine Kinder dabei kriegen.«

»Jetzt reicht's. Du bist widerlich!«, schrie Elsbeth Fischer und wollte auf ihn losgehen, aber ihr Mann hielt sie zurück. Er packte sie fest an den Armen und nickte ihr zu. Dann standen sie auf, verließen die Wohnküche und gingen ins Schlafzimmer. Die Pichlers warteten noch einen Moment ab, ob die lieben Verwandten noch einmal herauskommen würden. Nach fünf Minuten gingen sie nach Hause.

Nachbarn hatten den lautstarken Streit mit angehört. Sie informierten den SS-Truppführer Günter Ulrich, der nicht weit entfernt wohnte. Damit kamen sie Josef Fischer zuvor.

Der örtliche SS-Chef, Günter Ulrich, 43 Jahre alt, war Handwerker und Geschäftsmann. Er freute sich über die Nachricht. Darauf hatte er lange gewartet. Endlich konnte er Pichler das Handwerk legen. Er musste nur ein wenig nachhelfen.

Obwohl er genau wusste, dass Pichler außer Schlägereien, Saufen und Gelegenheitsdiebstählen nicht viel zu bieten und nichts mit politischem Widerstand zu tun hatte, ging er zur Polizei und machte den Rowdy Pichler zum Staatsfeind. Die Polizeiwache befand sich im Rathaus. Er trat ein, ging durch den dunklen Flur, öffnete eine Holztür und betrat die Räume der Polizeiverwaltung.

Hauptwachtmeister Homann blickte auf. »Ich will den Kommunisten Gregor Pichler anzeigen.« Homann nahm die Anzeige auf.

Günter Ulrich gab zu Protokoll: »Ich bin Truppführer des SS-Reservetrupps Stromberg. Ich kenne Pichler genau und habe nach der nationalen Erhebung wiederholt aus der Bevölkerung die Frage hören müssen, weshalb man Pichler nicht in Schutzhaft genommen und in ein Konzentrationslager gesteckt hätte.«

Ehrbare Bürger hätten sich über Gregor Pichler beschwert. Pichler müsse durch eine harte Strafe ein für alle Mal aus dem Verkehr gezogen werden. Augenzeugen hätten ihn wiederholt darüber informiert, dass Pichler »geheime Wühlarbeit« betrieb.

»Pichler hofft auf einen Umsturz«, so Ulrich. Er hätte laufend staatsfeindliche Reden gehalten und dadurch Unruhe gestiftet. Der SS-Führer: »Wir müssen hart durchgreifen.« Die Polizei notierte »Staatsfeindliche Hetze« als Tatvorwurf.

Ulrich war Mitglied der Partei seit dem 1. November und SS-Anwärter seit dem 15. Dezember 1932. Am 1. Juli 1933 wurde er regulärer SS-Mann. Am 2. August 1934 wurde er als SS-Mann vereidigt und leistete den Schwur auf Adolf Hitler: »Ich gelobe Dir und den vor Dir bestimmten Vorgesetzten Gehorsam bis in den Tod.« Ulrich hatte an der Herbstparade in Nürnberg am 2. September 1933 teilgenommen und war Träger des Winkels der alten Garde. Er war »gottgläubig«. Wie ein Drittel der Mitglieder der Allgemeinen SS war er aus der Kirche ausgetreten.

Von 1920 bis 1931 hatte er dem Stahlhelm angehört, dem Kampfverband der Deutschnationalen. 1938 leistete er zusammen mit anderen Stromberger SS-Männern Wachdienst im KZ Dachau. Am 9. November 1942 wurde er Obersturmführer.

Die SS stufte Ulrich als »vorwiegend fälisch, anständig« ein. Seine nationalsozialistische Weltanschauung war gefestigt, das Auftreten einwandfrei. Er hatte an einem Kursus der

SS-Führerschule Stromberg teilgenommen und gehörte dem SS-Verein Lebensborn an, der sich die Zucht von Kindern guten Blutes zum Ziel gesetzt hatte. Der Lebensborn unterhielt Heime, in denen schwangere Frauen entbinden konnten. Dort sollen auch Kinder gezeugt worden sein. Daneben raubte der Lebensborn deutsch aussehende Kinder aus den besetzten Gebieten.

Hauptwachtmeister Homann befasste sich mit der Anzeige gegen Pichler und schrieb den Abschlussbericht. Die Angaben des SS-Führers übernahm er wörtlich. Sein Fazit: »Die Staatsautorität würde bestimmt Einbuße erleiden, wenn in diesem Falle nicht durch eine Inschutzhaftnahme die in letzter Zeit wiederholt auftretenden Hetzer in ihre Schranken gewiesen werden.«

Homann war sich sicher, dass Pichler seine Gesinnung nicht ändern würde. Pichler war ein echter »Querulant«. Sie hatten ihn 1933 nur nicht verhaftet, weil in den Gefängnissen und Konzentrationslagern kein Platz mehr war. In Einzelzellen der Steinwache saßen 20 Personen ein. Jetzt sollte Pichler verhaftet werden.

Am 24. November 1934 befahl der lokale Gestapochef Paul Lins die Durchsuchung von Pichlers Wohnung. Aber die Polizisten fanden nichts, vor allem keine belastenden Schriften. Lins ärgerte sich, doch er gab nicht so schnell auf.

Paul Lins war alter Verwaltungsmann. Mit 14 Jahren hatte er im April 1919 seine Verwaltungslehre begonnen. Mit Demokratie hatte er nicht viel am Hut. Er durchlief verschiedene Abteilungen, 1933 wurde er Leiter der Abteilung »Polizei«. Er wollte Karriere machen. Dafür war ihm fast jedes Mittel Recht. Er knüpfte Verbindungen zum SD-Abschnitts-Führer Eduard Strauch in Essen. Strauch leitete den SD-Abschnitt für den Regierungsbezirk Arnsberg.

Heinrich Himmler hatte den SD 1931 als Geheimdienst der SS gegründet. Unter der Führung von Reinhard Heydrich machte der SD ab 1933 Meinungsforschung, bespitzelte die Bevölkerung und sammelte Material über politische Gegner, das er an die Gestapo weiterleitete. Heydrich leitete in Personalunion SD und Gestapo, die 1939 im Reichssicherheitshauptamt mit der Kripo zusammengefasst wurden.

Paul Lins spielte auf lokaler Ebene den Heydrich. Er wollte befördert und verbeamtet werden. Aber eigentlich war er noch nicht an der Reihe. Es sei denn, er fiel durch außergewöhnliche Leistungen auf. Eduard Strauch riet ihm, möglichst viele politische Gegner zu verhaften. »Leistung ist die Voraussetzung für die Beförderung«, sagte Strauch. Lins tat, wie ihm geraten. Er machte sich mit Engagement ans Werk.

Der Fehlschlag bei der Durchsuchung von Pichlers Wohnung machte ihn fuchsteufelswild. Damit wollte er sich nicht abfinden. Der Fall Pichler ließ ihm keine Ruhe. »Da muss was zu finden sein, da muss es was geben! Wir müssen weitersuchen.«

Er setzte die Polizei pausenlos gegen Pichler ein. Beamte in Zivil überwachten ihn. Tagelang suchten sie nach versteckten Beweisen. Alles ohne Erfolg. Lins überlegte. Er wollte Pichler auf jeden Fall »unschädlich« machen, wie er sich ausdrückte. »Wir müssen jeden Stein umdrehen«, sagte Lins. »Wir überprüfen sein gesamtes Umfeld. Nachbarn, Freunde, Verwandte, Familie, Arbeitskollegen.«

Kollegen hatte Pichler keine mehr, er war entlassen worden. Aber bei seinen Exkollegen wurden sie fündig. Polizisten befragten den SS-Mann Arthur Schörenberg, der mit Pichler bei den Gemeinde-Elektrizitätswerken gearbeitet hatte. Als Belastungszeuge kam er wie gerufen. Er wusste, worauf es ankam. Schörenberg sagte aus, dass Pichler ihn wegen seiner SS-Mitgliedschaft beschimpft hätte. Ihm fiel außerdem eine

Saalschlacht zwischen KPD und Nazis beim Schützenfest im Ortsteil Löhn aus dem Jahr 1932 ein. »Pichler war der Anführer der Schlägerei«, behauptete er.

Das Ganze hatte damals laut Zeitungsbericht mit einer wilden Schießerei geendet. Aber es hatte nur eine Seite geschossen. Polizisten hatten zum Schutz der angegriffenen Nationalsozialisten auf Kommunisten gefeuert.

Unter dem Titel »Blutige Vorfälle« beim Schützenfest in Löhn berichtete der »Westfälische Anzeiger« am 22. März 1933.

»Stromberg. Beim Schützenfest im August 1932 hatte es sieben Verletzte gegeben. Diese erstatteten Anzeigen gegen Polizeiwachtmeister Skowronczik, Oberlandjäger Adomeit und Landjäger Mohr wegen gefährlicher Körperverletzung im Amt. Gegen W. Sommer, H. Hollmann, H. Fälker ist Anzeige wegen Landfriedensbruch, Rädelsführung bei Zusammenrottungen sowie gefährlicher Körperverletzung mittels hinterlistigem Überfall erstattet worden.

Zu den Ausschreitungen kam es am zweiten Tag des Schützenfests, das bis zum 7. August 1932 gut verlaufen sei.

An dem besagten Abend sollte Feierabend sein; Adomeit schlug auf Sommer ein; 20–40 Anwesende im Zelt merkten auf; es kam zur Schlägerei; draußen fielen Schüsse von den bedrängten Beamten, es gab sieben Verletzte. Noch heute leiden einige, darunter eine Frau, unter den Verletzungen.

Die Angeklagten bekommen Gefängnisstrafen von einigen Wochen. Es sei festgestellt worden, dass sie von den eigenen Kollegen, nicht von den Polizisten geschlagen worden seien.

Vor Gericht sagte einer der Verletzten aus, bei den Polizisten handelte es sich um ›Nazis‹. Dem Verletzten waren die Knie zerschossen worden. Gegen die Polizisten wurden schwerwiegende Vorwürfe erhoben. Sie sollen ›wahllos‹ in die Menge geschossen haben.«

Der im Artikel erwähnte Arbeiter Heinrich Hollmann hatte der KPD angehört. Am 28. Februar 1933 durchsuchte die Polizei seine Wohnung. Wenig später wurde er wegen der Vorfälle zu zwei Monaten und drei Wochen Gefängnis verurteilt. Die Anklage hatte ihm Widerstand, Körperverletzung und öffentliche Beleidigung vorgeworfen.

Damals war auch Pichler verdächtigt worden, aber die Justiz hatte die Ermittlungen eingestellt. Er wurde in dem Zeitungsartikel überhaupt nicht erwähnt. Die Verfahrenseinstellung war für die örtlichen Nationalsozialisten eine schwere Niederlage gewesen. Der Störenfried sollte weg. Pichler wusste, dass er beobachtet wurde. Deshalb hielt er sich unmittelbar nach der Machtübernahme in der Öffentlichkeit zunächst etwas zurück.

Nach der Anzeige vom November 1934 organisierte die Polizei ein Kesseltreiben gegen Pichler. Sie mobilisierte jeden, der Kontakt mit Pichler gehabt hatte. Viele hatten Ärger mit ihm gehabt. Viele Bürger konnten ihn einfach nicht leidern und sahen ihre Chance gekommen, den Querulanten und Außenseiter Pichler loszuwerden. Die Polizei fand einen anderen Denunzianten, der behauptete, Pichler habe Radio Moskau gehört. Auch das war eine Straftat. Aber die Polizisten fanden kein Radio. Pichler hatte es rechtzeitig verschwinden lassen. Und sie hatten keines, das sie ihm unterschieben konnten.

Polizeichef Paul Lins forderte am 26. November 1934 in einem Aktenvermerk: »Falls kein Haftbefehl gegen Pichler erlassen wird, sollte er in Schutzhaft genommen werden.« Er befolgte seinen eigenen Vorschlag, verhaftete Pichler und überstellte ihn ins Gefängnis nach Unna.

Sogar einen halbwegs plausiblen Haftgrund hatten sie endlich gefunden. Bei der dauernden Suche nach Belastungsmaterial war die Polizei auf Pichlers Vorstrafenregister aufmerksam geworden. Er hatte diverse Eintragungen ins Strafregister aus den Jahren 1923 bis 1932, unter anderem wegen Hehlerei, Diebstahls, schweren Diebstahls, gefährlicher Körperverletzung, Unterschlagung und öffentlicher Beleidigung.

Die Ortsgruppe der NSDAP machte Druck. Sie musste eine Stellungnahme über den Beschuldigten abliefern. Erich Gerling, 51 Jahre alt, stellvertretender Ortsgruppenleiter und Träger des Goldenen Parteiabzeichens, schrieb der Polizei am 26. November 1934, Pichler sei als »gemeingefährlicher, politischer Gegner aus der Zeit vor der Machtübernahme her bekannt«. Er habe sich als »übler Hetzer« gegen die Bewegung betätigt, »allerdings in einer solch geschickten Weise, dass er selbst nie zu fassen war«. Er sei ein Aufwiegler seiner Parteigänger gewesen, der sich im Hintergrund hielt.

Selbst Lins musste angesichts der öffentlichen Auftritte Pichlers bei Saalschlachten lächeln, als er die absurde Stellungnahme las. Pichlers Schwager Josef Fischer bestätigte die Vorwürfe bei der Vernehmung durch die Gestapo. Es sah nicht gut aus für Pichler. Und es wurde nicht besser.

Ein SD-Spitzel informierte Polizeichef Paul Lins über einen heftigen Kneipenstreit zwischen Kurt Degener und Gregor Pichler. Degener hatte Pichler angeschrien und beschimpft. Er warf ihm »üble Machenschaften« hinter seinem Rücken vor. Das ließ Pichler nicht auf sich sitzen. Die Fäuste flogen. Beide holten sich eine blutige Nase. Lins freute sich, denn er würde von diesem Streit profitieren.

Der Hintergrund der Auseinandersetzung: Pichler hatte Degeners Frau einen Schlafburschen vermittelt, während Degener in Schutzhaft saß. Als er am 15. November 1933 heimkehrte, hatte die Polizei seine Frau rechtzeitig informiert. Sie warf den Schlafburschen hinaus.

Degener schlief mit seiner Frau und wurde geschlechtskrank. Sie hatte ihn angesteckt. Beide mussten behandelt werden. Wie sich herausstellte, hatte der Schlafbursche eine chronische Geschlechtskrankheit. Pichler war Degener danach so lange wie möglich aus dem Weg gegangen. Bis sie sich eines Tages zufällig in der Kneipe über den Weg liefen. »Während ich im KZ und im Knast war, hast du meine Frau an diesen Penner verkauft!«, hatte Degener gesagt.

Das kam Polizeichef Paul Lins sehr entgegen. Nachdem er Ende November 1934 erfahren hatte, dass Degener beim Streit in der Kneipe auch über seine Haftzeit gesprochen hatte, lud er Degener zur Vernehmung auf das Polizeibüro vor.

»Was haben wir denn hier?«, sagte Lins. »Ein glaubwürdiger Zeuge hat ausgesagt, dass du deine Schweigepflicht gebrochen hast. Aber du hast unterschrieben, dass du über deine Haftzeit schweigen würdest. Dagegen hast du verstoßen. Du weißt, was dir blüht?« Degener schwieg. »Aber ich will nicht so sein. Ich verhafte dich nicht, wenn du gegen Pichler aussagst.«

Lins' Konzept ging auf. Degener sagte bereitwillig aus. »Als ich im Gefängnis saß, hatte meine Frau kein Geld mehr für die Miete. Pichler hat ihr ein Angebot gemacht. Er hat ihr einen Schlafburschen fürs Bett vermittelt. Er würde die Miete bezahlen. Als Gegenleistung musste sie mit ihm schlafen. Das ging über Wochen. Und dann ist sie geschlechtskrank geworden.«

Lins hörte der schlüpfrigen Geschichte gelangweilt zu. Das hatte er gewusst. »Und weiter? Was hat Pichler sonst so getrieben? Hat er Flugblätter verteilt? Beiträge kassiert?«

»Nein«, Degener erzählte von Pichlers Gefängnisbesuch, »er hat sich nur dafür interessiert, wie lange ich noch sitzen muss. Weiter war nichts, über Politik haben wir nicht gesprochen.«

Lins war enttäuscht, Beweise für Verstöße gegen das Heimtückegesetz waren das nicht. Ihm wurde erneut vor Augen geführt, welchen Charakter Pichler hatte.

Gregor Pichler hatte es irgendwie geschafft, nicht ins Konzentrationslager Schönhausen zu kommen. Nachdem er von Degener gehört hatte, was dort passierte, war er sehr froh. Beim Verhör Ende 1934 war das Lager bereits Geschichte.

Vor dem Richter gab er zu, dass er 1923 KPD-Mitglied gewesen war. Er hatte zwar nur fünf Mal Beiträge bezahlt, habe aber auch nach seinem Austritt noch mit der Partei sympathisiert. »Nach 1930 habe ich mich aber nicht mehr kommunistisch betätigt«, behauptete er. Die Vorwürfe der Polizei stritt er ab: »Ich habe niemals mit einer Revolution am 13. Januar gedroht.« Er habe aber gelegentlich über die Saarabstimmung diskutiert und dabei die Meinung geäußert, »wenn es nicht gut geht, wird es wohl zu einem Krieg mit den Franzosen kommen«.

Pichler bestritt auch die Äußerung, dass SA oder SS an die Wand gestellt würden. »Wohl habe ich in dem Gespräch gesagt, wenn es Krieg gibt, dann wird ja wohl die SA oder SS zuerst an die Front müssen.« Er gab zu, dass er mit seiner Schwägerin über die Winterhilfe gestritten hatte: »Ich habe meiner Schwägerin gesagt, sie hätte die Winterhilfe nicht so nötig wie jemand, der fünf Kinder hat, und weil ihr Mann noch Arbeit habe.«

Pichler glaubte, seine Schwägerin hätte ihn angezeigt, weil er seit längerer Zeit Streit mit ihr hatte. »Die Anzeige ist ein Racheakt von ihr.«

Erstaunlicherweise glaubte die Staatsanwaltschaft Dortmund Pichler. Er wurde mangels Fluchtverdachts und Verdunkelungsgefahr aus der Haft entlassen.

Aber Pichler hatte sich zu früh gefreut. Als er das Unnaer Gerichtsgebäude verließ, nahm ihn die örtliche Polizei für die Gestapo direkt an der Tür in Empfang und nahm ihn fest. Ein Beamter der Polizeiverwaltung Stromberg brachte ihn nach Dortmund. Pichler trug Handschellen und Fußfesseln.

Sie fuhren mit der Bahn bis zum Dortmunder Hauptbahnhof und verließen den Bahnhof durch den Nordausgang. Pichler sah den großen Gebäudekomplex der Polizei an der Steinstraße.

Links hinter der Mauer stand das Polizeidienstgebäude. Darin befanden sich die alte Polizeiwache, die schon 1869 ihren Betrieb aufgenommen hatte, und verschiedenen Kriminalkommissariate. 1906 war das Polizeigebäude im Jugendstil ausgebaut worden. Das 5. Polizeirevier der Steinwache war für den Dortmunder Norden zuständig, ein Stadtviertel, in dem überwiegend Arbeiter und damit Gegner der Nationalsozialisten wohnten.

1926 hatten die Zellen im 5. Polizeirevier nicht mehr ausgereicht. Direkt neben dem Revier wurde ein neues Polizeigefängnis gebaut und im Oktober 1928 eröffnet. Das neue, dreistöckige Gebäude war für damalige Verhältnisse modern, ein Polizeigewahrsam mit Wasserklos und Zentralheizung. Wegen des festungsähnlichen Charakters nannten die Leute den Gebäudekomplex der Polizei auch »Burg am Steinplatz«.

Nach 1933 entwickelte sich die Steinwache zum Zentralgefängnis für Gefangene aus dem Regierungsbezirk Arnsberg. Von hier aus wurden sie entlassen oder in Konzentrationslager transportiert.

1933 lieferten Polizei und SA viele politische Gefangene und Kriminelle an der Steinstraße 48 ein. Aus dem Gefängnis wurde ein Durchgangslager. Die Haftzeiten waren sehr unterschiedlich, aber in aller Regel viel länger als 24 Stunden. Viele Häftlinge verbrachten mehrere Monate im Polizeigewahrsam.

Nach 1933 hatten Polizei, Justiz und Partei alle Aktivitäten verfolgt, die ihnen als gefährlich erschienen. Funktionäre und Führungspersonen der Arbeiterbewegung wurden reihenweise verhaftet. Auch wer sich verdächtig gemacht hatte, wurde eingesperrt.

Aber auch Randalierer wie Pichler wurden verfolgt. Die Gestapo in Dortmund war dem Vorschlag ihres Stromberger Kollegen Paul Lins gefolgt und hatte einen Schutzhaftbefehl für Pichler ausgestellt. Nun folgten sieben Tage und Nächte, die er in seinem Leben nie mehr vergessen würde.

Zwei Schutzpolizisten führten Gregor Pichler über den Hof ins Aufnahmezimmer. Dort saß ein Schutzpolizist am Tisch und sagte: »Name, Vorname, Geburtsdatum!« Er registrierte Pichler als Schutzhäftling. Der Mann in grüner Uniform schrieb am 29. November 1934 ins Haftbuch: »Haftgrund: ›politisch‹«. Pichler war in der »Hölle Westdeutschlands« angekommen. Seine Häftlingsnummer: 4343.

Nach der Aufnahme stießen ihn die beiden Gestapobeamten ins benachbarte Verhörzimmer. Hier erfuhr Gregor Pichler, was es bedeutete, Häftling der Steinwache zu sein. Die Gestapomänner verprügelten ihn. Er blutete aus mehreren offenen Wunden. Das hielt sie nicht davon ab, weiterzumachen. Einer stellte das Radio an. Volle Lautstärke. »Dreckiger Kommunist. Wir zeigen dir, was das heißt.« Das Ganze dauerte eine Stunde. Ihm kam es viel länger vor.

Gefragt hatten sie ihn während der »Vernehmung« nichts. Als sie fertig waren, führten sie ihn auf den Flur. Hier übernahm ein Schutzpolizist. Er beförderte Pichler über eine steile Treppe nach oben. In der zweiten Etage angekommen, sah Pichler ein offenes, ungesichertes Treppenhaus.

Ehemalige Mitgefangene erzählten ihm Jahre danach, dass später Netze im Treppenschacht angebracht worden waren, um Selbstmorde von Häftlingen zu verhindern, die sich durch Sprünge in die Tiefe das Leben nehmen wollten. Eine schwere Verletzung war eine Möglichkeit, den Höllenqualen des Gefängnisses zu entkommen.

Pichler war stehen geblieben und zögerte. Die Polizisten griffen seine Arme und stießen ihn in die Zelle 25. Es war eine Einzelzelle, in der sich schon drei andere politische Gefangene befanden, und es gab nur ein Bett.

»Du schläfst auf dem Fußboden«, machte ihm einer der Mithäftlinge unmissverständlich klar. Pichler überlegte, was er davon halten sollte. Ansonsten war er nicht gerade ängstlich, aber hier im Gefängnis war er zunächst eingeschüchtert. Er sah das Metallbett, das mit Hilfe einer Kette hochgeklappt und an der Wand befestigt war. Benutzt werden durfte es nur nachts. Wie ihm die Häftlinge sagten, durfte einer, in diesem Fall der Älteste, im Bett schlafen, während die anderen mit dem Fußboden Vorlieb nehmen mussten. Pichler fügte sich in sein Schicksal.

Abends um 8 Uhr ging die Tür auf: »Mitkommen!« Der Gestapobeamte meinte nicht Pichler, sondern den Kranführer Josef Frost. Auch er war »politisch«, das heißt, er war als »Staatsfeind« eingeliefert worden.

Frost wurde von drei Gestapobeamten aus der Zelle geprügelt. Sie knallten die Tür zu, Pichler war erleichtert. Zuerst hörte er dumpfe Geräusche durch die geschlossene Tür. Polizisten schlugen auf Josef Frost ein. Dann wurde es leise. Doch die Stille war nicht von Dauer.

Plötzlich hörte Pichler dumpfe Schreie, die durchs ganze Haus hallten. »Sie wickeln dir Decken um den Kopf, zur Schalldämmung«, erklärte ihm einer seiner Zellengenossen. Frost kehrte nicht in die Zelle zurück.

Pichler war am nächsten Tag an der Reihe. »Raus zum Verhör«, brüllte ihm ein Schutzpolizist ins Gesicht. Die Polizisten holten ihn aus der Zelle und führten ihn unsanft die Treppe hinunter.

»Verschärfte Vernehmungen« machte die Dortmunder Gestapo in zwei Vernehmungszimmern im Erdgeschoss, gelegentlich auch im Keller der Steinwache. Im Keller gab es zwei Zellen, die eigentlich für Gewalttäter vorgesehen waren. Hier waren keine Betten mit Matratzen, sondern jeweils zwei Holzpritschen und Haken an den Wänden. Mit ihrer Hilfe wurden Gefangene gefesselt.

Die Räume waren durch ein Metallgitter in zwei Hälften unterteilt. Häftlinge und Polizisten nannten sie »Käfigzellen«. Hier wurden politische Gefangene vor dem »Verhör« zwischengelagert, aber auch Verletzte nach dem Verhör deponiert. Der Anblick der meist schwer Verletzten machte anderen Gefangenen Angst.

Im Vernehmungszimmer wurden männliche Häftlinge »krummgeschlossen«, das heißt: wie ein Paket verschnürt. Polizisten zwangen sie, in die Knie zu gehen, zogen ihnen die Arme zwischen die Kniekehlen und schoben dann einen Stock zwischen Armen und Kniekehlen hindurch. Das alles wurde fest verschnürt. Zwei Polizisten griffen den Stock, hoben den Gefangenen hoch und ließen ihn fallen, immer wieder, auf den Rücken, auf den Hintern, auf den Kopf, auf die Seite, oft bis zur Bewusstlosigkeit.

Gestapomann Otto Cassebaum ließ politische Gefangene, vor allem Kommunisten, in die »Acht« legen. Dazu nutze er alte, verrostete Handschellen. Wenn Häftlinge nach dem Verhör in die Zellen zurückgebracht wurden, waren ihre Hände auf dem Rücken gefesselt. So konnten sie nicht richtig schlafen und nicht zur Toilette gehen. Wenn sie Glück hatten, öffneten Aufsichtsbeamte der Schutzpolizei nachts ihre Fesseln und legten sie morgens wieder an, bevor die Gestapo ins Polizeigefängnis zurückkehrte.

Im Erdgeschoss übernahmen zwei Beamte der Gestapo. Sie stießen Gregor Pichler eine weitere Treppe hinunter in den Keller, rissen eine Tür auf, die dumpf gegen die Wand schlug, und warfen ihn hinein. Pichler sah Holzpritschen und Haken an den Wänden. Im ganzen Raum waren Blutspritzer. Ihm wurde flau im Magen. Die Polizisten traten und schlugen ihn. Sie zeigten ihm ihre Folter- und Schlaginstrumente. »Das kommt gleich«, sagte einer. Dann machten sie eine Pause.

Sie legten Gregor Pichler eine Decke um den Kopf und banden diese mit Seilen fest zusammen. Er bekam kaum noch Luft und konnte nichts mehr sehen. Dann schoben sie ihn auf eine der beiden Holzpritschen. Er musste sich seitlich hinlegen, seine linke Hand wurde befreit und die rechte mit den Handschellen an einem Haken an der Wand befestigt.

Wieder schlugen sie auf ihn ein, ohne Radio. Fragen wurden auch dieses Mal keine gestellt. Gregor Pichler wurde schwarz vor Augen. Die Gestapomänner ließen ihn liegen und verließen den Raum. Sie machten in einer anderen Zelle weiter. Als er wieder wach wurde, lag er blutend auf dem Fußboden. Seine Kleider waren nass. Er war mit kaltem Wasser übergossen worden. So hatten Polizisten ihn wieder geweckt.

Nach einer Weile öffnete sich die Tür. Ein Polizist sah hinein und rief: »Er ist wach.« Zwei uniformierte Polizeibeamte betraten den Raum, fesselten seine Hände mit Handschellen auf dem Rücken, holten ihn heraus und schleiften ihn in die sogenannte »Spülzelle«. Dort sollte er sich waschen. Danach ging es durch das Treppenhaus wieder nach oben in die erste Etage, zurück in die Zelle 25.

Seit seiner Ankunft hatte er sich nicht waschen, geschweige denn die Zähne putzen können. In den Zellen der Steinwache befanden sich zwar Toiletten mit Wasserspülung – mit Ausnahme der Isolierzelle, die dunkel war und überhaupt keine Möbel hatte –, aber es gab keine Waschbecken und auch keine Häftlingskleidung.

Darüber hatte er sich bisher noch keine Gedanken gemacht. Nach dem Verhör und der Spülwäsche wurde ihm bewusst, dass sie sich in der Zelle nicht waschen konnten. Er war zwar kein besonderer Freund der Körperhygiene, aber die Situation in der Steinwache empfand sogar er als unangenehm. Sonst legte er keinen Wert auf die tägliche Körperwäsche, jetzt wo die Möglichkeit nicht bestand, fehlte sie ihm.

Gleichzeitig war Pichler neidisch auf Mitgefangene, denen Frauen oder Freundinnen frische Wäsche brachten. Diese Wohltat wurde ihm nicht zuteil. Seine Frau wäre nicht auf die Idee gekommen, nach Dortmund zu fahren und ihn mit sauberer Kleidung zu versorgen.

Am 7. Dezember 1934, früh am Morgen, ging die Zellentür auf. »Mitkommen!«, sagte ein Schutzpolizist. Er führte Pichler ins Aufnahmezimmer. Der Wachtmeister händigte ihm seine Sachen aus. Gregor Pichler freute sich. »Der Spaß wird dir noch vergehen«, sagte der Polizist. »Du gehst auf Transport. Die Gestapo hat dich ins Lager Esterwegen eingewiesen.«

Pichler erhielt einen Transportbefehl, der vom Polizeimeister und Gefängnisleiter Stefan unterschrieben war. Um 9 Uhr wurde er aus der Steinwache entlassen. Zwei Schutzpolizisten begleiteten ihn zum Bahnhof. Von dort fuhr ein Zug nach Gronau im Münsterland. Im Waggon saßen bereits andere Häftlinge, mehrere Schutzpolizisten bewachten sie. »So«, sagte der eine Beamte. »Für dich geht es jetzt weiter ins Emsland.«

Das Ermittlungsverfahren gegen Pichler war noch nicht abgeschlossen. Inzwischen waren höhere Stellen eingeschaltet worden. Der Leiter der Anklagebehörde beim Sondergericht Dortmund witterte eine große Sache. Er hatte den Fall Pichler am 4. Dezember 1934 an den Volksgerichtshof in Berlin weitergeleitet. Der Staatsanwalt wertete Pichlers Verhalten als »Vorbereitung zum Hochverrat«.

Der Oberreichsanwalt in Berlin gab das Verfahren jedoch am 18. Dezember mangels Interesse an den Generalstaatsanwalt in Hamm ab. Die Hammer Anklagebehörde leitete die als geheim eingestufte Hochverratssache am 4. Januar 1935 an die Gestapo Dortmund weiter. Sie sollte nach Hinweisen dafür suchen, dass Pichler auch außerhalb seiner Verwandtschaft staatsfeindliche Reden geführt oder für die illegale KPD geworben hatte.

Sein Vorleben sollte gründlich untersucht werden, wobei der Generalstaatsanwalt ausdrücklichen Wert darauf legte, einen Beweis dafür anzuführen, dass Pichler auch nach der Machtübernahme noch kommunistisch eingestellt war. All das hatte die lokale Polizei bereits versucht.

In einem internen Vermerk äußerte Oberstaatsanwalt Albrecht von der Generalstaatsanwaltschaft Hamm zum Fall: »Bericht an den Justizminister nicht erforderlich, da keine Sache von besonderer Bedeutung und besonderer Berichtsauftrag nicht vorliegt.« Die Behörde in Hamm stellte hohe Anforderungen an die Ermittler. Es gab noch unabhängige Juristen.

Am 13. Februar 1935 stellte die Generalstaatsanwaltschaft in Hamm das Verfahren gegen Pichler ein. Alle Beteiligten waren sehr überrascht. In der Einstellungsverfügung heißt es: »Pichler hat lediglich in Gegenwart einiger Verwandten mal erklärt, am 13.1.1935, dem Tage der Saarabstimmung, würde es rund gehen. Es würden alsdann die Uniformierten (SA und SS) an die Wand gestellt. Weiterhin hat er bei dieser Gelegenheit sich seiner Schwägerin gegenüber abfällig über das Ehestandsdarlehen geäußert.«

Die Generalstaatsanwaltschaft ging zwar davon aus, dass Pichler ein haltloser Mensch war, der wegen eines Magenleidens und seiner schlechten wirtschaftlichen Verhältnisse zu Streitigkeiten neigte und dabei seine Verwandten provozierte.

Anhaltspunkte für staatsfeindliche Bestrebungen hätten die Ermittlungen jedoch nicht erbracht, so Oberstaatsanwalt Albrecht. Der Grund für seine milde Bewertung: Er sah Pichler als gewöhnlichen Kriminellen und Schlägertypen an.

Pichler hatte großes Glück, dass die Sache an die Justiz abgegeben worden war. Zwar verhängte die Justiz mitunter langjährige Haftstrafen für ähnliche Delikte, aber das betraf Personen, die nach 1933 im Untergrund politisch für KPD oder SPD gearbeitet hatten.

Paul Lins und seine Kollegen von der Gestapo ärgerten sich über die Einstellung des Verfahrens gegen Pichler. »Gut, dass er nicht aus der Haft entlassen wurde«, sagte Lins, der die Verhängung einer längeren »Schutzhaft« gegen Pichler vorgeschlagen hatte.

Grundsätzlich waren solche Verfahrenseinstellungen oder Freisprüche durch die Justiz ein Ärgernis für die Polizei. Lins sagte einem Kollegen: »Wir machen uns so viel Arbeit, und die Justiz läßt Halunken wie Pichler einfach so davonkommen. Gut, dass wir selbst Schutzhaftbefehle ausstellen können.«

Seine Kollegen von der Gestapo in Dortmund ordneten per Erlass an, dass ihre Sachbearbeiter im Regelfall keine politischen Verfahren an die Justiz weiterleiten oder abgeben sollten. Im Schutzhaftbefehl konnte die Haftdauer festgelegt werden. Dagegen gab es kein Rechtsmittel. Die Justiz war ausgeschaltet. Jahrelange Inhaftierungen konnte die Polizei selbst anordnen.

Auch im Fall Pichler hatte die Gestapo das letzte Wort. Trotz der Verfahrenseinstellung durch die Justiz musste Pichler fünf weitere Monate bis zum 19. Juli 1935 im Konzentrationslager Esterwegen einsitzen. Als er von der bevorstehenden Entlassung erfuhr, konnte er sich nicht mehr wirklich freuen. Er erinnerte sich an die Entlassung aus dem Gericht, als ihn die Gestapo am Eingang abholte und in die Steinwache brachte. Auch jetzt war er skeptisch und fragte sich, was wohl auf ihn zukommen würde.

Am Entlassungstag wurde er in einen Büroraum geführt. Dort nahm ihn ein Polizeibeamter in Zivil in Empfang. Er sagte: »Sie werden nur unter der Bedingung vorzeitig entlassen, dass Sie als V-Mann für uns arbeiten. Sie können es sich natürlich anders überlegen, aber dann können wir die Schutzhaft beliebig verlängern.«

Der Kriminalkommissar ließ die Worte wirken. Die Gestapo Dortmund hätte Pichler weiter im Moor des Emslands schmoren lassen können. Aber sie hatte es sich anders überlegt. Pichler konnte nützlicher sein, wenn man ihn freiließ.

»Sie unterschreiben jetzt die vorliegenden Erklärungen und verhalten sich danach. Dann können Sie gehen«, sagte der Kriminalbeamte.

Pichler dachte nicht lange nach. Die Aussicht auf weitere Lagerhaft, Misshandlungen durch die Aufseher und die Foltermethoden der Gestapo waren für ihn abschreckend genug. Demgegenüber schien die geforderte Bespitzelung von Kommunisten das geringere Übel zu sein. Hauptsache schnell und lebend raus aus dem Lager.

Er kam der Aufforderung nach und unterzeichnete die Verpflichtungserklärung. Er war kein Einzelfall. Die Gestapo rekrutierte in den Emslandlagern eine Reihe von Informanten.

Nach dem Gespräch wurde er in einen Nachbarraum geführt. Dort bekam er seine Wertgegenstände, Portemonnaie und Uhr, zurück. Anschließend erhielt er seine Entlassungspapiere. »Das müssen Sie noch unterschreiben«, sagte der Mann hinter dem Tisch. Es war die Verpflichtungserklärung, über die Haftzeit zu schweigen. Bei Zuwiderhandlung drohte erneute Haft. Der Mann händigte ihm eine Bahnfahrkarte aus.

Pichlers Zellengenosse Josef Frost war beim Verhör im Dortmunder Polizeigefängnis schwer verletzt worden. Er fiel ins Koma. Die Polizei transportierte ihn im Oktober 1934 zum Gerichtsgefängnis nach Düsseldorf-Derendorf. Die Ärzte gaben ihn auf. »An seine Wiederherstellung ist nicht mehr zu denken«, schrieben sie. Er sei kaum noch ansprechbar gewesen. Trotzdem erlaubten sie der Gestapo, ihn weiter zu vernehmen. Anfang 1935 starb er im Gefängnis.

Nach Pichlers Rückkehr geschahen seltsame Dinge in Stromberg. Nicht nur Wilhelm Beller und andere frühere KPD-Mitglieder wunderten sich. Nachbarn sahen Pichler im Polizeibüro, beim Ortsgruppenleiter und beim SS-Führer Ulrich. Die Besuche im Polizeibüro schrieben sie einer üblichen polizeilichen Meldepflicht zu. Auf die Besuche bei den lokalen Führern der NS-Bewegung konnten sie sich keinen Reim machen. Warum hatte er jetzt regelmäßig Kontakt zu Nazis, die er vorher bis aufs Blut bekämpft hatte? Ganz im Gegensatz zu seinen sonstigen Gepflogenheiten schwieg Gregor Pichler dazu im Kreis von Verwandten und Bekannten.

Luise Pichler hatte andere Sorgen. Sie war verzweifelt. An einem trüben Novemberabend saß sie heulend in ihrer düsteren Wohnung am Kirchplatz. Es war kalt in dem feuchten Steinhaus. Die Kohlen waren wieder einmal aus. Es gab nichts zum Abendessen. Sie betrachtete ihren nackten Körper, die Striemen, die blutunterlaufenen Stellen, Hämatome und sonstigen Verletzungen. Sie blutete aus der Nase. Das war er gewesen. »Zum Glück ist er jetzt weg«, dachte sie.

Seit sieben Jahren war sie nun mit Gregor Pichler verheiratet. Gleich nach der Hochzeit hatte es angefangen. Immer wieder hatte er sie verprügelt. Sie war weggelaufen und wollte ihren Mann verlassen. Mehrfach floh sie zu ihren Eltern. Dann kam er zu ihr und entschuldigte sich. Er konnte richtig nett sein, wenn er wollte. Sie ließ sich jedes Mal dazu überreden, zu ihm zurückzukommen. Dann ging es eine Zeit gut. Seitdem er aus dem Emslandlager zurück war, war es noch schlimmer geworden als zuvor. Er war gereizt und wurde beim geringsten Anlass aggressiv.

An einem Freitagabend im November 1935 hatte er sie schwer misshandelt. Sie hatte blutunterlaufene Stellen und Blutergüsse am ganzen Körper. Pichler hatte einen Lederriemen benutzt. Luise ging nicht zum Arzt. Sie schämte sich. Nur blieb es dieses Mal nicht unbemerkt.

Die Nachbarn, darunter die jüdische Familie Eichenfeld, bekamen sowieso immer alles mit. Einer der Nachbarn nutzte die Gelegenheit und ging an diesem Abend zu ihr. Er bespitzelte die Bürger im Auftrag von Polizeichef Paul Lins und berichtete ihm die Übergriffe Pichlers.

Lins wollte von ihm Genaueres wissen und fragte ihn: »Wie hast du das eigentlich herausgefunden?«

»Als ich sie weinen hörte, bin ich zu ihr gegangen und habe angeklopft«, sagte der V-Mann. »Sie hat geöffnet und mich reingelassen. Ich habe gefragt, was los ist. Sie hat mir alles erzählt. Ich habe ihr gesagt, wenn das stimmt, was du sagst, braucht die Polizei Beweise. Du musst es mir zeigen. Ich muss deine Verletzungen sehen, damit ich weiß, ob ich dir glauben kann.«

Was dann weiter passiert war, erzählte er Paul Lins nicht.

Luise hatte sich ausgezogen, obwohl sie sich schämte. Sie zeigte dem Spitzel ihren von Wunden übersäten Oberkörper. »Du musst alles ausziehen«, sagte er. Zögernd kam sie der Aufforderung nach. »Dein Mann erfährt nichts, das verspreche ich dir. Ich helfe dir, wenn du mir einen Gefallen tust«, versprach er.

Sie ahnte, was er wollte, stellte sich aber zunächst unwissend.

»Das sieht schlimm aus«, sagte er und berührte ihre Brüste. Er streichelte sie. Widerwillig ließ sie es geschehen, was sollte sie schon tun.

»Du weiß schon, was ich will«, sagte er und berührte sie weiter unten, erst am Bauch, dann im Schritt. »Jetzt bist du sowieso schon ausgezogen, das macht es einfacher!«, sagte er. Dann warf er sie auf das Bett und legte sich auf sie.

Nun hatte er sie in der Hand. Wenn das ihr Mann erfahren würde …

Als Lins den unvollständigen Bericht gehört hatte, wusste er, dass er Pichler nicht so einfach verhaften konnte. Pichler war ein guter Spitzel und williger Gehilfe der Polizei. Außerdem war die Alte selbst schuld, dachte er. Was muss die auch so einen Lumpen und Schläger wie Pichler heiraten.

Polizeichef Paul Lins unternahm nichts. Unterdessen hatten die gewalttätigen Übergriffe im Hause Pichler die Runde im Ort gemacht. Tage vor der Meldung des Spitzels hatte NSDAP-Blockleiter Franz Duhmann der Partei schriftlich Bericht erstattet. »Der in meinem Block wohnhafte ehemalige Kommunist und Schutzhäftling Gregor Pichler hat seine Frau wiederholt geschlagen, sodass sie aus dem Haus flüchten musste.«

Als »Blockleiter« war Duhmann für die Überwachung eines Wohngebietes zuständig. Zu seinen Aufgaben gehörte die Bekämpfung politischer Gegner.

Die privaten und familiären Verfehlungen Pichlers interessierten ihn. »Luise Pichler ist unterernährt«, behauptete er. Auch er hatte die nackte Ehefrau begutachtet. Verletzungen, frische und ältere, waren deutlich zu erkennen. Er beschrieb die Familienverhältnisse als völlig zerrüttet. Die Frau brauche dringend Hilfe.

Obwohl Pichler arbeitete, hatte das Ehepaar keine Kartoffeln eingekellert. Frau und Sohn seien in Lumpen gekleidet. Ein Arzt hätte bei ihr neben den zahlreichen Verletzungen die Unterernährung bestätigt. Den Lohn hätte Pichler immer zu Monatsbeginn mit seinen Gesinnungsgenossen und Frauen versoffen. Bei der kleinsten Klage verprügelte er seine Frau. Der Blockleiter schlug vor, Pichler »für längere Zeit aus der Volksgemeinschaft auszuschließen«.

Die Situation war schwierig. Die Partei erwartete von der Polizei, dass Pichler verhaftet würde. Die Polizei stand unter Zugzwang, wollte aber den Informanten nicht verlieren. Davon durften die Parteigenossen nichts wissen.

Am 14. November 1935 musste Gregor Pichler zum Verhör erscheinen. Er machte Angaben zur Person. Als Beruf nannte er Bergmann, obwohl er seit Jahren nicht mehr im Bergbau arbeitete. Er stritt alle Beschuldigungen ab, gab allerdings zu, dass er seiner Frau »ab und zu eine Ohrfeige« versetzt hatte.

»Ich habe sie nicht misshandelt. Sie ist nicht dazu in der Lage, ihren Pflichten als Hausfrau nachzukommen. Deshalb muss ich den Haushalt führen. Darüber werde ich manchmal so wütend, dass ich die Beherrschung verliere. Aber das Verhältnis zu meiner Frau ist gut. Ich bedaure, dass es zu solchen Auftritten kommt, aber daran sind ihre Verwandten mit schuld.«

Seine Frau hatte die Misshandlungen bestätigt – die Spuren waren nicht zu leugnen. Aber sie behauptete nun ganz andere Dinge als zuvor: »Mein Mann gibt mir immer den kompletten Lohn. Er bekommt nur drei bis vier Reichsmark Taschengeld pro Woche. Die Sauftouren nach Unna macht er immer ohne Geld in der Tasche. Er lässt sich freihalten. Ich weiß nicht, wie er das macht. Die Wutausbrüche sind wohl eine Folge seines Magenleidens.« Paul Lins schüttelte den Kopf. Sie liebte ihn, obwohl er sie verprügelte.

Als Hausfrau war sie träge, sie blieb gern lange im Bett und hatte fast immer Lust. Sie blieb bei ihm, ging gelegentlich »fremd«, aber ihr Mann konnte ihr geben, was sie brauchte. Wenn er von ihren Affären mit anderen Männern erfuhr, gab es Prügel. Die eheliche Gewalt blieb für Pichler folgenlos.

Es dauerte nicht lange, da bekam er erneut Ärger, aber auch dieser Kläger hatte seinerzeit keine Lobby. Sein Vermieter Isaak Eichenfeld beschwerte sich am 22. November 1935 bei der Polizei in Stromberg, weil Pichler monatelang keine Miete bezahlt hatte. Die Polizei unternahm nichts.

Gregor Pichler hatte Narrenfreiheit. Er konnte beinahe alles machen, was er wollte, seine Frau verprügeln und die Miete schuldig bleiben. Als V-Mann konnte er es sich leisten. Er stand unter dem besonderen Schutz der örtlichen Gestapo.

Im Gegenzug musste er sich an den Verfolgungsmaßnahmen von SS und Polizei beteiligen. Frühere Genossen bekamen seine Hilfsdienste für die Polizei zwar mit, mussten es aber zähneknirschend dulden. Pichler saß zwischen zwei Stühlen. Er versuchte, das Beste aus seiner Situation zu machen. Ein schlechtes Gewissen hatte er nicht, aber er stand unter Druck. Das steigerte seine Aggressivität. Beim kleinsten Anlass randalierte er. Frau und Sohn mussten weiter mit ihm klarkommen.

Postsperre

Szenenwechsel. Eine Kneipe in der Kleinstadt Kamen im August 1935. Später Nachmittag, schwülwarmes Wetter. In der Kneipe ist es angenehm kühl, aber die Luft ist schlecht. Aushalten lässt es sich nur mit kalten Getränken. An der Theke sitzen Eduard Spengler und Alfred Gleisner. Es riecht nach Qualm und Bier. Im Schankraum stehen Holzstühle und Holztische, der Boden ist gefliest.

Eduard Spengler, geboren am 16. Mai 1910 in Essen, ist ein kleiner, dünner Mann. Nur 1,70 Meter groß, dunkelblonde Haare, braune Augen. Er bringt 70 Kilo auf die Waage. 1920 war sein Vater an eine Schule in Kamen versetzt worden, die Familie zog in die Sesekestadt.

In der Schule blieb er zweimal sitzen. 1931 machte er am Kamener Realgymnasium sein Abitur. Spenglers Noten waren nicht besonders, aber sein Vater – von Beruf evangelischer Volksschullehrer – »überredete« ihn dazu, Medizin zu studieren. Sein Sohn sollte es zu etwas bringen.

Das Medizinstudium in Marburg an der Lahn brach Eduard 1935 ab, nachdem er zwei Mal durchs Physikum gefallen war. Von März bis Juli 1935 machte er eine Wehrübung. Nach dem Scheitern an der Uni wusste er nicht recht, was er mit sich und seinem Leben anfangen sollte. Die Aussichten waren trübe. Die NSDAP-Mitgliedschaft – seit 3. März 1933 – half auch nicht weiter.

Nun saß er mit Gleisner an der Theke und kippte ein Gedeck nach dem anderen. Eduard Spengler hatte ein besonderes Kennzeichen, das ihn unverwechselbar machte: ein Schmiss auf der linken Backe. Der Vater hatte ihm geraten: »Junge, du musst in eine Verbindung. Das hilft dir für deine Laufbahn.«

Studenten zerfetzten sich gegenseitig beim Fechten die Gesichter, um gesellschaftliche Anerkennung zu erhalten und Seilschaften für die Karriere zu knüpfen. Spengler glaubte, dass Frauen Narben im Gesicht attraktiv fänden. Den Schmiss hatte er aus dem Studium in Marburg mit in den Kreis Unna gebracht. Und die Kunst des Saufens.

Sein Zechkumpan Alfred Gleisner, geboren 1908 in Kamen, befand sich in einer ähnlich trostlosen Lage. Seit 1931 war er immer wieder vorübergehend arbeitslos gewesen. Unter anderem hatte er von 1922 bis 1928 als Bergmann auf einer Kamener Zeche malocht und 1929 eine Umschulung zum Kaufmann gemacht. Dann wurde er Kundenwerber auf Provision beim »Wach- und Schutzdienst« in Dortmund. Hier wurde er entlassen. Danach betätigte er sich als Mitarbeiter bei verschiedenen Versicherungsgesellschaften. 1934 arbeitete er als Versicherungsvertreter, aber auch das war nicht von Dauer. Harte Arbeit lag ihm einfach nicht. Spengler hatte den Verdacht, dass Gleisner überhaupt keine Arbeit mochte.

Gleisner besuchte auch einen Detektivlehrgang an einer Privatschule in Dortmund. 1935 arbeitete er als Privatdetektiv. Er hielt es in keinem Job lange aus. Er glaubte daran, dass er zu Höherem berufen sei. Gleisner sah sich als verkanntes Genie. Damit stand er allein.

Er war verheiratet. Das hatte er Eduard Spengler voraus, der wiederum ein Auge auf die Tochter des Gastwirts geworfen hatte, aus ganz pragmatischen Gründen.

Das Ehepaar Gleisner gehörte der apostolischen Sekte an. Gleisner hielt sich von politischen Gruppierungen fern, trat anders als sein Zechkamerad Spengler keiner NS-Organisation bei. Das war für die Suche nach einer Stelle nicht hilfreich.

»Tritt wenigstens in die Partei ein!«, sagte Spengler.

»Aber du bist drin und hast trotzdem keine Arbeit«, antwortete Gleisner.

Beide ertränkten ihren Kummer. Ein Gedeck nach dem anderen hob ihre Stimmung. Sie kippten jeweils ein »Stößchen« und einen Korn. Ein Stößchen war ein kleines Bierglas mit 0,1 Liter Fassungsvermögen. Das ging runter wie geschmiert und das Bier war immer frisch. Heute sind diese kleinen Biergläser verschwunden. Sie rentieren sich nicht mehr.

Bierselig diskutierten die Leidensgenossen darüber, wie sie Arbeit finden könnten. Sie fragten sich auch, ob eine feste Anstellung überhaupt sinnvoll war. Zumindest Spengler war verzweifelt. Er hasste die Abhängigkeit von seinem Vater, wollte endlich auf eigenen Füßen stehen – und eine Frau finden.

»Vielleicht gehe ich zum Militär«, überlegte Gleisner. Davon hielt er eigentlich nichts, aber zu Spengler meinte er: »Vielleicht sollte ich auch mal so 'ne Wehrübung machen wie du.« Monate vorher war die Allgemeine Wehrpflicht eingeführt worden.

Den beruflichen Karriereplänen stand jedoch die Vorliebe für Geselligkeit im Wege. Beim Bier schmiedeten sie tolle Pläne für einen steilen beruflichen Aufstieg und verwarfen sie wieder. Die beiden trafen sich in den folgenden Wochen noch öfter zum gemeinsamen Plausch am Tresen.

Was sie nicht wussten: Die Polizei ermittelte 1935 verdeckt gegen Gleisner. Ein V-Mann fand Gleisners Verhalten merkwürdig. Der Dortmunder Gestapochef Otto Bovensiepen witterte einen Spionagefall. Gleisner schien ihm hoch verdächtig. Am 7. Juni 1935 schrieb er an die Polizei Kamen:

»Ich bitte unter Angabe der genauen Personalien um Mitteilung, was über Gleisner bekannt geworden ist, oder sich ermitteln lässt. Ist ihm nach seiner geistigen Veranlagung und nach seinem Charakter Spionage zuzutrauen oder ist er als Renommist anzusprechen? Sollte Gleisner verdächtig oder unzuverlässig sein, ersuche ich, ihn unter Beobachtung zu stellen, über ihn die Postsperre zu verhängen und mir von jeder verdächtigen Postsendung eine beglaubigte Abschrift zu übersenden.«

Die Kamener Polizei fand heraus, dass Gleisner wegen unberechtigten Tragens einer Schusswaffe vorbestraft war und einen Schnurrbart trug, den er gelegentlich schwarz färbte. Als Detektiv hatte Gleisner eine Waffe gebraucht, diese aber nicht angemeldet. Der gefärbte Schnauzbart diente der Tarnung. Bei der Beschattung einer Zielperson war er mit der Polizei in Konflikt geraten, wobei diese prompt seine Waffe fand. Die Vorstrafe hielt so manchen Arbeitgeber davon ab, Gleisner einzustellen.

Die Polizei ermittelte, dass er weder Soldat noch Beamter der Schutzpolizei gewesen war, wohl aber Schließer bei der Wach- und Schließgesellschaft in Dortmund. Gleisner sei ein Aufschneider im wahrsten Sinne des Wortes, er habe sich viel außerhalb Kamens aufgehalten, polizeilich war er aber immer in Kamen gemeldet. Die Fahnder konnten nicht feststellen, was er in den Zeiten seiner Abwesenheit getrieben hatte. Wegen seiner »Charakterveranlagung« trauten sie ihm Spionage zu.

Polizeimeister Vermachernoh schlug eine »Postsperre« vor, »weil bei einer Beobachtung allein seine Überführung kaum gelingen wird«. Der Landrat schrieb dazu an die Reichspostdirektion in Dortmund: »Ich ersuche sofort mit dem Postamt Kamen in Verbindung zu treten und die vorgelegten Postsendungen täglich sofort unauffällig zu öffnen und auf ihren Inhalt genauestens zu überprüfen. Von verdächtigem Briefmaterial sind mir sofort 4 Abschriften zuzuleiten. Die geprüften Sendungen sind der Post umgehend zurückzugeben, damit eine Verzögerung in der Zustellung nicht eintritt und der Betroffene keinen Verdacht schöpft.« Alles gemäß der von Präsident Hindenburg erlassenen »Verordnung zum Schutz von Volk und Staat« aus dem Jahr 1933.

Die Überwachung war recht einfach, weil Gleisner ein Postfach in Kamen hatte. Die Polizei sammelte seine Post ein und las.

Gleisner erhielt vom 27. Juni bis 7. Juli sechs belanglose Zuschriften von fünf Männern, überwiegend Postkarten. Die Polizei übermittelte die Zuschriften in dreifacher Ausfertigung an die Gestapo in Dortmund. Außerdem legte sie eine Karteikarte »Gleisner« an.

Otto Bovensiepen bat am 22. Juli 1935 darum, »künftig

nur Abschriften von solchen Postsendungen des Gleisner zu übersenden, die verdächtigen Inhalts sind«.

Danach übermittelte die Polizei Kamen eine Postkarte von Erich Ploeger aus Soest. Er hatte am 31. August 1935 geschrieben: »Hiermit teile ich Ihnen ordnungshalber mit, dass für Sie Post morgen nach Dortmund, Hansastraße 26 abgeht. Ich bekomme erst morgen früh die Unterschriften und bitte Sie, in Dortmund nach Post zu fragen. Ich bringe sie rechtzeitig auf den Weg.«

Der Polizei Kamen kam das verdächtig vor. Gleisner hatte wochenlang keine Post bekommen. Die Polizei schlussfolgerte, dass Gleisner seine Briefe auf anderen Wegen erhielt. Bekannt war immerhin, dass er seine Post in Dortmund abholte.

Mehr kam bei den Ermittlungen nicht heraus, sodass die Polizei Kamen ihre Überwachung am 4. September 1935 abbrach. Von Juni bis September 1935 hatte sie Gleisners Postkarten vergeblich gelesen.

Unbekannt blieb, welchen Geschäften Gleisner nachging, wer die Kartenschreiber waren und warum er zwischenzeitlich sehr lange keine Post bekommen hatte. Möglicherweise war er von Mitarbeitern der Post in Kamen gewarnt worden. Unklar ist auch, warum die Polizei seine Antworten nicht zu lesen bekam oder ob er überhaupt antwortete. Nicht ermittelt wurde auch, bei wem er in Dortmund seine Post abholte. Gleisner konnte zunächst weiter an seinen Karriereplänen feilen.

Familie Hermans

Fritz Deinert, Kurt Degener und die Familie Hermans hatten ihre politischen Aktivitäten 1934 eingestellt. Die KPD-Funktionäre waren nach den Erlebnissen in der Haft eingeschüchtert. Sie hielten sich zurück. Die neuen Machthaber hatten ihre Ziele weitgehend erreicht.

Aber die Kommunisten hielten zusammen. Sie trafen sich heimlich. Trotz der drohenden Gefahr besuchten Degener und Deinert weiterhin die Familie Hermans. Die vier Niederländer waren 1933 verschont geblieben, weil sie nicht der KPD angehört hatten und ausländische Staatsangehörige waren. 1934 hatte sich die Lage scheinbar beruhigt, doch das änderte sich.

Polizeichef Paul Lins sprach von »Quertreibereien des Holländers Hermans aus Krambruch« in einem Bericht vom 21. August 1935 an den Landrat Heinz Klosterkemper. Hermans senior erlaube sich »Frechheiten, die man von jemandem, der Gastrechte genießt, nicht erwarten sollte«. Da Hermans ein gut gehendes Fuhrgeschäft betreibe, könne er mit seinem Los in Deutschland zufrieden sein. Es habe sich bisher niemand getraut, gegen ihn vorzugehen. »Jetzt muss diesem Zustand ein Ende gemacht werden«, forderte Lins.

Seit Mitte Juli 1935 meldeten Ortsgruppenleiter Otto Rostlaube und seine Gefolgsleute aus der NSDAP die Hermans mehrfach bei der Polizei. Sie warfen ihnen »staatsfeindliche Äußerungen, Sabotage der Deutschen Volksgemeinschaft« und andere Delikte vor. Aufgrund weiterer Denunziationen drohte Landrat Heinz Klosterkemper als Chef der Kreispolizei der Familie am 19. September 1935 mit der Ausweisung aus Deutschland.

Ein neuer Denunziant behauptete Anfang Januar 1936, dass sich Hermans und seine Söhne kommunistisch betätigt hätten. Polizeichef Lins unterstellte, dass sich Vater Hermans seiner Pflichten als Ausländer nicht bewusst sei »und über ein nicht zu überbietendes Maß von Frechheit verfügt«. Lins schrieb: »Nicht nur die Einwohnerschaft erwartet schärfstes Vorgehen gegen diese Unruhestifter, sondern auch mir erscheinen im Interesse der Erhaltung der Staatsautorität unbedingt Maßnahmen erforderlich.« Diese Einschätzung leitete Landrat Klosterkemper an die Gestapo nach Dortmund weiter. Er wollte den Ausgang des Strafverfahrens abwarten, um dann die Ausweisung einzuleiten.

Die Vernehmung der Beschuldigten stellte er vorläufig zurück. Er ließ sie rund um die Uhr beobachten und die Parteigenossen der NSDAP-Ortsgruppe waren eifrig bei der Sache. Die Polizei Stomberg ermittelte und sammelte die Informationen von der Überwachung. Viel kam dabei nicht heraus. Überwiegend falsche Beschuldigungen, aber keine hieb- und stichfesten Beweise. Polizeichef Lins musste zerknirscht feststellen, dass die verdeckten Ermittlungen nichts gebracht hatten.

Weil ihm nichts Besseres einfiel, lud er die Hermans-Söhne doch zum Verhör. Er hoffte, dass sie sich in Widersprüche verstricken oder etwas ans Licht bringen würden, wenn er sie unter Druck setzte. Doch auch das erwies sich als Schuss in den Ofen.

Sie wussten nichts. Sie erinnerten sich an nichts, und sie waren immer nur ihrer Arbeit nachgegangen. Lins musste zerknirscht erkennen: Persönliche Streitigkeiten waren keine Straftaten.

Er kam nicht weiter. Jetzt suchte Lins krampfhaft nach anderen Möglichkeiten, den missliebigen Holländern etwas anhängen zu können. Er zog in Betracht, den Söhnen Willem und Albert »bei weiterer Unzuverlässigkeit den Führerschein zu entziehen« und damit ihre Existenzgrundlage zu vernichten. Der vierte Sohn Albert spielte ansonsten in dem Fall keine Rolle.

Die Staatsanwaltschaft ermittelte wegen des Verdachts auf Vorbereitung zum Hochverrat gegen die Hermans. Am 22. September 1936 stellte der Generalstaatsanwalt in Hamm das

Verfahren aus Mangel an Beweisen ein, aber die Angriffe der örtlichen Nationalsozialisten gingen weiter.

Ortsgruppenleiter Otto Rostlaube, seine Helfer und der Leiter der Stromberger Polizeiverwaltung ließen nichts unversucht, die vier Männer in Schwierigkeiten zu bringen. Sie erstatteten diverse Anzeigen, die auch nichts brachten. Otto Rostlaube stiftete seine Parteigenossen zu einer Provokation an: »Ihr müsst ihnen sagen, dass sie Volksdeutsche werden müssen, wenn sie zu uns gehören wollen.«

Doch Willem Hermans senior weigerte sich. »Meine Kinder sollen kein Kanonenfutter für Deutschland sein«, antwortete er.

Vermutlich waren die Kontakte zu Stromberger Kommunisten nicht unbemerkt geblieben. Aber auch hier fehlten handfeste Beweise. Die Hermans blieben von Strafverfolgung verschont.

Willem Hermans senior sagte seinen Söhnen: »Der Ortsgruppenleiter will mir auch den Tod antun, der Lump. Wir müssen vorsichtig sein.«

Auch Fritz Deinert hatte dauernd mit der Polizei zu tun. Seine Meldepflicht bestand bis zum 24. Dezember 1936. Heilig Abend musste er sich das letzte Mal bei der Polizei melden. Er fragte sich, ob das ein Weihnachtsgeschenk oder Schikane war.

Immer wieder hatte er sich bei der Firma Popper um Arbeit bemüht. Nach Beendigung der Polizeiaufsicht hatte er Erfolg. Die Firma stellte ihn ein. Am 1. Februar 1937 kehrte Fritz Deinert in seinen alten Beruf als Metallarbeiter zurück.

Theo Bertram gefiel das überhaupt nicht. Er vermisste die notwendige Härte gegen die Roten. Jetzt fanden sogar Bolschewisten wieder Arbeit. Er dagegen setzte ganz auf politischen Kampf. Bertram wollte sich an seinen Gegnern aus dem

Dorf rächen. Er war kein Schläger wie seine Genossen von der SA aus Unna. Er nutzte andere Methoden.

Heimtücke

Homborn, Sonntag, 7. Februar 1937. Landwirt Peter Baumann plante einen ausgiebigen Kneipenbummel. Er zog seinen dicken Wintermantel und Stiefel an. Und er setzte seinen Hut auf. Um 16 Uhr verließ er sein Haus.

Zuerst machte sich der 67-Jährige auf den Weg zur Wirtschaft Erhard. In der Gaststube konnte man die Luft zerschneiden. Einige Männer saßen an den Holztischen, andere standen am Tresen. Baumann grüßte nickend in die Runde und stellte sich an die Theke. Er bestellte Schnaps und trank einen nach dem anderen, mindestens zehn Stück. Und jeweils ein Bier dazu zum Runterspülen. Ihm wurde warm, er fühlte sich wohl. Jetzt ging es ihm richtig gut. Heute hatte er frei, er ging nur einmal die Woche in die Kneipe.

Die Eheleute Baumann hatten drei Kinder zwischen 16 und 21 Jahren. Während er sich betrank, kümmerte sich die Familie um den Hof.

Zur gleichen Zeit veranstaltete der Kriegerverein Homborn sein »Opferschießen« für das Winterhilfswerk. Die Krieger feierten kräftig im Vereinsheim. Und es wurde geballert, was beim hohen Alkoholkonsum nicht ganz ungefährlich war. Für jeden Schuss mussten die Mitglieder zahlen.

Das war echter Opfersinn. Die Krieger brachten ein Opfer für den Führer. Sie glaubten daran, dass sie Wohltäter der Volksgemeinschaft seien. Sie schossen für das Dritte Reich – und für einen guten Zweck. Sie waren stolz. Über die Spenden, also über die Zahl der Schüsse, wurde Buch geführt. Wer zu wenig ballerte, fiel unangenehm auf.

Damit hatte Peter Baumann nichts am Hut. Er war schon bei Erhard ziemlich betrunken. Trotzdem setzte er seine Tour fort. Er ging weiter zur nächsten Kneipe, die dem Wirt Leiter gehörte. Sie verströmte die unvergleichliche Atmosphäre einer westfälischen Landgaststätte. Holzstühle, Holztische, Kachelfußboden, karges Licht, schlechte Belüftung und ein Dunstgemisch aus Qualm, Bier und Uringeruch, der durch die Ritze der Toilettentür in die Gaststube strömte. Nüchtern war es kaum zu ertragen. Aber nüchtern war niemand.

Nach Baumann kamen Ortsbauernführer Willibald Klötenkötter und sein Schwager Fridolin Gehrke herein. Sie hatten zuvor beim »Opferschießen« mitgemacht und betraten volltrunken die Gaststätte.

Auch der Kettenschmied und SA-Führer Ludwig Prinz hatte nun genug geschossen und machte sich auf den Weg zu Leiter. Prinz gehörte zu den protestantischen Dorfbewohnern, die 1932 in die NSDAP eingetreten waren. Beim Betreten des Gastraumes sah er, dass Peter Baumann neben Theo Bertram, Fridolin Gehrke und Willibald Klötenkötter am Tisch saß. Alle hatten ordentlich getankt, auch der NSDAP-Ortsgruppenleiter. Baumann sah sauer aus.

In der Kneipe saßen außerdem die Parteimitglieder Wilhelm und Konstantin Klett, Schreinermeister Siegmund, die Kettenschmiede Wilhelm Frenzel und Wilhelm Krix junior sowie Anstreichermeister Frank Berger. Sie konnten was vertragen oder wollten zumindest den Eindruck erwecken, als ob. Sie soffen wie die Kesselflicker. Eine Runde nach der anderen, immer ein Korn und ein Bier.

Der Begriff »sternhagelvoll« wäre untertrieben gewesen. Die Männer stritten über Fußball. Konstantin Klett sagte: »Seit es die Gauliga gibt, wird dauernd Schalke 04 Meister. Das ist langweilig.« Wilhelm Frenzel stimmte zu: »Aber nächste Saison spielt der VfL Bochum mit, die sind gerade aufgestiegen.«

Ludwig Prinz schwankte zum Tisch und setzte sich zu Peter Baumann. Der war stinkig. Seine gute Laune war gewichen, seit Ortsgruppenleiter Bertram und Ortsbauernführer Klötenkötter hereingekommen waren. Er war sauer auf beide. Grund war die sogenannte »Separation«. Das war eine Art Gebietsreform bzw. Neuaufteilung von landwirtschaftlichen Flächen, die von einiger Zeit in Homborn durchgeführt worden war.

Der Alkohol löste die Zunge des sonst schweigsamen und sturen Mannes. In ihm brodelte es schon länger. Bisher hatte er geschwiegen. Jetzt brach es aus ihm heraus. Baumann beschimpfte Bertram und Klötenkötter, es fielen Worte wie »Lump, Schweinehund und Pollack«. Er machte sie für Ungerechtigkeiten verantwortlich. »Ihr seid nur auf den eigenen Vorteil aus, aber wir bekommen praktisch nichts!«, schrie er.

Klötenkötter blieb ruhig und erwiderte Baumanns Vorwürfe mit den gleichen Worten. Bertram antwortete lallend, dass er durch die »Separation« selber Nachteile gehabt habe. »Ich musste selber Gelände abtreten und später bezahlen.«

Baumann antwortete: »Du bist der größte Schweinehund!« Bertram sprang auf, aber Klötenkötter hielt ihn fest. Baumanns Wut stieg. Er sprang ebenfalls auf, trat zu Bertram und stieß ihn vor die Brust. Bertram schlug zurück.

Baumann griff in seine Jackentasche, zog sein schönes Jagdmesser heraus. Der Griff war aus Hirschhorn. Er fühlte sich stark. Das Messer lag gut in der Hand, die Klinge war messerscharf, die Spitze gut dazu geeignet, den Ortsgruppenleiter aufzuspießen. Baumann fuchtelte damit herum.

Bertram sah sich das Messer schwerfällig an. Baumann sagte: »Ich stech dich ab, du Lump!«

Die Gäste kamen neugierig hinzu. Sie umringten den Tisch. Sie wollten sehen, was los war. Einige wollten schlichten. Sie warfen sich heldenhaft zwischen die Streithähne, was aber zu weiteren Kalamitäten führte.

Bauer Fridolin Gehrke aus Unna verletzte sich an der Hand, als er Baumann das Messer wegnehmen wollte. Er blutete. Baumann hielt das Messer eisern fest. »Ihr kriegt mein Messer nicht!«

Plötzlich packten Wilhelm Frenzel und ein anderer Gast Baumanns Arme von hinten und beförderten den wütend um sich schlagenden Landwirt aus dem Lokal. Das Messer hielt er immer noch in der Hand. Draußen schrie er und drohte dem Ortsgruppenleiter: »Dich kriege ich noch und schneide dir den Balg von unten bis oben auf.«

Am darauf folgenden Tag, es war Montag, 8. Februar 1937, fiel Theo Bertram das Aufstehen sehr schwer. In seinem Kopf hämmerte es. Er konnte nicht gut sehen. Und er hatte einen fürchterlichen Kater.

Es war bereits nach 10 Uhr morgens, als er sich, halb angezogen, in die geheizte Wohnküche schleppte. Bertram trug dicke Wollsocken, lange Unterhose und Unterhemd. Die anderen Hofbewohner waren schon lange bei der Arbeit. Auf dem Herd stand noch Kaffee. Er schüttete sich einen großen Becher voll und trank ihn in einem Zug aus. Das Schmalzbutterbrot schmeckte ihm nicht wirklich.

Danach zog er sich warm an und machte sich auf den Weg zur Polizei nach Stromberg. Er spannte selbst ein und fuhr mit seiner einspännigen Pferdekutsche über Stock und Stein, durch Berg und Tal.

Nach 20 Minuten kam er an. Den Wagen stellte er auf der Straße vor dem Amtsgebäude ab. Er betrat das Haus, stieg die Treppe hinauf und klopfte an der Tür des Polizeibüros. »Ich muss etwas melden«, sagte er.

Er zeigte Peter Baumann an. Nicht nur wegen des Vorfalls vom Vortag, sondern auch als »Staatsfeind«. Er fuhr schweres Geschütz gegen seinen Nachbarn auf: »Der Hass des Bauern Baumann rührt meines Erachtens daher, dass er sich durch den Ortsbauernführer Klötenkötter und mich in der Separation benachteiligt glaubt und kürzlich wegen Lieferung schlechter Kartoffeln an die Winterhilfe durch die Ortsgruppe Homborn vom Reichsnährstand mit einer Strafe von 50 Reichsmark belegt wurde. Ich kann nur nochmals betonen, dass Baumann so weit geht, dass er mir als Hoheitsträger der Partei den Deutschen Gruß verweigert und im übrigen, wenn er in der Wirtschaft sitzt und jemand mit dem Deutschen Gruß die Gaststube betritt, die Sache dadurch lächerlich zu machen versucht, dass er beide Hände hochhebt oder sogar eine Hand halb zur Faust ballt.« Er benannte den Wirt und Wilhelm Klett junior als Belastungszeugen gegen Baumann.

Theo Bertram: »Unter anderem hat Baumann auch gestern Abend wieder in gleicher Weise den Deutschen Gruß herabgewürdigt. Ich kann nicht hinnehmen, den Ortsbauernführer und mich in der von Baumann begangenen Weise beleidigen, bedrohen, angreifen und mit einem Messer gegenüberzutreten zu lassen, sodass ich in Wahrung meines Ansehens als Hoheitsträger der Partei selbst fordern muss, dass schärfste Maßnahmen gegen Baumann getroffen werden, nachdem er lange Zeit genug als Querulant im Ort und in den Kreisen der Bauern gewirkt hat. Auf alle Fälle stelle ich auch Strafantrag gegen Baumann.« Aus einem Kneipenstreit, der aus dem Ruder gelaufen war, machte Ortsgruppenleiter Bertram eine politische Straftat.

Die Polizei arbeitete 1937 zügig. Der frischgebackene örtliche Polizeiinspektor und Sachbearbeiter der Gestapo, Polizeisekretär Paul Lins, war hoch motiviert. Er fuhr noch am gleichen Tag mit dem Pkw nach Homborn. Als Verstärkung nahm er einen Gendarmeriebeamten mit. Sie fanden den Bauern Peter Baumann auf seinem Hof und verhafteten ihn. Die Polizisten brachten ihn zum Verhör auf die Stromberger Polizeiwache.

Peter Baumann passte ins Feindbild der Nationalsozialisten. Er gehörte weder der NSDAP noch einer ihrer Gliederungen an. Damit war er im braunen Homborn ein Außenseiter. Das war für ihn schon im Alltag ein Nachteil. Die Polizei sah nur politisch zuverlässige »Volksgenossen«, also Nationalsozialisten, als glaubwürdig an.

Nachdem ihm die Vorwürfe knapp erklärt worden waren, sollte er als Beschuldigter aussagen. Er gab zu, dass es Streit gegeben hatte. »Ich kann mich an fast nichts mehr erinnern, was gesprochen wurde. Ich bemerke noch dazu, dass ich wenig Alkohol vertragen kann.« Aber er konnte sich daran erinnern, dass er Ortsgruppenleiter Bertram und Ortsbauernführer Klötenkötter in der Dorfkneipe gesehen hatte. »Ich entsinne mich auch, dass mich der Bauer Klötenkötter beruhigen wollte. Was ich jedoch gesagt habe und wie ich mich benommen habe, kann ich nicht angeben. Ich weiß vor allem nicht, dass ich ein Messer gezogen haben soll und Beleidigungen und Drohungen ausgestoßen habe.«

Er erinnerte sich, dass er über Bertram und Klötenkötter verärgert war, weil sie ihn bei der »Separation« benachteiligt hätten. Wütend war er, weil schlecht über ihn geredet worden war. Bertram und seine Parteigenossen hatten ihm nachgesagt, er hätte schlechte Kartoffeln ans Winterhilfswerk geliefert.

»Wenn ich deshalb so etwas gesagt und getan habe, was ich nüchtern unterlassen hätte, kann die Ursache nur in dieser Verärgerung darüber liegen. Wenn mir vorgeworfen wird, dass ich gestern und bei anderer Gelegenheit den Deutschen

Gruß dadurch herabgewürdigt und verächtlich gemacht hätte, dass ich beide Arme erhoben und eine Faust geballt hätte, kann ich nur sagen, dass ich schon mal beide Arme erhoben habe, ohne jedoch eine Verächtlichmachung des Deutschen Grußes zu beabsichtigen. Ob es gestern gewesen ist, kann ich jedoch nicht sagen. Wenn ich mich so verhalten habe, ist das lediglich als Ulk aufzufassen. Ich habe die Faust nicht geballt. Ich bedaure außerordentlich, dass sich der Zwischenfall ereignet hat, und würde gern etwas tun, die Sache aus der Welt zu schaffen.«

Aber das war nicht so einfach. Wenn der Apparat der Sicherheitspolizei erst einmal in Gang gesetzt war, gab es kein Halten mehr. Die Polizei befragte 20 Kneipengäste. Aber das Ergebnis war überraschend gut für Peter Baumann. Fast alle Zeugen verteidigten ihn, selbst die Alten Kämpfer der NSDAP. Dorfgemeinschaft war ihnen wichtiger als Volksgemeinschaft. Baumann gehörte dazu, auch wenn er eigenwillig und stur war.

Mittlerweile ging ihnen Bertram mit seinem Fanatismus auf die Nerven. Durch seinen Lebenswandel hatte er den Rückhalt in der Partei und bei den Landwirten verloren. Selbst der Kettenschmied und SA-Führer Ludwig Prinz entlastete den Beschuldigten. »Baumann erweist mir den Deutschen Gruß«, gab er zu Protokoll. Baumann habe keine Faust gemacht.

Im Dorf wurde Ortsbauernführer Willibald Klötenkötter am 9. Februar 1937 vom Gendarmerie-Hauptwachtmeister Hermann Jägerschmidt vernommen. Klötenkötter hatte die Beschimpfungen Baumanns nicht als Beleidigung aufgefasst. »Der war voll«, sagte er. »Der wusste nicht mehr, was er redet.« Andere Zeugen machten unterschiedliche und widersprüchliche Angaben.

Unbeirrt von dem mageren Ermittlungsergebnis, schickte

Polizeichef Paul Lins noch am 9. Februar 1937 seinen Schlussbericht an den neuen Landrat in Unna. Überschrift: »Beleidigung und Bedrohung des Ortsgruppenleiters der NSDAP
in Homborn und des Ortsbauernführers daselbst durch den
Bauern Peter Baumann aus Homborn, der auch der Veräch-
lichmachung des Deutschen Grußes beschuldigt wird.«

Lins räumte zwar ein, dass Baumann »national« eingestellt
sei, aber er zog ein für den Beschuldigten sehr gefährliches
Fazit: »Obschon Baumann nicht als Staatsfeind zu bezeichnen ist, gilt doch die Zeit als gekommen, ihn wegen seines
querulanten Verhaltens in der Gemeinde ohne jede Rück-
sichtnahme zur Verantwortung zu ziehen. Wie noch festgestellt werden konnte, hat man Baumann schon wiederholt
Redensarten zugute gehalten und ihn nur auf die Folgen
derartiger Einstellung aufmerksam gemacht. Eine Anzeige
ist zu früherer Zeit noch nicht erstattet worden.«

Lins hatte Baumann nach der Festnahme dem Amtsgericht
Unna vorgeführt. Er saß im Unnaer Gefängnis ein. Das Gericht erließ aber keinen Haftbefehl.

Der neue Landrat Dr. Hans Grotjan war wie seine Vorgänger Wilhelm Tengelmann und Heinz Klosterkemper Polizeichef für den Kreis Hellweg. Er schrieb der Gestapo am 12.
Februar 1937: »Da das Verhalten des Beschuldigten geeignet
ist, die Volksgemeinschaft zu stören, bitte ich, Baumann von
dort schriftlich zu verwarnen.« Gleichzeitig lief gegen Baumann noch ein Strafverfahren der Staatsanwaltschaft beim
Sondergericht Dortmund.

Das Amtsgericht Unna verurteilte Baumann am 8. Juni
1937 wegen Körperverletzung und öffentlicher Beleidigung
zu einer Geldstrafe von 70 Reichsmark, ersatzweise 14 Tage
Gefängnis. Er hatte auch die Verfahrenskosten zu tragen.
Das Gericht wertete sein Verhalten als Verstoß gegen das sogenannte »Heimtückegesetz«, das heimtückische Angriffe auf

Partei und Staat unter Strafe stellte. Baumann hatte Glück, dass die übergeordneten Stellen der rücksichtslosen Haltung von Paul Lins nicht folgten.

Bertram war halbwegs zufrieden. Zwar war er den lästigen Nachbarn nicht losgeworden, aber immerhin hatte Baumann eine Strafe erhalten. Und damit nicht genug. Das Gericht erlaubte Bertram, das Urteil in der »Westfälischen Landeszeitung – Rote Erde« auf Kosten Baumanns zu veröffentlichen. Diese Chance ließ er sich nicht entgehen. Er stellte seinen heimtückischen Nachbarn in der Zeitung an den Pranger, und der musste die Anzeige bezahlen.

Großspurig verkündete Bertram abends bei einer Runde durch die Homborner Gaststätten seinen »Sieg«. »Jetzt kann jeder nachlesen, dass Baumann Staatsfeind ist«, sagte Bertram. Insgeheim grummelte er, dass Baumann nicht ins KZ gekommen war.

Die Polizei nahm Baumann in die Kartei der Gestapo auf. Das Gericht hatte ihn deutlich verwarnt: »Jeder weitere Verstoß kann zu ernsten Konsequenzen bis hin zur Schutzhaft führen«, hieß es im Urteil. Schutzhaft hätte bedeutet: Einweisung ins Polizeigefängnis Steinwache in Dortmund oder Konzentrationslager. Baumann und seine Homborner Freunde waren nach diesen Vorkommnissen nicht mehr gut auf Theo Bertram zu sprechen. Es brodelte in den Wirtshäusern und Stuben.

Nur zwei Tage nach dem Kneipenstreit war Bertram in Stromberg gewesen. Er wollte Futtermittel kaufen. Es war der 10. Februar 1937. Auf dem Weg zum Kornhaus traf er Egon Hanke, den örtlichen Geschäftsführer der NSV.

Bertram rief: »He Egon, wohin so schnell?«

»Lass mal, ich muss schnell zur Polizei. Eine Frau hat den Führer beleidigt.« Bertram verstand und ging seines Weges.

Hanke betrat das Amtsgebäude. Er ging zum Zimmer des Leiters der Polizeiverwaltung, klopfte und hörte das kernige »Herein«.

Paul Lins freute sich, als Egon Hanke meldete, eine Frau habe sich über Hitler lustig gemacht und den Führer beleidigt.

»Das ist staatsfeindliches Verhalten und strafbar«, sagte Lins.

Hanke berichtete: »Zwei Frauen, sie heißen Erna Vasel und Wilhelmine Zickler, haben mir davon erzählt. Eine frühere Nachbarin von ihnen hat den Führer verunglimpft.« Auf Nachfrage gab er an, sie seien absolut glaubwürdig. Beide Zeuginnen waren 26 Jahre alt und verheiratet.

Der ehrgeizige Leiter der Polizeiverwaltung, Paul Lins, zu diesem Zeitpunkt noch Polizeisekretär, wollte die ganze Geschichte hören. »Jetzt aber der Reihe nach!«

Egon Hanke erzählte: Die Beschuldigte Gertrud Kullmann sei »vor einigen Monaten" von der Arbeit nach Hause gekommen. Die jungen Frauen hätten im Fenster gelegen und gegrüßt: »Heil Hitler!« Gertrud Kullmann antwortete: »Hat am Arsch einen Splitter.«

Lins hatte genug gehört. Das »Belastungsmaterial« reichte ihm. Er schrieb eine Anzeige gegen die 58-Jährige »wegen Verstoßes gegen das Heimtückegesetz bzw. groben Unfug«.

Er schickte einen uniformierten Polizeibeamten los, um die Täterin abzuholen. Der Schutzmann sorgte für Aufsehen in der Nachbarschaft. Die Haustür stand offen. Er betrat das Treppenhaus, stieg hinauf in die erste Etage und böllerte ordentlich vor die Wohnungstür.

Gertrud Kullmann bekam einen gewaltigen Schrecken, als sie das laute Klopfen hörte. Sie wunderte sich. Wer konnte das sein? Das war doch kein Benehmen! Verängstigt und verwundert öffnete sie die Tür.

»Mitkommen!«, sagte der Schutzpolizist. Sie folgte ihm.

Er führte sie ins Büro des Polizeichefs. Kein Gruß oder dergleichen. Paul Lins saß am Tisch und blickte auf eine Akte. Sie musste stehen. Fühlte sich schlecht.

Paul Lins brüllte sie mit lauter Stimme an: »Was denken Sie sich eigentlich dabei? Sie haben sich öffentlich über den Führer lustig gemacht. Sie haben den deutschen Gruß verächtlich gemacht. Das ist ein Verstoß gegen das Gesetz zur Verhütung von heimtückischen Angriffen auf Partei und Staat. Was haben Sie dazu zu sagen?« Bevor sie antworten konnte, brüllte er: »Leugnen hat keinen Zweck. Wir haben zuverlässige Zeuginnen.«

Davon war sie überzeugt. Sie gestand ihr »Vergehen« ganz offen: »Ich will nicht abstreiten, auf den deutschen Gruß ›Heil Hitler‹ aus Scherz geantwortet zu haben: ›Am Arsch einen Splitter.‹ Ich habe mir nichts Böses dabei gedacht und sehe jetzt ein, dass derartige Ausdrücke auch nicht in scherzhafter Weise zu gebrauchen sind.« Sie konnte sich nicht vorstellen, dass sie dafür ernsthaft bestraft werden könnte. Sie bedauerte ihre Tat.

Folter war hier unnötig. In seinem schäbigen Schlussbericht zum Fall der Frau Kullmann hielt der Polizeisekretär fest, dass die Beschuldigte aus einer kommunistischen Umgebung zu stammen scheint, »wie sie überhaupt einen schlechten Charakter haben dürfte«. Er fügte hinzu, dass sie keiner Nazi-Organisation angehörte. Er bedauerte, dass die Meldung erst so spät erfolgt war – die »Taten« lagen mindestens dreieinhalb Monate zurück. Sein Fazit: »Immerhin ist die Handlungsweise der Frau Kullmann scharf zu verurteilen und ein ernster Verweis durch die Staatspolizei am Platze, falls von der Einleitung eines Strafverfahrens abgesehen würde.« Er fuhr zweigleisig. Immerhin forderte er keine Schutzhaft.

Die Anzeige leitete Lins an den Landrat in Unna weiter.

Der schickte die Akte an die Gestapo in Dortmund und die Originalanzeige an den Oberstaatsanwalt beim Sondergericht Dortmund. Die Staatsanwaltschaft bewertete das Vergehen jedoch milde und stellte das Verfahren gegen Gertrud Kullmann ein. Sie wurde am 15. Juni 1937 vom Oberstaatsanwalt eindringlich verwarnt.

Wenige Tage zuvor hatte Lins gegen eine Fabrikarbeiterin wegen eines ähnlichen Delikts ermittelt. Die Frau hatte auf den Hitlergruß einer Kollegin mit den Worten »Halben Liter« geantwortet. Ein Ehepaar hatte es gehört und Anzeige erstattet. Auch diese Beschuldigte hatte Glück und wurde »nur« eindringlich verwarnt. In anderen Fällen wurden Beschuldigte wegen ähnlicher Bagatelldelikte in die Steinwache eingeliefert. Waltraud Schmidt wegen »Verächtlichmachung der SA«, Richard Zimny wegen »Verächtlichmachung des Deutschen Grußes«, Hermann Oecking wegen »Verächtlichmachung der Reichsregierung«. Aber selbst Leute, die wegen Vorbereitung zum Hochverrat verurteilt wurden, hatten eigentlich nichts getan.

So wurde ein Landarbeiter aus Stromberg zu zweieinhalb Jahren Zuchthaus verurteilt, weil er nach dem Tod Hindenburgs zu einem Arbeitskollegen gesagt hatte: »Gut, dass er tot ist. Ein Weltekel weniger.« Ihm wurde erschwerend zur Last gelegt, dass er vor 1933 dem Rot-Sport angehört hatte. Mitglied der KPD war er nicht gewesen.

Theo Bertram sah es als seine Pflicht an, vermeintliche Staatsfeinde zu verfolgen. Zwei Monate nach der Anzeige gegen Peter Baumann zeigte er den nächsten Mann an.

Am Sonntag, 25. April, versammelte sich eine illustre Runde in der Spinnstube bei Bertram. Die Hofangestellten wollten den Feiertag gemeinsam mit zwei Freunden genießen. Die Spinnstube war so etwas wie ihr Aufenthaltsraum. Hier waren sie ungestört. Hedwig Fleischfrau, Wendelin Gantz, Herbert Henning und Bruno Müller unterhielten sich bei Bier und Schnaps über Politik. Sie hatten Gäste aus der Nachbarschaft: die Knechte Paul Mechels, genannt »Pitter«, Landwirtschaftsgehilfe beim Bauern Bernhard Burgwedel, und Willi Schäfer vom Bauern Globke.

Die Meinungen gingen auseinander. Paul Mechels war schon am frühen Morgen schwer betrunken. Bruno Müller schimpfe auf die NS-Regierung und lobte die Kommunisten.

Arbeitskollegen informierten Theo Bertram über die staatsfeindlichen Äußerungen. Er ließ sich Zeit. Zwei Tage nach dem gemütlichen Beisammensein ging er zur Polizei.

Bertram besuchte den Gendarmerieposten im benachbarten Altenbüren, um gegen den 38-jährigen Gehilfen Bruno Müller vorzugehen, den er erst fünf Tage zuvor eingestellt hatte.

Gendarm Jägerschmidt nahm die Anzeige auf. Er stufte die Tat als »Vergehen gegen das Heimtückegesetz« ein. Bertram meldete, »dass der bei ihm beschäftigte Landwirtschaftsgehilfe Bruno Müller sich über die Person des Führers und Reichskanzlers Adolf Hitler abfällig geäußert« habe. Bertram war empört darüber, dass sich ein »solches Gesindel bei ihm auf dem Hof eingeschlichen« hatte, wie er sagte. Müller gehörte »unschädlich« gemacht.

Gendarm Jägerschmidt ermittelte. Das Ergebnis: Müller habe zu einem anderen Knecht gesagt, der Führer und Reichskanzler sei ein »Lump«. Für die Arbeiter sei es besser, wenn die Kommunisten ans Ruder kämen, dann bräuchten sie jetzt nicht so viel zu arbeiten.

Eine Zeugin, die Magd Hedwig Fleischfrau, belastete Müller schwer. Der habe Hitler nicht das erste Mal als »Lump« bezeichnet. Müller habe auch gesagt, die Mitglieder der NS-Regierung seien alle Halunken.

Andere Zeugen waren zurückhaltender als die Magd. Paul Mechels erinnerte sich nur sehr vage: »Es trifft zu, dass ich am Sonntag, 25. April 1937, beim Bauern Bertram in der Spinnstube gewesen bin. Ich hatte mir einige Glas Bier und auch einige Schnäpse getrunken. Da ich eine Kopfverletzung habe, kann ich mich nicht mehr darauf besinnen, was in der Spinnstube gesprochen worden ist. Ich kann wohl noch angeben, dass ich mich mit Müller unterhalten habe, jedoch kann ich nicht sagen, um was sich das Gespräch gedreht hat, da ich angetrunken war. Müller kenne ich nicht und kann daher auch nichts über seine politische Einstellung sagen.«

Gendarm Jägerschmidt nahm Müller vorläufig fest und lieferte ihn bei der Ortspolizeibehörde Stromberg ab. Im Laufe einer Vernehmung berichtete Müller, dass er 33-mal vorbestraft war. Am 29. April wurde er dem Amtsgericht Unna zugeführt. Jetzt ging es Bruno Müller an den Kragen.

Jägerschmidt hatte den Verdacht, dass Müller unter falschem Namen unterwegs sei. Zum Zweck der Identifizierung wurden Fingerabdrücke genommen. Müller sei als Berufsverbrecher anzusehen. Die Polizei vermutete, dass er an einem Raubüberfall in Bremen beteiligt gewesen war. Jägerschmidt schickte den Bericht am 5. Mai 1937 an die Polizeibehörde Stromberg. Sein Fazit: »Müller ist ein arbeitsscheuer und arbeitsunwilliger Wanderer.«

Vernommen wurde auch der Knecht Herbert Henning, 18 Jahre alt. Er hatte mit Bruno Müller bei Theo Bertram gearbeitet. Henning behauptete, dass er Müller beim Einzäunen von Weiden gefragt habe, ob er vorbestraft sei. Müller habe geantwortet: »Ja, schon des Öfteren. Das letzte Mal habe ich drei Jahre kurz vor Minden an der Weser abgemacht.« Müller habe auch über Adolf Hitler gelästert. Henning wollte das zwar nicht genau verstanden haben. Er erinnerte sich aber genau an einen »politischen Frühschoppen« bei einer anderen Gelegenheit. Dabei hätten sich Müller und ein anderer Knecht über Konzentrationslager unterhalten.

Wendelin Gantz, 14 Jahre alt, gab zu, dass er in der Spinnstube gesessen hatte, aber er machte zur Sache keine Angaben. Er hätte nicht zugehört. Bemerkt hatte er nur, dass Mechels sehr betrunken war.

Müllers Pech war, dass auf dem Hof Bertram der pensionierte Polizeihauptwachtmeister Richard Riesler wohnte. Als Rentner verdiente er sich etwas dazu. Diesem war Müller gleich verdächtig vorgekommen.

Riesler wollte Müller auf den Zahn fühlen und gab sich als ehemaliger Zuchthäusler aus. Darauf berichtete ihm Müller von einem größeren Coup in Bremen. Dort habe er einem betrunkenen Autofahrer 1.300 RM gestohlen. Müller plante, als Taschendieb wieder nach Düsseldorf zu gehen. Außerdem behauptete er, er sei im Besitz von falschen Papieren.

Bruno Müller wurde am 30. September 1937 vom Sondergericht Dortmund wegen Verstoß gegen das Heimtückegesetz zu einer Gefängnisstrafe von einem Jahr und drei Monaten verurteilt.

Die Gestapo hatte sogar Hunde- und Katzenvereine verboten, am 2. November 1935 auch die Versammlung der Eigenheimbesitzer. Wer sich über den Hitlergruß lustig machte, beging eine Straftat und musste mit Anzeige und Verhaftung rechnen.

»Verächtlichmachung des Deutschen Grußes« hieß das. Das war ein Verstoß gegen das »Heimtückegesetz«. Auch Karl Valentin hatte gegen das Gesetz verstoßen, als er sich Gedanken darüber machte, was gewesen wäre, wenn Hitler nicht Hitler, sondern Kräuter geheißen hätte.

Die Gestapo war im Frühjahr 1933 aus der Politischen Polizei der Weimarer Kripo hervorgegangen. Sie gehörte mit der Kripo zur Sicherheitspolizei. Die Sicherheitspolizei in Dortmund war für den gesamten Regierungsbezirk Arnsberg und damit auch für den Kreis Unna zuständig.

V-Mann Gregor Pichler hielt sich zwar nach Steinwache und KZ mit politischen Äußerungen zurück. Seine kriminellen Aktivitäten stellte er aber nicht ein. Insbesondere nicht nach Alkoholgenuss. Er wurde erwischt, gesehen und angezeigt.

Die Erste große Strafkammer des Landgerichts Dortmund verurteilte Gregor Pichler am 28. April 1937 wegen Diebstahls im Rückfall zu vier Monaten Gefängnis, obwohl er als Spitzel unter dem Schutz der Ortspolizei stand. Eigentlich hatte er den Bogen deutlich überspannt, aber er hatte wieder Glück. Er wurde nicht ins Dortmunder Polizeigefängnis an der Steinstraße eingeliefert, sondern durfte die Strafe vom 19. Mai bis 29. August 1937 im Hagener Gerichtsgefängnis absitzen. Drei Wochen hatte er bereits durch die U-Haft verbüßt. Die Haft war angenehm, die Justizaufseher behandelten die Gefangenen wie Menschen.

Während er seine Frau ungestraft verprügeln konnte, wurde der Diebstahl geahndet. In der Haftzeit zahlte er keine Miete, was aber nicht weiter auffiel, weil er schon vorher monatelang keine Miete gezahlt hatte.

Kneipenperspektiven

Alfred Gleisner starrte nachdenklich in sein Bierglas. Nun hatte er zusammen mit Eduard Spengler eine militärische Wehrübung absolviert. Es gefiel ihm gar nicht. »Hoffentlich kommt kein Krieg«, sagte er.

Eduard Spengler schüttelte den Kopf: »Der Krieg kommt. Das ist so sicher wie das Amen in der Kirche.« Spengler hatte nun schon seine dritte Wehrübung gemacht. Beide waren immer noch auf der Suche nach einer erträglichen und einträglichen Beschäftigung.

»Vielleicht bewerbe ich mich bei der Stadtverwaltung in Kamen«, sagte Spengler. Er hatte zwischen den Militärübungen ein Praktikum bei der örtlichen Verwaltung gemacht. »Das ist ein ruhiger, sicherer Job.« Eigentlich ging es ihm zu der Zeit gar nicht gut. Seine Mutter lag im Sterben. Sie hatte Krebs.

Für Alfred Gleisner war es die zweite Wehrübung. Zwischendurch hatte er sich arbeitslos gemeldet. 1936 war er das zweite Mal zu einer Geldstrafe verurteilt worden, wegen Verstoßes gegen das Rechtsberatungsgesetz. Nach der zweiten Wehrübung hatte er eine Arbeit als »Drücker« angenommen, er verkaufte den »Stürmer« und die »Westfälische Landeszeitung – Rote Erde« in Kamen und Umgebung.

Eduard Spengler fragte: »Was biste nun eigentlich, Privatdetektiv oder Versicherungsvertreter?«

»Weder noch. Jetzt verkaufe ich erstmal Zeitungen«, entgegnete Gleisner.

Zur Förderung seiner Karriere als Staatsdiener war Eduard Spengler im Dezember 1936 in die SS eingetreten. Die SA hatte er im März des Jahres verlassen. Er war immer noch unentschlossen, was seine berufliche Zukunft betraf. Er wollte zwar bei der Kamener Stadtverwaltung arbeiten, aber sein dominanter Vater hatte ihm nachdrücklich zu einer Bewerbung bei der Kripo geraten.

»Was soll ich denn machen?«, fragte er Alfred Gleisner. Der zuckte mit den Schultern und trug so zu einer folgenschweren Entscheidung bei.

Spengler erzählte Gleisner, dass er auf einer Militärübung einen Kriminalbeamten kennengelernt hatte. »Der Polizeidienst ist vielleicht nicht das Schlechteste«, hatte der Polizist zu Spengler gesagt. »Da findest du Sicherheit und hast Aufstiegschancen.«

»Dann geh' doch zur Polizei«, riet Alfred Gleisner, »wenn du da jemanden kennst. Das ist besser als der langweilige Verwaltungsdienst. Und du entgehst dem Militär.« Das leuchtete Spengler ein. Der Krieg würde kommen, aber an die Front – das wollte er nicht.

Eduard Spengler ließ die Verwaltungslaufbahn sausen und bewarb sich im November 1937 bei der Kriminalpolizei in Dortmund. Seine Mutter war kurz zuvor im Alter von 54 Jahren gestorben.

Mit dem Aufnahmeantrag in die SS hatte er eine Voraussetzung für die Polizeikarriere erfüllt. Doch zunächst musste er die vorgeschriebenen Untersuchungen der SS durchlaufen. Er kam anscheinend aus einer »erbgesunden Familie«. Das war wichtig. Die SS wollte nur reinrassige Arier aufnehmen. Trotz der Schwierigkeiten in der Schule und dem Studienabbruch machte er »einen brauchbaren Eindruck«.

Im Januar 1938 bestand er die Eignungsprüfung der Führerschule der Sicherheitspolizei in Berlin-Charlottenburg und wurde im Juni 1938 als Kriminalkommissar-Anwärter in Dortmund eingestellt. Er machte eine Ausbildung bei Kripo und Gestapo.

Als der SD von seiner Anstellung bei der Kripo erfuhr, wurde er dem SS-internen Nachrichtendienst zugeteilt. In dieser Eigenschaft betreute er die SD-Dienststelle bei der Kripo in Dortmund. Am 1. Mai 1938 erhielt Spengler als Belohnung für seine Militärdienste eine Beförderung zum Leutnant der Reserve.

Während es für Spengler bergauf ging, hatte sein Freund Gleisner erneut die Aufmerksamkeit der Gestapo auf sich gezogen. Etwa zur Zeit des Kneipengesprächs der beiden Stammtischfreunde hatte Kriminalkommissar Karl Segermann von der Gestapo Dortmund eine weitere Postüberwachung Alfred Gleisners angeordnet. Die Staatspolizei hatte erneut Verdacht geschöpft, weil Gleisner viel unterwegs war und keiner genau wusste, was er eigentlich tat. Offiziell arbeitete er weiterhin als Privatdetektiv. Segermann schrieb: »Am 11.11.37 habe ich gegen Gleisner Postsperre verhängt. Von sämtlichen dort zur Vorlage kommenden Postsendungen ersuche ich, mir Abschriften in doppelter Ausfertigung zu übersenden. Gleichzeitig ersuche ich um Mitteilung, was dort in strafrechtlicher, politischer und spionagepolizeilicher Hinsicht über Gleisner bekannt ist oder vertraulich festgestellt werden kann.

Wodurch bestreitet Gleisner seinen Lebensunterhalt?«

Die Polizei in Kamen antwortete erst nach zwei Wochen. Sie teilte der Gestapo Dortmund mit, dass in der Verfügung zur Postüberwachung Gleisners ein Fehler unterlaufen war, »da anstelle des richtigen Namens – Gleisner – der Name Glexner geschrieben wurde. Ich bitte die Richtigstellung bei der Post veranlassen zu wollen«.

Die Polizeibehörde in Kamen ermittelte. Nach einigen Wochen schickte sie der Gestapo ihren Abschlussbericht. »Gleisner wird, ausweislich der Fürsorgeakte, seit dem Jahre 1931 immer wieder vorübergehend als Wohlfahrtserwerbsloser unterstützt.« 1937 hatte er sich bei der Fürsorge abgemeldet, »weil er angeblich eine Stelle als Vertreter bei einem Zeitschriftenvertrieb in Hamm angenommen hatte«. Gleisner war auf einer Zeche tätig gewesen, dann als Kundenwerber auf Provision bei einem Wach- und Schutzdienst in Dortmund, dann als Versicherungsvertreter.

Die örtliche Polizei hatte eine amtliche Stellungnahme zu Gleisners persönlichen Eigenschaften aufgespürt und zitierte daraus: »Gleisner hat in seiner Tätigkeit oft gewechselt. Er hielt sich selbst als besonders wichtig und wird nach meinem Dafürhalten in seinen Berufen an Selbstüberschätzung gescheitert sein. Er ist nicht ungeschickt und bringt auch den erforderlichen Willen auf, weniger jedoch eine beharrliche Ausdauer. Er ist verheiratet und hat in seinen Berufen manche Enttäuschung hinnehmen müssen. Es ist anzunehmen, dass er endlich bestrebt sein wird, festen Halt zu finden. Er ist, ausweislich der hiesigen Strafliste, zweimal vorbestraft.« In politischer und spionagepolizeilicher Hinsicht sei er bis dahin nicht in Erscheinung getreten. Er könne sich aber auch nicht entschließen, einer NS-Formation beizutreten und halte sich politisch neutral. Er und seine Frau seien Mitglieder der apostolischen Sekte.

In der Folgezeit leitete die Kamener Polizeibehörde erneut Abschriften der bei Gleisner eingehenden Post an die Gestapo in Dortmund weiter. Im Januar 1938, als Gleisner bei einer Familie in Gütersloh wohnte, fragte die Gestapo nach, welcher Arbeit er nachgehe. Die Kamener Polizisten fanden heraus, dass Gleisner seit Januar 1938 bei einer Krankenkasse als Vertreter im Bezirk Bielefeld-Gütersloh arbeitete und nur noch an den Wochenenden in Kamen war.

Wieder konnte ihm die Polizei keine staatsfeindliche und geheimdienstliche Betätigung nachweisen. Die Gestapo stoppte die Überwachung im März 1938, obwohl er von einem Freund einen Brief in einer Erbgesundheitsangelegenheit erhalten hatte. Friedrich Schlottmann schrieb Gleisner im Dezember 1937 von einer »Ungeheuerlichkeit«. Seine Frau sollte auf Erbkrankheiten untersucht werden. Er fragte: »Ist man übrigens verpflichtet zu solchen Ärzten zu gehen? Meines Wissenes erstreckt sich die Untersuchung nur auf Feststellung ob erbkrank oder gesund. Ich habe ihr verboten, sich vor meiner Erkundigung untersuchen zu lassen.«

Das »Erbgesundheitsgesetz« zur Verhütung erbkranken Nachwuchses bot die Möglichkeit, kranke und behinderte Menschen zwangsweise sterilisieren zu lassen. Betroffen waren unter anderem Lernbehinderte, Menschen mit Senk und Spreizfuß und viele andere Menschen mit körperlichen oder geistigen Behinderungen. Es schuf die Grundlage zur systematischen Ermordung dieser Menschen von 1939 bis 1941 durch Giftgas. Für Gleisner blieb die Sache ohne Folgen.

Schluss mit der Kommunalpolitik

Die Eheleute Bertram lebten weiter nebeneinander her. Magdalene verzweifelte. An manchen Tagen wollte sie nur noch raus aus dem Dorf, weg vom Hof und vor allem weg von ihrem Mann, aber der Gedanke an die Schande einer Scheidung und die Verantwortung für die Töchter hielt sie von einer Trennung ab. Im September 1937 beantragte sie einen Reisepass für eine Reise nach Zoppot bei Danzig. Sie wollte Verwandte besuchen. Pass und Reise wurden genehmigt. Sie blieb nur einige Tage, aber sie genoss diese Abwechslung sehr. Theo Bertram war zu Hause geblieben und lebte sein Leben. Er war froh, wenn sie weg war.

1937 hatte Theo Bertram das Amt eines Beisitzers unter Bürgermeister Heinrich Globke in Homborn übernommen. Der Posten war vergleichbar mit dem Amt des Beigeordneten in größeren Gemeinden und Städten. Er war Nachfolger des Landwirts Heinrich Schroeck, NSDAP-Mitglied seit 1932, der das Amt bis 1936 innehatte.

Das Interesse an dem Amt des Beigeordneten hatte Theo Bertram schnell verloren. Am 1. September 1938 schrieb er sein Entlassungsgesuch: »Die Bewirtschaftung meines Hofes verursacht große Mühe. Ich muss deshalb all meine persönlichen Kräfte aufwenden, um diesen Hof in Ordnung zu halten. Schon vor der Machterhebung war ich Ortsgruppenleiter in Homborn und habe dieses schwierige Amt bis vor kurzem geführt. Seit 1933 bis vor kurzem war ich Amtsältester. Heute bin ich noch in der Gemeinde Homborn Beigeordneter. Mit Rücksicht auf die vorstehend geschilderten Verhältnisse, unter Berücksichtigung meiner Pflichten meinem Hof gegenüber und auch in Anbetracht der von mir jahrelang geführten Ehrenämter, bitte ich, mich von dem Amt als Beigeordneter der Gemeinde Homborn entbinden zu wollen. Heil Hitler! Theo Bertram.«

Amtsbürgermeister Gottfried Hochmut und Gemeindebürgermeister Globke stimmten zu, Bertram wurde abgelöst. Seine Nachfolge trat der Kettenschmied Wilhelm Post an, Jahrgang 1905. Post stammte ursprünglich nicht aus Homborn, aber er war der NSDAP schon 1932 beigetreten. Er übernahm von Bertram auch das Amt des Ortsgruppenleiters der NSDAP, das dieser schon vorher abgegeben hatte.

Die Lust an der Politik hatte Bertram verloren, nachdem er sich im Dorf durch seine Anzeigen auch in Parteikreisen unbeliebt gemacht hatte. Er war tief enttäuscht von seinen Parteigenossen, weil sie sich von ihm distanzierten. Nicht nur, dass sie ihm die politischen Anzeigen übelnahmen. Sie kreideten ihm vor allem seinen unanständigen Lebenswandel an. Bertram verstand das nicht. Er hatte sich für eine Säuberung des Dorfes von staatsfeindlichen Elementen stark gemacht. Seinen unermüdlichen Einsatz für die Bewegung belohnten sie mit Undank. Sollten sie ihre Parteiarbeit doch selbst machen.

Wegen seines Fanatismus hatte Bertram mit vielen Dorfbewohnern Probleme. Er fühlte sich ausgegrenzt und zu unrecht verfolgt. »Nichts als Ärger habe ich«, dachte er. Zu Hause mit der Familie, besonders mit Ehefrau Magdalene, und jetzt auch noch mit denen, die er eigentlich als seine Freunde betrachtet hatte, und mit der Dorfbevölkerung. Mit der Kommunalpolitik war jetzt Schluss.

Nach dem Rückzug feierte er noch ausgiebiger als vorher, worunter die Landwirtschaft erst recht litt. Gelegentlich machte er noch bei politischen Aktionen mit.

Kristallnacht

Der 9. November 1938 war ein nasskalter Mittwoch. Abends feierten Stomberger Parteibonzen im Saal Schulte die »Bewegung«. Sie diskutierten über das Attentat auf den Diplomaten Ernst vom Rath in Paris. »Überall im Reich geht es rund, nur wir sitzen hier rum«, krakeelte Anstreicher Heinrich Henkel. Aber die meisten seiner Kampfgenossen waren schon zu besoffen. Sie tranken lieber noch ein Bier. Andere Parteimitglieder hatten nichts gegen einheimische Juden. Waren das nicht Deutsche wie sie, Schützenkönige, Weltkriegsteilnehmer, die nichts mit Religion am Hut hatten? Die Chance auf Randale in der Nacht vom 9. auf den 10. November 1938 ließen sie verstreichen. Die Geselligkeit ging vor.

Nachdem sie ihren Kater am nächsten Tag halbwegs auskuriert hatten, verabredete sich ein Haufen Einheimischer für den nächsten Abend. SS-Führer Günter Ulrich war nicht dabei: »Ich war an dem fraglichen Tage, an dem den Stomberger Juden die Fensterscheiben zertrümmert wurden, in Unna«, sagte er später.

Obwohl die Gestapo weitere Aktionen am 10. November verboten und unter Strafe gestellt hatte, versammelte sich in Stromberg ein Schlägertrupp unter Führung von örtlichen Judenhassern.

»Beim Farbenhändler Paul Neustein randalierten sie unter Führung von Stromberger Nazis«, berichtete ein Zeuge. Er hatte die Vorgänge am Wilhelmsplatz beobachtet. »Sie zertrümmerten Fensterscheiben, zerschlugen die Möbel, warfen Sachen aus dem Fenster. Hugo Neustein war Schneider. Er wurde in eine Porzellanvitrine gestoßen«, sagte Herbert Schmitz, der neben dem Laden der Neusteins wohnte. Hugo Neustein war ein tapferer Mann. Er hatte im Ersten Weltkrieg für Deutschland gekämpft, war mit dem Eisernen Kreuz 1. Klasse ausgezeichnet worden.

Hitlerjungen, Partei- und SS-Angehörige hatten ihn mit Messern angegriffen, als sie seinen Laden stürmten. Sie fügten Hugo Neustein Schnittwunden an Armen, Rücken und Händen zu. Einige von ihnen kannte er gut.

Seine 13-jährige Tochter Doris erlebte, wie die Angreifer ihren Vater misshandelten und schwer verletzten. Sie hielt ihren zehnjährigen Bruder Albert fest, der vor Angst zitterte, als die Verbrecher zuschlugen. Hugo Neustein hatte Glück. Es ging um Zentimeter. Wenn einige Stiche andere Stellen getroffen hätten, wäre er verblutet.

Damit hatten die Randalierer nicht genug. Sie plünderten, holten Farbeimer aus dem Laden, nahmen die Deckel ab und schütteten Farben in der Wohnung aus. Sie beschmierten Möbel, Teppiche und Hauswände. Vor allem die blutrote Farbe gefiel ihnen gut.

Einrichtungsgegenstände flogen aus dem Fenster, Wertsachen nahmen die Randalierer mit.

Vom Wilhelmsplatz zog die Meute weiter zum Kirchplatz, zum Haus der Familie Steinborn, in dem auch Gregor Pichlers Schwiegereltern wohnten. Josef Steinborn war 1878 Schützenkönig gewesen, seine Tochter Johanna 1910 Schützenkönigin. Das störte die Täter nicht.

Die Randalierer traten auch hier die Tür ein und stürmten in die Wohnung. Dort zertrümmerten sie die Einrichtung. Auf einem Tisch stand ein Bild von Josef Steinborn mit Glasrahmen. Jeanette Steinborn trat vor die Täter und bat sie flehentlich darum, das Bild zu verschonen. Während einige jüngere Männer zögerten, trat ein älterer Mann vor, nahm das Bild, warf es zu Boden und trat darauf herum.

Jeanette Steinborn erkannte bekannte Gesichter, auch Nachbarn, unter den Gewaltverbrechern. Die Eindringlinge plünderten. Sie stahlen Wertgegenstände, Besteck, Teller, Uhren. Um das Haus herum hatte sich eine Menschenmenge angesammelt. Mehrere hundert Schaulustige sahen zu. An den Ausschreitungen beteiligten sich Parteigenossen, SA-Männer, Hitlerjungen, Stromberger SS-Männer und die Polizei.

Gregor Picher stand dabei und sah zu. »Sie nennen sich Herrenmenschen, aber sind Diebe schlimmer als ich«, dachte er, aber er sagte nichts. Zwei Schutzpolizisten hatten ihm kurz vor Beginn der Aktion befohlen: »Mitkommen!« Er gehorchte, zog sich vor Ort aber zurück und versuchte, sich in der Menge zu verstecken. Es gelang ihm nicht.

»Wo ist Pichler?«, brüllte Polizeichef Paul Lins. Ein Schaulustiger rief: »Hier steht er«, und zeigte auf ihn. »Komm her!«, rief Lins. Pichler trat vor und ging zum Haus der Familie Steinborn.

Lins befahl ihm, zu helfen: »Die Sachen sind schwer! Verdammt noch mal, siehst du das nicht? Pack mit an!«

Pichler musste das Eigentum der Juden für die Plünderer aus den Wohnungen schleppen. »Plündern ist eigentlich verboten«, dachte er. »Eigentlich gehören die erschossen.«

Auch bei der anschließenden Verteilung der Wertgegenstände an Nationalsozialisten musste er helfen. Tage später »versteigerte« die Verwaltung verbliebenes jüdisches Eigentum mit Pichlers Hilfe.

Am 11. November 1938 ließ Paul Lins auf Befehl der Staatspolizeistelle Dortmund vier erwachsene jüdische Männer in

Schutzhaft nehmen. Die Gestapo hatte die Festnahme männlicher Juden im Alter von 14 bis 70 Jahren angeordnet. Der Schneider Arthur Cohen (30), der Viehhändler Isaak Eichenfeld (62), der Kaufmann Hugo Neustein (46) und sein Bruder, der Anstreicher Paul Neustein (37), wurden abgeführt und für eine Nacht ins örtliche Polizeigewahrsam gesperrt.

Ein Stromberger Polizist lieferte die vier Männer am 12. November 1938 in der Steinwache in Dortmund ein. Zwei Tage später verfasste der Leiter der Polizeibehörde Stromberg einen Geheimbericht über die »Maßnahmen gegen Juden«. Lins schrieb: »Wie schon telefonisch vorausberichtet, ist es am 10. des Monats bei den Juden Neustein, Steinborn und Eichenfeld in Stromberg zu Vergeltungsmaßnahmen der empörten Bevölkerung gekommen. Als die Polizei verständigt wurde, konnte bei sofortigem Einschreiten nur noch festgestellt werden, dass die Laden- und Wohnungseinrichtungen zum Teil zertrümmert waren. Der Gesamtschaden dürfte sich auf etwa 4.000 Mark belaufen. Davon entfallen rund 1.000 Mark auf zertrümmerte Schaufensterscheiben. Wer die Täter waren, hat sich nicht feststellen lassen. Die versammelten Menschenmassen verhielten sich sehr diszipliniert und leisteten den polizeilichen Aufforderungen sofort Folge.«

Paul Lins log in seinem Bericht mehrfach und verschwieg die Plünderungen, an denen er selbst beteiligt war. »SS-Leute und solche vom Amt plünderten das Silber der jüdischen Familien«, bestätigte später ein Augenzeuge.

Die Polizei befahl den Juden, aufzuräumen. Sie mussten ihre Geschäfte am 11. November 1938 mit Brettern vernageln und endgültig schließen.

Am 17. November 1938 schrieb die Gestapo Dortmund an die Polizeibehörden im Regierungsbezirk Arnsberg, dass 14- und 15-jährige Juden wieder entlassen werden sollten. Auch Juden, die über 60 Jahre alt oder krank waren.

Isaak Eichenfeld kam am 17. November frei. Hugo Neustein war bis 1. Dezember 1938 in der Steinwache inhaftiert. Paul Neustein und Artur Cohen blieben fast einen Monat, bis zum 9. Dezember 1938, in der Steinwache.

Am 10. November 1938 hatten die Nationalsozialisten in Homborn und Altenbüren von den reichsweiten Aktionen gegen Juden erfahren. Auch sie wollten zuschlagen. Aber in ihren Dörfern gab es keine Juden. Bis auf Rieke Sommer. Und die wohnte mit einem »Arier« zusammen. Das war was anderes als die »Judenhäuser« in Stromberg.

Rieke Sommer, geboren am 10. Mai 1885 in Neuss, wohnte bei ihrem Freund Heinrich Stüber in Homborn. Sie war am 1. September 1933 aus Dortmund-Aplerbeck zugezogen. Auf ihrer Meldekarte war der zweite Vorname »Sara« nachträglich eingetragen worden, ebenso der Zusatz »Jüdin« oben rechts. Der zweite Vorname »Sara« war seit August 1938 für Jüdinnen vorgeschrieben, für Juden »Israel«.

Sie war eine echte rheinische Frohnatur, blond, blauäugig und bildschön. Offiziell war sie Stübers Haushälterin. Eine jüdische Haushälterin bei einem Nichtjuden in einem Dorf mit 80 Prozent NSDAP-Wählern (1932) war eine heikle Sache. Zu ihrem Glück wohnten sie etwas außerhalb des Dorfes.

Zwei Jahre nach der Machtübernahme verschlechterte sich die Situation des Paares, das in wilder Ehe zusammenlebte. Seit den Nürnberger Rassegesetzen von 1935 waren Eheschließungen sowie außereheliche Beziehungen zwischen Juden und Christen verboten. Außerehelicher Geschlechtsverkehr galt seit dem Gesetz zum »Schutz des deutschen Blutes« als »Rassenschande« und stand unter Strafe. 1936 trat eine neue Regelung hinzu, die Juden die Beschäftigung von »deutschblütigen« Hausmädchen untersagte. Das traf hier nicht zu. Ein christlicher oder atheistischer Deutscher durfte eine jüdische Haushälterin beschäftigen.

Heinrich Stüber und Rieke Sommer lebten seit 1936 immer in Angst. Sie wussten, dass sie in Gefahr schwebten, aber er stand zu ihr. »Was soll denn deutsches Blut sein?«, fragte er. »Du bist Deutsche, ich bin Deutscher, das zählt. Wie kann Religion als Rasse ausgelegt werden? Katholiken sind auch keine andere Rasse als Protestanten.«

Obwohl sie vorsichtig waren und sich in der Öffentlichkeit fast nie zusammen zeigten, blieb die Sache nicht geheim. Parteigenossen im Dorf wussten von der Beziehung zwischen der Jüdin und dem Christen. Bisher hatten sie über die »Blutschande« gelästert, sie aber geduldet.

Für Nationalsozialisten wie Theo Bertram war diese außereheliche Beziehung besonders verwerflich. Seit längerer Zeit gärte es in ihm. Er wollte dafür sorgen, dass die beiden für ihre Tat bestraft werden.

Am Abend des 10. November 1938 trafen sich Theo Bertram und weitere Nationalsozialisten zu einer Besprechung im Saal Mettkamp. Nach ein paar Bier waren sie mutig genug, hatten sich in Rage geredet.

In der Dunkelheit marschierte der zwölfköpfige Trupp vor das Haus von Heinrich Stüber. »Rassenschande«, »Rasseschänder«, »Judensau« und »Juden raus!« brüllten sie, traten gegen Türen und schlugen an die Fensterläden. Rieke Sommer und Heinrich Stüber saßen im Haus, das Licht war aus. Sie hofften darauf, dass der Spuk irgendwie vorübergehen würde. »Wir wissen, dass ihr da seid!«, brüllten die Nationalsozialisten.

Zur gleichen Zeit radelte Landgendarm Jägerschmidt mit dem Fahrrad von Unna-Lünern nach Stromberg. Aus der Ferne hörte er das Gegröle. Er stoppte, bog ab und fuhr in die Richtung, aus der der Lärm kam.

Er näherte sich und sah die Horde vor dem Haus, die gerade mit Stangen und einem Brecheisen die Tür aufbrechen wollte.

Als Jägerschmidt nahe genug war, fackelte er nicht lange und tat seine Pflicht. Er zog seine Pistole, schoss ein Mal in die Luft und warnte die Bande: »Wenn ihr nicht sofort aufhört, schieße ich nicht mehr in die Luft. Macht, dass ihr nach Hause kommt!«

Die Meute war überrascht. Die Männer hielten inne. Damit hatten sie nicht gerechnet. Nachdem sie den ersten Schrecken überwunden hatten, wurden einige Randalierer frech.

»Halt dich da raus!«, rief Theo Bertram. »Was hast du hier zu suchen? Hier bestimmt die Partei, nicht die Polizei.«

Jägerschmidt ließ sich nicht beirren. Er blieb standhaft. Der Gendarm hielt seine schussbereite Waffe in der Hand. Er wusste, dass er auf dünnem Eis stand, aber er stand auf der richtigen Seite. Er gehörte zu den Guten. Die Männer waren Verbrecher. Schon von weitem hatte er gehört, dass sie irgendwas über »Juden« gebrüllt hatten.

Hermann Jägerschmidt kannte Heinrich Stüber. Für den Landgendarm war die Sache eindeutig: Hier wollten Betrunkene in ein Haus eindringen, das durfte er nicht zulassen.

»Ihr macht euch strafbar, das wisst ihr. Wenn ihr mich bedroht oder ins Haus einbrecht, dann muss ich auf euch schießen! Und ihr könnt euch darauf verlassen, dass ich schieße.« Er war sich sicher, dass er es notfalls tun würde.

Die Nationalsozialisten diskutierten, aber sie blieben unschlüssig. Sie waren unbewaffnet und hatten Respekt vor der grünen Polizeiuniform. Sie glaubten noch an Autoritäten und die Polizei, zumindest an die Polizei nach 1933.

Zum Glück waren sie noch nicht zu betrunken. Die Restvernunft siegte. Unter heftigen Protesten und wüsten Beschimpfungen zogen sie ab.

Jägerschmidt schrieb keinen Bericht, die Randalierer machten keine Meldung und so blieben die Ereignisse in dieser Nacht für die Täter und den mutigen Gendarm folgenlos.

Der Nachteil aus heutiger Sicht: Es gibt keine Dokumente über die Vorgänge in der Nacht vom 10. auf 11. November 1938 in Homborn und Altenbüren. Der Vorteil für den Polizisten: Es gab kein Ermittlungsverfahren gegen ihn. Ein Bericht hätte ihm schaden können, obwohl die Rechtslage eindeutig war. Die Gestapo hatte am 10. November alle weiteren Aktionen verboten. Jägerschmidt hatte nicht nur richtig, sondern auch befehlsgemäß gehandelt. Fanatische Nationalsozialisten störte das Verbot dagegen nicht. Wenn kein Polizist einschritt, wurde auch mit Verspätung randaliert.

Für Rieke Sommer und Heinrich Stüber blieb der Überfall nicht folgenlos. Zwar waren die Schläger nicht ins Haus eingedrungen, aber Rieke Sommer war so verängstigt, dass sie wenige Wochen später nach Köln floh.

»Ich gehe«, sagte sie. »Das ist besser für uns. Ich verschwinde in der Anonymität der Großstadt und du bist sicher ohne mich. Ich bringe dich und andere in Gefahr.« Er wollte das nicht akzeptieren und sie festhalten. Aber eines Abends, als er von der Arbeit nach Hause kam, war sie nicht mehr da. Ihre Kleidung, Sachen und ein Koffer waren auch fort. So machten es viele Juden nach der »Reichskristallnacht«. Sie flohen aus Dörfern und Kleinstädten in Großstädte, wo sie unbekannt waren und darauf hofften, nicht aufzufallen.

Wie sich nach Kriegsende herausstellte, gehörte Hermann Jägerschmidt zu den wenigen Polizeibeamten, die an diesem Abend in Deutschland als Freund und Helfer mutig handelten und bedrohte Menschen schützten. In Stromberg hatte es das nicht gegeben. Dort hatten Polizisten selbst Straftaten begangen und sich an Plünderungen beteiligt. Ohne strafrechtliche Folgen.

Krieg

Theo Bertram hatte die Nase schon lange voll vom Dorfleben, und er hasste das Leben auf dem Hof. Seitdem er sich aus der Politik zurückgezogen hatte, fühlte er sich etwas freier. Damit war eine Verpflichtung weggefallen. Aber die Ehe und der Hof hinderten ihn daran, sich selbst zu verwirklichen und sein Leben zu genießen. Er liebte den Tanz und nächtliche Kneipentouren. Finanzangelegenheiten fand er kompliziert und zu langwierig. Er war kein guter Rechner, und mit einem Kater rechnete es sich ohnehin schlecht.

Das Ehepaar Bertram hatte sich so weit auseinandergelebt, dass sie nur noch das Notwendigste sprachen. Trotzdem gab es fast täglich Streit.

Der Beginn des Zweiten Weltkrieges am 1. September 1939 kam für Theo Bertram wie gerufen. Er sah den heiß ersehnten Ausweg. Er meldete sich freiwillig zur Wehrmacht. Dass es zunächst nur eine Flucht auf Zeit war und er seine Fesseln nicht ganz abgelegt hatte, wusste er.

Bertram hätte als Landwirt und alter NSDAP-Parteigenosse Möglichkeiten gehabt, sich unabkömmlich (uk) stellen zu lassen. Er hätte nicht zum Militär gehen müssen, aber er wollte es. Er suchte Freiheit und Abenteuer. Das Fronterlebnis lockte ihn.

Die wirtschaftliche Lage des Hofes war nicht allein wegen seines Lebensstils schlecht, aber er verschärfte die Misere. 1928 hatte es auf dem Hof Bertram gebrannt. Zwei Jahre hatte die Familie bei Nachbarn wohnen müssen. Sparsamkeit war eigentlich das höchste Gebot. Magdalene sah nur noch Arbeit und Schulden, aber sie machte ihm selten Vorhaltungen. Es brachte einfach nichts.

Die jüngere Tochter Gertrud war 1939 erst zehn Jahre alt.

Sie hatte mit der Verwaltung des Hofes noch nichts zu tun, half aber bereits nach der Schule und am Wochenende täglich bei der harten Arbeit mit.

Bertram fehlte schon zuvor als Landwirt, Ehemann und Vater. Insofern sah Magda seine Meldung zum Wehrdienst relativ gelassen. Vielleicht wäre es auch schöner ohne ihn, kein Streit und er könnte nicht so viel Geld ausgeben.

Die Wehrmacht schickte Hauptmann Bertram zur motorisierten Pferde-Transport-Kolonne 581 (mot.). Mit Pferden kannte er sich aus. Er verbrachte ein normales Landserleben im Osten mit Privilegien als Offizier. Das Soldatenleben lag ihm, es gab Frauen und Alkohol. Als »Herrenmensch« hatte Bertram keine Probleme mit sexuellen Beziehungen zu russischen Frauen.

Im Februar 1943 wurde er im Raum Dnjepropetrowsk verwundet. Er blieb aber im Osteinsatz. Auf keinen Fall wollte er nach Hause.

Erst im November 1943 kehrte er zurück in die Heimat, ging aber nicht nach Homborn. Wegen eines Herzmuskelschadens wurde er zunächst im Lazarett in Unna behandelt. Von dort verlegte ihn die Wehrmacht auf eigenen Wunsch ins Lazarett nach Soest, das in einer Gehörlosenschule untergebracht war. Je weiter weg von zu Hause, desto besser.

Nach dem Lazarettaufenthalt wurde er wegen Rheuma behandelt. Als er wieder gesund war, wurde er am 25. Januar 1944 zur Heeresstreife, Abteilung Belzig, nach Brandenburg verlegt. Er bestritt seinen Lebensunterhalt vom Wehrsold.

Auf dem Hof lief es besser ohne ihn. Magdalene und Eva suchten Ersatz für Theo, sie brauchten einen tüchtigen Hofverwalter.

Eduard Spengler kam bei der Kripo Dortmund vorwärts. Als SS- und SD-Mitglied verband er kriminalpolizeiliche und nachrichtendienstliche Tätigkeit. Auch privat lief es gut, er hatte sich verliebt. Im September 1939 beantragte Spengler bei der SS eine Heiratsgenehmigung. Die auserkorene Braut hieß Magdalena Käfermann, 26 Jahre, überzeugte Nationalsozialistin und gelernte Hauswirtschafterin.

Die junge Frau hatte nach der Volksschule die höhere Mädchenschule und das städtische Konservatorium in Dortmund besucht. Anschließend ging sie zur landwirtschaftlichen Haushaltschule. Sie war politisch unbedingt zuverlässig. Als Blockwalterin der Nationalsozialistischen Volkswohlfahrt und Ortsjugendgruppenführerin der NS-Frauenschaft arbeitete sie aktiv in der Kamener Bewegung mit. Nebenbei half sie beim Deutschen Roten Kreuz. Ihr Vater, ein gelernter Steiger im Bergbau, war 1933 im Alter von 47 Jahren gestorben. Die Mutter heiratete erneut, einen Kamener Gastwirt. Diese hochprozentige Verbindung sollte Spenglers künftiges Leben prägen.

Die SS prüfte die Eignung des Brautpaares und stellte fest: »rassisch in Ordnung«. Am 23. Dezember 1939 heirateten Eduard Spengler und Magdalena Käfermann.

Doch die Ehe blieb kinderlos. Die SS ließ das Ehepaar nochmals untersuchen. Danach forderten sie ihn zur Scheidung auf, weil sie keinen Nachwuchs zeugen konnten. Das lehnte er ab und blieb bei seiner Frau.

Beruflich lief es weiter gut. Am 10. Mai 1940 wurde er zum Kriminalkommissar und SS-Untersturmführer befördert. Nun arbeitete er als Kommissar auf Probe für Kripo und SD in Dortmund.

Beim 9. Kommissariat an der Steinstraße 48 bearbeitete Spengler Sittlichkeitsvergehen. Von Oktober 1938 bis November 1940 lieferte er mehr als 20 Menschen ins Polizeigefängnis ein. Unter anderem wegen des Verdachts der Geschlechtskrankheit (Prostitution), der Homosexualität oder der Obdachlosigkeit.

Im Juni 1941 wurde er zur Kripo nach Berlin-Charlottenburg versetzt. Das Ehepaar Spengler zog an die Spree, in eine möblierte Wohnung an der Joachim-Friedrich-Straße in Halensee. Der eigentliche Mieter, ein Wehrmachtsoffizier, war im Fronteinsatz. Die Spenglers nutzten die gute Lage, sie gingen gemeinsam spazieren, die Königsallee hinunter bis zum Grunewaldsee.

Polizeichef Paul Lins rief am 28. Juli 1940 die Gestapo in Dortmund an. Ortsgruppenleiter Rostlaube hatte schon wieder neues Belastungsmaterial gegen Familie Hermans geliefert. »Sie haben die Ernte sabotiert«, sagte er.

Zwei Beamte der Gestapo Dortmund kamen nachmittags mit dem Pkw nach Stromberg und holten Lins ab. Gemeinsam fuhren sie nach Krambruch. Als Verstärkung kam der Schutzpolizist Peter Skowronzcik mit. Lins: »Je mehr wir sind, desto besser. Die Hermans sind aufsässig und könnten sich wehren.«

Sie trafen Vater Willem und seine Söhne Willem und Heinrich zu Hause an. Die Polizisten stellten sich nicht vor. Lins sagte: »Ihr habt euch der politischen Sabotage schuldig gemacht.« Willem Hermans senior antwortete: »Gar nichts haben wir gemacht.«

Argumente wurden ausgetauscht, die Beweislage war unklar. Die Polizisten aus Dortmund fragten Paul Lins, was sie machen sollten. Seine Antwort war kurz und knapp: »Nehmt sie mit!«

Kommissar-Anwärter Hermann Trodler und sein Kollege legten den drei Männern Handschellen an und setzten sie auf die Rückbank ihres Wagens. Am 9. August 1940, um 20 Uhr, lieferten die Polizisten die drei Männer in der Steinwache ab.

Die Gestapo in Dortmund stellte fest, dass einer der drei Brüder, Johann Hermans, fehlte. Der war mit dem Lkw im

Sauerland unterwegs. Trodler ärgerte sich: »Warum haben Sie denn nichts gesagt?«, fragte er Lins. Der schwieg.

Trodler musste sich noch einmal auf den Weg nach Stromberg machen. Er wartete bis zum nächsten Tag. Wieder nahm er einen Kollegen mit. Sie trafen Johann Hermans am Abend zu Hause an. Trodler verhaftete ihn.

Die Beamten der Staatspolizeistelle Dortmund nutzten die Gelegenheit und nahmen gleichzeitig Hermann Westerland aus Stromberg fest. »Wenn wir schon mal hier sind, dann soll es sich auch lohnen«, hatte Trodler unterwegs gesagt. Der 17-jährige Hermann Westerland hatte für die Familie Hermans gearbeitet. Nun fiel automatisch ein Verdacht auf ihn, weil sein Bruder Jahre zuvor als Wilddieb verhaftet worden war.

Zusammen mit Johann Hermans wurde er um 19.20 Uhr in die Steinwache eingeliefert. Als Haftgrund trug der diensthabende Schutzpolizist »politische Sabotage« in das Haftbuch ein.

Vater Hermans und seine drei Söhne saßen in der Steinwache knapp zwei Monate ein, bis 2. Oktober 1940. Dann wurden sie ins Dortmunder Gerichtsgefängnis verlegt. Hermann Westerland hielt die Gestapo noch einige Tage länger fest. Am 7. Oktober, 19 Uhr, wurde er aus dem Polizeigewahrsam entlassen.

Der Oberstaatsanwalt in Dortmund prüfte die Akten. Er stellte das Verfahren gegen die Hermans nach umfangreichen Ermittlungen ein. Für den Verdacht der Sabotage hatte er keinen Anhaltspunkt gefunden. Es gab keine Beweise. Die vier Männer hatten vier Monate im Gefängnis gesessen. Nun freuten sie sich auf die Freiheit. Am 13. Dezember 1940 wurden sie entlassen und am Abend desselben Tages, um 18 Uhr, direkt wieder in die Steinwache eingeliefert.

»Wir wurden bis an die Tür befördert, und da hat uns die

Gestapo wieder abgeholt«, sagte Heinrich Hermans später. Haftgrund: »Politische Sabotage«. Weitere vier Monate mussten die vier in der Steinwache verbringen, bis 17. April 1941.

»Und dann, an einem Morgen, da gingen wir ab nach Sachsenhausen«, berichtete Heinrich Hermans. Nach dem Wecken wurde ihnen befohlen, sich für die Abreise fertig zu machen. Um 9.30 Uhr wurden sie abtransportiert. Nun hatten sie acht Monate Gefängnis hinter sich und das KZ-Sachsenhausen vor sich. Die Hermans mussten das Ruhrgebiet verlassen.

Zwei Monate später kam der Krieg ins Ruhrgebiet. Bomben trafen Stromberg und Homborn. Am 8. Juni 1941 beschädigte eine Brandbombe ein Wohnhaus schwer. Der Dachstuhl brannte vollständig aus, die obere Balkenlage des Erdgeschosses war angebrannt. Hinzu kamen Wasserschäden durch die Löscharbeiten. Das Haus war unbewohnbar geworden. Was zu dieser Zeit eine Ausnahmeerscheinung war, schockte die Betroffenen. In der Bevölkerung machte sich Verunsicherung breit. Sie wussten nun, dass es jeden treffen konnte.

Arbeitsverweigerung

Der Zimmermann Hans Siegmund aus Homborn lag am Morgen des 19. August 1941 krank im Bett, als es an seiner Zimmertüre klopfte. Er hatte eine schwere Sommergrippe.

»Aufmachen! Polizei«, brüllte eine männliche Stimme. Hans Siegmund quälte sich aus dem Bett und öffnete.

»Sie sind verhaftet, auf Anordnung der Gestapo Dortmund. Ziehen Sie sich was an«, sagte der grün uniformierte Schutzpolizist. Hans Siegmund ging zurück ins Zimmer, legte den

Schlafanzug ab und zog sich Hemd, Hose und Schuhe an. Eine Jacke nahm er auch mit.

Zwei Polizisten warteten an der Tür. Sie brachten ihn mit einem Pkw ins Polizeigefängnis nach Stromberg. Dort nannte Paul Lins den Festnahmegrund: »Arbeitsverweigerung«.

Siegmund hatte sich öfters mit seinem Vorgesetzten um Politik gestritten. Sein Chef war Nationalsozialist. Er wusste, dass sein Mitarbeiter gegen die Nazis war.

Siegmund hatte bei der Arbeit ein Lied gesungen: »O Tannenbaum, O Tannenbaum, Adolf Hitler hat im Sack gehaun, er kaufte sich ein Henkelmann und fängt bei Krupp in Essen an«. Es war an einem Freitagnachmittag gewesen, kurz vor Feierabend, Siegmund hatte ein Bier getrunken. Das Lied passte nicht ganz zur Jahreszeit. Er hatte es in der Kneipe aufgeschnappt und der Meister hatte es gehört.

Schon zuvor hatte er ab und zu über Hitler gelästert. Außerdem war er gelegentlich zu spät gekommen oder hatte krank gefeiert. Nicht mehr als seine Kollegen, aber der Meister nutzte die Gelegenheit und machte einen Versuch, ihn loszuwerden. Er hätte ihn auch wegen der staatsfeindlichen Äußerungen anzeigen können, aber die Aussicht einer Bestrafung wegen Arbeitsverweigerung gefiel ihm besser. Der Meister mochte Siegmund nicht.

Es war 8 Uhr morgens, als Gendarm Robert Schmorwerk am 21. August die Zellentür öffnete. Er legte Siegmund Handschellen an. »Sie werden ins Polizeigefängnis nach Dortmund überstellt.« Schmorwerk führte ihn zum Bahnhof. Sie stiegen in den Zug, der sie zum Dortmunder Hauptbahnhof brachte. Von dort waren es nur noch 150 Meter zur Steinwache.

Schmorwerk hätte eigentlich schon in Pension gehen sollen, aber die Polizei hatte im Krieg absoluten Personalmangel. Er wurde weiterbeschäftigt, weil er noch einigermaßen rüstig war.

Im Dortmunder Polizeigefängnis führten die Aufsichts-
beamten akribisch Buch. Um 10 Uhr trugen sie Siegmunds
Ankunft ins Haftbuch ein. Als Haftgrund vermerkten sie:
»politisch«. Konkret wurde ihm »Arbeitsvertragsbruch« zur
Last gelegt. Das konnte alles heißen: Zu spät gekommen, zu
langsam gearbeitet, Streit mit nationalsozialistischen Vorgesetzten, Verletzung des Betriebsfriedens durch staatsfeindliche Reden. Bei Siegmund war es von allem ein bisschen.

Nach fünf Tagen Haft wurde er am 26. August 1941 um
8 Uhr ins Arbeitserziehungslager nach Recklinghausen überstellt.

Arbeitserziehungslager waren die Konzentrationslager der
Gestapo. Das Lager in Recklinghausen bestand von Anfang
Februar 1941 bis März 1943. Grund der Errichtung: Arbeitgeber im Ruhrgebiet hatten über mangelnde Arbeitsdisziplin
geklagt. Die Waffenproduktion sollte unbedingt reibungslos
funktionieren.

Die Gestapo lieferte billige Arbeitskräfte für die Stadt. Der
Lageraufenthalt musste abschreckend gestaltet werden. Jeder
Arbeiter sollte darum bemüht sein, eine Einlieferung ins Ar-
beitserziehungslager unbedingt zu vermeiden.

Das Recklinghausener Lager befand sich im städtischen
Schützenhof an der Waldstraße. Die ehemalige Ausflugsgast-
stätte stand in einem Kiefernwäldchen am Rande der Stadt.
Abgelegen und weit genug von der nächsten Wohnbebauung
entfernt. Zu Fuß ging man eine halbe Stunde vom Stadtge-
biet. Die Zugänge ließen sich leicht absperren. Die Arbeitsstellen waren in etwa 15 Minuten Fußmarsch zu erreichen.

Die Gefangenen mussten für die Stadt Recklinghausen arbeiten, Tiefbau, einen Friedhof anlegen und eine Kanalisation graben. Die Arbeitszeiten betrugen zehn bis zwölf Stunden täglich. Den Gefangenen wurden die Haare geschoren.

Alle hatten eine Glatze. Sie sahen nicht nur so aus wie KZ-Häftlinge, sondern die Zustände in den Arbeitserziehungslagern glichen denen im Konzentrationslager bis aufs Haar.

Das alte Holzgebäude war völlig heruntergekommen. Es wurde auf die einfachste Weise zur Haftstätte umgebaut, die Fenster vergittert. Gesichert wurde es mit einem hohen Stacheldrahtzaun und einem Stolperdraht. Anfangs war es für maximal 130 Häftlinge vorgesehen.

Das Wachkommando bestand aus zwei Hauptwachtmeistern und 20 Reservisten der Schutzpolizei Recklinghausen. Lagerleiter wurde der Kriminalsekretär der Gestapo Münster, SS-Obersturmführer Josef Klann. Hinzu kam ein Verwaltungsbeamter.

Das Arbeitserziehungslager Recklinghausen nahm vor allem deutsche Häftlinge auf, während ausländische Zwangsarbeiter nach Essen/Mülheim oder nach Hunswinkel bei Lüdenscheid transportiert wurden. Ab Juli 1941 wurden nur noch deutsche Häftlinge in Recklinghausen eingewiesen, unter ihnen Hans Siegmund.

Er war der Polizei bekannt. Am 23. September 1932 war er für einen Messerstich gegen einen SA-Mann in Homborn zu zehn Monaten Gefängnis verurteilt worden (Az 16 L 8.32). 1941 wirkte sich das Urteil strafverschärfend aus, obwohl es Notwehr gewesen war. Fünf Nationalsozialisten hatten ihn überfallen. Das interessierte den Nazirichter am Dortmunder Landgericht nicht.

Als Siegmund im August 1941 im Schützenhof eintraf, schliefen die Häftlinge in den drei früheren Gasträumen des Lokals, die in fünf kleinere Stuben für jeweils 20 Männer aufgeteilt waren. Neben den Schlafräumen befand sich die Latrine mit sieben Sitzplätzen und zwei Waschrinnen. In der Wohnung des Gastwirtes hatte Lagerleiter Josef Klann sein Büro.

Nachts wurden die Gefangenen ohne Wasser eingeschlossen. Das Haus hatte praktisch keine Isolierung. Im Sommer wurde es in der Unterkunft unerträglich heiß, die Fenster ließen sich nicht öffnen. Die Häftlinge litten unter der stickigen Luft.

Im Winter war es dagegen eiskalt. Dann zeigte sich auch, dass die Häftlingskleidung viel zu dünn war. Die Männer froren. Die Öfen wurden im Winter selten und nur mit wenig Brennstoff beheizt.

Polizisten machten nachts Lärm und störten den Schlaf. Sie hatten Langeweile und brauchten »Unterhaltung«, insbesondere dann, wenn sie betrunken waren. Getrunken hatten sie fast immer.

Schlafstellen für die Gefangenen waren entweder mehrstöckige Bettgestelle ohne Matratzen oder der Fußboden. Hans Siegmund überlebte sechs Wochen Terror im Lager und kehrte schwer gezeichnet nach Homborn zurück.

Ein neuer Verwalter

In der Nacht vom 7. zum 8. August 1941 bombardierten alliierte Flieger Homborn zum zweiten Mal. Sie warfen mehrere Brandbomben auf den Hof Bertram. Der Dachstuhl der Stallanlage brannte aus. Theo Bertrams Vater, der alte Bauer Friedrich Wilhelm Bertram, geboren 1856, erlitt bei dem Bombenangriff einen schweren Schock. Er erholte sich nicht mehr und starb wenig später, am 23. August 1941. Theo Bertram befand sich als Soldat an der Front. Er schrieb keine Feldpostbriefe an seine Frau.

Im Dorf kursierte bald darauf das Gerücht, die Alliierten hätten den Hof Bertram gezielt attackiert.

Jetzt, nach dem Tod des Alten, bat die Bäuerin ihre Tochter

Eva um eine Aussprache. Sie brauchten dringend einen neuen Verwalter. Die Frauen setzten sich abends in der Wohnküche zusammen und überlegten, wen sie einstellen könnten. Die Auswahl war begrenzt, da nur wenige junge Männer zur Verfügung standen.

Eva schlug Heinrich Gerbracht vor. Der junge Mann war wegen eines Herzfehlers aus der Wehrmacht entlassen worden und arbeitete nun als ausgebildeter Landwirt auf dem kleinen Hof seiner Eltern. Dort war er unterfordert. Er suchte nach einer größeren Herausforderung – und nach einer attraktiven Frau. Auf Eva hatte er schon länger ein Auge geworfen. Die jungen Leute waren bei einem Dorffest ins Gespräch gekommen.

Eva mochte ihn. Sie fand ihn attraktiv. Sie wollte ihn gerne näher kennenlernen und träumte davon, ihn auf den Hof zu holen.

Ihre Mutter war einverstanden. Magdalene Bertram stellte Heinrich Gerbracht als Hofverwalter ein. Er nahm ihr die Leitung der Feldarbeit ab, beaufsichtigte die Arbeitskräfte und teilte die Arbeit ein.

Trotz seines Herzfehlers war er fit genug für die anspruchsvolle Herausforderung. Er erledigte seine Aufgaben vollkommen selbstständig und erwies sich als tüchtiger Landwirt. Die Bäuerin war sehr zufrieden. Und sie freute sich darüber, dass die jungen Leute sich mochten. In ihr schlummerte eine Sehnsucht nach Liebe, die sie von ihrem Mann schon lange nicht mehr bekam. Wenn sie selbst darauf verzichten musste, dann sollte wenigstens Eva glücklich werden.

Für Magdalene war die Leitung des Hofes an sich keine ungewohnte Aufgabe. Ihre Eltern besaßen einen etwa 500 Morgen großen Hof in der Nähe von Lemgo. Dort war sie aufgewachsen und hatte bei der harten Arbeit mit angepackt.

Zusammen mit Gerbracht gelang es ihnen, den vernachlässigten und verschuldeten Hof in Schuss zu setzen und die Schulden zu reduzieren, die bereits die enorme Höhe von 42.000 Reichsmark erreicht hatten. Sie arbeiteten gut zusammen, schufteten von früh bis spät, waren fleißig und geschickt.

Fliegeralarm

Am 11. Oktober 1941 um 2.30 Uhr heulten die Sirenen in Stromberg. Die Menschen wurden unsanft aus ihren Träumen gerissen. Schlaftrunken und fluchend verließen sie eilig die Betten und suchten die Luftschutzkeller in ihren Häusern auf. Stollen oder öffentliche Bunker gab es erst später. Bis zu diesem Zeitpunkt waren die Menschen im östlichen Ruhrgebiet den Bomben fast schutzlos ausgeliefert.

Gregor Pichler blieb im Bett. Er glaubte nicht, dass es etwas brachte, in den Keller zu gehen. Außerdem war er zu müde.

Anders die Familien Hinz und Kirschbaum, die im Haus an der Haßlingstraße 71 wohnten. Friedrich Kirschbaum arbeitete als Werkmeister, seine Frau Emma als Hausfrau und erzog die Kinder. Als die Sirenen heulten, eilten sie mit ihrem Sohn Helmut, zwölf Jahre, und der vierjährigen Edeltraut in den Keller. Auch Anna und Wilhelm Hinz suchten dort mit ihren Töchtern Lore und Christel, elf und sieben Jahre alt, Schutz.

Zu acht saßen sie im Keller, als gegen 3 Uhr die ersten Bomben fielen. Etwa 15 Minuten später hörten sie ein kurzes Zischen und plötzlich einen ohrenbetäubenden Knall. Sie hatten keine Zeit mehr, überrascht zu sein. Die Bombe krachte durch das Dach, explodierte nach dem Aufprall und zerschmetterte das ganze Haus.

Um 6 Uhr früh kam Entwarnung. Rettungskräfte machten

sich auf den Weg: Technische Nothilfe, SA und die Feuerwehr, der auch Hitlerjungen zugeteilt worden waren.

Gregor Pichler lag noch im Bett, als ein Polizist um kurz nach 6 Uhr mit den Fäusten gegen seine Tür donnerte. Er stand auf und öffnete. »Fertig machen zum Aufräumen. Los, mitkommen!«, schallte es ihm entgegen. Pichler zog sich kommentarlos an und verließ die Wohnung.

Wortlos ging der Polizist vor ihm her. Als sie am Einsatzort ankamen, hatte die Feuerwehr schon Vorarbeiten geleistet und Schutt weggeräumt. Auch die HJ war bereits auf dem Weg.

Hitlerjungen mussten Dienst in der Feuerwehr-HJ leisten, da viele ältere Feuerwehrleute zur Wehrmacht einberufen oder gefallen waren. Die Machthaber nutzten den Mut und die Unbekümmertheit der Jungs aus. Sie schickten 14- bis 18-jährige auch während der Luftangriffe in Großstädten in den Einsatz. Ihren Leichtsinn bezahlten einige mit dem Leben.

Hitlerjunge Walter Hoffmann wurde gegen 6.30 Uhr aus dem Bett geholt. »Heute geht es nicht zur Schule, heute müssen wir helfen!«, schrie ihn der HJ-Führer Wilhelm Käseberg an.

Als die Jungs an der Haßlingstraße 71 ankamen, waren die Aufräumungsarbeiten schon im Gange. Rettungskräfte schafften Schuttmassen weg. Unter den Trümmern hörten sie plötzlich eine männliche Stimme rufen: »Hilfe, holt uns hier raus! Hier sind wir.«

Der HJ-Führer trieb seine Jungs zur Eile an. »Da lebt noch jemand!«, schrie er.

Gregor Pichler sah den uniformierten Schreihals misstrauisch an. Er musste als Gegenleistung für seine Entlassung aus dem Lager nicht nur Menschen bespitzeln und bei Judenaktionen helfen, sondern wurde im Krieg immer wieder zu besonders unangenehmen Hilfeleistungen befohlen. So auch nach dem Bombenangriff in dieser Nacht.

Es wurde schon hell, als die Rettungskräfte den Keller nach und nach freilegten. »Wir sind hier drüben«, rief die männliche Stimme. Vorsichtig räumten die Helfer den letzten Schutt an der Außenwand des Luftschutzkellers beiseite.

Hier fanden sie zwei Bewohner, Wilhelm Hinz und die kleine Edeltraut Kirschbaum. Das vierjährige Mädchen sah die Rettungskräfte mit großen Augen an. Sie war schwer verletzt und zitterte vor Angst. »Wo ist Mama?«, fragte sie weinend.

Niemand antwortete. Wilhelm Hinz bat die Retter, nach den anderen zu suchen. »Sie sind da drüben, weiter zur Mitte«, sagte er. Er blutete aus mehreren offenen Wunden, konnte sich aber noch auf den Beinen halten. Sanitäter holten ihn und Edeltraut Kirschbaum aus dem Keller und brachten sie zum nahegelegenen Evangelischen Krankenhaus.

Von den anderen Familienmitgliedern war nichts zu hören und nichts zu sehen. Überall Schutt und Trümmer. Die Luft war voll Qualm und Staub.

Polizeiwachtmeister Peter Skowronczik hatte Pichler eine besondere Aufgabe zugeteilt, er musste die schwersten und größten Teile beiseite räumen. Er packte Steine und Schutt. Plötzlich sahen die Rettungskräfte einen Kinderarm unter einem Stein.

Skowronczik rief: »Halt!« Er drehte sich zu Pichler. »Das machst du!« Pichler musste die unangenehmste Aufgabe übernehmen. »Schaff den Stein weg!«

Pichler tat, wie ihm geheißen. Er hievte das große Stück hoch und ließ es zur anderen Seite hinunterfallen. Aber darunter war nichts.

Pichler nahm den Arm und legte ihn auf den Boden neben dem Schutthaufen. Er musste weiter graben. Etwas weiter links neben dem Stein legte er einen Mädchenkörper frei, entstellt, blutig und zerfetzt. Der Arm fehlte.

»Ich erkenne sie«, sagte ein Feuerwehrmann. »Das ist … das war Christel Hinz«, stammelte er. Sie war nur sieben Jahre alt geworden. »Mach weiter«, befahl Skowronczik Pichler, »such nach den anderen!«

Pichler grub weiter. Nach und nach legte er mit Hilfe der Feuerwehr unter den Schuttmassen weitere fünf Leichen frei, drei Erwachsene und zwei Kinder, elf und zwölf Jahre alt. Unter den Erwachsenen waren zwei Frauen und ein Mann.

Wilhelm Hinz und Edeltraut Kirschbaum hatten ihre Familien verloren. Anna Hinz, die Ehefrau von Wilhelm, war im Alter von 35 Jahren getötet worden. Edeltraut, das kleine Mädchen, wurde Waise. Sie und Hinz hatten überlebt, weil sie am äußersten Ende des Kellers, direkt neben einem Fenstersturz, gesessen hatten. Ein Balken hielt die Schuttmassen von ihnen fern. Ihre Angehörigen waren vom Haus begraben worden, weil sie in der Raummitte gesessen hatten.

Pichler musste die Leichen und Leichenteile aus den Trümmern herausziehen, sortieren und an der Straße ablegen, wo ein Leichenkarren bereitstand. Als er die Toten nebeneinander aufgereiht hatte und gerade damit anfangen wollte, sie auf den Karren des Totengräbers zu hieven, kamen neugierige Hitlerjungen hinzu.

Sie sprachen über den Angriff und wussten schon, wer schuld war. »Die Juden sind unser Unglück«, sagte Werner Neckenstedt, ein Freund Hoffmanns.

Gregor Pichler hörte sich das Gerede eine Zeit lang schweigend an. Irgendwann wurde es ihm zu bunt. Obwohl er das Risiko kannte, fragte er die Hitlerjungen: »Was können die Sternbergs oder die Eichfelds dazu?«

Die Jungs schauten ihn überrascht an. Ihnen fiel nichts

ein. Pichler schnauzte sie an: »Jetzt seht ihr, was euer Führer anrichtet! Guckt es euch genau an. Vielleicht seht ihr bald auch so aus.«

Er hielt den zerfetzen Arm von Christel Hinz hoch und hielt ihn den Jungs direkt vor die Nase. »Warum beschützt euer Führer uns nicht vor den alliierten Bomben? Das kommt dabei raus, wenn man an ihn glaubt.« Die Hitlerjungen waren geschockt. Sie ekelten sich vor dem blutigen Arm. Sie sahen sich entsetzt an.

Bevor sie etwas sagen konnten, befahl Skowronczik Pichler, den Mund zu halten und weiterzuarbeiten, was er auch tat. Die Hitlerjungen waren außer sich. Sie diskutierten, ob sie ihn nicht anzeigen sollten. »Das ist ein Volksschädling.«

Skowronczik beruhigte sie: »Der bekommt schon noch, was er verdient. Wenn er noch mal frech wird, kommt er wieder ins Lager. Aber hier ist er wertvoller für uns. Er macht die Drecksarbeit.«

Pichler hörte zu und schwieg. Die Hitlerjungs zeigten ihn nicht an.

Gregor Pichler war für die Polizei Mädchen für alles. Ohne ihn hätten sich die Beamten selbst die Hände schmutzig machen müssen. Leichen waren eine unangenehme Sache. Sie waren froh, dass sie ihn hatten. Die erzwungene Kollaboration mit der Polizei brachte Pichler bei seinen Gesinnungsgenossen weiter in Misskredit. Er fraß seinen Ärger über die Situation, so gut es ging, in sich hinein und ertränkte ihn abends mit Alkohol.

Als britische Flieger am 11. Oktober 1941 das Haus der Familien Hinz und Kirschbaum zerstörten und sechs Bewohner töteten, richteten sie in Stromberg auch große Sachschäden an: Bomben beschädigten eine Fabrik und einen Bauernhof in Altenbüren. 28 Haushalte waren betroffen.

Insgesamt hatten die Briten 32 Brand- und neun Sprengbomben abgeworfen.

Sie hatten schlecht gezielt. Viele Brandbomben waren in Felder außerhalb der Wohnbebauung gefallen und hatten Feldfrüchte verbrannt. Sprengbomben hatten die Kanalisation in Stromberg beschädigt.

Die Lokalpresse berichtete am 13. Oktober 1941 unter dem Titel »Britenbomben auf Zivilhäuser des Kreises Hellweg« kurz über die sechs Toten und drei Verletzte. Am Freitag, 17. Oktober 1941, schrieben die Zeitungen ausführlich über die Beerdigung, die in einen Propagandamarsch umfunktioniert wurde. Der Ortschronist schrieb dazu: »Es war ein Trauerzug, wie ihn Stromberg noch nie gesehen hat und auch wohl kaum wiedersehen wird.«

Allmählich machten sich die sonst skrupellosen Machthaber Sorgen um die Kinder, die sie noch als künftige Gebärende und Soldaten brauchten. Schutzräume fehlten. Sie hatten einen Krieg angefangen, ohne Bunker zu bauen. Die Kinderlandverschickung sollte Abhilfe schaffen. Ein praktischer Nebeneffekt war, dass die Kleinen dem Einfluss der Eltern, der Kirchen und der NS-Nachwuchsorganisationen entzogen wurden. Die Nationalsozialistische Volkswohlfahrt betreute kleine Kinder, ab dem fünften Schuljahr übernahm die Hitlerjugend die nationalsozialistische Erziehung.

Nach dem Angriff vom 11. Oktober 1941 änderte sich das Leben in Stromberg. Die Gefahr eines Fliegeralarms war bis dahin völlig unterschätzt worden. Göring hatte versprochen, das Ruhrgebiet nicht einer einzigen feindlichen Bombe auszuliefern, und die Menschen hatten ihm geglaubt. Das war vorbei. Die Sirenen heulten von nun an fast täglich, manchmal sogar mehrmals.

In den ersten Kriegsjahren flogen die Alliierten ihre Angriffe meistens nachts, im Schutz der Dunkelheit. »Flieger-alarm« war Alltag. Die Menschen flohen regelmäßig in den Luftschutzkeller, nicht wissend, ob das eigene Haus oder die eigene Wohnung ein paar Stunden später noch stehen würde. Sie hatten Angst und schliefen schlecht. In den Luftschutz-kellern, später im Bunker, kamen Zwangsgemeinschaften zusammen, die nicht immer funktionierten.

Die Zahl der Alarme und Angriffe stieg ab 1942 an. Die Alliierten flogen auch tagsüber, nachdem sie gemerkt hatten, wie schwach die deutsche Flugabwehr war. Die Luftwaffe hatte kaum Jagdflugzeuge und die Flugabwehrkanone (Flak) traf selten.

Stromberger und Homborner saßen dicht gedrängt in den Luftschutzkellern. Einige Male warfen die Alliierten Rest-bomben in der Umgebung ab. Sie explodierten auf Feldern und in Wäldern. Die Landbewohner sahen und hörten die Explosionen bei den Luftangriffen auf Dortmund, aber sie wurden bei weitem nicht so oft zur Zielscheibe von Bomben-abwürfen wie die Großstädter. Eigentlich hatten sie großes Glück. Aber die Stimmung war im Keller.

Um für gute Laune zu sorgen, luden die NSDAP-Ortsgrup-pen Homborn und Stromberg im Herbst 1941 zu »frohen Gemeinschaftsnachmittagen« ein. Die Säle der Gaststätten waren voll. Schwerverletzte wurden mit Kaffee, Musik, Ge-dichten und Kuchen unterhalten und bewirtet. Die Union-Kapelle spielte zünftige Marschmusik. Junge KdF-Mädchen wirbelten die Keulen und verrenkten sich zur arisch-germa-nischen Heilgymnastik.

In Stromberg lud die NSDAP am 27. November 1941 mehr als 200 Kriegsverwundete zu Kaffee und Kuchen in den Saal der Gaststätte Schulte ein. Ortsgruppenleiter Heinz Viehwa-gen begrüßte verstümmelte und zum Teil stark traumatisierte

Männer. Die Veranstaltung verfolgte mildtätige Zwecke und sollte gleichzeitig unterhalten. Die NSDAP wollte Mitleid erwecken und die Spendenbereitschaft der Bevölkerung steigern.

Parteigenossen und DRK-Schwestern hatten ein schönes Bühnenbild gestaltet, um den festlichen Charakter der Veranstaltung zu unterstreichen. Soldaten trugen frische, teils blutgetränkte Verbände. Die Wunden des Krieges ließen sich mit dem Motto »Das Landvolk dankt den Frontsoldaten« nur teilweise übertünchen. Einige Gäste zweifelten am »Endsieg«.

Soldaten erhielten Kaffee, Kuchen, Zigaretten, Kognak und warmes Abendessen. Blutflecken auf Verbänden wurden zusehends größer. Der Alkohol löste auch die Zunge mancher Soldaten. »Wehrkraftzersetzung« und Aussagen über das Versagen der militärischen Führung und Kriegsverbrechen im Osten trübten die Stimmung. Das Bild vom Helden war angekratzt.

Ostfront

Vier Einsatzgruppen (A-D) der Sicherheitspolizei mit jeweils vier Einsatzkommandos waren der Wehrmacht am 22. Juni 1941 beim Überfall auf die Sowjetunion nach Osten gefolgt. Rund 3.000 Polizisten »befriedeten« das Hinterland. Ihre Aufgabe war die restlose Vernichtung von Juden, Zigeunern, behinderten Menschen, Kommunisten und »Partisanenverdächtigen«. Der Einsatzgruppe B gehörten im Juni 1941 655 Männer an. Das zugehörige Sonderkommando 7a zählte gut 100 Mann: 25 Sicherheitspolizisten, 20 Kraftfahrer, 15 Reservisten der Waffen-SS, fünf Verwaltungsbeamte, fünf Dolmetscher und 30 junge SS-Männer. Dieses Kommando war ein Sonderfall, weil ihm keine Berliner Schutzpolizisten angehörten.

Die Kommandos fahndeten nach Personen, stellten Akten sicher, berichteten über die allgemeine Lage und bildeten Ghettos, in denen Juden, Zigeuner und behinderte Menschen eingesperrt wurden. Sie bauten auch eine russische Verwaltung auf. Vor allem erschossen sie Angehörige der Zielgruppen nationalsozialistischer Vernichtungspolitik.

Das Sonderkommando 7a war am 30. Juni 1941 nach Wilna in Litauen marschiert. Im Juli leitete es dort Judenerschießungen durch litauische Hilfspolizisten. Anschließend marschierte das Mordkommando nach Weißrussland.

Von Minsk rückte es im Juli 1941 über Polozk nach Witebsk vor. In der zweiten August-Hälfte 1941 ermordete es Juden in Newel. Teilkommandos marschierten nach Welikije Luki und Toropez. Anfang Oktober sollte das Kommando mit der Wehrmacht nach Moskau vorrücken.

Im September 1941 befahl das Reichssicherheitshauptamt Eduard Spengler in den Osteinsatz zur Einsatzgruppe B. Die Berliner Zentrale der Sicherheitspolizei trommelte Angehörige von Gestapo, Kripo, SD und Ordnungspolizei zusammen, um sie in mobilen Einsatzkommandos nach Osten zu schicken. Hinzu kamen Angehörige von Waffen-SS, Wehrmacht und bei Bedarf einheimische Hilfswillige.

Spengler betrachtete die Abordnung mit gemischten Gefühlen. Er war seit fast zwei Jahren verheiratet. In Berlin hatten sich Magdalene und er in der kurzen Zeit einigermaßen eingelebt. Ihm gefiel das Leben in der Großstadt, aber auswärtiger Einsatz gehörte dazu.

Dennoch hatte er das Gefühl, zu kurz zu kommen. Seine Dortmunder Kollegen Kurt Schulz-Isenbeck, Friedrich Meyer und Julius Schiefelbein waren ihm wieder einmal zuvorgekommen und schon im April 1941 nach Berlin versetzt worden, zwei Monate vor ihm. Besonders auf Schiefelbein war er neidisch. Der hatte es geschafft, Dutzende Kleinkriminelle ins Polizeigefängnis Dortmund einzuliefern. Spengler war nur auf 22 gekommen.

Spengler beruhigte sich und seine Frau mit der Aussicht, dass er als Kriminalbeamter wohl nicht an die Front müsste. Am 20. September 1941 verabschiedete er sich am Ostbahnhof von ihr und fuhr mit der Bahn nach Warschau. Magdalena Spengler löste die Berliner Wohnung auf und zog in ihre Heimat Kamen zurück.

Eduard Spengler reiste nach kurzem Aufenthalt in der polnischen Hauptstadt gemeinsam mit vier Kameraden weiter nach Smolensk. Die Fahrt dauerte zwei Tage. Die Männer übernachteten im Zug und kamen am 1. Oktober 1941 an.

Der sogenannte Stab der Einsatzgruppe B, also die Kommandoebene, lungerte in Smolensk herum und fror. Eine Kompanie des Berliner Polizeibataillons 9 zitterte mit. Eine ordentliche Winterausrüstung hatten die Einsatzplaner vergessen. Rund 150 Berliner Schutzpolizisten verstärkten die Einsatzgruppe. Mit ihren grünen Uniformen unterschieden sie sich äußerlich von den Sicherheitspolizisten und SD-Männern.

Kommandeur der Einsatzgruppe B war Arthur Nebe, der Chef der Reichskriminalpolizei. Selbst der höchste Kriminalbeamte musste in den Auslandseinsatz. Er befehligte die Truppe bis Oktober 1941.

Arthur Nebe hielt am 1. Oktober 1941 eine Ansprache, um die Neulinge auf ihre künftigen »schweren Aufgaben« vorzubereiten. Kommandoangehörige hatten ihnen schon vorher vertraulich verraten, dass Nebe damit die Erschießung von Menschen meinte. Spengler verdrängte den Gedanken. Er würde schon sehen, was auf ihn zukommt.

Nebe teilte die Einsatzgruppe in vier Teilkommandos auf. Spengler wurde dem Sonderkommando 7a zugeteilt.

Das Kommando zog nach Wjelish. Dort erklärte ihm Kommandoführer Eugen Steimle persönlich die Aufgaben: »Herr Spengler, Sie sind neu. Stellen Sie sich auf die Polizeiarbeit hier im Osten ein. Kommunisten, Juden, und Geisteskranke müssen ohne Rücksicht auf Alter und Geschlecht vernichtet werden, weil sie als Feinde anzusehen sind.« Zigeuner hatte er auch erwähnt. Steimle erklärte, das Kommando habe schon Schweres durchmachen müssen und deshalb eine Woche Urlaub an einem nahe gelegenen See erhalten, wo sich die Männer erholen sollten.

Spengler hörte gebannt zu, aber SS-Führer Steimle wollte ihn gleich in die Praxis einführen. »Sie müssen lernen, wie es hier bei uns zugeht. Je eher Sie es lernen, desto vertrauter wird Ihnen die Aufgabe. Sie können es sich noch heute anschauen.« Er befahl Spengler, gleich am ersten Abend an einer Erschießung teilzunehmen. Bis dahin konnte er seine Sachen auspacken und sich im Quartier einrichten. Um 18 Uhr sollte er an der Unterkunft antreten.

Spengler berichtete später: »Diese Exekution fand in den Abendstunden hinter der Unterkunft des Kommandos statt. Erschossen wurden vier Russen und ein Jude. Diese wurden aus einem Bunker bei der Unterkunft herausgeholt, der zur notdürftigen Unterbringung von Gefangenen hergerichtet war. An der Exekutionsstelle war eine Grube ausgehoben worden. Das Exekutionskommando bestand aus fünf Angehörigen des Sonderkommandos. Außerdem waren noch zwei bis drei Leute zur Absperrung des Exekutionsortes eingesetzt. Steimle war mit mir zur Exekutionsstelle gegangen. Die zum Exekutionskommando Eingeteilten holten sich einzeln je eins der Opfer aus dem Bunker, führten es an die Grube und gaben ihm mit der Pistole einen Genickschuss. Alle Opfer waren meines Wissens sofort tot. Ich musste nach Beendigung der Exekution in die Grube schauen, habe aber keinerlei Leben mehr festgestellt. Ich bin der Ansicht, dass die Opfer, die im übrigen sehr gefasst waren, von ihrem Schicksal wussten. Dass es sich um vier Russen und einen Juden handelte, hatte mir Steimle gesagt. Der Jude hatte auch unverkennbar jüdische Gesichtszüge. Die Opfer brauchten sich nicht völlig zu entkleiden, mußten aber ihre Oberbekleidung ablegen.«

Nach der praktischen Schulung wurde Eduard Spengler nach Welikije-Luki befohlen, um dort seinen Kollegen Friedrich Meyer abzulösen. Meyer war bis dahin Führer eines Teilkommandos des Sonderkommandos 7a. (Auch das Sonderkommando 7a war noch weiter aufgeteilt und auf verschiedene Orte verteilt worden.)

Spengler traf an einem Abend Anfang Oktober 1941 am neuen Einsatzort ein. Er freute sich auf das Wiedersehen mit Meyer. Beide hatten in Dortmund oft zusammen gefeiert. Aber Friedrich Meyer war schon abgereist, als Spengler nach Einbruch der Dunkelheit eintraf. Er war schwer enttäuscht.

Für die zehn Männer, die seinem Kommando unterstanden, war Spengler ein Grünschnabel. Das verunsicherte ihn. Er war das erste Mal Kommandeur eines solchen Kommandos. Er war auch neu im Osteinsatz, und er hatte kaum Erfahrung mit der Ermordung von Menschen. Es gehörte zu den Methoden der Sicherheitspolizei, unerfahrene Beamte wie Spengler sofort ins kalte Wasser zu werfen.

Sein Teilkommando war in zwei Holzhäusern an der Hauptstraße untergebracht. Die jungen Leute von der Waffen-SS hatten in einem kleineren Holzhaus Quartier bezogen, die Polizisten (Gestapo, Kripo und Schutzpolizei) in dem daneben liegenden größeren Gebäude. Dort befand sich auch die Verpflegung.

Bei Spenglers Ankunft war noch alles verpackt, aber er hatte Durst. Er hoffte auf die beruhigende Wirkung von Alkohol und fragte die Männer nach Schnaps. Sie hatten nichts.

Es musste eine Kiste geöffnet werden, damit er an dem Abend noch etwas Alkohol bekommen konnte. Er trank sich Mut an, und er soff aus Gewohnheit.

Tage später verlegte er das Kommando zurück nach Welish. Auf dem Weg dorthin barg er mit seinen Männern fünf schwer verwundete deutsche Soldaten, transportierte sie zu einem Lazarett und erhielt dafür das Eiserne Kreuz 2. Klasse.

Am 21. Oktober 1941 bezog das gesamte Sonderkommando 7a Quartier in Rshew, 210 km nordwestlich von Moskau. Zwei Männer der Gruppe Spengler fehlten: der Kommandoführer und sein Stubenkamerad Waldemar Borck.

SS-Untersturmführer Borck war nach Spengler der ranghöchste Sicherheitspolizist der Gruppe. Er war stellvertretender Chef, hatte zuvor kurzfristig Friedrich Meyer vertreten. Borck spielte eine besonders wichtige Rolle, weil er fließend Russisch sprach. So brauchten sie keine Dolmetscher.

Als die beiden Nachzügler nach einer einwöchigen »Irrfahrt« in Rshew eintrafen, war es schon Anfang November 1941.

Spengler hatte auf der Reise nach einer Entschuldigung gesucht und wollte sich bei Eugen Steimle mit Partisanenüberfällen und verschlammten Straßen für die Verspätung herausreden. Als sie in der Unterkunft eintrafen, war Steimle nicht zu sehen. Spengler und Borck hatten nichts dagegen einzuwenden, dass Kommandospieß Emil Willbrand sich anschickte, ihnen auf der Schreibstube einen Schnaps einzuschenken. Er wusste, was die beiden am liebsten mochten.

Steimle saß im Nebenzimmer. Die Wände im Holzhaus waren dünn. Als er die Gläser klirren hörte, sprang er vom Schreibtischstuhl hoch, riss die Tür auf und unterband das geplante Saufgelage. »Hier wird nicht gesoffen!«, schnauzte er die Runde an.

Eduard Spengler hatte schon sein Schnapsglas angesetzt und wollte sich gerade beschweren, dass er den Schnaps nicht austrinken konnte, aber Steimle fuhr dazwischen, riss ihm das Glas aus der Hand und machte ihn zur Schnecke, weil er nicht auf direktem Wege hergefahren war.

»Spengler, sind Sie nur Drückeberger oder auch Säufer? Wenn ihr schon saufen müsst, dann macht wenigstens euren Dienst und sauft nicht zu viel. Ihr werdet ja irre!«

Steimle ärgerte sich maßlos über die Verspätung und die mangelnde Dienstauffassung von Borck und Spengler. Nicht zu Unrecht hatte er vermutet, dass sie die Kälte unterwegs mit Schnaps bekämpft hätten. Borck und Spengler sagten nichts.

Sie hatten es sich einige Tage in der Hütte einer alleinstehenden Frau bequem gemacht. Dort ließ sich die Kälte ganz gut aushalten, vor allem mit ausreichend Alkohol im Blut. Die Frau stand den ungebetenen Gästen zwar mit gemischten Gefühlen gegenüber, ihr blieb aber nichts anderes übrig, als die Anwesenheit der beiden Sicherheitspolizisten über sich ergehen zu lassen und zu hoffen, dass sie die Sache überleben würde. Sie schliefen zu dritt im Ehebett. Mal musste sie Borck zu Diensten sein, mal Spengler. Machen konnte sie gegen die männliche Gesellschaft nichts. Als die beiden endlich weiterzogen, war sie heilfroh.

In Rshew kamen Borck und Spengler mit einem ordentlichen Anschiss durch Steimle davon.

Das Sonderkommando 7a zog am 5. November 1941 nach Kalinin, 110 Kilometer nordöstlich von Rshew, weiter. Spengler blieb mit seinem zehnköpfigen Trupp noch einige Tage in Rshew zurück, wo er »Partisanenverdächtige« und »Spione« erschießen ließ, die ihm vom russischen Ordnungsdienst und von der Feldgendarmerie überstellt worden waren.

Er war froh, dass Steimle weg war. Nach der Abreise des

Kommandeurs brauchte er sich beim Alkohol nicht mehr zurückzuhalten. Mit einem hohen Pegel erschienen ihm die Umstände seines Alltags nicht mehr ganz so schlimm. Schnaps hatte die Truppe reichlich. Wenn er morgens verkatert wach wurde, war ihm kalt, und er hatte Heimweh.

Kommandochef Steimle ahnte, dass Spengler aus dem Ruder laufen würde. Deshalb befürwortete er auch dessen Urlaubsantrag, obwohl er eigentlich viel zu früh kam. Steimle hoffte, dass Frau und Familie ihn wieder auf Vordermann bringen würden. Er ahnte nicht, wie weit die Alkoholsucht bei Spengler bereits fortgeschritten war. Steimle wurde im Dezember 1941 durch Kurt Matschke abgelöst. Zur Jahreswende 1941 marschierte das Kommando 7a nach Sytschewka und Wjasma.

Anfang Januar 1942 erhielt Eduard Spengler Urlaub, obwohl er erst im September 1941 in der Sowjetunion eingetroffen war. Zusammen mit einigen Kameraden machte er sich auf den weiten Weg in die Heimat.

Bei seiner Frau in Kamen verbrachte er nur einen Teil seiner Urlaubszeit. Er verheimlichte ihr die Zahl seiner Urlaubstage. Nach zwei Wochen behauptete er, dass er zurück an die Front müsse, und verschwand.

26 Urlaubstage waren ihm bewilligt worden. Das reichte ihm nicht. Er verlängerte seinen Heimaturlaub, um bei einem Kameraden den Selbstgebrannten auszuprobieren. Danach kehrte er zum zweiten Mal zu spät zu seiner Einheit zurück. Insgesamt machte Spengler mehr als 30 Tage Urlaub.

Während normale Soldaten für unerlaubtes Fernbleiben von der Truppe mit Haft und Kriegsgericht bestraft wurden, hatten trinkende Sicherheitspolizisten wie Eduard Spengler Narrenfreiheit.

Klinzy, Russland

Klinzy ist eine Stadt in Mittelrussland. Sie liegt an der Eisen-bahnlinie Gomel–Brjansk, etwa auf halber Strecke zwischen beiden Orten. 1942 hatte Klinzy 40.000 bis 50.000 Einwohner und war Zentrum des gleichnamigen Verwaltungsbezirks.

Die Wehrmacht hatte die Stadt 1941 ohne Gegenwehr erobert. Sie fiel unzerstört in deutsche Hände – im Mittelabschnitt der Ostfront eine große Ausnahme. Die Bewohner, insbesondere in den Textil- und Lederfabriken, mussten nun für Deutsche arbeiten.

Truppenverbände und Dienststellen der Wehrmacht quartierten sich ein. Feldkommandantur, Ortskommandantur, Wirtschaftskommando, Gruppe der Geheimen Feldpolizei und Landwirtschaftsführer teilten sich die Besatzungsarbeit. Russische Kollaborateure bauten eine eigene Verwaltung auf. Der deutschen Polizei half der einheimische Ordnungsdienst (Hilfspolizei).

Das Sonderkommando 7a trieb sein Unwesen im Februar 1942 zunächst in Gomel. Kommandochef Steimle hatte dort in Absprache mit dem Führer der Einsatzgruppe B, Erich Naumann, einen Erholungsurlaub für die Männer erwirkt. Sie sollten sich in Klinzy von den Strapazen des Jahres 1941 erholen. Steimles Vertreter, SS-Hauptsturmführer Kurt Matschke, schickte zwei Männer zur Quartierbeschaffung nach Klinzy.

In Gomel übernahm SS-Obersturmbannführer Albert Rapp das Kommando. Der Jurist, geboren am 16. November 1908 in Schorndorf in Württemberg, war 1939 in Polen eingesetzt gewesen und hatte an der Umsiedlung von 80.000 Menschen aus dem Warthegau ins Generalgouvernement als Chef des SD in Posen und Sonderbeauftragter beim Höheren SS- und

Polizeiführer Wilhelm Koppe mitgewirkt. Die Drecksarbeit dort, Razzien, Hausdurchsuchungen, das Zusammentreiben und die Bewachung der Transporte, hatten Männer des Dortmunder Polizeibataillons 61 erledigt.

Rapp stammte aus der SD-Kaderschmiede an der Universität Tübingen. Hier hatte der Jurastudent Erich Ehrlinger, Martin Sandberger und Eugen Steimle getroffen. Vor 1933 hatte er rechtsextremen Vereinigungen, der nationalsozialistischen Freiheitsbewegung und dem Bund Oberland angehört.

Als der Fanatiker Albert Rapp nach Gomel kam, war er zunächst schockiert. Seine Untergebenen ließen sich gehen und feierten Orgien. Das ausschweifende Leben seiner Männer, die Anstand, Moral und vor allem die nationalsozialistische Weltanschauung missachteten, erschütterte ihn.

Sicherheitspolizisten trieben es ungehemmt mit einheimischen Frauen. Das war für ihn »Blutschande« – absolut unakzeptabel. Herrenmenschen feierten Orgien mit russischen Frauen und Wodka. Einige Sicherheitspolizisten fingen sich Geschlechtskrankheiten ein und mussten im Staatskrankenhaus der Polizei in Berlin behandelt werden. Selbst der Plan für den Vormarsch war in Gomel völlig durcheinandergeraten. Die Verlegung nach Klinzy hätte längst erfolgt sein sollen. Wegen des Lotterlebens waren alle Vorbereitungen für den Transport unterblieben.

Der neue Chef geriet außer sich. Ihn schockierte vor allem der Umstand, dass selbst seine Ankunft nichts am Verhalten der Männer änderte. Er tobte in der Unterkunft herum und stauchte die Anwesenden zusammen. »Diesen Saustall werde ich ausmisten!«, kündigte er an. Rapp ließ das Kommando am nächsten Tag in aller Frühe antreten. Um 6 Uhr standen die Männer draußen in der Kälte stramm. Erneut brüllte er sie an und machte seinem Vorgänger Matschke heftige

Vorwürfe. »Sie gammeln hier nur untätig herum, Sie Etappenhengst!«

Rapp griff durch. Die Männer mussten mitten im harten russischen Winter strafexerzieren. Nach dem Antreten marschierten sie eine Stunde lang durch den Ort, die Hauptstraße herauf und herunter, teilweise im Laufschritt. Diejenigen, die sich mit »fremdvölkischen« Frauen eingelassen hatten, erhielten mehrtägige Arreststrafen.

Rapp verärgerte alle Kommandoangehörigen, die sich bequem eingerichtet hatten. Nicht nur, weil er ihnen ihre Privilegien nahm, sondern auch weil er sie kollektiv bestrafte. Es traf auch diejenigen, die sich nicht an den Sexorgien beteiligt hatten.

Unterführer und Sicherheitspolizisten hatten ein Luxusleben geführt. Keine Fronteinsätze, Schnaps und Frauen, so ließ sich der Zweite Weltkrieg aushalten. Sie waren entschieden zu weit gegangen. Rapp machte dem süßen Mörderleben ein Ende. Er brachte seine Männer in kurzer Zeit »auf Vordermann«, wie er betonte.

Die Bedingungen waren hundsmiserabel. Der Boden vereist, und es war bitter kalt. Fahrzeuge sprangen nicht an. Die Männer hatten im Suff den Winterschutz vergessen. Ihre Moral war auf einem Tiefpunkt. Verschneite Straßen waren für Kraftfahrzeuge unpassierbar. Doch Rapp peitschte die Verlegung nach Klinzy auf Biegen und Brechen durch. Ein großer Teil der Kraftfahrzeuge musste in Gomel zurückbleiben. Der Transport erfolgte mit der Bahn.

Der Hauptteil des Sonderkommandos 7a kam am 21. Februar 1942 in Klinzy an. Dort, 225 Kilometer südlich von Smolensk, richtete das Kommando sein Quartier ein. Den Urlaub strich Albert Rapp ersatzlos. Dieses Kommando brauchte seiner Meinung nach alles andere als Urlaub.

SS-Untersturmführer Eduard Spengler, mittlerweile zum Kriminalkommissar aufgestiegen, kehrte aus dem Heimaturlaub nach Gomel zurück, als der Großteil der Truppe gerade nach Klinzy abgerückt war. Die zurückgebliebenen Fahrer beschwerten sich ausgerechnet bei ihm über Albert Rapp und die entgangenen Urlaubstage. Sie waren auch wütend auf ihn, weil sie wussten, dass er nicht nur einen vierwöchigen Urlaub gehabt, sondern den auch noch um einige Tage überzogen hatte.

Spengler war die Sache unangenehm, aber Matschke hatte ihm die Genehmigung gegeben. Er hätte auch andere Urlaubsanträge genehmigt, aber jetzt war Matschke weg. Rapp und Spengler kannten sich noch nicht.

Die Fahrer saßen in Gomel mit ihren Fahrzeugen in Schnee und Eis fest, zur Untätigkeit verdammt. Andererseits waren sie froh, noch im Gomel zu sein, weit weg von Rapp. Ohne Aussicht auf den geplanten Erholungsurlaub, genossen sie die verbleibende Zeit in Gomel, so gut es ging.

Auch Spengler nutzte die Chance und blieb noch einen weiteren Tag dort, bevor er sich mühsam aufraffen konnte. Er wollte die Verspätung wieder auf Eis und Schnee schieben. Ende Februar 1942 machte er sich auf den Weg.

In Klinzy traf er auf Albert Rapp und erlebte, wie der neue Kommandochef seinen Willen unnachgiebig durchsetzte. Diese Härte war neu für Spengler. Rapp hielt auf Abstand und besaß praktisch keine Kontakte zu seinen Kameraden und Untergebenen. Er fiel vor allem durch seinen extremen Übereifer auf. Nichts konnte man ihm recht machen.

Als Erstes befahl er seinen Männern, ein neues Quartier zu besorgen. Die Unterkunft, die das Vorkommando ausgesucht hatte, gefiel ihm nicht. Das Sonderkommando 7a zog in einen großen, dreigeschossigen Steinbau in der Werdlowa-Straße, zwischen der Krassnaja-Straße und der Puschkinskaja-Straße.

Rapp bewohnte ein Einzelzimmer in der ersten Etage. Es befand sich neben der Schreibstube.

Das Haus war unzerstört und teils mit fließendem Wasser, Zentralheizung und elektrischer Beleuchtung ausgestattet. Spengler und sein Spezi Waldemar Borck bekamen ein Zimmer im Nebenflügel. Das Zimmer war in Ordnung, aber mit der Bequemlichkeit war es vorbei.

Rapp belegte außerdem einige Räume im örtlichen Gefängnis und unterstellte sich einen Teil des russischen Ordnungsdienstes. Die russischen Hilfspolizisten wurden als Kundschafter und Dolmetscher eingesetzt.

Der SS-Obersturmbannführer trieb das Kommando zu tagelangen Außenaktionen über weite Entfernungen im russischen Winter. Zielorte waren über 50 bis 100 Kilometer entfernte Dörfer. Weil sie mit Fahrzeugen nicht durchkamen, benutzten die Polizeibeamten Pferdeschlitten. Rapp befahl, Juden, Zigeuner, verdächtige Einheimische, Kommunisten und geistig behinderte Menschen zu erschießen.

Anfang März 1942 befahl Albert Rapp eine Mordaktion in Klinzy. Nachdem die Wehrmacht die Straßen vom Schnee geräumt hatte, fuhr Rapp zur Vorbereitung mit dem Pkw durch die Gegend und suchte einen abgelegenen Ort am Stadtrand als Tatort aus.

Der eiskalte Winter setzte den Männern zu. Für die bevorstehende Aktion brauchten sie große und ausreichend tiefe Gruben. Aber der Boden war so hart gefroren, dass keine Chance bestand, sie mit Hacke und Spaten auszuheben. Die Sicherheitspolizisten hätten den gefrorenen Boden sprengen müssen, um ihn aufzulockern. Da sie nicht über genügend Sprengstoff verfügten, konnten sie den Auftrag nicht selbst ausführen.

Sie wandten sich an die örtliche Wehrmacht. Mit Erfolg. Ein Feuerwerker übernahm die schwierige Aufgabe. Gemeinsam mit den Polizisten stellte er ein Kommando zusammen, das ausreichend Sprengstoff an den Tatort transportierte und den Boden mit Hilfe mehrerer Explosionen auflockerte.

Rapp befahl russischen Bürgern, eine große rechteckige Grube auszuheben, mehrere Meter lang und breit. Damit war dieser Teil der Vorbereitungen abgeschlossen.

Am Vorabend der Aktion ließ Rapp seine Männer im Speisesaal der Unterkunft zusammenkommen. »Morgen früh ist es so weit«, begann er seine Ansprache. Am kommenden Tag werde »eine große Sache steigen«. Teilnehmen sollte das ganze Kommando, also auch der Waffen-SS-Zug, der eigentlich zur 2. Kompanie des 14. Waffen-SS-Infanterieregiments gehörte und unter dem Kommando von SS-Untersturmführer Alfred Tempfer stand.

Die jungen Rekruten der Waffen-SS hatten geglaubt, sie würden an der Front eingesetzt. Sie hatten gedacht, dass sie gegen Soldaten kämpfen würden. Über die Abordnung zu dem Mordkommando waren sie schockiert. Vorbei war die Zeit, in der sie sich von den Machenschaften der Sicherheitspolizisten fernhalten konnten.

Eugen Steimle hatte den Rekruten der Waffen-SS die Teilnahme an Erschießungen von Frauen und Kindern verboten. Der neue Kommandeur hatte dafür kein Verständnis. Albert Rapp sah nicht ein, dass die jungen SS-Männer eine Extrawurst bekamen. Jetzt sollten sie nicht nur mitkommen, sondern auch schießen.

Er erklärte dem Kommando den Sinn des Einsatzes: »Du sollst deinen Feind aus aller Seelenkraft hassen, erst dann kannst du ihn siegreich bekämpfen. Das ist ein russisches Prinzip, das ihr unbedingt verinnerlichen und anwenden müsst! Ihr müsst noch viel radikaler sein als die Russen und dürft bei der Vernichtung der Juden und Reichsfeinde keine Hemmungen haben! Besonders für euch Männer der Waffen-SS ist diese Aufgabe eine Ehre. Deshalb dürft ihr jetzt mitschießen.«

Eine kleine Wache sollte in der Unterkunft bleiben.

Am frühen Morgen des Einsatztages mussten die Männer antreten. Mit dabei waren auch die Angehörigen des einheimischen Ordnungsdienstes. Sie hatten die notwendige Ortskenntnis und wussten, wo Juden wohnten.

Vor dem Ausrücken hielt Rapp eine weitere Ansprache. Er hatte eine Vorliebe für Reden. Auch damit nervte er die Polizisten. »Der Führer hat die Vernichtung der Juden befohlen, und wir werden diesen Befehl jetzt umsetzen.«

Dann ging es los. Das Sonderkommando 7a bildete mehrere Teilkommandos, denen jeweils einige ortskundige Hilfspolizisten zugeteilt wurden. In Gruppen suchten sie Häuser und Wohnungen auf, in denen Juden lebten. Sie donnerten mit Fäusten und Gewehrkolben gegen die Haus- und Eingangstüren, warteten aber nicht ab, bis jemand öffnete, sondern traten die meisten Türen gleich ein.

Die Männer trieben die jüdischen Bewohner auf die Straßen. Lkws standen bereit, um die Menschen abzutransportieren. 30 Juden waren ins Schulgebäude getrieben worden. Insgesamt hatten sie 400 Juden gefunden. Eine Gruppe der Waffen-SS holte sie ab und fuhr mit den Gefangenen im Lkw zur Exekutionsstätte.

Einer der Rekruten von der Waffen-SS war Gottfried Baumann aus Berlin. Der 22-Jährige war Kradmelder. Er brachte schriftliche Befehle der Vorgesetzten mit dem Motorrad zum Kommando und dessen Meldungen zu den vorgesetzten Stellen. Im russischen Winter war es nicht nur eine gefährliche, sondern eine fürchterliche Aufgabe. Auf dem Motorrad blies ihm der eisige Fahrtwind entgegen, im Schnee konnte er stellenweise gar nicht fahren.

Jetzt sollte es noch viel schlimmer kommen. Rapp hatte ihn das erste Mal fürs Exekutionskommando eingeteilt. Baumann fand das nicht gut. Auch seine Kameraden fühlten sich unwohl in ihrer Haut. Dementsprechend mies war ihre Stimmung. Überhaupt hatten sie von der »Volksgemeinschaft« im Sonderkommando 7a die Nase gestrichen voll.

Unter dem Kommandoführer Friedrich Meyer waren die jungen Angehörigen der Waffen-SS von den Sicherheitspolizisten systematisch schikaniert worden. Weil sie nicht zu Erschießungen eingeteilt werden durften, mussten sie alle Wachdienste übernehmen, auch wenn sie völlig überflüssig waren. Durch Schikane wollten die Sicherheitspolizisten die Vorzugsbehandlung für die jungen Männer wieder ausgleichen.

Gottfried Baumann und einige seiner Kameraden von der Waffen-SS verabscheuten die Massenmörder, weil sie permanent soffen. Bei Erschießungsaktionen gab es für die Schützen und andere Beteiligte immer reichlich Alkohol. Für die einen war es ein Spaß, für andere waren die Gemetzel ohne Alkohol nicht zu ertragen. Nach Beendigung der Aktionen feierten sie enthemmt weiter. Es gab noch mehr Alkohol und keinen Anlass mehr zur Zurückhaltung, weil sie nicht mehr schießen mussten.

Phasenweise erschoss das Sonderkommando 7a täglich Menschen, demzufolge feierten die Sicherheitspolizisten fast immer und die jungen SS-Männer fanden selten Schlaf. Wenn sie nachts wachfrei hatten, machten die rücksichtslosen Sicherheitspolizisten einen Riesenlärm, weil sie besoffen waren. Auf Wache konnten die SS-Rekruten sowieso nicht schlafen. Das Motto der Sipo- und SD-Männer lautete: »Keine Feier ohne Meyer«.

Der neue Teilkommandochef Eduard Spengler war in dieser Hinsicht noch eine Spur schlimmer als Meyer. Sicherheitspolizisten sahen es als ehrenhaft an, wenn sie besonders viel saufen konnten. Bei den Alkoholexzessen verlor Spengler oft komplett die Kontrolle über sich. In einem Fall war er wegen Volltrunkenheit nicht mehr dazu in der Lage gewesen, einen Verdächtigen zu vernehmen. Er befahl dessen Erschießung.

Gottfried Baumann und seine Kameraden hassten vor allem die älteren Sicherheitspolizisten. Nicht nur, weil diese keine Wachdienste machten, sondern vor allem, weil sie die jungen Männer wie Dienstboten behandelten.

Baumann sagte einem Kameraden: »Das ist ein Teufelskreis. Vor Rapp mussten wir alles machen und konnten nicht schlafen. Jetzt könnten wir schlafen, müssen aber Menschen erschießen.«

Bei der Aktion in Klinzy saß Gottfried Baumann zusammen mit zwei Kameraden hinten auf der Ladefläche eines Lastwagens. Sie sollten 30 jüdische Gefangene beim Transport bewachen. Vor und hinter dem Lkw fuhren Polizeibeamte des Sonderkommandos 7a in Pkws mit.

Bei der Ankunft an der Exekutionsstätte sah Gottfried Baumann, dass hier schon vorher Erschießungen stattgefunden hatten. Gliedmaßen ragten aus dem gefrorenen Boden heraus. Baumann stieg von der Ladefläche und stellte sich unten vor den Lkw, um aufzupassen. Zwei Männer der Waffen-SS standen am Ende der Ladefläche und warfen die Plane hoch. Sie wollten gerade die Klappe herunterlassen, als zwei junge Männer plötzlich von hinten losstürmten und die zum Ausstieg bereit stehenden Juden so heftig anrempelten, dass sie gegen die Männer der Waffen-SS stießen und mit ihnen zusammen vom Lkw fielen.

Die beiden jungen Russen nutzten die Verwirrung, sprangen vom Wagen und liefen in den nahegelegenen Wald. Sie sollten eigentlich als »partisanenverdächtige Russen« mit den Juden erschossen werden. Die drei SS-Männer waren überrascht worden. Als sie sich wieder aufgerappelt hatten, waren die Flüchtenden schon außer Sichtweite. Die Rekruten nahmen mit leichter Verzögerung die Verfolgung auf und liefen einige Kilometer hinter ihnen her.

Nachdem die übrigen Opfer in der Nähe der Grube angekommen waren, mussten sie sich etwa 50 Meter von der Erschießungsstätte entfernt auf den Boden setzen und warten.

Bei den jüdischen Familien überwog die Zahl der Frauen und Kinder. Viele Männer waren zur Roten Armee einberufen worden. Die Opfer mussten sich vor der Erschießung trotz großer Kälte ausziehen. Ein Teil der Juden musste nur die Oberbekleidung abgeben, andere mussten sich ganz entkleiden, damit sie einfacher nach Geld und Wertsachen durchsucht werden konnten. Jeder musste den Mund öffnen. Die Polizisten und ihre Helfer kontrollierten auch Körperöffnungen im Unterleib. Alle Wertgegenstände wurden eingesammelt.

Die Grube, das Massengrab, konnten die Juden von ihrem Aufenthaltsort aus gut erkennen. Sie sahen genau, was passierte und was ihnen bevorstand. Junge Männer der Waffen-SS bewachten sie. Der Tatort war abgesperrt, um Fluchtversuche zu verhindern und um Schaulustige fernzuhalten. Rundherum wurde eine Bewachungskette aufgebaut. Beteiligt waren auch Soldaten der Wehrmacht und Geheime Feldpolizei.

An der Grube standen fünf bis zehn Männer des Sonderkommandos 7a, die als Schützen eingeteilt waren. Unter ihnen befand sich ein Unterscharführer des Waffen-SS-Zuges, der sich freiwillig gemeldet hatte. Direkt an der Grube gaben Kommandoangehörige mit Maschinenpistolen »Nachschüsse« auf die Opfer ab, die nicht tödlich getroffen worden waren.

Kommandochef Rapp stand selbst direkt an der Grube und leitete die Aktion. Männer der Waffen-SS führten jeweils zehn Juden durch ein Spalier des einheimischen russischen Ordnungsdienstes nach vorn. Frauen trugen ihre Kleinkinder und Säuglinge, die sie fest an sich drückten. An der Grube nahmen ihnen Sicherheitspolizisten die Kinder weg.

Die Schützen standen mit der Pistole im Anschlag bereit. Sie waren routiniert. Sie griffen jeweils einen Erwachsenen am Arm, hielten ihm die schussbereite Pistole in den Rücken und führten ihn so schnell wie möglich an den Grubenrand. Dort wurde das Opfer per Genickschuss getötet. Dabei hielten die Schützen die Mündung der Pistole so, dass der Schuss zwischen den beiden Nackensehnen des Opfers eindrang und bis zum Schädelansatz schräg nach oben geführt wurde. Das Geschoss sollte möglichst an der Stirn wieder austreten, damit das Gehirn über die ganze Länge getroffen wurde. In Normalfall spritzten Hirn und Blut pulsierend aus der Schussaustrittswunde, oft auf die Uniformen. Unmittelbar nach dem Schuss trat oder stieß der Schütze das Opfer in die Grube.

Es war ein schmutziger Job. Schon nach einigen Minuten waren die Schützen mit Blut und Hirnmasse bespritzt.

Kleinkinder und Säuglinge töteten sie teilweise anders. Manche Kinder legten sie flach mit dem Gesicht auf den Boden. Dann drückte der Schütze ab und trat das Opfer mit dem Fuß in die Grube. Andere Kleinkinder hoben sie an einem Arm hoch, schossen ihnen dann ins Genick und warfen sie anschließend wie ein Stück Holz ins Massengrab.

Diese umständliche Methode dauerte Rapp zu lange. Ihm war kalt. Er lief permanent am Grubenrand hin und her und trieb die Männer zur Eile an. Dadurch schossen und trafen sie teilweise schlecht, was bei den Opfern zusätzliche Qualen verursachte.

Fast alle Erschießungen des Sonderkommandos 7a liefen auf diese Weise ab. Jeder Schütze sollte ein Magazin mit sechs bis acht Schuss abfeuern und dann abgelöst werden. Leergeschossene Magazine wurden aber auch nachgefüllt und den Schützen wieder zurückgegeben, sodass einige Männer längere Zeit schossen, während andere ausgetauscht wurden.

Eduard Spengler und der SS-Führer Alfred Tempfer sahen sich aus einiger Entfernung die Erschießung an. Ein paar ältere Wehrmachtsoffiziere, die die Schüsse gehört hatten, liefen herbei und stellten sich zu ihnen. Es waren Angehörige eines in Klinzy stationierten Landesschützenbataillons und Landwirtschaftsführer. Sie wollten wissen, was vor sich ging.

»Wer sind die Schützen?«, fragten sie Spengler. »Wie wirkt das Durcheinander auf die Opfer? Sind die Juden gleich tot? Haben sie Schmerzen?« Sie fragten auch nach dem Grund für die Erschießung von Frauen und Kindern. Einige beschwerten sich lautstark über das Gemetzel. Sie beschimpften Spengler und seinesgleichen als »Henker«.

Spengler verteidigte sich und seine Truppe: »Wir führen nur Befehle aus, wie die Wehrmacht. Die Erschießung ist befohlen, und die Juden müssen als Parasiten vernichtet werden.«

Einige Offiziere waren nicht einverstanden. Es entwickelte sich ein handfester Streit. Spengler fragte sie: »Glauben Sie, dass uns das Spaß macht?«

»Den Eindruck haben wir«, sagte ein Offizier. Sie ekelten sich vor Spengler, der eine starke Fahne hatte und lallte. Sie waren empört darüber, dass betrunkene Polizisten hier ein Gemetzel unter Zivilisten veranstalteten.

Rapp bekam die Auseinandersetzung mit. Er wurde nervös. Er ging aber nicht dazwischen, sondern machte der Diskussion ein Ende: »Spengler und Tempfer, herkommen! Ab in die Grube. Sie geben jetzt Nachschüsse ab!«

Alfred Tempfer wurde blass. Er war gerade 21 Jahre alt und hatte so etwas noch nicht gemacht.

Die Offiziere der Wehrmacht verstummten.

Viele der Opfer, die in dem blutigen Haufen in der Grube lagen, bewegten sich noch, weil sie nicht gleich getötet worden waren. Angehörige des Exekutionskommandos hatten schlecht gezielt. »Der Stapel der wirr in der Grube gehäuften Opfer blieb in Bewegung«, hieß es im internen Bericht.

Spengler stieg auf den blutigen Leichenhaufen im Massengrab, zog die Pistole und erschoss drei Juden, die den Genickschuss überlebt hatten. Er dachte an seine Frau, die Kneipe in Kamen und Alfred Gleisner. Er sehnte sich zurück und hatte Heimweh. Der Alkohol betäubte nicht die Erinnerung an schönere Zeiten in der Heimat.

Unter den Opfern waren Männer, Frauen, Kinder und Säuglinge. Die meisten waren Frauen und Kinder. Die Polizisten hatten überwiegend Juden ermordet, einige »Zigeuner« und einige Kommunisten oder »Partisanenverdächtige«.

Gottfried Baumann und seine beiden Kameraden von der Waffen-SS kehrten nach einer halben Stunde von ihrer Verfolgungsjagd aus dem Wald an die Exekutionsstätte zurück. Sie hatten zwar ihre Magazine leer geschossen, aber die Flüchtlinge waren entkommen. Geschossen hatten sie eher als Alibi, um den Anschein zu erwecken, dass sie die Flüchtigen tatsächlich verfolgt hätten.

Albert Rapp machte sie vor versammelter Mannschaft zur Sau. Er schrie sie an: »Ihr habt aus Mangel an Härte danebengeschossen!« Dann hielt er eine seiner vielen kernigen Ansprachen.

Die drei jungen SS-Männer wurden für ihre Nachlässigkeit bestraft. Rapp sagte: »Dass euch zwei Russen entwischt sind, ist ein schweres Dienstvergehen.« Wegen »Gefangenenbefreiung« verdonnerte er sie zu acht Tagen Sonderwachdienst und Nachtwache im Zweistundenwechsel. Vergünstigungen wurden ihnen aberkannt.

Rapp untersagte ihnen das Betreten des Soldatenheims. Außerdem befahl er, dass sie künftig nicht mehr an solchen Aktion teilnehmen dürften, weil er sie für unzuverlässig hielt. Sie bekamen stattdessen »unangenehme« Arbeiten in der Unterkunft zugewiesen.

In der wachfreien Zeit mussten sie Birkenholz spalten. Dieses Holz wurde als Heizmaterial für die großen Öfen in der Unterkunft benötigt. Normalerweise setzte das Kommando für solche Arbeit Juden und Gefängnisinsassen ein. Rapp hatte die Strafe als gezielte Entehrung verfügt.

Gottfried Baumann war regelmäßig nach dem Wachmarathon so müde, dass er im Stehen einschlief. Trotzdem hielt er diese Aufgabe für viel besser als das Erschießen von Frauen und Kindern. Im Endeffekt war er froh, dass er jetzt von solchen Aktionen verschont blieb.

In Klinzy wütete das Sonderkommando 7a vom 21. Februar bis 20. April 1942. Danach zog es mordend weiter durch Osteuropa.

Im Tätigkeits- und Lagebericht der Einsatzgruppe B vom 1. September 1942 heißt es, das Sonderkommando 7a habe bis 31. August insgesamt 6.281 Menschen »sonderbehandelt«.

Alfred Tempfer stieg im Laufe des Krieges zum SS-Obersturmführer auf. Der gebürtige Penzberger war 1939 zur 2. SS-Panzerdivision »Das Reich« gekommen. Im August 1942 wurde er zum SS-Infanterieregiment 10 bei der 1. SS-Infanteriebrigade versetzt. Er starb am 22. August 1944 bei Tarnow.

Eduard Spengler blieb bis Juli 1943 beim Sonderkommando 7a. Anschließend kehrte er nach Berlin zurück und leitete als Kriminalkommissar bis 1945 das Kommissariat Raub und Einbruch im Polizeipräsidium am Alexanderplatz.

»Der Fußboden hatte Löcher«

Gregor Pichler keuchte unter der schweren Last. »Was müssen die auch so viele Sachen mitschleppen«, dachte er, »die können sie im Osten sowieso nicht mehr gebrauchen.« Pichler musste der Polizei beim Abtransport der Juden aus Stromberg helfen. Er schleppte das Gepäck zum Bahnhof. Weil man den Juden erlaubt hatte, persönliche Gegenstände, etwas Geld und Kleidung mitzunehmen, hatten sie so viel zusammengepackt, wie sie tragen konnten.

Anfang 1942 hatte die Staatspolizeistelle Dortmund mit den Judendeportationen aus dem Regierungsbezirk Arnsberg begonnen. Die Schutzpolizei verhaftete und sammelte Juden zunächst in den Kreisen, Städten und Gemeinden. Von dort brachte sie die Juden nach Dortmund. Hier organisierte die Gestapo Transporte nach Riga, Zamosc, Theresienstadt und Auschwitz.

Else und Rosa Steinborn wurden am Dienstag, 28. April 1942, nach Dortmund gebracht, begleitet von Paul Lins, einem Schutzpolizisten, der kleines Gepäck tragen half, und Gregor Pichler.

Am frühen Morgen des Freitag, 1. Mai 1942, wurden sie zusammen mit Martha Eichenfeld und insgesamt 800 Juden von Dortmund aus ins Ghetto von Zamosc in Polen deportiert. Keiner von ihnen überlebte. Sie starben im Ghetto von Zamosc oder in den Vernichtungslagern der Aktion Reinhardt. Die Bewachung des Zuges hatten 16 Dortmunder Schutzpolizisten übernommen.

Hauptwachtmeister Wilhelm Hahn gehörte zum Kommando. Aufgewachsen in Iserlohn, begann er seine Polizeilaufbahn in Dortmund, dann in Hemer. Seit 1940 machte er Revierdienst in Dortmund-Brackel.

»Die Eisenbahnabteile waren so gefüllt, dass eine Anzahl von Juden keine Sitzgelegenheit hatte«, berichtete Hahn. Er erkannte Juden aus Iserlohn und Hemer. »Ich kannte sie fast alle, zumal ich mit einigen zusammen zur Schule gegangen war. Obwohl uns die Kontaktaufnahme streng verboten war, tat ich das. (…) Weil ich in Hemer Dienst versehen hatte, erkannte ich auch Herrn Barthmann und Herrn Blumenthal aus Hemer. Der Transport endete in Deblin Zamosc in Polen. Hier befand sich ein Barackenlager. Man hatte das Bahngleis in das Lager verlegt. (…)

Die Iserlohner haben mich gebeten, doch mit in die Baracke zu kommen. Ich tat das. Hierbei stellte ich fest, dass sämtliche Baracken auf Pfählen standen. Es war sumpfig. Die Türen zu den Baracken fehlten zum Teil und es fehlten auch Fenster. In der Baracke war es sehr dreckig. Der Fußboden hatte Löcher. Weil das Begleitkommando sofort wieder zurückfahren musste, hatte ich nur wenig Zeit. Es wurden mir 2 Briefe übergeben, die ich mitnehmen sollte. Das tat ich und übergab diese in Iserlohn Herrn Bührmann. Der Brief war von Frau Grete Strauß geb. Wertheim, aus Iserlohn. Beim Transport nach Iserlohn, bzw. Dortmund, hatte ich sie im Schweißband meiner Mütze versteckt. (…) Der Transport nach Polen hat insgesamt 3 Tage gedauert.«

Verantwortlich für die Organisation der Deportationstransporte des Jahres 1942 war Joachim Illmer. Er leitete die Staatspolizeistelle Dortmund von Februar 1942 bis Herbst 1943. Transportführer war Hans Dammeyer, der das 5. Polizeirevier an der Steinstraße leitete.

Rieke Sommer wurde am 20. Juli 1942 vom jüdischen Krankenhaus in der Ottostraße in Köln nach Minsk in Weißrussland deportiert. Alle 1.164 Deportierten wurden dort ermordet.

Die übrigen Stromberger Juden wurden am 27. Juli 1942 von der Polizei abgeholt. An diesem Tag wurden unter anderem die 80-jährige Jeanette Steinborn und der neunjährige Alfred Neustein nach Dortmund überführt. Dieses Mal wurden die verhafteten Juden aus dem Regierungsbezirk Arnsberg im Saal der Gaststätte »Zur Börse« an der Steinstraße gesammelt.

Zwei Tage später, am 29. Juli, fuhr um 13.27 Uhr ein Zug von Dortmund nach Theresienstadt. Mit diesem Transport deportierte die Polizei ältere Juden und Kinder, unter ihnen auch Alfreds Schwester Dorit, die 17 Jahre alt war. Nachdem die Juden abtransportiert worden waren, verkauften die Behörden Teile des Eigentums der Deportierten.

Polizeimeister Ludwig Homann, der Pichler im November 1934 in die Steinwache transportiert hatte, sagte dazu: »Bei der Versteigerung wurde Pichler von dem Leiter der Polizei in Stromberg gebeten, die Hausgegenstände hervorzuholen, welche im Hauseingang versteigert wurden. Ein Diebstahl war nicht möglich, weil sämtliche Sachen vorher durch Beamte aufgenommen worden sind und die Wohnung versiegelt war.«

Pichler hatte über die Jahre hohe Mietschulden bei der jüdischen Familie Eichenfeld angehäuft. Er zahlte keine Miete, obwohl er als Bauarbeiter genügend Geld verdiente. Ein schlechtes Gewissen hatte er nicht. Er hatte zwar nichts gegen Juden, nahm den Umstand, dass sie absolut rechtlos waren, aber aus Eigennutz gern in Kauf. Er versoff lieber das Geld.

Sein »asoziales« Verhalten sprach sich herum, manche Bürger wollten Pichler an den Kragen. Parteigenossen und SS hatten Mühe, die Leute zu beruhigen. Notgedrungen sprang die Gemeinde ein und schoss ihm die Miete vor. Pichler zahlte die Mietbeihilfe nicht zurück. Die Gemeinde verklagte ihn deshalb im April 1939.

Pichler erschien nicht zum Gerichtstermin in Unna. Eine Lohnpfändung scheiterte im Oktober 1939, weil sein Verdienst zu niedrig war. Später konnten die Schulden nicht eingetrieben werden, weil Pichler einige Monate Kriegsdienst leisten musste. Erst 1942, nachdem auch Luise Pichler arbeitete, zahlte er seine Mietschulden.

Pichlers Weg war widersprüchlich. Einerseits hatte er als Gewalttäter beinahe Narrenfreiheit, andererseits war er der Willkür der NS-Polizei völlig ausgeliefert. Um der Zwickmühle zu entkommen, suchte er Ende 1942 eine reguläre Arbeit. Er wollte unabhängiger werden. Er bewarb sich bei der Reichsbahn und hatte Erfolg. Vom 11. November bis 19. November 1942 arbeitete er beim Ausbesserungswerk der Reichsbahn in Schwerte.

Obwohl er die Polizei nicht informiert hatte, blieb ihr seine neue Stellung nicht verborgen. Paul Lins wollte seinen Schützling unter Kontrolle behalten und fragte nach, als er von Pichlers ungewöhnlichen Fahrten in die Nachbarstadt erfuhr. Dabei kam heraus, dass Pichler bei der Einstellung seine Vorstrafen verschwiegen hatte. Ein Anruf von Lins in Schwerte genügte. Pichler wurde nach nur acht Tagen fristlos aus dem Dienst bei der Reichsbahn entlassen. Er sollte für die Polizei ständig greifbar sein.

Angesichts seiner ausweglosen Situation kam Pichler der Gedanke, es seinen Peinigern heimzuzahlen. Gregor Pichler glaubte fest daran, dass die Zeit der Rache kommen würde.

Heimatfront

Theo Bertram kam im Frühjahr 1942 überraschend auf Heimaturlaub nach Homborn. Er hatte sich schweren Herzens zu diesem Schritt entschlossen, denn er hatte ein Ziel. Er wollte die Dinge auf dem Hof regeln.

Mit seinem Bruder, Dr. Anton Bertram, ging er durch die nahen Wälder in Richtung Haarstrang spazieren. Sie genossen die frische Luft. Anfangs sprachen sie über den Krieg. Theo berichtete von seinen abenteuerlichen Erlebnissen bei der Wehrmacht, »an der Front«. Beide waren sich einig, dass Deutschland den Krieg gewinnen würde. Dann kam Theo zur Sache. Er erzählte seinem Bruder, dass er sich scheiden lassen wolle. »Mit Magda, das läuft nicht mehr«, sagte Theo. »Sie kennt nur die Arbeit, aber ich will auch meinen Spaß haben. Das Zusammenleben auf dem Hof ist unerträglich geworden.«

Anton überlegte. Er kannte seine Schwägerin Magdalene gut. Er wusste, dass sie eigentlich im Recht war und dass sein Bruder sich falsch verhielt. Sie hatte den Hof gerettet. Aber Theo war nun mal sein Bruder, und deshalb musste er zu ihm halten, dachte er. So war er erzogen worden.

Magdalene war streng. Sie kannte nichts anderes als die Landwirtschaft. Die gleiche Haltung erwartete sie von ihrem Mann. Das sprach für seinen Bruder. Er hatte andere Vorstellungen vom Leben. Ihre Erwartungen konnte er nicht erfüllen.

Anton wusste zwar, dass Theos Kneipentouren und Weibergeschichten die Hauptursache für die Ehekrise waren. Sein Verhalten hätte den Hof möglicherweise ruiniert. Aber sein Bruder war der Mann und traditionell nun mal der Chef der Familie, selbst wenn er Ehebruch beging und zu viel Geld ausgab.

Anton mochte Magdalenes Fleiß und bewunderte ihren Ehrgeiz, außerdem war sie eine sehr schöne Frau, aber er hasste ihre Toleranz in politischen Dingen. Sie duldete staatsfeindliche Äußerungen. Magdalene war streng religiös und glaubte an Nächstenliebe. Sie war nicht überzeugt vom Führer und von seinem Krieg. Mit der nationalsozialistischen Weltanschauung hatte sie nicht viel am Hut.

Das gab für ihn den Ausschlag. Nationalsozialisten mussten zusammenhalten. Anton bestärkte seinen Bruder in seinem Entschluss. Die Scheidung war für ihn die beste Lösung.

Theo Bertram hatte im Osten andere Frauen kennengelernt und mehrere kurze Beziehungen gehabt. Das Soldatenleben bot ihm dazu reichlich Gelegenheit. Häufig reichte es nur für eine Nacht. Aber er fühlte sich als Mann. Die Wehrzeit erinnerte ihn an seine Jugend. Kameradschaft, Anerkennung, Fronterlebnis.

Irgendwann genügten ihm die wechselnden Frauengeschichten nicht mehr. Er suchte eine neue Frau fürs Leben. Eine, die mit ihm trank und feierte. Die mit ihm das Leben nach dem Krieg genießen würde.

Einmal brachte er sogar eine Geliebte übers Wochenende mit auf den heimischen Hof. Die lebenslustige Dame stammte aus dem Rheinland. Sie hieß Charlotte Rinke und fand nichts dabei, ihren Liebhaber im Beisein der Ehefrau zu küssen. Bertram hatte diese Frau absichtlich mit nach Homborn gebracht, um Magda zu provozieren. Er wollte die Ehe zerstören. Am liebsten wäre es ihm gewesen, seine Frau hätte den Hof verlassen. Aber den Gefallen tat Magda ihm nicht. Sie wollte ihre Töchter nicht im Stich lassen. Außerdem liebte sie das Landleben, und eine Scheidung wäre eine absolute Schande gewesen. Wo hätte sie hingehen sollen? Ins Kloster? Eine Rückkehr zu ihren Eltern hätte eine persönliche Niederlage bedeutet.

Charlotte Rinke hatte ein dickes Fell. Andere Frauen hätten sich geschämt, sie nicht. Wenn es das Wetter erlaubte, trug sie freizügige Dirnenkleidung beim Spaziergang im Dorf oder wenn sie mit Theo in der Kutsche nach Unna oder nach Stromberg fuhr. Ihr halböffentliches Liebesspiel brachte das Fass zum Überlaufen, nicht nur auf dem Hof. Der Skandal sprach sich herum.

Bertrams »Vielweiberei« sorgte für Unmut im protestantischen Homborn, wo zumindest nach außen Sitte und Anstand oberstes Gebot waren. »Rumhuren« durften Männer höchstens heimlich. Ehefrauen sollten von den Extratouren ihrer Männer offiziell nichts wissen. Sie behielten es für sich, wenn sie davon erfuhren. Es sei denn, die Männer trieben es zu wild. Wenn Seitensprünge von Ehefrauen herauskamen, war es für sie doppelt schlimm.

Es passierte oft, es passierte überall, und es passierte nicht nur Männern, denn es ist menschlich. Die Homborner feierten gern, denn das machte Spaß. Dorffeste boten den Bürgern willkommene Abwechslung vom eintönigen Landleben. Männer besuchten Kneipen, politische Versammlungen und Vereinssitzungen. Frauen liebten Feste und Tanzvergnügen. Der Alkohol löste die Hemmungen. Männer und Frauen gingen zu später Stunde »fremd«, wenn sie zu viel getrunken und den Überblick verloren hatten. Bevorzugt im Sommer. Es passierte im Dunkeln oder hinter der Scheune. Höfe boten schöne, stille Plätze für sexuelle Aktivitäten. Liebespartner kannten sich. Es waren Nachbarn oder Vereinskollegen. Wenn sich am nächsten Tag kaum jemand daran erinnern konnte, wer wann und wo mit wem verkehrt hatte, war das nicht schlimm. Eine ungewollte Schwangerschaft war dagegen ein Unglück. Diese Dinge passierten. Sie sind normal.

Theo Bertram ging aber zu weit. Er überschritt Grenzen, zelebrierte den Ehebruch im Alltag, am hellichten Tag. Er ruinierte seinen Ruf, und es war ihm egal. Charlotte Rinke war eine schöne Frau, hatte Kurven, für ihn eine sehr gute Figur, war vollbusig, ging gern tanzen und trank Bier.

Die brünette Frohnatur aus Köln hatte er im Lazarett kennen und lieben gelernt. Er dachte an eine gemeinsame Zukunft im heimatlichen Dorf. Sie war ihm gefolgt, weil sie verliebt war. Sie wusste von der pikanten Situation, nahm das Risiko bewusst in Kauf. Aber die Wirklichkeit war anders als die Träume von einer Zukunft mit Theo Bertram.

Die Feindseligkeit der Dorfbewohner machte ihr mehr und mehr zu schaffen, obwohl sie grundsätzlich relativ schamlos war. In der Großstadt lebte sie anonym. In Köln konnte man tun und lassen, was man wollte. In bestimmten Grenzen auch nach 1933. Dort ließ es sich leben. Ihr war Homborn zu eng und zu streng. Jeder kannte jeden. Sie fiel auf. Alle sahen sie misstrauisch an, wenn sie den Hof verließ.

Magdalene und Tochter Eva ließen sich das frivole Treiben des Liebespärchens auf dem Hof nicht so ohne weiteres gefallen. Ihnen war die Affäre total peinlich. Sie waren blamiert, das Ansehen im Dorf drohte ins Bodenlose zu sinken. Wenn der Alte mal nicht in der Nähe war, drohten sie Charlotte. »Du hast hier nichts verloren, du Hure«, sagte Magdalene eines Morgens am Frühstückstisch. »Du musst aufpassen, dass dir nichts zustößt.«

Sie und Eva ließen nichts unversucht, sie vom Hof zu ekeln. Sie beschimpften die Geliebte als »Schlampe«. Ihre Intrigen zeigten Wirkung.

Charlotte bekam Angst. Theo Bertram bemerkte, dass seine Freundin bedrückt war. Ihre Unbekümmertheit war nach einigen Tagen in Homborn wie weggeblasen. Er fragte mehrfach, was los war, aber sie sagte nichts. Erst als er sie massiv bedrängte und eine Antwort verlangte, rückte sie mit der Sprache heraus.

»Deine Frau und deine Tochter beleidigen und bedrohen mich. Keiner grüßt mich auf der Straße. Überall böse Blicke. Ich halte das nicht mehr aus.« Nachdem sie mit dem Grund für ihr Unwohlsein herausgerückt war, rastete er aus. »Na wartet ab, das werdet ihr mir büßen!«

Beim Abendessen in der Küche machte er Radau. Es gab eine fürchterliche Szene. Er brüllte Frau und Tochter an. »Ihr verhaltet euch schäbig!«

Magdalene und Eva taten so, als ginge sie das nichts an. Sie blieben, trotz der Vorwürfe, ganz ruhig und ließen die Schimpftiraden über sich ergehen. Als er fertig war, sagte seine Frau: »Du hast es nötig, solltest dich an die eigene Nase fassen.« Sie nickte Eva zu, beide standen auf, verließen die Küche und gingen nach draußen. Er blieb in der Küche zurück.

Charlotte hatte sein Geschrei in ihrer Schlafkammer mit angehört. Sie übernachtete in einem der Räume für Hauspersonal. Theo Bertram übernachtete bei ihr in einem schmalen Bett, während seine Ehefrau das geräumige, ehemals gemeinsame Schlafzimmer nutzte. Er hatte auch daran gedacht, Magdalene hinauszuwerfen, aber so weit zu gehen, das traute er sich doch nicht.

Charlotte hatte irgendwann genug von dem Familienkrieg. Die Aussicht auf ein Leben auf dem Dorf, noch dazu auf dem Hof Bertram, schien ihr nicht mehr allzu verlockend. Heimlich packte sie ihre Sachen und bat einen Knecht, sie nach Unna zu fahren. Sie floh bei Nacht und Nebel. Früh am Morgen nahm sie einen Zug nach Köln.

Theo Bertram war mit einigen Männern auf Kneipentour gewesen. Als er am frühen Morgen heimkam, war er furchtbar enttäuscht. Sein Plan war nicht aufgegangen. Er verzichtete auf die übliche Szene, denn er war müde und ging zu Bett.

Aber der Hausherr gab nicht auf. Zunächst ging er zurück an die Front. Dort entwickelte er andere teuflische Pläne zur Zerstörung der Ehe mit Magdalene.

Als Theo Bertram 1943 das nächste Mal Urlaub hatte, fuhr er nicht nach Hause, sondern nach Hamburg. In der Zwischenzeit hatte er eine hübsche Hamburgerin kennengelernt, die eigentlich aus ganz guten Verhältnissen stammte und nach einer Scheidung allein lebte. Als Prostituierte verdiente sie hinzu. Sie sang und tanzte in einer Bar auf der Reeperbahn. Nach den Auftritten konnte sie sich Kunden auswählen, die gut zahlten.

Während des Krieges suchte sie nach Möglichkeiten für einen Tapetenwechsel. Sie arbeitete als »Betreuerin« für Soldaten hinter der Front. Bertram mochte sie auf Anhieb. Sie war hübsch und einigermaßen gebildet.

Der blonden Mittvierzigerin erzählte Bertram von seinem großen Bauernhof, den er zum Gutshof aufwertete. Er lockte sie mit der Aussicht auf ein süßes Leben als Gutsdame. Er warf mit Geld um sich und verwöhnte sie auf seine Art. Wiebke Schmidt war genau die Frau, die er suchte, lebenslustig und etwas vergnügungssüchtig. Sie passten gut zusammen. Einmal machten sie gemeinsam Urlaub.

Er fuhr öfter zu ihr nach Hamburg. Inzwischen hatte er begonnen, sie finanziell zu unterstützen. Wiebke Schmidt war beeindruckt, denn sie hatte einen solventen Mann gesucht. Sie träumte von ihrem künftigen Leben auf dem Land, sie liebte die frische Landluft. »Hamburg ist so dreckig«, sagte sie und träumte von Bediensteten und Bequemlichkeit. Dafür müsste er sich aber scheiden lassen.

Nachdem sie Theo Bertram kennengelernt hatte, zog sie sich aus ihrem Gewerbe weitgehend zurück. Nur wenn er an der Front oder im Lazarett war, bediente sie gelegentlich Stammkunden, um etwas hinzuzuverdienen. Sie empfing nur noch zahlungskräftige Freier mit Sonderwünschen. Zum Leben reichten Bertrams Zuwendungen, nur für Luxusgüter, Schuhe, Kleider, Unterwäsche, Düfte brauchte sie etwas mehr.

Familie Bertram wusste davon in groben Zügen, aber die schlüpfrigen wie finanziellen Einzelheiten waren Magdalene und Eva nicht bekannt. Sie ärgerten sich am meisten darüber, dass die Konten jetzt während seiner Abwesenheit zeitweise leer waren, weil der Wehrsold bei seinen hohen Ausgaben allein nicht ausreichte. Seine seltenen Heimatbesuche hatten vor allem einen Zweck: Geldbeschaffung.

Beiden Töchtern ging es nicht gut. Die Situation belastete sie. Der Vater fehlte, sein Verhalten war eine Frechheit. Er blamierte sich nach Strich und Faden. Wenn er da war, terrorisierte er die Familie, soff und verkehrte mit Frauen. Mit Magdalene stritt er ständig.

Für Eva war der Dauerkrach kaum auszuhalten. Sie verstand sich sehr gut mit ihrer Mutter. Eva hielt zu ihr, zumal sie ihrem Vater nicht vergessen konnte, dass er sie von der höheren Schule genommen hatte, obwohl sie diese gern weiter besucht hätte. Ihm war dieser »Luxus« zu teuer. Er gab das Geld lieber für seine Vergnügungen aus. Und für seine jüngere Tochter Gertrud, die auf seiner Seite war. Aber auch sie litt unter dem Zwist.

Solange der Vater abwesend war, war das Zusammenleben auf dem Hof entspannt, sogar harmonisch. Wären nicht die Geldsorgen gewesen, wäre alles gut. Insgeheim hofften Magdalene und Eva, dass er nicht zurückkommen würde. Unruhe entstand nur, wenn er auf Kurzurlaub nach Hause kam.

Theo Bertram entwickelte teuflische Pläne zur Regelung der Erbfolge. Den Hof sollte nicht, wie üblich, seine älteste Tochter Eva erhalten, sondern Gertrud, die 1942 erst 13 Jahre alt war. Sie war Papas Liebling. Sie war jung und mochte ihren Vater sehr. Mit Geschenken, Schmuck und Kleidung, machte er sich beliebt.

Die Ungewissheit über die Zukunft des Hofes zermürbte Eva und Magdalene. Dann unterbrach ein Kriegsereignis den dörflichen Wechsel zwischen Idylle und Familienstreit. Das Leben in Stromberg änderte sich grundlegend.

Flut

Gregor Pichler schlief ganz ruhig im Ehebett, tief und fest wie ein Stein. Luise lag wach neben ihm, schon länger. Ihr Mann schnarchte so laut, dass sie nicht wieder einschlafen konnte. Es war mitten in der Nacht zum Montag, 17. Mai 1943.

Zuerst hatte es Fliegeralarm gegeben, dann war draußen Lärm zu hören. Männer liefen herum und riefen Kommandos. Einige Zeit später hörte Luise ein eigenartiges Rauschen. Es wurde immer lauter.

Sie rüttelte und schüttelte ihren Mann. »Los, wach auf. Da draußen stimmt etwas nicht! Die Leute schreien irgendwas von Flut!« Aber er sagte: »Wir sind hier sicher. Hier kommt das Wasser sowieso nicht hin.« Die Pichlers wohnten auf dem Stromberger Kirchplatz, auf einer Anhöhe oberhalb des Ortskerns.

Gregor Pichler hatte Tage zuvor Gespräche der Ortspolizisten mit angehört, die sich über eine mögliche Flutkatastrophe unterhalten hatten. Paul Lins hatte gesagt: »Wer auf dem Mühlenberg wohnt, braucht keine Angst zu haben, aber für die Leute in der Ortsmitte und im Osten kann's brenzlig werden.« Pichler sagte zu Luise: »Hier sind wir hoch genug, wenn Wasser kommt.« Er drehte sich um und schlief weiter. Luise stand auf und ging zum Fenster.

An der Steintreppe, die zu dem Haus am Kirchplatz führte, stand das Wasser fast zwei Meter hoch. Weiter unten gelegene Straßen und Plätze standen völlig unter Wasser. Dort waren alle Keller überflutet. In der Bahnhofstraße stand das Wasser 1,90 Meter hoch.

Sonntag war Muttertag gewesen. Ein sonniger, ruhiger Kriegssonntag. Zum Baden war es noch zu kalt. Jungs spielten Fußball, Mädchen unterhielten sich. Die Eltern gingen nach dem Mittagessen spazieren und verschoben den sonntäglichen Geschlechtsverkehr auf den Nachmittag. Am Abend gingen die meisten früh schlafen. Schließlich mussten sie am nächsten Morgen wieder arbeiten. Räder sollten rollen für den Sieg.

Gegen Mitternacht heulten die Sirenen. Das war normal. Für manche war die Nacht vorbei, sie machten sich auf den Weg in die Schutzräume. Andere stellten sich schlafend. Fliegeralarm gehörte zum Alltag.

In der Regel griffen die Alliierten Dortmund an, wenn der Alarm ertönte. In der Nacht vom 4. auf den 5. Mai 1943 hatten 596 britische Bomber die Großstadt bombardiert. 230 Brandbomben verwandelten Teile der Innenstadt in ein Flammenmeer. Stromberg lag 25 Kilometer entfernt, die Sirenen heulten auch hier und der Feuerschein war deutlich zu sehen.

Am 17. Mai um halb eins waren mehrere heftige Explosionen aus östlicher Richtung zu hören. Das war nicht in Dortmund, das war ein besonderer Angriff.

19 Flieger der Royal Air Force griffen die Möhne-, Sorpe- und Edertalsperren mit Spezialbomben an. Eine Bombe zerstörte den Möhnedamm. Die Explosion riss ein riesengroßes Loch mitten in die Sperrmauer. Anfangs war es 30 Meter lang, später vergrößerte sich der Schaden auf eine Länge von 76 Metern. Eine riesige Wasserwand schoss ins Tal. 135 Millionen Kubikmeter Wasser rissen alles mit: Menschen,

Tiere, Bäume, Häuser. Die Flutwelle war zwölf Meter hoch. Unterhalb der Mauer hatten Baracken für mehr als 1.200 Zwangsarbeiterinnen gestanden. Sie wurden mit den Insassinnen weggeschwemmt.

Gegen 0.45 Uhr war die Mauer gebrochen, 20 bis 25 Minuten später, zwischen 1.05 und 1.10 Uhr, war das Ruhrtal bei Neheim überflutet. Hier war die Flutwelle noch etwa zehn Meter hoch. Sie wälzte sich mit rund 25 Stundenkilometern durchs Ruhrtal. Viele Menschen hatten Luftschutzkeller aufgesucht, um sich vor Bomben in Sicherheit zu bringen.

Um 2 Uhr erreichte die Flutwelle Brakel. Hier hatte die Bevölkerung keine Warnung erhalten, obwohl die Katastrophe seit über einer Stunde bekannt war. 190 Menschen ertranken in den Fluten. Von Brakel nach Stromberg war es nur noch ein »Katzensprung«.

Hier hatte ein Reichsbahnoberinspektor um 1.50 Uhr die Polizei angerufen. Er brüllte ins Telefon: »Die Möhnetalsperre ist getroffen, es besteht Hochwassergefahr!« Aus Richtung Brakel war schon ein gewaltiges Rauschen zu hören. Aber keiner konnte sich darunter etwas Konkretes vorstellen.

Nach einigem Hin und Her folgte der Polizist den Ratschlägen des Eisenbahners. Die Schutzpolizei alarmierte die Feuerwehr und rief die Hitlerjugend zusammen. Die Polizei setzte sie als Melder ein, um die bedrohten Menschen an der Ruhr zu warnen. Um 2.10 gab die Feuerwehr Alarm.

Aber es gab kein spezielles Warnsignal für Hochwassergefahr. Die Machthaber hatten es für unnötig gehalten, obwohl der Essener Oberbürgermeister Dillgardt und der Ruhrtalsperrenverein immer wieder auf die großen Gefahren einer Zerstörung der Talsperren hingewiesen hatten. Aber bei den Weisen des Wehrkreiskommandos VI in Münster und bei der Führung der Reichswehr in Berlin waren sie auf taube Ohren gestoßen.

Es gab auch keinen Notfallplan. Das ganze Warnsystem war mangelhaft. Ein Posten an der Mauer sollte notfalls eine Leitstelle im Postamt in Soest anrufen. Diese Stelle sollte die betroffenen Gemeinden warnen. Die Bomben hatten aber die Telefonleitungen zerstört, sodass zunächst kein Anruf erfolgte. Der Posten suchte zuerst ein anderes Telefon, um die Behörde in Soest zu informieren. Als diese in Neheim anrief, stand die dortige Polizeiwache bereits unter Wasser.

In Stromberg rannten Landwirte zunächst um das Leben ihrer Rinder. Sie wollten das Vieh von den Weiden holen und rannten bald um ihr eigenes Leben. Ein großer Teil der Bewohner suchte nahegelegene Hügel und Berge auf, andere blieben in den Kellern oder Wohnungen. Die Glücklicheren gingen in die oberen Stockwerke und überlebten, wenn ihre Häuser stehen blieben.

Zwischen 2.30 und 2.45 Uhr überschwemmte das Wasser die östlichen Ortsteile. Die Flutwelle war hier noch vier Meter hoch.

Homborn lag hoch genug und weit genug entfernt. Es bekam nichts ab.

»In der Nacht zum 17. Mai kam über das Ruhrtal eine Katastrophe, wie sie in Hunderten von Jahren wohl nicht gewesen ist«, schrieb der Gemeindepfarrer Werner Lang aus Rott. Die Wellen überfluteten die Ruhrbrücke, Bewohner der unteren Ruhrstraße wurden in ihren Häusern eingeschlossen. Sie flohen in die oberen Stockwerke und verbrachten Stunden in Angst. Andere Stromberger saßen zitternd im Schlafanzug auf dem Dach.

Am nächsten Tag lagen die »Mitbringsel« der Flutkatastrophe im Schlammwasser: Möbel, Betten, Treppen, Zäune, Fußböden, Bauholz, Kaninchenställe, Tierkadaver, Leichen, Zimmereinrichtungen und landwirtschaftliche Maschinen.

Strom-, Wasser- und Gasversorgung waren zusammengebrochen, die Ruhrbrücken weggeschwemmt. Keller und Erdgeschosse standen voll Wasser und Lehm, der Besitz der Bewohner, die Einrichtungen vernichtet oder weggespült. Felder und Ruhrwiesen in Seenlandschaften verwandelt. Es stank bestialisch.

Rettungskräfte arbeiteten noch bis weit in den nächsten Tag hinein, um Eingeschlossene zu retten. Das Telefonnetz funktionierte nicht mehr. Die Eisenbahnstrecken nach Kassel und Menden waren unterbrochen, die Brücken weggerissen, Gleise unterspült, Züge entgleist und unbrauchbar. Auch der Bahnhof lag in Trümmern und Matsche. In allen Fabriken standen die Räder still. Erhebliche Schäden waren auch an den Straßen entstanden. Garten- und Feldfrüchte waren vernichtet, auch die Lebensmittelvorräte in den Kellern.

Die Polizeiverwaltung sammelte Meldungen und erstellte eine Statistik. Ertrunken waren 5.200 Kaninchen, 2.000 Hühner, Küken, Gänse und Enten, 22 Pferde, 61 Kühe und Rinder, 87 Schweine, 100 Ziegen und 30 Schafe. 450 Stromberger waren obdachlos geworden, 68 blieben es für längere Zeit.

Einen Teil des Trinkwassers holte man nach der Flut aus höher gelegenen Brunnen, so weit sie nicht auch verschlammt waren. Es bestand akute Seuchengefahr. Tierkadaver und Leichen, die herumlagen oder im Wasser trieben, bedrohten das Grundwasser. Besonders die Wasserleichen machten den Hilfskräften zu schaffen. Sie sahen schlimm aus und stanken. Die sommerliche Hitze verschärfte das Problem.

Amtsbürgermeister Karl Niemand bildete einen Einsatzstab: Ortsgruppenleiter Heinz Viehwaage, NSDAP-Geschäftsführer Herbert Krann, Propagandaleiter Karl Flaute, Amtsoberinspektor Walter Schultz, Polizeiinspektor Paul Lins, Amtsinspektor Otto Gralmann, Amtsbaumeister Otto

Emils, Ingenieur Karlheinz Hanke vom Elektrizitätswerk und die Kommandeure der Einheiten von Wehrmacht, Feuerwehr, Partei und Gliederungen gehörten dem Stab an.

Die Flutwelle hatte 135 unbekannte Leichen nach Stromberg gespült. Hinzu kamen 36 Leichen von Einheimischen. Die Bergung der Toten war die erste und wichtigste, aber auch die unangenehmste Aufgabe von allen.

Dafür forderte die Polizei ihre Spezialkraft an. Etwa eineinhalb Jahre nach den ersten Bombentoten und gut ein Jahr nach den Deportationen brauchten sie Pichlers Hilfsdienste wieder.

Jugendliche Melder der HJ donnerten an seine Wohnungstür: »Aufstehen, sofort mitkommen! Befehl der Polizei!«, brüllten sie. Pichler stand auf, zog sich schnell etwas über und ging mit.

Als Pichler im Amtshaus eintraf, befahl Polizeichef Lins: »Du bist der Leichenheini. Du gehst mit der Karre zu den Leichenfundorten, sammelst die Toten ein und bringst sie zu den Sammelstellen am evangelischen und katholischen Krankenhaus.«

Er sollte bis zu fünf Leichen aufstapeln und den Karren dann von Hand auf den Berg zum Marienhospital ziehen. Es war eine schwere Arbeit, denn der hölzerne Leichenkarren wog bereits 60 Kilo, dazu kamen die aufgeschwemmten Toten. Der Weg führte steil bergauf.

Am Marienhospital reinigte ein »Leichenwaschkommando« die Wasserleichen. Die Wehrmacht hatte dazu ein Strafbataillon nach Stromberg geschickt. Diese Soldaten hatten Befehle verweigert, waren desertiert oder hatten im Konzentrationslager gesessen. Sie kamen direkt aus den Straflagern der Wehrmacht im Emsland.

Die frühen Konzentrationslager dort waren 1936 umfunktioniert worden. Die KZ-Häftlinge waren zum Aufbau eines neuen Lagers nach Sachsenhausen bei Oranienburg verlegt worden. Im Emsland teilten sich fortan Justiz und Wehrmacht den Lagerkomplex.

Pichler verstand sich gut mit den militärischen Sträflingen. Schnell knüpften sie Kontakte über ein gemeinsames Thema: In Esterwegen im Emsland hatte auch Pichler eingesessen. Er konnte sich ungestört mit den Sträflingen unterhalten. Die Wachtposten waren weit genug entfernt. Sie tauschten Erfahrungen aus, über SA- und SS-Aufseher in den frühen Jahren, Polizei- und Justizbewachung danach. »Das war die Hölle im Moor«, waren sie sich einig. Feuchte Kälte, drückende Hitze und Mückenschwärme im Sommer.

Die Säuberung der Leichen war eine wichtige Aufgabe. Sie sollte eine Identifizierung der überwiegend entstellten Toten erleichtern. Das Kommando führte der Arzt Dr. Steindorf. Er schrieb später, »dass Herr Gregor Pichler, von Montag, den 17. Mai 1943 an, hervorragend sich beim Suchen und Transportieren der Leichen, die infolge der Hochwasserkatastrophe ertrunken waren, betätigt hat«.

»Für das Lob kann ich mir auch nichts kaufen«, dachte Pichler. An der Bergung von über 100 Wasserleichen hatte selbst Raubein Pichler zu knabbern.

Weil Pichler nicht an zwei Orten gleichzeitig sein konnte und die Zahl der Leichen zu groß war, halfen Gruppen des Deutschen Roten Kreuzes, Krankenschwestern und Nonnen bei der Säuberung und Einsargung der Leichen. Das Arbeitskommando der Häftlinge wurde von ihnen streng getrennt. Polizeibeamte registrierten die Toten und nahmen, soweit vorhanden, Personalien auf. Und sie machten von jeder Leiche ein Foto. Die Toten sollten möglichst schnell beerdigt werden.

Insgesamt wurden in der Nacht vom 16. auf den 17. Mai 1943 über 1.200 Menschen getötet. Eine genaue Zahlenangabe ist bis heute schwierig, weil die Leichen der Zwangsarbeiter, die unterhalb der Talsperre weggeschwemmt worden waren, weit ruhrabwärts verteilt gefunden wurden. Ob sie alle erfasst und gezählt wurden, ist unklar. Allein in Neheim forderte die Katastrophe 850 Todesopfer, darunter 611 sowjetische Zwangsarbeiterinnen, die in ihren Baracken eingeschlossen und mit ihnen weggeschwemmt worden waren.

Diese Art von Katastrophe war für die Menschen völlig neu gewesen. Angriffe von oben kannten sie, auf das Wasser waren sie nicht vorbereitet.

Der Arnsberger Regierungspräsident Lothar Eickhoff übte nach der Katastrophe heftige Kritik. Er wies darauf hin, dass es bereits vor dem Krieg Warnungen vor Bombenangriffen auf Talsperren gab. Er warf den militärischen Dienststellen Versagen vor.

Homborn war von der Möhnekatastrophe nicht betroffen. Theo Bertram hörte im Frontradio davon. Trotzdem begann er sich Sorgen zu machen. Nicht um seinen Hof, um Frau und älteste Tochter schon gar nicht. Was den Krieg betraf, drohte in Homborn bislang nur selten Gefahr. Sorgen machte ihm die allgemeine Entwicklung. Erst die Niederlage von Stalingrad im Januar, jetzt die Möhnekatastrophe. Es lief nicht mehr gut. Nicht weit entfernt befand sich der Hof Baumann.

Das Wetter war miserabel, als Charlotte Baumann am Donnerstag, 3. Februar 1944, krank auf dem Sofa ihres Wohnzimmers lag. Es blitzte und donnerte. Ein schweres Gewitter tobte. Um 17.30 Uhr hörte sie noch ein anderes Geräusch, das langsam lauter wurde. Es war das Brummen eines Flugzeugmotors. »Nicht schon wieder ein Bombenangriff«, dachte sie, zweifelte aber gleichzeitig, weil sie keine Sirenen gehört hatte. Sie überlegte, ob wegen des Gewitters kein Alarm gegeben wurde. Gebannt schaute sie durch das große Wohnzimmer-fenster nach draußen. Dort sah sie nur die eigene Obstwiese.

Doch dann sah sie am Himmel ein kleines Flugzeug, das sich schnell näherte. Mit dem Flieger stimmte etwas nicht. Der einmotorige Einsitzer flog zu tief. Er knallte gegen einen Telefonmast, der nur etwa 100 Meter vom Hof entfernt stand. Die Maschine fiel zu Boden, krachte auf einen Hang und rutschte rasend schnell herunter, weil der Boden eisig gefroren war. Sie rutschte direkt auf das Haus zu, bis sie gegen die Grundstücksmauer knallte und zerschellte. Große Teile flogen über die Mauer hinweg und schlidderten noch einige Meter bis auf einen Teich in der Obstwiese. Das Jagdflugzeug wurde total zerstört.

Charlotte war geschockt. Was war mit dem Piloten? Gleichzeitig war sie erleichtert. Immerhin war die Maschine nicht gegen die Hauswand geknallt oder auf das Wohnhaus gestürzt. Hier wurde niemand verletzt.

Durch den lauten Knall beim Aufprall hatten alle Dorfbewohner mitbekommen, dass ein schwerer Unfall passiert war. Die Männer liefen schon hinaus auf die Wiese.

Auch Charlotte ging nach draußen. Flugzeugteile lagen überall herum. Ein Rad lag am Ende der Wiese. Beide Flügel waren abgebrochen. Der Rumpf war zertrümmert worden. Die Einzelteile lagen über die ganze Wiese verteilt. Der Motor hatte sich in den Boden gebohrt.

Der Pilot der Maschine, der Gefreite Gerhard Busse, kam bei dem Absturz seiner Focke Wulf FW 190A-7 ums Leben. Der Flieger hatte zur 1. Staffel der I. Gruppe des Jagdgeschwaders 1 gehört und war auf dem Weg vom Fliegerhorst Dortmund-Brackel nach Störmede bei Geseke gewesen. Die Leiche wurde nach zwei Tagen abgeholt, ebenso sämtliche Trümmer und Flugzeugteile.

Auf dem Hof Bertram standen die Zeichen auf Entspannung, im Gegensatz zur Kriegsentwicklung. Trotz der Verschwendungssucht ihres Ehemannes verbesserte Magdalene Bertram zusammen mit Heinrich Gerbracht die wirtschaftliche Lage des Hofes sehr. Bis November 1944 ging es aufwärts. Die Frauen, der Verwalter und die Angestellten führten ein für die Zeit relativ sorgenfreies Leben.

Doch dann gab es einen herben Rückschlag: Ende 1944 wurde Heinrich Gerbracht trotz seines Herzfehlers erneut zur Wehrmacht eingezogen. Der NS-Staat holte jeden, sogar Kranke, Greise, Verwundete, Kinder und Menschen aus anderen Ländern, die zuvor für minderwertig erklärt worden waren. Eingezogen wurden auch Männer, die auf den Bauernhöfen unentbehrlich waren.

Der Abschied fiel Heinrich Gerbracht schwer. Er wäre lieber in Homborn geblieben. Es lief gut für ihn, er war stolz auf seine Leistungen auf dem Hof, und er verstand sich so gut mit Eva.

»Die Einberufung ist sinnlos«, sagte er ihr. »Der Krieg ist sowieso verloren, und ich bin eigentlich untauglich. Für die ›Volksgemeinschaft‹ bin ich doch hier viel wertvoller. Wir tragen zur Sicherstellung der Ernährung bei.« Eva dachte auch so, aber sie tadelte ihn für die Äußerungen. »Du hast recht. Aber sei bloß vorsichtig. Wenn Vater das hört, zeigt er dich an und du wirst verhaftet.«

Gegen die Einberufung war nichts zu machen. Heinrich Gerbracht hatte mit dem Gedanken an eine UK-Stellung wegen seiner Rolle auf dem Hof und wegen seiner gesundheitlichen Probleme gedacht. Aber er dachte auch daran, dass es für sein Ansehen beim Vater seiner möglichen Braut besser wäre, wie er in den sinnlosen Krieg zu ziehen. Deshalb ging er zur Wehrmacht.

Heinrich Gerbracht war 1919 in Homborn geboren worden. Er war das zweitjüngste von fünf Kindern. Seine Eltern besaßen einen kleinen Bauernhof. Er war katholisch. Jeden Morgen ging er gut dreieinhalb Kilometer zu Fuß, um die katholische Volksschule in Benkhausen zu besuchen.

Heinrich Gerbracht war ein guter Schüler und wurde jedes Jahr versetzt. In seinem Abschlusszeugnis vom 31. März 1933 bekam er gute Noten in Betragen, Fleiß, Religion, Deutsch, Rechnen und Turnen. Fast gut in Geschichte, Erdkunde, Naturkunde, Zeichnen. Nur Singen konnte er weniger gut.

Nach dem Schulabschluss arbeitete er zwei Jahre auf dem Hof der Eltern. Danach machte er eine landwirtschaftliche Lehre beim Bauern Hackenberg in Homborn. Mit dem Sohn, August Hackenberg, freundete er sich an. Im Winterhalbjahr 1935/36 besuchte Heinrich Gerbracht mit Erfolg die landwirtschaftliche Winterschule in Unna. Anschließend musste er zum Reichsarbeitsdienst in Hiltrup bei Münster.

Der NS-Staat führte den Reichsarbeitsdienst (RAD) am 26. Juni 1935 mit dem Gesetz über die allgemeine Dienstpflicht für Männer ein. Der RAD war keine Erfindung der Nazis. Er folgte auf den bereits 1931 geschaffenen Freiwilligen Arbeitsdienstes (FAD). Politiker hatten ihn als Mittel zur Bekämpfung der Jugendarbeitslosigkeit eingeführt. Die Arbeitspflicht galt ab 1935 für Jugendliche von 18 bis 25 Jahren.

Für junge Frauen wurde am 1. April 1936 ein freiwilliger Arbeitsdienst geschaffen. 1939 führten die NS-Machthaber das Pflichtjahr für Frauen ein. Die Dienstzeit der jungen Männer betrug ein halbes Jahr, freiwillig konnten sie auf ein Jahr verlängern.

Offiziell hießen sie »Arbeitsmänner«, die Frauen »Arbeitsmaiden«. Zu den Aufgaben des RAD zählten »Kultivierungsarbeiten« (Erd- und Forstarbeiten, Moorkultivierung), der Bau von Straßen und Autobahnen, Hilfsdienste bei der Wehrmacht (Errichtung des Westwalls) oder in Haushalten

(Frauen). 1935 arbeiteten 200.000 Männer im RAD, 1939 waren es 350.000. Während des Krieges wurden Männer im Anschluss an den Arbeitsdienst zur Wehrmacht eingezogen, Frauen zum Kriegshilfsdienst.

Für Stromberg und Homborn war die Arbeitsgauleitung Westfalen-Süd in Dortmund verantwortlich. Träger waren die Kommunen. Im Nachbardorf Altenbüren eröffnete der Kreis Unna 1934 ein Stammlager des FAD.

Heinrich Gerbracht war ehrgeizig. Er wollte es zu etwas bringen. Nach dem Arbeitsdienst kehrte er zur landwirtschaftlichen Winterschule in Unna zurück und bestand die Abschlussprüfung ohne Probleme. Von 1937 bis April 1938 arbeitete er fleißig als landwirtschaftlicher Lehrling in einem Dorf bei Lippstadt. Nach der Lehre setzte er diese Tätigkeit fort. Gleichzeitig arbeitete er auf dem Hof seiner Eltern.

Am 14. Februar 1940 wurde Gerbracht erstmals zur Wehrmacht einberufen. Nach drei Monaten entließ ihn die Wehrmacht wegen eines Herzfehlers als wehruntauglich. Ihm war bei schweren körperlichen Anstrengungen schwarz vor Augen geworden. Zunächst kehrte er auf den elterlichen Hof zurück, bevor er im Sommer 1941 der verlockenden Einladung von Eva folgte und von Magdalene Bertram als Verwalter fest angestellt wurde.

Ende 1944 spielte seine Herzkrankheit keine Rolle mehr, er kam an die Westfront nach Holland. Er war froh, dass er nicht nach Russland musste, aber er fehlte auf dem Hof. Den Krieg und das Militär hasste er, aber dieses Mal musste er bis zum bitteren Ende Soldat bleiben. Die Bertram-Frauen vermissten ihn sehr.

Wenige Wochen vor Kriegsende hatte er einen Unfall. Er wurde in einer scharfen Linkskurve aus einem Militär-Lkw geschleudert. Der Fahrer fuhr zu schnell und die Beifahrertür fehlte. Gerbracht, der auf dem äußeren Beifahrersitz gesessen hatte, fiel auf den Kopf und wurde bewusstlos. Seine Kameraden sammelten ihn wieder ein und brachten ihn ins Lazarett. Dort verbrachte er acht Tage. Der Arzt hatte eine Gehirnerschütterung diagnostiziert. Wenige Tage später war der Krieg beendet.

Ende

Mittelstreckenbomber der 9. US-Luftflotte hatten es am Montag, 12. März 1945, auf Ziele in Westfalen abgesehen. Sie griffen Geseke, Arnsberg und Lippstadt an. Auch Stromberg geriet ins Visier der alliierten Bomber. Die Sirenen heulten am späten Vormittag. Viermotorige Maschinen befanden sich im Anflug. Zielgebiet waren die Bahnlinien von West nach Ost. Die Amerikaner wollten die Nachschubwege der Wehrmacht zerstören. In Stromberg galt der Angriff aber auch dem Rüstungsbetrieb des Stahlindustriellen Albert Popper.

Als die Sirenen heulten, beendeten Eva und Magdalene Bertram ihre Arbeit auf dem Hof und gingen mit Gertrud in den feuchten Keller. Erst hörten sie Flugzeuglärm, dann Explosionen, sie spürten die Erschütterungen, die vom Boden her kamen. Noch nie war es so heftig gewesen. Als es vorbei war, waren sie erleichtert, dass sie verschont geblieben waren.

Wenige Stunden später traf es Dortmund. Eine Zeitung berichtete: »*Wohl niemand ahnte, dass in wenigen Minuten das totale Inferno über die Stadt hereinbrechen sollte: Von 16.24 bis 17.07 Uhr entluden 1.069 britische Flugzeuge die größte Menge an Brand- und Sprengbomben, die je bei einem Angriff auf eine deutsche Stadt abgeworfen wurde – insgesamt 4.851 Tonnen! Der englische Rundfunk verkündete am Abend des 12. März, dass an diesem Tag der gewaltigste aller Luftangriffe des gesamten Weltkrieges auf Dortmund geflogen worden sei.*«

Es wurden 568 Tote gezählt (898 nach einem britischen Untersuchungsbericht). Der Angriff dauerte 43 Minuten, jede Sekunde fielen etwa zwei Tonnen Sprengstoff auf Dortmund. Die englischen Bomber warfen 8.879 Bomben ab. US-Soldaten waren beim Einmarsch im April schockiert über das Ausmaß der Verwüstung in der Dortmunder Innenstadt.

In Stromberg hatten die US-Bomber den Rüstungsbetrieb Popper fast völlig zerstört. Ebenso den Bahnhof und die Brücken über die Ruhr. Niemand kam mehr von Nord nach Süd oder umgekehrt über den Fluss. Hier ging gar nichts mehr.

Der Pfarrer des Nachbardorfes Rott kümmerte sich um die Familien seiner Gemeinde, deren Angehörige bei dem Angriff in der Unterführung getötet worden waren. Die Identifizierung der Opfer war sehr schwierig. Die Polizei setzte Gregor Pichler erneut zur Bergung der Leichen ein.

Insgesamt starben bei dem Angriff in Stromberg 49 Menschen. Identifiziert werden konnten 46, darunter 42 deutsche und vier ausländische Zwangsarbeiter. Drei tote Soldaten konnten nicht identifiziert werden. Die Zahl der getöteten unbekannten Zivilisten ist bis heute unklar, weil von manchen Toten nur noch Überreste geblieben waren. Das wäre eine Angelegenheit für Polizei und Verwaltung gewesen, aber sie erstellten keinen Bericht zu dem Angriff. Später ermittelten sie, dass eine unbekannte Zahl von US-Fliegern etwa 600 Bomben über dem Stadtkern Strombergs abgeworfen hatten.

Zwangsarbeiter der Firma Popper wurden zu Aufräumarbeitern herangezogen. Sie hatten nichts mehr zu tun. Ihre Arbeitsplätze waren zerstört worden.

Fliegeralarme gab es in Stromberg auch noch nach dem 12. März 1945. Jetzt liefen alle in die Luftschutzstollen oder in Bunker. Luftschutzkeller boten keine echte Sicherheit mehr.

Anfang April 1945 kamen die »Amis« immer näher. Der »Endsieg« rückte in weite Ferne. Stattdessen starben Menschen in Homborn und Umgebung.

Ein Jagdbomber tötete am Samstag, 7. April 1945, in Altenbüren den Volkssturmgrenadier Herbert Endruweit aus Herringen. Gleichzeitig starb der 14-jährige Dieter Müller aus Hamm. Der Tieffleger hatte auch ihn erschossen.

Am Nachmittag des gleichen Tages zog sich das letzte Aufgebot der deutschen Truppen durch Homborn nach Altenbüren zurück. Dort wurde am Nachmittag des 7. April 1945 der Tod von zwei Kämpfern der RAD-Flakabteilung 1/206 registriert. Ein 17-Jähriger und ein 18-Jähriger waren ihren schweren Verletzungen erlegen, die sie im »Fronteinsatz« erlitten hatten. RAD war der Reichsarbeitsdienst, nicht die Wehrmacht. Einige Deutsche bezogen Stellung in Gebäuden im westlichen Homborn.

Unterdessen rückten die US-Truppen vor nach Westen. Am Abend des 9. April 1945 verschanzten sich die Kampfgruppen A und B der 8. US-Panzerdivision östlich von Homborn.

Dienstag, 10. April, war ein windstiller Vorfrühlingstag mit strahlend blauem Himmel. Die US-Truppen bei Homborn machten sich am frühen Morgen bereit. Ihre Kampfgruppe R wurde von deutscher Artillerie beschossen. Die deutschen Truppen lagen südlich der Ruhr und schossen auf die Stromberger Dörfer. Wen sie trafen, war ihnen egal. Granaten und Schüsse verwundeten und töteten einige einheimische Zivilisten.

Beim nahe gelegenen Opstendorf zerstörten die US-Truppen nach eigenen Angaben fünf deutsche Panzer. Der US-»After Action Report«: *»This town was located on top of a hill. At this point, we saw tanks all over the place. Since this was the place that TF Artman was to be we couldn't be sure whether or not they were friendly tanks. It was a foggy morning. We called* *on them to identify themselves but found this difficult. Positive identification was made and we got busy on them and knocked out three. We were receiving a good bit of arty and anti-tank fire from across the river and also Heidewald."* (Bericht von Major Donald F. Burr, 80. Panzer-Bataillon, Kampfgruppe R.)

Gegen 8.20 Uhr fuhren Sherman-Panzer in den östlichen Teil von Homborn. Von hier hatten sie freies Schussfeld auf deutsche Verteidiger, die in Wohnhäusern saßen.

Magda Bertram wunderte sich über die jungen Männer in zu großen Uniformen. »Das sind noch nicht mal Soldaten, die hier kämpfen sollen. Das sind Jüngelchen, denen sie Waffen in die Hand gedrückt haben.« Sie schüttelte den Kopf und sagte zu Eva: »Sie schicken Kinder in die Schlacht.«

In Höhe der Straßenkreuzung Hombornerstraße und Benkhausenerstraße teilten die Amerikaner den Panzerverband. Ein Teil fuhr weiter auf der Höhe in Richtung Westen nach Homborn, der andere in Richtung Norden, in den unteren Dorfteil, den die amerikanischen Truppen um 11 Uhr erreichten. Hier wurden sie ebenfalls mit Granaten beschossen.

Zehn Häuser wurden in Homborn von Panzergeschossen getroffen. Einige gerieten in Brand. Geschosse trafen auch Scheune und Werkstatt des Sozialdemokraten Lothar Heckmann. Sie unterschieden nicht zwischen Nazis und Nichtnazis. Beide Gebäude brannten ab. Schäden entstanden an zahlreichen weiteren Gebäuden und Häusern.

Die Situation war irreal. Die Dorfidylle war Kampfhandlungen gewichen. Homborn war Schauplatz einer Schlacht. Straßenkämpfe, Kämpfe mit Panzern und Granaten tobten vor der eigenen Haustür. Die Truppen hatten absolut ungleiche Mittel: Grüne Jungs vom Reichsarbeitsdienst gegen erfahrene US-Panzersoldaten, die sich den Weg von Frankreich bis nach Westfalen freigekämpft hatten.

Eva Bertram erlebte die Kampfhandlungen auf dem heimischen Hof. Aus einem Fenster des Hauses sah sie Panzer in unmittelbarer Nähe. Auf der anderen Straßenseite liefen Volkssturm- und RAD-Männer wild durcheinander. Die sogenannte deutsche »Kampfführung" hatte die Übersicht verloren. Sie hörte den Offizier herumschreien. Er verstand zwar kein Wort, aber es wurde klar, dass es um den Rückzug ging.

Die Panzer rollten weiter nach Westen. US-Soldaten fuhren mit Panzerwagen und Jeeps im Dorf herum. Nachfolgende Infanteriesoldaten beschossen einzelne Häuser mit Maschinengewehren. Sie waren sehr vorsichtig. Sie fürchteten überall versteckte »Werwölfe«. GI's kontrollierten jedes Haus.

Ein schwarzer Soldat mit Helm drang in das Haus Hackenberg ein und schrie: »Ey you Krauts, hands up and out you go!« Die RAD-Soldaten waren aber schon weg. »Where are your soldiers?«, fragte er. Die Homborner guckten ihn an. »Alle raus!«, schrie er.

Die Bewohner mussten ihre Häuser und Höfe verlassen. Die US-Soldaten ließen ihnen 20 Minuten Zeit, um einige wichtige Dinge einzupacken oder zu verstecken.

Die meisten Homborner flohen nach Schelkhausen, einige gingen nach Unna. Sie durften nur das Nötigste mitnehmen, Bettzeug und Kleidung. Ausgenommen waren wenige Bürger, die Englisch sprachen. Sie fragten sich, was sie dolmetschen sollten, wo doch keine Einheimischen mehr da waren.

Dann ließ ein wild gewordener Offizier RAD und Volkssturm ein amerikanisches Aufklärungsflugzeug beschießen. Die Antwort ließ nicht lange auf sich warten. Amerikanisches Dauerfeuer brach los. Die deutschen Stellungen im westlichen Teil des Dorfes erhielten mehrere Volltreffer. Ein Geschütz wurde zerstört. Häuser brannten.

Die US-Kampfgruppe R (mit dem 80. Panzer-Bataillon) hatte am 10. April 1945 Unna angegriffen. Kampfgruppe B zog durch Homborn weiter nach Unna, Teile der Kampfgruppe A rückten in Homborn ein. Kampfgruppe B hatte hohe Verluste erlitten: 198 US-Soldaten waren im Kampf gegen Volkssturm und Reichsarbeitsdienst verwundet oder getötet worden.

Die A-Kompanie des 36. Panzerbataillons war von Norden nach Unterhagen vorgerückt. Dort töteten Amerikaner etwa 50 Deutsche. Dann rollte die Kampfgruppe nach Homborn, wo sie übernachtete.

Oberstes Prinzip der amerikanischen Truppen war die Vermeidung von Personenverlusten, sofern es keine Gegenwehr mit Kampfhandlungen gab. In Homborn wurden am 10. April 1945 keine Toten oder verletzten Zivilisten registriert.

Zwangsarbeiter und Kriegsgefangene waren frei. Auf den großen Bauernhöfen Homborns waren rund 300 russische und polnische Zwangsarbeiter eingesetzt gewesen. Sie plünderten einige Höfe.

Nach ein bis zwei Tagen waren die Kämpfe beendet. Die meisten Bewohner kehrten zurück. Einige Homborner mussten länger warten. Ihre Häuser waren mit ehemaligen Zwangsarbeitern belegt.

Kaugummi statt Hungertod

Der »Hellweger Anzeiger« hatte ganze Arbeit geleistet. Im März 1945 verbreitete die Lokalzeitung Endzeitstimmung: Die »Versklavung des deutschen Volkes« stünde unmittelbar bevor. Wilhelm Beller wusste, mit solchen Scheißhausparolen sollte der »unbändige Kampfeswille« bis zum letzten Blutstropfen befeuert werden. Später fragte er einen bekannten Nachbarn und Nationalsozialisten: »Na, musst du für die Amis Sklavenarbeit leisten?«

Ein anderer Artikel forderte einen fanatischen Kampf gegen den »Mord als System der Alliierten«. Am Montag, 19. März, ging es weiter in die gleiche Richtung. Die Schriftleitung wählte die richtungsweisende Schlagzeile: »Westmächte wollen das deutsche Volk verhungern lassen«. Das hatten viele Stromberger und Homborner gelesen. Sie glaubten es. Manche dachten sogar, sie würden gleich erschossen. Doch am 10. April 1945 war der Krieg in Stromberg und Homborn vorbei.

Die nervösen Befreier suchten in Stromberg nach politisch unbelasteten Leuten für den Neuanfang. Sie brauchten vor allem Personal für Verwaltung und Polizei. US-Kommandeur Henry Rollins aus Minnesota machte sich Gedanken darüber, wer für eine Mitarbeit in Frage kam. Er brauchte Menschen, denen er vertrauen konnte. Wen konnte er fragen?

Den Strombergern traute er nicht über den Weg. Er erinnerte sich an einen Streifengang. Auf dem Küchenberg hatte er vier große Baracken gesehen. Dort lebten vor allem ukrainische Zwangsarbeiterinnen. Rollins hatte eine Idee. Die Frauen würden wissen, wer in Ordnung war.

Er trommelte drei Männer zusammen, einer von ihnen sprach Russisch. Mit dem Jeep fuhren sie zu den Baracken.

Sie trafen auf neugierige junge Frauen, die sich über den Besuch freuten. Die Soldaten erklärten ihren Plan.

»We are looking for somebody who is able to help us. A German who is o.k.", sagte Rollins. Ein US-Soldat übersetzte die Sätze. Ukrainisch konnte er nicht, aber Russisch tat es auch.

Die Ukrainerinnen besprachen sich und nannten einen Namen: Gregor Pichler. Er hatte ihnen geholfen, hatte Haare geschnitten und Schuhe geflickt, bis es die Polizei verboten hatte. Sie dachten, dass Pichler dabei ein großes Risiko eingegangen sei, denn auf verbotenen Umgang mit Kriegsgefangenen und Zwangsarbeitern, mit »Fremdvölkischen« also, standen harte Strafen.

Der Historiker Helmut Dorn las viele Jahre später in den Akten über den Einmarsch der Amerikaner. Er fragte sich, ob Pichler den Zwangsarbeitern wirklich helfen wollte, oder ob er auch hier Spitzeldienste für die Polizei geleistet hatte. Hätte er etwas herausfinden können? Er verstand weder Russisch noch Ukrainisch.

Die Ukrainerinnen wussten davon nichts. Sie hielten Pichler für zuverlässig und empfahlen ihn.

Nachdem die Amerikaner erfahren hatten, wo Pichler wohnte, fuhren sie zum nahe gelegenen Kirchplatz. Rollins klopfte an die massive Holztür. Es tat sich nichts. Pichler war zu Hause, aber er hatte Angst. Wollten sie ihn verhaften?

Rollins rief: »Open the door!«

Zögernd öffnete Pichler.

»Hi man!«, begrüßte ihn der US-Kommandeur. Er sprach in breitem Südstaatenslang. Pichler verstand kein Wort.

Rollins hatte einen Dolmetscher dabei, einen deutschstämmigen US-Offizier. Er erklärte, worum es ging: »Wir suchen die Nazis. Wollen Sie uns helfen und für uns arbeiten?«

Das verstand Pichler. Er antwortete sofort »Yes!« und schaltete schnell: »I am Antifascist you know, was Concentration Camp.«

Rollins: »O.k. So you are German Police now!«

Die Befreier machten Gregor Pichler zum Hilfspolizisten. Er war überrascht und konnte es nicht glauben, aber dann fand er den Gedanken gar nicht so abwegig. Eigentlich setzte er nur seine Arbeit aus der Zeit vor der Befreiung fort, nur offiziell und für einen guten Zweck. Er wollte sich die Chance nicht entgehen lassen.

Rollins gab ihm einen Sonderausweis. Seine offizielle Bezeichnung war: »Assistent der alliierten Truppen«. Ortskommandant Rollins stellte ihn bei der Polizei-Abteilung in Stromberg ein. Gleichzeitig arbeitete Pichler für den örtlichen CIC-Offizier. Er war stolz und genoss seinen neuen Machtstatus. »Jetzt ist die Zeit gekommen«, dachte er. Die Zeit der Rache.

Mitarbeiter der Verwaltung dachten ähnlich. Führende Nationalsozialsten fürchteten das Schlimmste. Sie schäumten vor Wut, als sie Pichler über die Straße stolzieren sahen. Pichler als Polizist. Das konnten sie nicht dulden. Der versoffene rote Schläger im altehrwürdigen Amtshaus. Und dann ließ er sich auch noch im Jeep von den verfluchten Amis rumkutschieren.

Wenige Tage später schöpften sie für kurze Zeit Hoffnung. Die Amis zogen ab, britische Soldaten zogen ein. Die ehrbaren Nationalsozialisten hofften, dass die kultivierten Briten Pichler entlassen würden.

CIC-Officer David Akselraed aus Cornwall übernahm das Kommando. Rollins erklärte ihm bei der Übergabe der Geschäfte die Lage: »We have hired a German to work for us. He is our German Policeman.« Er stellte ihm Pichler vor. Akselraed betrachtete den ungepflegten Mann zweifelnd. Er war ihm gleich unsympathisch. »He is not a gentleman, he seems to be a weirdo", dachte Akselraed. Rollins: »His English is useless, but he knows who is a Nazi. Ukrainian women said he is o.k."

Akselraed willigte notgedrungen ein: »He is going to work for us.« Schließlich hatte Pichler schon für die Amerikaner gearbeitet.

Und so geschah es, Gregor Pichler trat als Hilfspolizist in den Dienst der Britischen Militärregierung.

Nationalsozialisten und andere Bürger Strombergs waren schwer enttäuscht. Die Regierungsübernahme durch die als kultivierter eingeschätzten Briten hatte keinen Wechsel bei der Polizei gebracht. Zähneknirschend fügten sie sich, aber sie versprühten Gift gegen Pichler. Zunächst nur hinter vorgehaltener Hand. Für eine offizielle Beschwerde bei der Militärregierung fehlte ihnen der Mut. Sie wollten nicht auffallen. Wer weiß, was Pichler sonst mit ihnen machen würde. Jetzt bestimmte der ehemalige Schutzhäftling und Polizeispitzel Gregor Pichler über ihr Schicksal.

Akselraed ließ das Verwaltungspersonal zum Amtsantritt im Sitzungssaal zusammenkommen. Pichler war dabei und erntete feindselige Blicke. Akselraed bemerkte es. Er stauchte Beamte und Angestellte zusammen: »You former Nazis know too well, after what you have done, you should better shut up! Or you will go to Staumühle too! You can be happy with us. And you can be very happy that you are still here. I am sure that many of you do not deserve it. You should be sacked! But we need you. We are not like you. We are democrats."

Er mochte die selbstgerechten Verwaltungsleute nicht, die sich für die Elite hielten und sich nur aus Angst zurückhielten. Er konnte sich genau vorstellen, was sie vor 1945 gemacht hatten und was sie tun würden, wenn sie nicht unter Kontrolle standen. Am liebsten hätte er alle rausgeschmissen. Aber die britische Führung wollte sie aus pragmatischen Gründen behalten. Sie hofften, die Verwaltung würde mit diesen »etablierten Fachkräften« funktionieren.

Auch die Briten stellten Gregor Pichler einen Jeep mit Fahrer zur Verfügung. Und er bekam zwei bewaffnete Militärpolizisten als Begleitung. Pichler wusste, gegen die Verwaltungsleute durfte er nichts unternehmen, gegen Parteifunktionäre schon. Jetzt würde er das »braune Pack« verhaften.

Mit seiner Crew fuhr er ab 15. April 1945 durch Stromberg. Er genoss seine Macht. Seine Razzien trafen auch Werksdirektoren, Männer, die sich für unantastbar hielten. Zum Beispiel Heinrich von Boom, der technische Direktor der Firma Popper. Ihn holte Pichler als Ersten.

Mittags fuhr der Jeep vor dem schönen Haus vor, das Boom mit seiner Familie bewohnte. Pichler sprang aus dem Jeep und bollerte gegen die Tür. Das Hausmädchen öffnete und Pichler stürmte an ihr vorbei. Es kümmerte ihn nicht, dass sie zu Boden fiel. Er fand von Boom im Arbeitszimmer und ließ ihn verhaften. »Jetzt geht's dir an den Kragen«, sagte Pichler. »Hast dir schön die Taschen vollgemacht. Damit ist es jetzt vorbei.« Seine beiden Begleiter, US-Soldaten, legten dem Industriellen Handschellen an, nahmen ihn in den Polizeigriff, führten ihn ab und setzten ihn hinten in den Jeep. Dann fuhren sie los ins Stadtzentrum. Hier organisierte Pichler ein öffentliches Schauspiel.

Heinrich von Boom musste als führender »Nazi« acht Tage vor dem Rathaus am Pranger stehen. Pichler hängte ihm ein beschriftetes Schild um den Hals. »Nazibonze« stand darauf. Neben ihm standen führende Parteifunktionäre und Lehrer. Abends wurden sie in die Zellen im Keller des alten Amtshauses gesperrt.

Pichler hatte auch Ortsgruppenleiter Heinz Viehwaage, Propagandalehrer Herbert Krann und andere führende Nationalsozialisten verhaften lassen. Sie sollten ins Internierungslager Staumühle bei Paderborn eingewiesen werden. In dem Lager, das offiziell »Civil Internment Camp« hieß, saßen bis zu 10.000 NS-Verbrecher, SS-Männer und Parteigrößen ein. Von Boom gehörte nicht dazu. Er war kein überzeugter Verfechter der NS-Ideologie wie sein Kollege Fritz Filz. Der Wehrwirtschaftsführer und SS-Wirtschaftsberater Filz wurde erst am 11. Mai in Staumühle eingeliefert.

Verschiedene Fluchtwellen hatten die Region kurz vor Kriegsende erschüttert. Ausländische Zwangsarbeiter waren nach Osten getrieben worden. Führende Nazis aus dem Gau Westfalen-Süd flohen aus Städten und unterirdischen Befehlsstellen. Sie kämpften nicht bis zum letzten Blutstropfen, sondern zogen nach Stromberg.

Der Hammer SD-Chef Werner Reingen war ausgebombt. Schon ab Januar 1945 wohnte er im Gasthof Kimmich in Unterhagen. Sein Büro richtete er in Altenbüren ein. SS-Obersturmbannführer Adolf Vasel verlegte die 30. SS-Standarte Bochum nach Stromberg. Da durfte der Hammer Oberbürgermeister nicht fehlen.

Erich Deter, geboren am 28. September 1893, war zeitweise NSDAP-Kreisleiter des Kreises Unna. Er wurde im Juni 1933 Oberbürgermeister der Stadt Hamm. Er verstaubte bereits auf seinem Posten, als das Ende kam.

Deter war aufsässig. Er weigerte sich, Hamm gegen die anrückenden US-Truppen zu verteidigen. Gauleiter Albert Hoffmann ließ ihn daraufhin zur Befehlsstelle auf den Harkortberg bei Wetter bringen. Hoffmann machte ihn gehörig zur Sau und kommandierte den Oberbürgermeister zur »kämpfenden Truppe« ab. Ursprünglich wollte er Deter standrechtlich erschießen lassen. Wegen der großen Verdienste Deters um die Partei ließ er ihn jedoch laufen.

Auch in Hamm war Deter nicht mehr sicher. Dort war die Bevölkerung darüber aufgebracht, dass er als Oberbürgermeister einen städtischen Luftschutzbunker für private Möbel nutzte und den Menschen sichere Plätze im Bunker wegnahm.

Deter saß in der Klemme. Aber er fand einen Ausweg. Er ließ sich nach Stromberg »evakuieren«. Tatsächlich evakuierte er sich selbst, schließlich war er Stadtoberhaupt. Wer sollte ihn schon evakuieren? Höchstens der Führer. Er machte sich aus dem Staub. So entkam er auch einem möglichen Kampfeinsatz beim Volkssturm, den er hätte führen sollen. Er versteckte sich im Dorf Ostfeld bei Stromberg.

Alliierte Ermittler suchten nach NS-Tätern und Nazifunktionären. Am 26. April 1945 verhafteten US-Soldaten den Ortsgruppenleiter des Nachbardorfes Sassenland, Otto Rostlaube. US-Fahnder spürten auch Deter auf.

Am 2. Mai 1945 transportierten sie ihn zum Verhör. Sie warfen ihm »verbrecherische Befehle für den Volkssturm« vor. Nach dem Verhör fuhren die Soldaten mit Deter im Jeep zurück. Als er unterwegs seine Frau sah, sprang er auf, um ihr zuzuwinken. Die nervösen Soldaten dachten, er wollte fliehen, und schossen sofort. Deter wurde getötet. Der Tod des Kreisleiters und Oberbürgermeisters Erich Deter ist im Sterbebuch des Standesamts Rott für den 2. Mai 1945 registriert, allerdings mit dem Vornamen Wilhelm.

Als Pichler davon erfuhr, sagte er zu einem alten Kumpel: »Um den müssen wir uns jetzt nicht mehr kümmern.« Pichler ärgerte sich, dass er nichts von der Anwesenheit des prominenten Nationalsozialisten gewusst hatte. Sonst hätte er versucht, daraus Nutzen zu ziehen.

Der Alte Kämpfer – Parteieintritt 1926 – und Ortsgruppenleiter aus Rheinhausen-Hochemmerich, Heinz Heidböhmer, hatte sich im April 1945 nach Stromberg durchgeschlagen. Nach wenigen Wochen verschwand er wieder.

Stromberg war ein Refugium für höhere Nationalsozialisten. Im Januar 1945 war Dr. Erhard Baur nach Altenbüren gezogen. Erhard Baur, Parteieintritt 1. Dezember 1931, war Hüttendirektor in Bromberg gewesen, zwischenzeitlich in Düsseldorf und Königshütte wohnhaft.

Gregor Pichler setzte seinen Rachefeldzug fort. Er wollte die bestrafen, die ihn 1934 ins Konzentrationslager gebracht hatten. Fast noch mehr hasste er sie dafür, dass sie ihn zu Spitzel- und Handlangerdiensten gezwungen hatten. Vielen Kommunisten galt er wegen seiner Arbeit für die NS-Polizei als Verräter.

Eine Hauptzielperson Pichlers war Polizeichef Paul Lins. Pichler hätte ihn am liebsten geviertelt. Aber er konnte nichts machen, denn Lins war nicht da, wahrscheinlich in Gefangenschaft. Auch Ortsgruppenleiter Rostlaube war verhaftet worden. Da die Hauptverantwortlichen nicht mehr da waren, hielt er sich an andere Nazis. Sie bekamen seine Wut zu spüren.

Die Amerikaner hatten viele lokale Nazis verhaftet, wobei sie sich auf Pichler verließen. Die Briten waren zurückhaltender. Als sie die Verantwortung hatten, suchte Pichler nach deutschen Verbündeten, denn die Briten verlangten konkrete Beweise.

Pichler nahm Kontakt zur Familie Hermans auf. Er hoffte, die Männer, deren Vater im KZ Sachsenhausen ermordet worden war, würden ihm helfen. Jetzt wollte er den stellvertretenden Ortsgruppenleiter Kräuter verhaften lassen, der mit Rostlaube und Lins für die Verhaftung der Hermans gesorgt hatte.

Pichler ließ sich zum Haus der Hermans fahren und erklärte sein Anliegen, aber Heinrich Hermans war skeptisch. Er und seine Brüder waren zwar mit den Kommunisten De-

gener und Deinert befreundet, aber das waren keine Radau-
brüder wie Pichler. Heinrich Hermans wusste, dass Pichler
übertreiben würde.

Pichler redete auf ihn ein: »Komm, du hast so lange gesessen wegen den Schweinen, jetzt zahlen wir's denen heim.«
Hermans wollte nicht. Da brüllte Pichler: »Du mußt mit-
gehen! Ich brauche einen Zeugen.« Angesichts der Situation
stieg Hermans in den Jeep. Zusammen fuhren sie die paar
Meter zum Nachbarn Karl Kräuter.

Kräuter war stellvertretender Ortsgruppenleiter gewesen.
Pichler nannte ihn nur »Der Schweinehund«. Ohne zu klopfen, zu rufen oder seine Ankunft irgendwie anzukündigen,
trat Pichler die Tür ein. Heinrich Hermans frage: »Was soll
das?« Pichler: »Wenn du ihn nicht überraschst, haut er ab
oder versteckt Beweismaterial. Jetzt machen wir Hausdurch-
suchung.« Die englischen Soldaten blieben im Jeep sitzen. Sie
kannten das.

Pichler ging ins Haus und räumte alle Schubladen aus, im
Flur, in der Küche, in der Stube und im Schlafzimmer. »Wo
ist der Schweinehund?«, fragte er.

Kräuter hatte sich rechtzeitig nach Werdohl verdrückt, wo
ihn keiner kannte. Seine Frau hatte er allein zurückgelassen.
Hilflos und perplex stand sie in der Wohnküche, als Pichler
seine »Durchsuchung« startete.

Heinrich Hermans wartete in der Eingangstür und beobachtete Pichler. Auch der britische Soldat, der den Jeep
gefahren hatte, stand da und sah zu. Die Frau tat ihnen leid.
Nach einer Weile wollte Heinrich Hermans Pichler stoppen.
Er versuchte es zumindest. Als Pichler immer weiter Unterlagen und Wohnungseinrichtung zerstörte, sagte Hermans:
»Komm, das gib dran, das mache ich nicht mehr mit.«

Pichler beachtete ihn nicht. Er ließ sich nicht stören. Unbeirrt durchwühlte er Schubladen und Schränke, warf den

Inhalt um sich und zerriss Dokumente. Er interessierte sich auch für Orden und Parteiabzeichen. Die könnte er gewinnbringend verkaufen oder eintauschen, aber er fand nichts.

Hermans konnte es nicht mehr ertragen. Er bereute es sehr, mitgegangen zu sein, und schrie ihn an: »Bist du denn verrückt!«

Pichler geriet in eine regelrechte Raserei. »Ich räume auf«, sagte er. »Ich rücke hier nur die Regale gerade.« Er verstand Heinrich Hermans nicht.

Karl Kräuter hatte Willem Hermans senior im Juli 1935 angezeigt. Der alte Hermans war nicht zum Schützenfest gegangen, und er hatte gesagt: »Wir sind keine Arschkriecher, die den Dickbälgen in die Furt kriechen.«

Sie waren zu spät gekommen. Der Gesuchte war weg, die Beweise auch, nicht mal Wertgegenstände waren zu finden. Pichler gingen jetzt alle Gäule durch.

Er war nicht immer so. Wenn britische Soldaten dabei waren, riss er sich meistens zusammen. Er wusste, dass er mit Gewalt allein nichts erreichte. Aber solche »Hausbesuche« machten ihm einfach Spaß. Er betrachtete sie als Akt der Gerechtigkeit. Dass er mit solchen Übergriffen Verbündete verprellte und sich viele Feinde machte, das begriff er erst viel später. Im Mai 1945 fühlte er sich noch sehr stark. Als Polizist hatte er Macht. Und die wollte er nutzen.

In dem gelernten Verwaltungsangestellten Werner Ernst fand Pichler einen Verbündeten. Die beiden bildeten Mitte 1945 für einige Monate eine Zweckgemeinschaft, weil sie Nazis aus der Verwaltung entfernen und ihre Rückkehr verhindern wollten. Beide hatten allen Grund, gegen Nationalsozialisten vorzugehen.

Ernst war vor 1933 Verwaltungsbediensteter gewesen und flog nach der Machtübernahme raus. Als Sozialdemokrat war er für die Nationalsozialisten »politisch unzuverlässig«. Nach Kriegsende stellten die Alliierten ihn zunächst wieder ein. Zu der Zeit hatte sein Regierungspräsident Fritz Fries eine Verfügung herausgegeben, wonach sämtliche Behördenbedienstete sofort zu entlassen waren, die vor dem 30. April 1933 in der NSDAP waren, der SS, der Gestapo oder dem SD angehört oder Führerränge bei SA, HJ oder BDM bekleidet hatten:

»Die Bevölkerung hat ein Recht, zu verlangen, dass ein sogenannter ›Alter Kämpfer‹ keine Stunde mehr im Dienst bleibt ... Es kann und darf nicht vergessen werden, dass die gewesen Mitglieder der Nazi-Partei direkt und indirekt Schuld sind an dem Riesenelend, das uns betroffen hat. Sie haben die Schuld, dass Millionen hungern, dass Millionen keine ausreichende Kleidung haben, dass Millionen in Elendshütten hausen müssen und Millionen in diesem Winter frieren werden.«

Werner Ernst wollte diese Ziele umsetzen. In der Zeit von Juni bis Ende Oktober 1945 leitete er die Kriminalpolizei in Stromberg.

Ernst war etwas größer als Pichler. Er hatte dunkelblonde Haare und grau-blaue Augen. Weil er als Sozialdemokrat aus der Verwaltung entfernt worden war, hatte er nach der Befreiung erhebliche Nachteile gegenüber den nationalsozialistischen Beamten. Ihm fehlten zwölf Jahre Berufserfahrung. NS-Beamte hatten Prüfungen abgelegt und konnten Tätigkeitsnachweise vorlegen. Ernst empfand das als große Ungerechtigkeit. Ausgerechnet die Nazibeamten, die in der NS-Zeit Karriere gemacht hatten, waren jetzt seine Vorgesetzten.

Unmittelbar nach Kriegsende waren es noch vergleichsweise wenige. Ernst befürchtete, dass auch schwere NS-Täter bald in ihre Ämter zurückkehren würden. Angewidert von der für ihn unerträglichen Situation kündigte er im Oktober 1945 und machte sich selbständig. Er wollte einen echten Neubeginn.

Er arbeitete als Detektiv und vertrat die Interessen ehemaliger KZ-Häftlinge. Er half ihnen bei Antragstellungen für Entschädigungszahlungen. Ein Problem war, dass viele Verfolgte kein Geld hatten. Doch er wollte ihnen zu ihrem Recht verhelfen und tat das auch unentgeltlich.

Ernst mochte Pichler nicht. Pichler konnte keine zusammenhängenden Texte schreiben, machte endlose Tippfehler, soff wie ein Loch, stank nach Zigaretten und Alkohol. Kurz: Für Ernst war Pichler ein Lumpenprolet, der nichts in der Polizeiverwaltung zu suchen hatte. Pichler war für den Polizeidienst als Persönlichkeit untragbar, er war mehrfach vorbestraft, unter anderem wegen Körperverletzung und Diebstahl.

Dennoch: Pichler und Ernst ergänzten sich. Pichler kannte sich im Ort aus. Er wusste, wer die alten Nazis in Stromberg waren und was sie gemacht hatten. Ernst erledigte den Schreibkram. Ihn brauchte Pichler dringend, denn er hatte mit der Rechtschreibung große Probleme, und er konnte nicht Maschinenschreiben. Einen ordnungsgemäßen Bericht brachte er nicht zustande.

Am 31. Mai 1945 schickte das Duo dem Landrat in Unna – seit 15. April 1945 amtierte Amtsgerichtsrat Julius Mönikes – eine erste Liste. Sie enthielt sieben Verwaltungsmitarbeiter, Alte Kämpfer der NSDAP, Parteiführer und SS-Angehörige: Amtsbürgermeister Kurt Klopper (SA und NSDAP), Polizeiinspektor Paul Lins (SS und NSDAP), Polizeimeister Peter Skowronczik (NSDAP 1933), Amtssekretär Anton Wespenfliese (NSDAP-Ortsgruppenpersonalamtsleiter) und drei Verwaltungsangestellte. Klopper war 1939 aus dem nahegelegenen Unna ins viel kleinere Stromberg degradiert worden. Er war zwar überzeugter Nationalsozialist, aber fachlich ungeeignet.

Am 6. Juni 1945 unterzeichnete Gregor Pichler eine weitere Liste mit sechs Namen. Sie dokumentierte das Wirken der Nazis in der Verwaltung. Um sie aus der Verwaltung zu entfernen und eine Bestrafung zu erreichen, leitete Pichler die Liste an die Militärregierung weiter. Der Erfolg war mäßig. Die Briten sperrten einige Gehälter, manche zur zum Teil.

Werner Ernst musste mit dem Assistenten der Alliierten zusammenarbeiten. Das klappte einigermaßen gut, weil sie einen gemeinsamen Feind hatten. Während Pichler Rache und Profit suchte, ging es Ernst um einen demokratischen Neubeginn. »Das geht nur ohne Nazis«, sagte er.

Unter dem Briefkopf »Kriminalabteilung« verfasste Ernst am 23. Juni 1945 ein Schreiben an seinen Vorgesetzten, Amtsbürgermeister Alfred Clement. Er teilte ihm mit, dass er die Vorwürfe gegen Verwaltungsmitarbeiter überprüft hatte, denen eine NS-Vergangenheit zur Last gelegt wurde. Die Beschuldigungen waren seiner Ansicht nach korrekt. Aber da war er an den Falschen geraten.

Bürgermeister Clement hatte seit 1937 der NSDAP angehört. Er hielt nichts von der Verfolgung seiner ehemaligen Kameraden. Ihm ging es vorrangig darum, sich selbst zu bereichern. Die Briten hatten ihn am 16. Mai 1945 als Bürgermeister eingesetzt. Am 4. April 1946 wurde er Amtsdirektor und damit neuer Verwaltungschef. Im August 1946 setzten ihn die Briten wieder ab. Die Zeit bis dahin hatte er genutzt und zahlreiche ehemalige Nationalsozialisten wieder eingestellt. Die Einstellung von Nazi-Gegnern und Verfolgten hatte er dagegen verhindert.

Die Briten ernannten ihn auch zum Vorsitzenden des Ausschusses zur Entnazifizierung von Verwaltung und Wirtschaft. Dagegen protestierte die SPD vergeblich. Ausschussvorsitzender Clement und Amtsgerichtsrat Dr. Rudolf Schäfer »entnazifizierten« nationalsozialistische Beamte im Schnellverfahren und holten sie in die Verwaltung zurück.

Friedhelm Bus und Richard Gralmann gehörten zum Kreis der Auserwählten. Inspektor Friedhelm Bus leitete das Rechnungswesen der Verwaltung. Er war 1945 im Dienst verblieben, obwohl er ab 1937 der NSDAP, von 1937 bis 1941 dem Nationalsozialistischen Flieger-Korps und von 1934 bis 1945 der SA angehört hatte. Im Dezember 1945 hatte die Gemeindevertretung lediglich seine Ernennung zum Chef der Gemeindeverwaltung abgelehnt.

Amtsinspektor Richard Gralmann hatte der NSDAP seit 1937 angehört. Vor Kriegsende hatte er die Ernährungs- und Wirtschaftsstelle geleitet, 1947 das Standesamt. Weil ihm die Partei nicht genügend Raum für nationalsozialistische Betätigung geboten hatte, war er noch in die SA eingetreten und hatte dort das Amt des Oberscharführers ausgeübt, was ihm Clement und Schäfer positiv anrechneten. Der Gemeinderat beschloss ihre Wiedereinstellung mit den Stimmen von CDU, Zentrum und SPD.

Auch die Wiedereinstellung von Sparkassendirektor Rudolf Bleifuß im September 1948 erreichten Clement und Schäfer. Bleifuß war SA-Oberscharführer und Parteimitglied gewesen. Sie »entnazifizierten« Bleifuß, der im Frühjahr 1945 als untragbar entlassen worden war. Er hatte in seinem Fragebogen falsche Angaben gemacht. Clement wusste es, verschwieg den Briten aber die Fragebogenfälschung.

Die britische Militärregierung unterstützte diese fragwürdige Personalpolitik. Sie untersagte die für den 5. April 1946 angesetzte demokratische Wahl des Amtsdirektors und setzte Alfred Clement ein, obwohl er bekanntermaßen an kriminellen Machenschaften beteiligt gewesen war.

Der zweite Wahltermin wurde auf den 28. Mai 1946 angesetzt. Ernst Breuer, Regierungsdirektor aus Schwelm, kandidierte. Er hatte vor 1933 für die SPD dem Reichstag angehört, war 1933 aus dem öffentlichen Dienst entlassen worden und hatte im KZ gesessen. Er gewann die Wahlen mit 14 Stimmen deutlich vor seinen Mitbewerbern, zu denen Amtsoberinspektor Volker Glatzkamp gehörte, der nur drei Stimmen erhielt.

Die CDU tobte. »Ein Sozi, der im KZ gesessen hat, nicht von hier!«, hieß es. Die Christdemokraten protestierten gegen die Wahl. Am 17. Juli 1946 ernannte die Britische Militärregierung den unterlegenen Glatzkamp zum Amtsdirektor. Er trat die Stelle im August 1946 an. SPD und KPD protestierten erfolglos gegen diese offen undemokratische Entscheidung.

Alfred Clement musste Stromberg wenig später verlassen. Er wurde zur Verwaltung nach Menden weggelobt, wo er Kämmerer wurde. Aber auch dort beging er Straftaten. Verschiedene Staatsanwaltschaften ermittelten gegen ihn wegen Unterschlagung. Er starb Mitte der 1950er Jahre.

Die Gemeinde Homborn konnte im Mai 1946 keinen Entnazifizierungsausschuss bilden. Es fehlten geeignete Kandidaten. Zu viele Männer waren NSDAP-Mitglieder gewesen oder befanden sich in Gefangenschaft. Politisch Unbelastete wollten nicht, weil sie sich vor der Mehrzahl der ehemaligen Nationalsozialisten fürchteten. Deshalb wandte sich der kommunistische Amtsbürgermeister in Stromberg, Kurt Leander, am 6. Mai hilfesuchend an die Gemeinde Altenbüren. Sie sollten zwei Ersatzkandidaten stellen. Aber dort gab es das gleiche Problem. In Altenbüren hatten vor 1933 80 Prozent NSDAP gewählt.

Die Britische Militärregierung residierte in Stromberg luxuriös. Sie belegte reichlich geräumige Wohn- und Büroräume in besten Lagen. 1947 nutzten britische Soldaten fünf Wohnhäuser, darunter ein Fabrikantenwohnhaus, wo sich die Sergeantenmesse befand. Drei Wohnhäuser der Elektrizitätswerke dienten als Büros und Mannschaftsunterkunft. Ein Wohnhaus stand als Offiziersmesse zur Verfügung. Zu der Zeit waren in Stromberg noch 30 britische Soldaten stationiert, die auf Wehrwölfe und Nationalsozialisten aufpassen sollten.

Insbesondere die Offiziere ließen es sich gut gehen. Sie feierten, tranken und tanzten mit alleinstehenden deutschen Frauen, die sich für Zigaretten und Alkohol hingaben. Die Gesellschaft der Besatzungssoldaten war für sie lukrativ, zumal zahlungskräftige deutsche Männer Mangelware waren. Viele ihrer Männer waren gefallen, in Gefangenschaft oder als NS-Verbrecher interniert.

An einem warmen Sommerabend 1945 feierten britische Soldaten auf dem Industriegelände »Pazifik«. Sie tranken Schnaps, den sie bei Schwarzbrennern beschlagnahmt hatten. Gegenüber befanden sich Werkswohnungen.

In einer der Werkswohnungen wohnte die Familie Bayer. Die 44-jährige Hausfrau und Mutter Hildegard Bayer räumte gerade ihre Wohnung auf und bewegte sich im hell beleuchteten Zimmer, als plötzlich ein Schuss fiel. Die Fensterscheibe zerplatzte. Die Frau brach zusammen.

Ihr vierjähriger Sohn Paul stand direkt neben ihr, als die Kugel ihren Bauch traf. Er schrie. Vater Willi stürmte aus dem Nachbarzimmer herein. Er beugte sich zu seiner Frau, die stark blutete, aber noch atmete.

Die Briten standen draußen. Ein Beteiligter fragte den Schützen: »What the hell have you done?« Sein Kamerad lallte eine fast unverständliche Antwort: »I don't fucking care. What is she doing at this time at the window? Target.« Der Brite hatte einfach auf die Frau geschossen, weil sie im beleuchteten Fenster gut sichtbar war.

Willi Bayer stürmte aus der Wohnung ins Freie. Er schrie die Briten an: »Sie schießen auf Unschuldige. Jetzt helfen Sie wenigstens!« Die Soldaten verstanden ihn zwar nicht, sie waren betrunken, aber ihr Jeep stand nicht weit entfernt. Zwei hatten ein schlechtes Gewissen. Wortlos gingen sie mit Willi Bayer ins Haus. Zu dritt trugen sie die blutende Frau zum Fahrzeug und fuhren sie zum Evangelischen Krankenhaus. Die Ärzte operierten sofort. Sie taten ihr Bestes, um sie zu retten. Zu spät.

Hildegard Bayer starb im Laufe der Nacht an ihrer schweren inneren Verletzung. Sie hatte zu viel Blut verloren.

Am folgenden Tag ging Willi Bayer zum Standesamt und meldete den Todesfall. Ein Verwaltungsmitarbeiter trug einen Bauchschuss als Todesursache ins Sterberegister ein. Über den Täter schrieb er nichts. Hedwig Bayer war katholisch. Deshalb wurde ihr Fall auch ins katholische Sterberegister eingetragen. Dort heißt es: Die Frau »wurde von einem Russen durch einen Schuss in ihrer Wohnung lebensgefährlich verletzt«. Wer die falsche Eintragung machte und warum, ist nicht bekannt.

Gregor Pichler erfuhr von der Ermordung der Frau. Der Kommandant sagte ihm: »That has nothing to do with you.« Damit war der Fall für ihn erledigt. Der Mord wurde nie aufgeklärt.

Viele Nazis aus der Region saßen im ostwestfälischen Internierungslager Staumühle ein. Ehemalige BdM-Mädels sahen die Verhafteten als Vorbilder an. Sie bedauerten sie und besuchten ihre ehemaligen Führer.

Das Lager befand sich zwischen Paderborn und dem Schloss Holte-Stukenbrock, bei Hövelhof. Sie fuhren 90 Kilometer mit dem Fahrrad oder gingen sogar zu Fuß, um ihre Helden zu besuchen. Mit dem Rad brauchten sie gute fünf Stunden, zu Fuß doppelt so lange. Sie nahmen selbst gebackenen Kuchen mit. Nur selten hatten sie das Glück, dass sie mit der Bahn fahren konnten.

Neubeginn

Magdalene Bertram saß vor ihrem Frühstück am Tisch in der Wohnküche des Bauernhauses. Sie starrte ihren schwarzen Kaffee an – immerhin guter Bohnenkaffee – und dachte zurück an die Zeit, als sie morgens eine frisch gedruckte Zeitung lesen konnte. Jeden Morgen hatte der »Hellweger Anzeiger« auf dem Küchentisch gelegen. Darin konnte sie alles über Gott und die Welt lesen und die Todesanzeigen studieren. Ein Frühstück ohne Zeitung war kein Frühstück.

Die Todesanzeigen waren immer interessant gewesen. Es waren ständig mehr geworden, fast nur Männer, die für »Führer und Vaterland den ehrenvollen Heldentod« gestorben waren. Sie hatte alle Anzeigen genau studiert, um zu erfahren, welche jungen Männer aus welchen Nachbardörfern nicht mehr nach Hause kommen würden. Frauen ohne Männer, Mütter ohne Söhne. – Das war nun vorbei. Auch das Sterben. Der Tod des Ehemannes war nicht gemeldet worden. Sie war sich nicht sicher, ob sie darauf hoffte. Durfte sie das?

Die Alliierten hatten den »Hellweger Anzeiger« im April 1945 verboten. Er war zu nationalsozialistisch gewesen. Jetzt gaben die Briten »Amtliche Bekanntmachungen« heraus, gedruckt beim Verlag des »Hellweger Anzeigers«.

Die Bekanntmachungen langweilten Magdalene. Sie sah Meldungen über Lebensmittelzuteilungen, Ausgangssperren und Verhaftungen. Theo war nicht dabei. Sie sehnte sich nach einer richtigen Zeitung mit Liebesroman. Aber das Blatt hatte auch gute Seiten, die Anzeigen.

Wenn sie von den Ersatzstoffen in Lebensmitteln las, war sie zufrieden. »Immerhin haben wir nicht nur guten Kaffee, sondern auch etwas Anständiges zu essen.« Sie bedauerte die armen Menschen, die in zerstörten Städten des Ruhrgebiets herumirrten und überhaupt nichts hatten, keine Wohnung, kein Essen und nichts zum Anziehen.

Evakuierte aus dem Ruhrgebiet waren auch in Homborn gelandet. Die hatten ihr erzählt, wie es in den Großstädten aussah. Trümmerwüsten ohne Häuser und Straßen, ohne Strom und fließend Wasser. Ausgebombte schliefen in Notunterkünften, in Dortmund vor allem in »Übernachtungsbunkern«. Wer noch eine Wohnung hatte, hatte oft nichts zum Heizen. Lebensmittel waren Mangelware. Menschen im Ruhrgebiet hungerten und froren. Kleine Kinder wurden krank und starben.

Dortmund war nur 25 Kilometer entfernt. Da war es besonders schlimm. Die ganze Stadt ein Trümmerhaufen. Wie gut es ihnen doch ging, dachte sie. Der schöne alte Kachelofen verbreitete eine wohlige Wärme in der Küche. Holz hatten sie genug. Wenige Homborner mussten frieren, auch nicht hungern. Bauern konnten Lebensmittel verkaufen oder als Tauschware anbieten.

Die Stimmung in Homborn war mies. Die meisten Homborner fühlten sich als Verlierer. Sie hatten Angst vor der ungewissen Zukunft. Russische Zwangsarbeiter liefen frei herum. Nur der tägliche Kampf ums Überleben brachte sie auf andere Gedanken. So ließ sich die Schande der Niederlage bequem verdrängen. Warum hatte die »Herrenrasse« gegen die bolschewistischen »Untermenschen« und Juden verloren?

Für den von oben verordneten »politischen Neubeginn« interessierten sie sich nicht. Kartoffeln, Brot, Holz, Kohle, Schuhe und warme Kleidung, das zählte. Ausgebombte aus dem Ruhrgebiet belegten Wohnraum, der hier nicht so knapp war wie in größeren Gemeinden und Städten.

Heinrich Gerbracht war in amerikanische Gefangenschaft geraten, aber schon am 23. Juni 1945 nach Homborn zurückgekehrt. Eva war überglücklich, als er gesund vor ihr stand. Auch Magdalene freute sich sehr. Er übernahm erneut die Verwaltung des Hofes. Ungewiss war aber ihre private Zukunft. Was würde der Alte machen, wenn er zurückkommt? »Hoffentlich kommt er nach Sibirien«, dachte Eva.

Wenige Tage später war es schon so weit. Das Trio war enttäuscht. Seine Ankunft schweißte sie noch enger zusammen. Sie empfingen den Schnellheimkehrer äußerst kühl.

Magdalene Bertram sah ihre große Leistung bedroht. Sie wollte nicht, dass der schöne Hof, den sie zusammen mit Gerbracht mühsam wieder ins Laufen gebracht hatte, Schaden nahm. Sie war stolz darauf, dass der verschuldete Betrieb Gewinn abwarf. Das wollte sie sich von ihrem Ehemann nicht kaputt machen lassen.

Eva träumte von einer gemeinsamen Zukunft mit Heinrich, der befürchtete, dass der Alte ihre Pläne zunichte machen könnte. Als Verwalter war er nun eigentlich überflüssig, das wäre Theos Aufgabe. Magda und Eva wollten ihn aber behalten. Alle drei glaubten nicht, dass Theo ernsthaft an einer Arbeit auf dem Hof interessiert war.

Heinrich Gerbracht wollte unbedingt bleiben, vor allem wegen Eva, aber auch wegen der beruflichen Existenz. Er hoffte auf eine Lösung.

Davon ahnte Theo Bertram bei seiner Rückkehr noch nichts. Er hatte andere Pläne und sah die Sache so: Er würde die Leitung des Hofes wieder übernehmen, zumindest sollte es nach außen so aussehen. Er war hier der Herr im Haus.

Schnell merkte er, dass es ohne ihn gut lief, das störte ihn. Und er ärgerte sich, dass er nicht nach seiner Meinung gefragt wurde. Die drei ließen ihn außen vor.

Im Prinzip hatte er nichts dagegen, dass Gerbracht den Hof verwaltete, aber er wollte entscheiden. Aus seiner Sicht war

Gerbrachts Tätigkeit praktisch, denn er entlastete ihn von der schweren Arbeit. Das gefiel ihm sogar.

Andere Entwicklungen im Ort fand er gar nicht gut. Er hatte beobachtet, wie Kinder und Jugendliche Kaugummi kauten. Sogar Zigaretten und Schokolade hatten sie von den Tommies bekommen. Er war wütend auf die Sieger und Besatzer. Zugleich machte er sich Gedanken über seine NS-Vergangenheit.

Theo Bertram stand auf der Naziliste, die Gregor Pichler und Werner Ernst der Britischen Militärregierung übergeben hatten. Pichler hatte Bertrams Eintrag mit einem X versehen. Das X stand für die »worst cases«. Die anderen auf der Liste genannten führenden Nationalsozialisten und NS-Verbrecher waren im April/Mai 1945 verhaftet und im Lager Staumühle interniert worden. Aber Bertram kam erst später zurück und blieb auf freiem Fuß, weil die Briten nicht so waren wie die Amerikaner.

Magdalene Bertram überlegte fieberhaft, wie sie die Machtübernahme ihres Mannes verhindern konnte. Sie sprach darüber mit Eva und Gerbracht. Morgens, Theo lag noch im Bett, setzten sie sich an den Küchentisch.

»Ich lasse ihm die Bauernfähigkeit aberkennen«, sagte sie.

»Und wie willst du das machen?« fragte Eva. »So einfach ist das nicht.«

»Lass mich nur machen«, sagte die Mutter.

Sie ging zu Fuß nach Altenbüren und nahm von hier den Zug nach Unna. Sie suchte verschiedene Anwälte auf. Aber sie fand keinen Rechtsbeistand, der ihr helfen wollte, obwohl Juristen eigentlich nach Aufträgen suchten. »Das ist wie eine Entmündigung«, hatte ihr ein Advokat gesagt. »Das mache ich nicht mit.« Er war überzeugter Nationalsozialist gewesen. Er kannte Bertram und betrachtete ihn als Parteifreund.

»Er hat den Hof ruiniert, er kümmert sich um nichts, und er ist untreu«, empörte sich Magdalene.

Sie besuchte drei Anwälte, hatte über drei Stunden geopfert. Jedoch musste sie unverrichteter Dinge wieder nach Hause fahren. Einer Frau beistehen, die ihren nationalsozialistischen Mann ausschalten wollte, da fand sich kein Anwalt.

Auf dem Heimweg dachte sie über andere Möglichkeiten nach. Zurück auf dem Hof besprach sie sich mit Eva und Heinrich.

»Was ist mit seiner Vergangenheit? Andere Ortsgruppenleiter wurden verhaftet. Warum nicht er?«, sagte sie entrüstet.

»Aber was können wir machen?«, fragte Heinrich.

»Wir machen ihm Angst«, antwortete Eva. »Beiläufig sprechen wir morgen früh über die Verhaftungen. Wir sagen einfach, dass auch er schon bald verhaftet wird. Vielleicht haut er dann ab.«

Die beiden anderen waren zwar dafür, aber sie waren skeptisch. »Glaubst du wirklich, dass er geht?«, fragte Heinrich.

»Wir müssen es wenigstens versuchen«, sagte sie. »Wir sollten alles versuchen.«

Am nächsten Morgen blieben Magda und Eva länger in der Küche sitzen als sonst. Sie warteten auf Theo. Als er um halb zehn verschlafen eintrat, konfrontierten sie ihn mit den möglichen Folgen seiner NS-Vergangenheit. Magda sagte: »Deine Parteifreunde sitzen. Du bist hier nicht sicher. Denk mal nach. Du warst Ortsgruppenleiter, und du hast Leute angezeigt.«

Heinrich Gerbracht hatte eine Durchschrift der Naziliste von Pichler besorgt. Magda legte das Papier auf den Tisch. Sie schob es Theo vor die Nase. »Da steht es schwarz auf weiß«, sagte sie. »Ein X. Du bist besonders gefährlich. Ha! Du wirst sehen, bald kommen sie dich holen. Die Polizei war schon hier, als du unterwegs warst. Sie wollten dich verhaften«, sagte Magdalene. »Dein Freund Julius Book aus Altenbüren sitzt noch. Ihn haben sie gleich im April abgeholt.«

Theo Bertram sagte nichts. Er war beunruhigt und verunsichert, aber vor allem war er genervt, denn er hatte Kopfschmerzen. Er wusste, dass viele seiner Kameraden im Internierungslager Staumühle einsaßen. Magdalene und Eva rieten ihm, bei den Schwiegereltern in Lemgo unterzutauchen. Sie rechneten nicht damit, dass er dort hingehen würde, sonst hätten sie es ihm nicht vorgeschlagen. Aber Magdalene glaubte, ihm diese Option anbieten zu müssen.

Sie wollte die Sache möglichst dramatisch erscheinen lassen: »Einer, den du denunziert hast, hat dich angezeigt!« Wenn sie ihn erst mal vom Hof hätten, würden sie noch mehr Beweise gegen ihn beschaffen. Magdalene war zuversichtlich.

Als er die Küche verlassen hatte, sagte sie: »Wenn wir Glück haben, bleibt er ganz weg und kommt nicht wieder.« Sie bezweifelte, dass er verhaftet würde.

Der Alte glaubte ihnen. Aus Angst vor einer Verhaftung fuhr er noch am gleichen Tag nach Lemgo und versteckte sich auf dem Hof der Schwiegereltern.

Magdalene und Eva wussten, dass 33 Stromberger Nazis, die Pichler hatte verhaften lassen, am 31. Oktober 1945 noch interniert waren, darunter der besagte Julius Book aus dem Nachbardorf, ein Freund Bertrams.

»Der Alte ist weg, jetzt legen wir nach«, sagte Magdalene. Sie fuhren mit der Pferdekutsche nach Stromberg und gingen aufs Polizeibüro. Von Gregor Pichler erhofften sie sich ein hartes Vorgehen gegen Theo. Doch Pichler war überrascht. Besuch bekam er selten. Er fragte: »Was wollen Sie?«

Magda erklärte den Grund für ihr Kommen: »Die Sache ist die: Mein Mann war ein gefährlicher Nationalsozialist. Er hat Nachbarn angezeigt, Menschen ins Gefängnis gebracht. Aber das wissen Sie ja, Theo steht auf Ihrer Liste. Als die andern abgeholt wurden, war er noch in Gefangenschaft.

Jetzt versteckt er sich bei meinen Schwiegereltern. Wenn er zurückkommt, muss er auch verhaftet werden.«

Pichler hörte zu, zeigte aber wenig Interesse. Er schüttelte den Kopf.

»Sie können die Militärregierung einschalten, wenn nötig«, sagte Magda.

»Ich kann da nichts machen«, antwortete Pichler.

»Warum denn nicht?«, fragte Eva. »Er steht doch als ›besonders gefährlich‹ auf der Liste. Die anderen wurden doch verhaftet.«

Pichler wunderte sich, dass sie von der Liste wussten, aber er blieb hart. »Es ist zu spät«, sagte er.

Ihre Einwände halfen nicht. Der Versuch misslang. Sie verstanden nicht, warum ausgerechnet Theo Bertram verschont wurde. Verärgert machten sie sich auf den Heimweg.

Zwar stand Bertram auf der Naziliste, aber Pichler hatte kein Interesse mehr an seiner Verhaftung. Er hielt sich jetzt lieber an die Nazis, die in seiner Nähe wohnten und mit denen er persönlich zu tun gehabt hatte. Bertram kannte er nicht persönlich. An ihn dachte er gar nicht mehr. Vor allem hatte er es auf die abgesehen, die ihm nichts anboten, obwohl bei ihnen etwas zu holen war. Davon wussten Magdalene und Eva nichts.

Werner Ernst hatte die Unterhaltung im Nebenraum mitgehört. Er verstand Pichler nicht. Warum wollte er Bertram nicht verhaften? Da stimmte etwas nicht. Ernst hatte zwar einen Verdacht, aber es konnte auch eine einfache Erklärung geben. Über Verhaftungen entschied letztlich die britische Militärregierung in Unna. Wenig später wurde ihm klar, warum Pichler, der für sein eigennütziges Handeln bekannt war, untätig blieb. Sein Verdacht war begründet.

Theo Bertram schmorte im Versteck in Lemgo. Ihm ging es schlecht. Die Schwiegereltern mochten ihn nicht. Sie wussten, wie es um die Ehe mit Magdalene stand. Überhaupt hatten sie ihn nur widerwillig aufgenommen, um ihrer Tochter einen Gefallen zu tun. Bertram fühlte sich unwohl und einsam. Er kannte keinen Menschen, und er musste auf dem Hof mit anpacken. Außerdem stand er unter strenger Kontrolle. Wie gern wäre er ausgegangen, aber er durfte nicht. Vor allem vermisste er seine Hamburger Deern.

Als sein Bruder Anton ihn im Exil besuchte, bat er ihn um Hilfe. »Bitte Anton, versuch in Unna herauszufinden, ob die Tommies oder Pichler mich verhaften wollen! Ich weiß nicht, was da läuft. Ich halte es hier nicht mehr aus.«

Anton Bertram hatte trotz seiner SS-Vergangenheit einen Passierschein und ein Auto. Er fuhr nach Unna und fragte telefonisch beim Landratsamt nach. Dort saßen noch Männer, die er aus der Zeit vor 1945 gut kannte. Ihre Antworten beruhigten ihn.

Am nächsten Tag reiste er wieder nach Lemgo. »Theo, du hast nichts zu befürchten. Die Briten planen derzeit keine weiteren Verhaftungen. Du bist nicht in Gefahr. Das Einzige, was dir passieren kann, ist, dass du Pichler schmieren musst, wenn er nachfragt. Er weiß, dass wir einen Hof haben.« Theo freute sich, aber er fragte: »Was heißt derzeit? Werden sie mich später verhaften?«

»Nein«, beruhigte ihn der Bruder.

»Ich danke dir von ganzem Herzen, Anton. Du hast mir sehr geholfen. Ich will nach Hause.«

Anton nahm ihn gleich mit. Nach wenigen Wochen im Lemgoer Exil kehrte er im August 1945 nach Homborn zurück.

Magdalene und Eva waren überrascht, als er plötzlich wieder auf dem Hof erschien. Gleich polterte er los. »So, da seht ihr, ich bin wieder da! Nichts ist mit Verhaftung. Jetzt ist Schluss mit dem Saustall hier. Jetzt wird aufgeräumt!«

Niemand hatte ihnen gesagt, dass er zurückkommen würde. Eine weitere Enttäuschung. Insgeheim hatte Magdalene zwar gehofft, dass der Aufenthalt bei ihren Eltern ihn zur Vernunft und zu ihr zurückbringen könnte, aber das hatte nicht geklappt. Auch die realistischere Hoffnung auf ein längeres Fernbleiben hatte sich nicht erfüllt.

Bertram wurde aktiv, denn er war noch etwas unsicher über seine Lage. Am Abend der Rückkehr hörte er sich vorsichtig in der Nachbarschaft um. Er fragte, ob die Polizei sich nach ihm erkundigt hatte. Die Nachbarn wunderten sich. Kein Polizist hatte nach ihm gefragt, geschweige denn nach ihm gesucht. Er ahnte, dass da etwas nicht stimmte. Wieso hatten Magdalene und Eva gemeint, er würde verhaftet?

Die Wahrheit erfuhr er von Gregor Pichler, ohne dass er dafür etwas tun musste.

Auf der Rückkehr von einem seiner Beutezüge durch den Kreis Unna steuerte der CIC-Assistent den Hof Bertram an. So ganz ungeschoren wollte er den Homborner Ortsgruppenleiter nicht davonkommen lassen. Ganz wie Anton Bertram vermutet hatte. »Wenn ich ihn verschone, muss es sich für mich lohnen«, dachte Pichler. Er wollte ein Geschäft abschließen und bat Theo Bertram um ein Gespräch unter vier Augen.

Sie gingen in den Pferdestall. Pichler berichtete: »Deine Frau wollte, dass ich dich hinter Schloss und Riegel bringe. Das wäre für mich kein Problem, du warst Ortsgruppenleiter. Aber ich habe eine bessere Idee. Du besorgst mir Lebensmittel. Fleisch, Milch und so weiter. Dafür lasse ich dich in Ruhe.« Bertram war einverstanden. Er war gerettet.

Die Intrige seiner Familie weckte einen alten Gedanken in ihm: die Scheidung. Mitte August 1945 gab er dem Justizrat Otto Eylardi senior in Unna den Auftrag, die Scheidung einzuleiten. Der Anwalt sollte die Klage damit begründen, dass seine Frau ihn von der Leitung des eigenen Hofes ausschließe, ihm die Geschäftsbücher vorenthalte und seine Anordnungen sabotierte. Er benannte Heinrich Gerbracht als Zeugen für die zerrüttete Ehe. Immerhin, das war Fakt. Die Sache mit der Verhaftung ließ er unerwähnt.

Eylardi befragte Heinrich Gerbracht. Der erklärte dem Anwalt die traurigen Zustände auf dem Hof. »Dauernd gibt es Streit. Sie beschimpfen sich fast die ganze Zeit. Nur wenn Besuch da ist, halten sie sich zurück.«

Über Magdalene Bertrams Arbeit sprach er positiv. »An ihrer Haushaltsführung gibt es nichts auszusetzen.« Das war schlecht für Bertrams Plan. Dem Anwalt reichten die Vorwürfe gegen die Ehefrau nicht. Ganz im Gegenteil, sie würde ihren Schuldenabbau als Gegenargument anführen, denn sein Lebenswandel hatte zur Verschuldung des Hofes geführt. Das konnte sie beweisen.

Eylardi forderte Bertram schriftlich dazu auf, ihm stichhaltigere Argumente zu liefern. Er wollte einen weiteren Termin vereinbaren, aber jetzt ließ Bertram Zeit verstreichen. Nachdem er anfangs auf eine schnelle Scheidung gedrängt hatte, war er nach dem Anwaltsbrief geknickt.

Sein Scheidungsplan war zum Scheitern verurteilt, er hatte keine weiteren Argumente. Er wollte eine einfachere, schnelle Lösung. Es musste auch so gehen.

Inzwischen waren sich Gerbracht und Eva noch näher gekommen. Eva begleitete ihn überall hin. Eine heiße Liebesbeziehung entwickelte sich. Sie liebten sich auch körperlich. Im Sommer auf dem Feld, im Herbst in der Scheune und im Winter in ihrer Kammer. Sie wollten heiraten.

Magdalene Bertram war einverstanden. Sie unterstützte die beiden. Sie mochte Heinrich sehr. Er sollte den Hof leiten, ihre Tochter heiraten und den ungeliebten Tyrannen ablösen. Aber so einfach war das nicht.

Gerbracht sprach Bertram im November 1945 an, als sie tagsüber gemeinsam auf dem Hof arbeiteten: »Ich möchte Eva heiraten«, sagte er. »Wir lieben uns.«

Bertram war nicht überrascht. Er hatte etwas geahnt und war vorbereitet. »Niemals stimme ich einer Hochzeit zu. Eure Liebschaft hört sofort auf!«, verlangte er. »Wenn du auf dem Hof bleiben willst, lass die Finger von ihr! Ein Katholik kommt mir nicht ins Haus!« Er wollte alles tun, um die Ehe zu verhindern.

Sein Verhältnis zu Heinrich Gerbracht war zunächst gut gewesen. Bertram hatte ihm vertraut. Damit war es nach Gerbrachts Aussage beim Scheidungsanwalt vorbei. Der Heiratsantrag brachte das Fass zum Überlaufen. Von nun an herrschte zwischen den beiden absolute Eiszeit. Der Bauer witterte Verrat. Ein Katholik durfte zwar für ihn arbeiten, aber nicht seine Tochter heiraten.

Das Liebespaar ließ sich nicht so einfach auseinanderbringen. Eva war stur. Sie wollte unbedingt mit Heinrich zusammen sein und ihn heiraten. Sie nannte ihn vor den Augen des Vaters »mein Schatz«. Ihre Zuneigung zeigte sie ganz offen. Heinrich Gerbracht war vorsichtiger. Er hatte Angst, alles zu verlieren. Nur wenn sie sich unbeobachtet fühlten, umarmten und küssten sie sich.

Eines Abends, es war Ende November 1945, saß die Familie beim Abendbrot in der Küche. Der Alte schrie Eva an: »Das Gesäusel und Rumgeknutsche hört sofort auf! Sonst passiert was! Das Verhältnis mit Gerbracht wird beendet. Sofort!«

Eva widersprach. »Nie im Leben. Ich liebe ihn. Wir heiraten.«

Er drohte: »Ich vermache den Hof Gertrud und du kriegst gar nichts. Du wirst schon sehen, was du davon hast, wenn du so weitermachst.«

Sein ungewöhnlicher Plan für die Erbfolge war zwar schon einmal besprochen worden, aber nicht so. Jetzt war es offensichtlich, dass er seine Frau, die älteste Tochter und Gerbracht nicht nur entmachten, sondern auch enterben wollte. Das war für die drei der nächste Nackenschlag. Ihre Verzweiflung und ihre Wut wuchsen.

Für Magdalene wurde die Situation unerträglich. Sie schlief schlecht, schlug sich die Nächte um die Ohren. Gedanken kreisten, Zukunftsängste hielten sie wach. Was sollte nur aus ihnen werden? Wie sollte es weitergehen? Eva ging es ähnlich. Sie waren ratlos.

Der Alte stand nicht nur ihren Plänen im Weg, sondern er drohte ihnen, er beschimpfte und terrorisierte sie. Wenn es Streit gab, schlug er Frau und Tochter. Heftige Auseinandersetzungen bestimmten den Alltag. Bertram machte aus seinem außerehelichen Liebesverhältnis kein Geheimnis. Er wollte sie vom Hof verdrängen. Schlüpfrige Briefe der Geliebten aus Hamburg ließ er offen auf dem Küchentisch liegen. »Irgendwann werden sie gehen«, dachte er.

Eines Morgens, die Familie hatte gerade gefrühstückt, verließ Theo Bertram die Wohnküche. Eva und Magdalene saßen mit den Hausangestellten am Tisch. Als die Bäuerin die »Amtlichen Bekanntmachungen« des Kreises Unna in die Hand nahm, fiel ein Brief aus Hamburg heraus. Er flatterte zu Boden. Sie hob ihn auf und nahm ihn aus dem Umschlag. Sie las, dass die Frau aus Hamburg einen unehelichen Sohn hatte, dessen Vater Theo Bertram war. Magdalene Bertram sank in sich zusammen. Ein anderer Erbe war also auch schon da.

Nur langsam sammelte sie sich wieder. »So eine Schande«, dachte sie. Mit dem linken Arm wischte sie das Geschirr vom Tisch, die Kaffeekanne fiel zu Boden und ging in Scherben.

Sie sagte nichts, aber in ihr brodelte es. »Das wird er mir büßen«, keuchte sie. Sie gab Eva den Brief.

Bertrams Hamburger Verhältnis sprach sich im Dorf herum. Er prahlte damit in Kneipen. Mutter und Tochter fragten sich, ob er zu ihr ziehen oder die Frau auf den Hof holen wollte.

Obwohl der Verhaftungsplan bisher gescheitert war, gaben Mutter und Tochter ihn angesichts der Eskalation noch nicht auf. Sie beauftragten Heinrich Gerbracht, einen neuen Versuch zu unternehmen.

Gerbracht fuhr auf die Polizeidienststelle in Stromberg. Gregor Pichler übte im Dezember 1945 immer noch Polizeigewalt aus. Gerbracht versuchte zunächst, ihn mit Argumenten zu überzeugen. Er schenkte ihm sogar ein Schwein im Wert von 70 Reichsmark, was Pichler später eine Gefängnisstrafe wegen Bestechlichkeit einbrachte.

Pichler ging zum Schein auf den Vorstoß ein. Er versprach Gerbracht, dass er sich für eine Verhaftung einsetzen würde. Der CIC-Assistent unternahm jedoch nichts, weil er von Theo Bertram bestens versorgt wurde. Und er wusste, dass er nichts mehr erreichen konnte, weil Kommandeur David Akselraed kein Interesse an der Verfolgung von Nationalsozialisten hatte, die »bloß« Ortsgruppenleiter in einem Dorf gewesen waren. Insbesondere, wenn seine Opfer keine britischen Staatsbürger waren.

Als nichts geschah, fuhr Gerbracht nochmals zu Pichler und fragte, was mit der versprochenen Verhaftung war. Pichler wich aus, drückte sich um eine Antwort. Gerbracht ahnte etwas und versuchte, Pichler unter Druck zu setzen: »Du bist bestechlich!« Das half nichts. Pichler ließ sich von beiden Seiten schmieren, half aber nur Bertram.

Als wieder nichts passierte, ging Eva Bertram zum Nachbarn Wilhelm Kirschkopf. Sie sprach ihn auf die Sache an:

»Vater ist immer noch da. Alle anderen Ortsgruppenleiter wurden doch schon weggeholt.« Er verstand was sie wollte. Aber er wollte nichts unternehmen, was ihm die Feindschaft des ehemaligen Ortsgruppenleiters eingebracht hätte.

Anfang Dezember 1945 unternahmen die drei Verschwörer einen neuen Versuch. Sie wählten einen anderen Weg. Sie schrieben einen Brief an die Britische Militärregierung. Die Nachbarn Herbert Meier und Thomas Schmidt übergaben dem Commander Akselraed in Unna persönlich das Papier. Pichler vertrauten sie nicht. Den alten Geschichten fügten sie ein neues Detail hinzu: »Bertram will riesige Mengen Lebensmittel mit einem Lkw verschieben.« Das wäre eine gravierende Straftat gewesen.

Aber auch dieser schwere Vorwurf führte nicht zum Erfolg. Der Kommandant hatte den Eindruck gewonnen, dass es sich um einen privaten Rachefeldzug handelte und nicht um die berechtigte Verhaftung eines führenden Nationalsozialisten und Schwarzmarkthändlers. Er warf den Brief in den Papierkorb. Für so etwas hatte er keine Zeit – und keine Lust. Pichler war schließlich auch an kriminellen Aktivitäten beteiligt, und er arbeitete für die Militärregierung.

Magdalenes Verzweiflung wuchs, auch die des Liebespaares. Ihre Existenz, ihre Zukunft, ihre Liebe und ihr Haus – alles stand auf dem Spiel. Ohne seine Zustimmung würde es keine Hochzeit geben, womöglich noch nicht einmal eine Zukunft auf dem Hof.

Sie befürchteten, dass der Alte Eva enterben, seine Hamburger Geliebte mit Kind auf den Hof bringen und sie alle hinauswerfen könnte. Dunkle Andeutungen hatte er gemacht. Sie überlegten fieberhaft weiter, was sie tun konnten, gewannen aber den Eindruck, dass ihre Lage aussichtslos sei. Die Situation spitzte sich zu.

Zu dieser Zeit, Anfang Dezember 1945, traf Bertram Vorbereitungen für eine größere Reise nach Hamburg, zu seiner Geliebten. Er packte Lebensmittel aus Hofbeständen. Kartoffeln, Eier, Milch und Fleisch, wurden in Kisten verpackt. Er verhandelte über die Beschaffung eines Lkw. Mit den Lebensmitteln wollte er sie ihrem Zuhälter in Hamburg abkaufen.

Magdalene und Eva beobachteten die Aktivitäten. Ihre Sorgen vergrößerten sich noch, denn sie wussten nicht, was er vorhatte. Alles schien möglich, Scheidung, Rauswurf, Skandal oder Verkauf des Hofes.

Heinrich Gerbracht geriet angesichts der Entwicklung in Panik. Er überlegte, wie er Bertram zum Einlenken bewegen könnte, aber ihm fiel nichts Vernünftiges ein.

Im Winter 1945 zogen Ausgebombte aus dem Ruhrgebiet, vor allem Frauen mit Kindern, nach Homborn. Die Familie Sprenger war »evakuiert« und zwangsweise bei Bertrams einquartiert worden. So erging es Tausenden. Es ging nicht anders. Landwirte hatten ungebetene Fremde aus dem Revier aufnehmen müssen. Zum Teil musste die Polizei eingesetzt werden, um den Widerstand der Einheimischen gegen die Zuwanderer zu brechen.

Das übergeordnete Amt Stromberg hatte 1943 gut 12.000 Einwohner gehabt. 1946 kämpften schon 16.200 Menschen um weniger Wohnraum. 1.700 Evakuierte aus dem Ruhrgebiet und 1.500 Flüchtlinge aus dem Osten waren zugezogen. Einige Dutzend waren nach Homborn gekommen. Von »Vertriebenen« war nicht die Rede. Das kam später.

Zwangsarbeiter und Kriegsgefangene setzten ihre Mundraubzüge nach Kriegsende fort, so lange sie konnten. Einige der Verschleppten, zuvor als »Untermenschen« versklavt, schikaniert, ausgebeutet und misshandelt, nahmen Rache für die schlechte Behandlung und Ermordung ihrer Landsleute. Sie überfielen bevorzugt Bauernhöfe, auf denen sie schlecht behandelt worden waren. Es traf aber auch ganz Unschuldige.

Hamsterfahrten waren nach 1945 ein Massenphänomen. Bewohner des Ruhrgebiets fuhren aufs Land, um Lebensmittel zu tauschen oder zu kaufen. Das Ergebnis waren völlig überfüllte Züge. Bahnfahrer durften im Dezember 1945 nur noch kleines Gepäck mitnehmen, maximal 30 Kilo pro Person. Die Züge waren sonst zu schwer und Kohlen waren knapp.

Trotzdem schleppten Reisende mit, was sie tragen konnten. Sie quetschten sich in volle Züge. Hungrige Menschen packten Kisten, Körbe, Säcke, Kinderwagen usw. in die Waggons. Sie konnten sich kaum noch bewegen, geschweige denn atmen, wenn sie überhaupt in den Zug gekommen waren. Wer es nicht geschafft hatte, hielt sich außen an verschlossenen Türen fest, stand auf Trittbrettern und hoffte, nicht runterzufallen. Andere Reisende saßen und lagen auf Waggondächern oder in offenen Güterwagen.

Die Militärregierung versuchte, das Chaos in den Griff zu bekommen. Jeder Reisende durfte nur noch mitnehmen, was er über und unter dem eigenen Sitzplatz unterbringen konnte. Hamsterfahrer mit Körben, Säcken und Kiepen mussten besonders gekennzeichnete »Traglastenabteile« benutzen. Hamsterfahrten und Schwarzmarkt hatten Hochkonjunktur, weil die Lebensmittelzuteilungen der Behörden hinten und vorne nicht zum Überleben reichten.

Anfang Dezember 1945 veröffentlichten die Alliierten die Mengenangaben für die neuen Lebensmittelmarken. Für einen Abschnitt über Kaffee-Ersatz wurden 100 Gramm Kaffee-Ersatz verteilt. Weil es keinen Käse gab, wurden 62,5 Gramm Käse durch 125 Gramm Speisequark ersetzt. Anstelle von 100 Gramm Zucker gab es 125 Gramm Kunsthonig oder

150 Gramm Obstsirup. Anstelle von 250 Gramm Marmelade 156 Gramm Kunsthonig. Für Kleinabschnitte Brot erhielt der Kunde 500 Gramm Weißbrot aus Weizenmehl. Für Fettabschnitte gab es Margarine. Auf Abschnitt N 1 wurden Grieße, Nudeln, Haferflocken oder Gerstengrütze festgelegt. Außerdem gab es Steckrüben oder Stoppelrüben und keine anderen Gemüsearten.

Kleinstkinder sollten anstelle von 500 Gramm Brot 375 Gramm »Kindergetreidenährmittel« erhalten, falls vorhanden. Für die Abschnitte 836 erhielten Kinder und Jugendliche bis 18 Jahre ein halbes Pfund Bonbons und ein halbes Pfund Gebäck.

Es gab keine Kartoffeln, keine Milch und kein Fleisch, aber auch keine Eier. Hamsterfahrten waren für viele Menschen lebensnotwendig. Aber die Polizei kontrollierte Züge und nahm den Fahrgästen alle Rationen weg, die über der offiziellen Zuteilungsmenge lagen.

Manche Polizisten waren streng und beschlagnahmten die Ware, manche ließen es durchgehen, andere zogen die Lebensmittel selbst an Land.

Viele Leute inserierten in den Bekanntmachungsblättern, weil sie Schuhe und Winterkleidung, Fahrräder und Fahrradlampen suchten. Immerhin, es gab sogar eine Kunstausstellung im benachbarten Unna. Das Lichtspielhaus zeigte »Die Sache mit Styx« und eine Wochenschau »Zeit im Bild«. Die Jugend hatte Eintrittsverbot. Theo Bertram interessierte das nur am Rande. Auf dem Hof gab es genug zu essen, Kleidung und Feuerholz. Steckrüben aßen sie selten.

10. Dezember 1945

Inzwischen hatte der Nürnberger Prozess gegen die Haupt-kriegsverbrecher begonnen. Am 10. Dezember 1945 erläuterte Sidney Alderman die Anklage. Es war der 16. Verhandlungstag. Er schilderte, wie deutsche und verbündete Truppenverbände die Sowjetunion überfallen hatten. Alderman erwähnte Verwüstung und Vernichtung, Vergewaltigungen und Massenmorde.

An diesem Morgen frühstückten Eva und Magdalene Bertram in der Küche. Sie waren bereits um 5 Uhr aufgestanden. Heinrich Gerbracht saß mit am Tisch. Neben ihm lag eine Reitpeitsche auf der Bank, die er später für die Hofarbeit mit Pferden benötigte. Lisbeth Specht und Erna Hambusch hatten Frühstück gemacht. Es gab Brote, Schmalz, selbstgemachte Marmelade, etwas Butter und sogar Eier.

Theo Bertram betrat den Raum um 6 Uhr. Das war für ihn ungewöhnlich früh, aber er hatte heftige Kopfschmerzen und brauchte einen starken Kaffee. Am Vorabend war er bei Leiter gewesen, drei Bier und drei Schnäpse zu viel, dachte er.

Dann klopfte es am Fenster. Drei Polen standen draußen. Sie arbeiteten auf dem Hof und sollten Frühstück bekommen. Aber sie durften nicht in der geheizten Küche essen, sondern mussten mit der Scheune Vorlieb nehmen, auch nach Kriegsende.

»Wo sind die Brote für die Pollacken?«, schnauzte Bertram. Er beschimpfte seine Frau: »Du Schlampe kriegst das nicht hin!«

Sie blieb ganz ruhig und antwortete, dass sie gestern darüber gesprochen hatten. »Du solltest den Mädchen sagen, dass sie den Polen am Morgen Brote machen sollen. Aber du hast es vergessen.«

Heute Morgen war er nicht rechtzeitig aus dem Bett gekommen. »Der Führer hat auch immer bis mittags geschlafen«, sagte sie. »Du siehst ja, was dabei herauskommt.«

»Guck mal auf die Uhr«, sagte er. »Es ist mitten in der Nacht und nicht Mittag.« Heute hatte er zwar nicht bis mittags geschlafen, aber er hatte den Mädchen nicht Bescheid gesagt. Jetzt war es zu spät.

Theo Bertrams Gesicht rötete sich, er wollte gerade losbrüllen. Aber Eva, die neben dem Herd saß und Kartoffeln schälte, kam ihm zuvor: »Dein Führer hat bekommen, was er verdiente!«, schrie sie.

Bertram stürzte auf sie los und schlug ihr mit der flachen Hand rechts und links ins Gesicht. Durch die Wucht der Schläge fiel sie nach hinten und stieß gegen die Wand. Scheppernd fiel das Löffelbrett herunter, das hinter dem Stuhl hing, auf dem sie gesessen hatte.

Heinrich Gerbracht sprang auf, ging dazwischen und trennte Bertram von seiner Tochter. Er schob ihn weg vom Tisch. Bertram versuchte, ihn zu schlagen, aber Gerbracht war stärker. Er hielt ihn so lange an den Armen fest, bis er sich beruhigt hatte.

Als Gerbracht losließ und die Peitsche in die Hand nahm, brüllte Bertram ihn an: »Mach, dass du wegkommst! Ich will dich hier nicht mehr sehen. Noch bin ich der Herr im Haus!« Er entriss Gerbracht die Reitpeitsche und hob sie drohend in die Höhe.

Gerbracht verließ das Haus. Er war aufgebracht. Aber er wollte die offene Konfrontation nicht auf die Spitze treiben. »Ein feiner Herr«, dachte er.

Eva, die sich wieder auf den Stuhl gesetzt hatte und mit beiden Händen ihre schmerzenden Wangen hielt, sprang auf und sagte: »Ich hole ihn zurück. Du kannst uns nicht auseinanderbringen.«

Bertram war schneller, er folgte Gerbracht auf den Hof, mit

der Peitsche in der Hand. Eva trippelte hinterher. Sie wollte zu ihrem Geliebten gehen, doch der Bauer stellte sich vor sie und versperrte ihr den Weg. Als sie sich anschickte, an ihm vorbeizugehen, schlug er zu. Die Reitpeitsche zerriss ihre Jacke. Er hatte ihre Brust getroffen. Sie schrie vor Schmerzen.

Gerbracht wollte sich auf ihn stürzen, doch Bertram hob die Peitsche und drohte: »Wehe, wenn du meiner Tochter noch einmal zu nahe kommst!«

Eva sah ihren Vater anklagend an. Sie weinte, nickte Gerbracht zu und sagte: »Lass jetzt gut sein.«

Wortlos verließ Gerbracht den Hof.

Theo kehrte in die Küche zurück und schlug die Zeitung auf. Er las vom Nürnberger Prozess. Er verachtete die Siegerjustiz.

Sechs Tage später, am 16. Dezember 1945, wurde Theo Bertram mit großem Brimborium auf dem Altenbürener Friedhof beigesetzt. Nachbarn, Vereinsmitglieder und die Familie erwiesen ihm die letzte Ehre. Hofverwalter Heinrich Gerbracht nahm im Kreis der nächsten Familienangehörigen an der Beerdigung teil. Er stand neben Eva. Als sie am Grab gemeinsam Abschied von ihrem Vater nahmen, hielt sie Heinrichs Hand.

Das Leben im Ort hätte sich beruhigen können. Auch auf dem Hofe Bertram. Aber schon fünf Tage nach der Beerdigung war es mit der Totenruhe vorbei. Die Leiche wurde wieder ausgegraben. Die Pichler-Polizei hatte keine Obduktion angeordnet. Jetzt untersuchte Medizinalrat Dr. Benjamin Kingsley aus Unna den Leichnam auf Veranlassung der dortigen Polizei.

Er stellte fest, dass die Organe der Brust und Bauchhöhle nicht verletzt waren. Hier waren auch keine äußeren Spuren von Gewalteinwirkung vorhanden. Am Kopf diagnostizierte der Arzt dagegen insgesamt 13 Verletzungen. Zwei Einstiche im Bereich der Augenhöhlen reichten bis ins Schädelinnere. Die knöchernen Augenhöhlendächer auf beiden Seiten sowie die Schädelbasis an der vorderen Schädelgrube rechts waren zertrümmert, das Nasenbein gebrochen. Eine winkelförmige Wunde befand sich hinter dem linken Ohr. Diese hatte zwei, drei und vier Zentimeter lange Schenkel. Die linke Ohrmuschel zeigte ebenfalls eine Wunde. Im Kehlkopf und in der Luftröhre fand der Rechtsmediziner viel Blut, teils flüssiges, teils geronnenes. Den Ermittlern sagte er: »Diese schweren und tiefen Wunden sind deutliche Anzeichen für einen hasserfüllten Gewaltausbruch.«

Anna Ottinger war am 10. Dezember am Tatort gewesen. Die 30-Jährige kam aus Hörde bei Dortmund. Sie war mit ihrem Sohn Armin nach Homborn evakuiert worden. Die junge Frau lebte seit Anfang 1945 beim Landwirt Peter Baumann, nicht weit vom Hof Bertram entfernt. Bauer Baumann war anders als die meisten Leute im Dorf. Bei ihm fühlte sie sich wohl. Er war freundlich zu ihr und ihrem Sohn. Baumann gehörte zur Minderheit, die nicht NSDAP gewählt hatte.

Anna Ottinger verfolgte das Geschehen in Homborn genau. Sie interessierte sich für Politik, und sie war neugierig. Das war ein Problem. Einheimische behandelten die »Fremde« feindselig, sahen sie als Eindringling. Sie grüßten auf der Straße nicht und sprachen kaum mit ihr. Anna Ottinger spürte, dass die braune Gesinnung nach wie vor verbreitet war. Ehemalige Nationalsozialisten brachten sie zu dieser Zeit nur nicht offen zum Ausdruck, schon gar nicht, wenn »Fremde« in der Nähe waren.

Anna Ottinger war vom Schicksal gebeutelt. Sie war als junge Frau schon Witwe. Ihren Mann hatte sie im Krieg verloren. Er war seit 1942 bei Stalingrad vermisst. Als sie bei einem der Bombenangriffe auf Dortmund im Oktober 1944 mit ihrem siebenjährigen Sohn Armin in einem Bunker saß, erhielt das Haus, in dem sie zur Miete wohnte, einen Volltreffer. Sie wurden obdachlos. Mutter und Sohn wurden nach Homborn evakuiert.

Obwohl sie sich anfangs mit politischen Äußerungen zurückhielt, fiel sie im Dorf auf, weil sie nicht in die Durchhalteparolen einstimmte, die auch nach der Befreiung verbreitet wurden. Sie fühlte sich nicht wohl, weil sie merkte, dass Nazis hier in der Mehrheit gewesen waren. Sie hasste Nationalsozialisten. Sie gab ihnen die Schuld am Tod ihres Mannes.

Der Kriminalsekretär der Gestapo, Rudolf Schröder, hatte Willi Ottinger am 14. Dezember 1933 wegen Vorbereitung zum Hochverrat verhaftet. Ottinger hatte kommunistische Flugblätter in Dortmund und Umgebung verteilt. Außerdem soll er in einer Gaststätte Witze über Ernst Röhm gemacht haben. Der SA-Chef sei »schwul bis auf die Knochen«. Dann ließ er einen Vers über die oberste Naziclique los: »Blond wie Hitler, groß wie Goebbels, schlank wie Göring und keusch wie Röhm.« Den Spruch hatte er auf einem Zettel gelesen, der an einer Wand auf der Toilette seines Betriebes klebte.

Willi Ottinger war Facharbeiter in einem Dortmunder Stahlwerk. Er saß vom 14. bis 24. Dezember 1933 im Dortmunder Polizeigefängnis Steinwache ein, wo sadistische Beamte der Gestapo Gefangene schwer misshandelten. In nur zehn Tagen machten Polizisten aus ihm einen gebrochenen Mann. Der Sadismus der Verantwortlichen kannte keine Grenzen.

Heilig Abend 1933 wurde Willi Ottinger in den Lübecker Hof, ins Dortmunder Gerichtsgefängnis, verlegt. Hier saß er bis Juli 1934 ein. Am 3. Juli 1934 verurteilte ihn der 2. Strafsenat des Oberlandesgerichts in Hamm wegen Vorbereitung zum Hochverrat zu einem Jahr Gefängnis. Zur Verbüßung der Haft verlegte ihn die Justiz ins Polizeigefängnis Bochum. Im Oktober 1934 wurde er entlassen. Als Willi Ottinger nach Hause kam, war er krank, schwer gezeichnet von den Misshandlungen. Sein ganzer Körper war mit Narben übersät. Er hatte seinen Lebensmut verloren.

Als Anna die vielen Narben sah, verstand sie, warum er nach der Haft ein ganz anderer Mensch geworden war. Wenn sie ihn fragte, antwortete er nicht. Er saß apathisch auf dem Stuhl am Esstisch oder im Sessel und wirkte abwesend.

Sie war ungeheuer wütend und wusste, wer dafür verantwortlich war. Aber sie musste schweigen, vor und nach 1945. Ihrem Sohn Armin erzählte sie nichts. Dass sein Vater irgendwann nicht mehr nach Hause kam, das hatte er natürlich bemerkt. Seine Mutter hatte ihm erklärt, dass er im Krieg umgekommen war.

Nach Bertrams Rückkehr aus der Gefangenschaft hatte sie sich gefragt, warum der Homborner Ortsgruppenleiter nicht verhaftet worden war. Wenn das stimmte, was Dorfbewohner angedeutet hatten, dann hätte er wie Rudolf Schröder nach Staumühle ins Internierungslager gehört.

Nach Bertrams Tod beschäftigte sie der Mord. Sie fragte sich, wer den Bauern so sehr gehasst hatte, dass er ihn auf so grausame Weise tötete? Wenn es keine plündernden Polen waren – daran glaubte sie ohnehin nicht –, wer war es dann? Je mehr sie darüber nachdachte, desto merkwürdiger kam ihr das Ganze vor. Insbesondere fragte sie sich, warum die Polizisten so oberflächlich ermittelten. Sie war neugierig und ging den Fragen nach.

Andere Dorfbewohner wussten eine ganze Menge über Bertram. Sie machten zwar nur Andeutungen, aber die waren unmissverständlich. Bertram war berüchtigt für seinen Lebensstil. Baumanns Frau warnte sie: »Seien Sie vorsichtig.

Sie machen sich Feinde, wenn Sie Fragen stellen. Das hier war ein braunes Nest.«

Abends half Anna dem Landwirt bei der Stallarbeit und fragte ihn. Er erwähnte Anzeigen des Mordopfers bei der Gestapo. Sie wollte mehr wissen, aber Baumann sagte nichts weiter. Sie machte sich Gedanken. Gehörte Baumann etwa zu denjenigen, die von Bertram angezeigt worden waren? Was wäre, wenn er etwas mit der Tat zu tun hatte? Beim Gedanken daran fand sie ihn noch sympathischer.

Fünf Monate nach dem Mord, am 9. Mai 1946, heiratete Eva Bertram den Hofverwalter Heinrich Gerbracht. Viele Dorfbewohner beglückwünschten das attraktive Paar. Heinrich Gerbracht war sympathisch, gut aussehend und ein ausgezeichneter Landwirt. Er hatte im Dorf einen sehr guten Ruf.

Es war bekannt, dass er den Hof schon zu Lebzeiten des Eigentümers sehr erfolgreich geführt hatte. Seine Frau Eva war eine Schönheit. Aber sie trat kühl und distanziert auf. Männer schienen das zu mögen. Sie genoss ihre Anziehungskraft auf das andere Geschlecht.

Nach außen hin waren die Eheleute ein glückliches Paar, das eine vorbildliche Ehe führte. Das Leben ging weiter. Der Fall geriet in Vergessenheit. Man sprach nicht darüber. Noch weniger sprach man über Politik.

Die Stromberger Polizei hatte die Akte Bertram schon nach wenigen Wochen geschlossen, obwohl nicht alle Spuren verfolgt worden waren. Der Vorgang landete Anfang 1946 in der Ablage für unerledigte Fälle. Gregor Pichler hatte sich durchgesetzt.

Erst nach dem Abzug der Militärregierung aus Stromberg änderten sich die Verhältnisse. Seine Beschützer waren weg. Der Verfolger Pichler wurde wieder ein Verfolgter. Die ehrbaren Bürger rächten sich. Über Homborn lag die Last des unaufgeklärten Mordes wie ein Schatten. Aus dem radikalen Neubeginn wurde das Weiterwurschteln mit alten Fachkräften. Doch nicht alle kehrten in die Verwaltung zurück. Kriminalsekretär Rudolf Schröder beging am 19. Oktober 1947 Selbstmord in Staumühle.

Erwartungen

Werner Ernst hatte sein eigenes Unternehmen, das Westdeutsche Detektiv-Institut »Argus«. Sitz der Ein-Mann-Firma war seine Privatwohnung in Stromberg. Zunächst arbeitete er hauptsächlich für politisch Verfolgte und unterstützte sie bei den Recherchen.

Für die Anerkennung als politisch Verfolgter musste man Beweise vorlegen. KZ-Häftlinge mussten Dokumente beschaffen, Zeugenaussagen sammeln und Anträge stellen. Verfolgung und Haftzeiten mussten genau belegt werden. Wer nicht aus politischen oder rassischen Gründen verfolgt worden war, hatte es schwer oder bekam nichts.

Fritz Deinert war einer der Männer, denen Werner Ernst half. Und das war dringend nötig. Alte Seilschaften setzten die Verfolgung des Kommunisten fort.

Die Betreuungsstelle für ehemalige KZ-Häftlinge in Unna beschwerte sich am 29. Dezember 1945 beim Stromberger Amtsbürgermeister Alfred Clement. Der hatte Fritz Deinert vor Zeugen versprochen, ihn einzustellen, sich aber nicht daran gehalten. Deinert hatte schon mit der Arbeit begonnen, weil er dem Bürgermeister vertraute. Er arbeitete wochenlang ohne Bezahlung. Als Deinert den Bürgermeister nach seinem Lohn fragte, wurde er vertröstet.

Deinert konnte seinen Lebensunterhalt nicht mehr bestreiten. Ihm fehlte Geld für Miete und Lebensmittel. Er beantragte Wohlfahrtsunterstützung. Aber der Bürgermeister stellte sich auch hier quer.

Er ließ den KZ-Häftling arbeiten, ohne Lohn zu zahlen, Wohlfahrtsunterstützung genehmigte er ihm auch nicht. Clement handelte nach dem Grundsatz, dass KZ-Häftlinge auch nach Kriegsende umsonst arbeiten müssten.

»Wie stellen Sie sich eigentlich vor, aus welchen Mitteln Herr Deinert seinen Lebensunterhalt fristen soll? Wie uns zu Ohren gekommen ist, werden von Ihnen auch Einstellungen vorgenommen von Leuten, die gar nicht aus dem hiesigen Bezirk sind«, heißt es im Brief der Vereinigung der KZ-Häftlinge. Clement hatte überwiegend ehemalige Nationalsozialisten eingestellt. Die Betreuungsstelle verlangte eine Überprüfung dieser Einstellungen.

Alfred Clement antwortete am 4. Januar 1946: »Ich bin nicht in der Lage, Herrn Deinert bei der Amtsverwaltung einzustellen, da er die fachlichen Voraussetzungen für eine Verwendung in einer derartigen Stellung nicht erfüllt.« Sämtliche Einstellungen bei der Verwaltung seien durch Beschluss der politischen Gremien und mit Genehmigung der Militärregierung erfolgt. Clement verbat sich die Einmischung der Betreuungsstelle. Er wollte die Militärregierung einschalten, falls man ihn weiter belästigte.

Die Kreisbetreuungsstelle für KZ-Häftlinge wies ihn auf das Potsdamer Abkommen hin, »das ausführlich davon ab sieht, dass neu einzustellende Personen die fachlichen Voraussetzungen haben müssen. Es wird von diesen Personen lediglich gefordert, dass sie infolge ihrer politischen Vergangenheit die Gewähr dafür bieten, ein neues demokratisches Deutschland aufzurichten. Fachliche Ausbildung kann jederzeit erworben werden.

Da Sie selbst ehemaliger Parteigenosse (der NSDAP, der

Verf.) sind, mutete es uns merkwürdig an, wenn gerade Sie uns schreiben, dass sie sich eine Einmischung in Verwaltungsangelegenheiten verbitten. Als ehemaliger Parteigenosse hätten Sie allen Grund, uns für etwaige Anregungen, die wir Ihnen in Bezug auf Neubesetzung von Stellen geben, dankbar zu sein, da es auch Ihnen bekannt sein dürfte, dass gerade die Insassen von KZ-Lagern einmal berechtigten Anspruch auf eine bevorzugte Behandlung in Bezug auf Stellenbesetzung haben und zum andern den Forderungen des Potsdamer Abkommens in erster Linie entsprechen.«

Der Regierungspräsident in Arnsberg, Fritz Fries, hatte bevorzugte Einstellungen von KZ-Häftlingen angeordnet. Die Betreuungsstelle schaltete den Landrat, die Militärregierung und den Hauptausschuss der Opfer des Faschismus in Bochum ein. Es tat sich nichts.

Der Regierungspräsident sah sich das Treiben bis zum 3. Februar 1946 mit wachsendem Ärger an. Dann ordnete er persönlich Fritz Deinerts Einstellung als Telefonist an.

Regierungspräsident Fritz Fries war für Werner Ernst ein Vorbild. Er hatte an die Soldaten geschrieben: »Gott hat viele Völker geschaffen, nicht allein das deutsche. Gott duldet keine sogenannte Herrenrasse, und sei es auch die nordische, um andere Völker zu unterdrücken. Weil aber die Nazis an diesem göttlichen Fundament der Gerechtigkeit für alle Völker rüttelten und ein Haus auf satanischer Grundlage bauten, dessen Strebpfeiler Unduldsamkeit, Brutalität und Verbrechen waren, und es überdachten mit den gemeinsten und niederträchtigsten Lügen, darum kam das Unheil über das deutsche Volk. Das wollen wir erkennen: Es ist die Schuld der Naziverbrecher, und, es muß ausgesprochen werden, so hart es auch klingen mag, auch unsere Schuld. Die Parteizugehörigkeit, die Stimmabgabe für diese Menschen, die Verbrechen auf Verbrechen auftürmten, die man als Ausgeburt der Hölle ansprechen muß, das Mitmachen und Mitlaufen, das Schweigen weitester Kreise, die innerlich dem Nazitreiben ablehnend gegenüberstanden, ermöglichten erst das ungehinderte und ungestrafte Schalten und Walten dieser ›Volksverführer‹.«

Und an die Arbeiter gerichtet: »Ein noch schlimmeres Erbe ist uns hinterlassen als 1918. Haß und Überheblichkeit wurden gesät, Blut und Tränen wurden geerntet. (…) Sagt selbst, meine Freunde in den Betrieben und Werkstätten, hat es je eine Zeit gegeben, in der die Arbeiterschaft unfreier war, als in der des Nazitums? (…) Hinter jedem Mann, der ein offenes Wort sagte, stand der Spitzel der Gestapo. Hinter jedem aufrechten Deutschen, der sich zu seiner Gesinnung bekannte, stand der Tod als Weggenosse oder der SS-Mann als Wegweiser in die Gefängnisse und Konzentrationslager.«

Am 1. September 1946 kehrte Werner Ernst überraschend wieder als Angestellter in die Verwaltung zurück. Sozialdemokraten hatten ihn darum gebeten. Sie wollten sich gegen die Rückkehr der Nationalsozialisten in die Ämter zur Wehr setzen. Sie appellierten an Werner Ernst und an seinen Kampfgeist: »Wir müssen etwas gegen die Rückkehr der braunen Verbrecher unternehmen. Sie haben ganz Europa ins Unglück gestürzt, das ganze Land verwüstet.«

Werner Ernst ließ sich überzeugen. Auch er fühlte sich verpflichtet, den Kampf gegen die Durchsetzung der öffentlichen Verwaltung mit ehemaligen Nationalsozialisten wieder aufzunehmen. Er freute sich, dass Sozialdemokraten ihn dafür gewinnen wollten. Der Fall Deinert und die Entscheidung von Fritz Fries bestärkten ihn. Familie Hermans hörte davon.

Willem Hermans junior nahm Kontakt zu Werner Ernst auf. Die Hermans-Söhne wollten, dass diejenigen bestraft wurden, die sie ins Konzentrationslager Sachsenhausen gebracht hatten. Gregor Pichler hatte ihnen Werner Ernst als Fachmann empfohlen. Eigentlich hatten sie genug von Pichler, aber sie brauchten jemanden, der sich mit NS-Verbrechen auskannte.

Willem Hermans lud Werner Ernst zum Gespräch ein: »Nicht hier in der Verwaltung. Hier sitzen die Nazis. Komm zu uns nach Hause.« Sie trafen sich im Haus der Familie in Krambruch. Es gab guten Selbstgebrannten.

Willem Hermans erklärte, worum es ging. Werner Ernst war gern dazu bereit, ihre Interessen zu vertreten. »Gut. Wir machen das. Aber wenn wir gegen die Täter vorgehen wollen, dann müsst ihr mir die ganze Geschichte erzählen.«

Die Hermans waren anfangs eher wortkarg. Sie taten sich schwer. Willem Hermans, der älteste Sohn des Ermordeten, bat seinen jüngeren Bruder Heinrich zu erzählen: »Los, Heinrich, du kannst das am besten.«

Heinrich zierte sich. »Nein, nein, ich kann das doch nicht.« Nachdem ihm alle gut zugeredet hatten, legte er los. Er berichtete über die Haft in der Dortmunder Steinwache und in Sachsenhausen.

»Das war so. Im Lager. Wir mussten den ganzen Tag draußen stehen, zwölf Stunden. Die ganze Kolonne. Waren so ungefähr 300 Mann. Von morgens sechs bis abends sechs immer auf demselben Fleck stehen. Und dann kam die SS und fragte: ›Wieso kannst du schon nicht mehr stehen?‹ Und dann traten sie zu, da gab es schon mal wieder Prügel.«

Heinrich Hermans war mit zwei Brüdern und Vater Willem von der Gestapo Dortmund ins KZ Sachsenhausen eingewiesen worden. Im Lager wurden sie von der SS empfangen.

»Die SS kommandierte: ›Antreten!‹ – Wir mussten gerade in der Reihe stehen und dann gab es erst wieder Prügel und dann brüllten sie: ›Auf!‹ – ›Hinlegen!‹, und dann lief die SS über uns her und brüllte wieder: ›Kopf tiefer!‹, und dann traten sie uns in den Nacken, mit dem Kopf nach unten in den Dreck, in den Aschendreck da. Naja, dann mussten wir wieder hoch – und die SS gab neue Kommandos: ›Ab!‹ – ›Hinlegen‹ – ›Auf!‹ – ›Hinlegen!‹, und, und, und, immer weiter. Wir mussten schnell laufen, und das machten wir so eine halbe Stunde, da waren wir dreckig wie die Schweine in der alten Asche. Da war es nass gerade. Und dann kam einer vom Lager, der holte uns ab zur Kleiderküche. Da wurden wir entkleidet, kriegten Gefangenenzeug. Das schmissen sie einem nach, ob es passte oder nicht. Die Schuhe passten nicht, naja. Und dann mussten wir zum Isolierblock hin mit ungefähr 80 Mann für zehn Tage. Und dann mussten wir antreten und den ganzen Tag draußen stehen. Und immer Hände an der Hosennaht und Hacken zusammen. Aach. Die Beine. Weil wir hatten ja immer im Gefängnis gesessen. Und verdammt, da taten einem die Beine weh.«

Einen Tag vor seiner Verhaftung und Einlieferung in die Steinwache war Heinrich Hermans aus dem Krankenhaus entlassen worden. »Ich war in Werdohl, da lag ich im Krankenhaus. Ich hatte beide Beine angebrochen, einen Armbruch und einen Schlüsselbeinbruch. Ich war mit einer Zugmaschine verunglückt. Ich habe drei Wochen im Krankenhaus gelegen.«

Über die Haftbedingungen berichtete Heinrich Hermans: »Mittags gab es nichts zu essen, bloß morgens und abends. Oh wir dachten, das ist nette hier. Abends kriegten wir unser Essen, ein bisschen Suppe und dann waren wir fertig. Und 200 Gramm Brot. Am anderen Morgen mussten wir wieder ›Antreten!‹, und wenn die Brocken nicht richtig saßen, dann gab es erst schon mal Prügel. Um 5 Uhr musste man sich waschen. Und da musste man über einen Platz weg, zu so einem großen Becken, das hatten sie da. Und da mussten sie alle hin. Bloß so in der Hose, immer mit kahler Brust.

›Ab!‹ – ›Waschen!‹ Und dann mussten wir wieder antreten und dann anschließend sind wir, wie sagt man, nach zehn Tagen, verteilt worden in die Baracken.«

»Und dann dauerte das ein paar Tage, und dann fragten sie: ›Wollt ihr arbeiten?‹ – ›Ja, ja, sicher wollen wir arbeiten‹, denn da drin war gar nichts los. Und dann hieß es: ›Gut, morgen früh.‹ Und dann: ›Kommando antreten!‹, fertig. Gut. Und dann ging's da ab. Oben zu den Heinkel-Flugzeugwerken da oben. Da mussten wir den ganzen Tag schüppen. Weil wir arbeiteten, kriegten wir natürlich zwei so kleine Scheiben Brot extra.«

Heinrich Hermans erinnerte sich an die Lagerorganisation: »Wir wurden eingeteilt. Die Roten, die Grünen, die Blauen und Asozialen. Die hatten ja alle andere Kennzeichen. Wir hatten die Roten, weil wir waren Kommunisten, wie sie uns nannten. Und Grüne, das waren die BVer, Berufsverbrecher. Die kriegten alle ihre Blocks.«

Obwohl die Justiz ihnen nichts nachweisen konnte, hatten es Stromberger Nationalsozialisten mit Hilfe der Polizei geschafft, die vier Männer ins Konzentrationslager zu bringen. Polizeichef Paul Lins bestimmte im »Schutzhaftbefehl” über die Haftdauer. Landrat, Gestapo und Kripo setzten seine Vorschläge um.

In Sachsenhausen trafen sie in ihrer Baracke einen anderen Stromberger, Fritz Doppler, der 1935 in einer Kneipe wegen einer »staatsfeindlichen« Äußerung denunziert worden war. Er überlebte über zehn Jahre KZ-Haft.

Anders war es Willem Hermans senior ergangen. Der 61-Jährige wurde am 17. Oktober 1942 vor den Augen seiner Söhne erschlagen, weil er beim Appell nicht mehr hatte stehen können. Willem Hermans hatte die Häftlingsnummer 37.449. »Doppelseitige Lungenentzündung« wurde als Todesursache angegeben. Heinrich Hermans machte Ortsgruppenleiter Otto Rostlaube und Polizeichef Paul Lins für den Tod seines Vaters verantwortlich.

»Und da sind wir dann so ungefähr dreieinhalb Jahre gewesen. Mit einem Körpergewicht von 78 Pfund bin ich aus dem KZ nach Hause gekommen.« Das war am 8. Januar 1944.

Die Situation der Familie Hermans war 1945 trostlos. Der Vater tot, das Geschäft pleite, die Gesundheit der drei Brüder ruiniert. Immerhin waren sie der Erschießung durch die Gestapo kurz vor Kriegsende knapp entgangen.

Werner Ernst war sehr wütend, nachdem er die Geschichte der vier Männer gehört hatte. Er machte sich an die Arbeit. Bei seinen Recherchen fand er Beweise dafür, dass Ortsgruppenleiter Rostlaube die Verhaftung nach der Verfahrenseinstellung bei der Gestapo bewirkt hatte. Dafür war er sogar nach Berlin gereist. Ernst suchte nach weiteren Tatbeteiligten.

Anfang 1947 erstellte Ernst eine neue Naziliste. Sie enthielt Namen der Stromberger Beamten, die vor 1945 der NSDAP angehört hatten. Darauf standen alle Stromberger Verwaltungsbeamten inklusive Verwaltungschef Glatzkamp.

Einer von ihnen war Amtsobersekretär Ottfried Hünengrab. Er leitete die Ernährungs- und Wirtschaftsstelle. Der Vertrauensausschuss hatte seine Wiedereinstellung 1945 abgelehnt, weil er aktiver Nationalsozialist gewesen war. Hünengrab hatte der NSDAP und der SA seit 1. Mai 1933 angehört und war im April 1935 Blockleiter geworden. 1940 stieg er zum Zellenleiter auf und war damit für die Überwachung eines größeren Bereichs zuständig. Er war auch SA-Scharführer gewesen. Werner Ernst forderte die Entlassung Hünengrabs, denn er musste in der Ernährungs- und Wirtschaftsstelle unter der Leitung dieses ehemaligen Nationalsozialisten arbeiten.

Am 3. Dezember 1946 hatte die Mehrheit der Gemeindevertretung mit den Stimmen von CDU und Zentrum die Wiedereinstellung des Nazibeamten gegen den Widerstand der SPD beschlossen. Sozialdemokraten warfen der Mehrheit vor, sich für ehemalige Nationalsozialisten einzusetzen.

Ottfried Hünengrab war kein Einzelfall. Zum illustren Kreis der wieder eingestellten Politischen Leiter der NSDAP, die auch SS- oder SA-Führer gewesen waren, weil sie in der Partei nicht genug Zeit für nationalsozialistische Aktivitäten gefunden hatten, gehörten die Inspektoren Friedhelm Bus und Richard Gralmann. Amtsinspektor Alfred Brückner hatte von 1933 bis 1937 der SS und der NSDAP angehört. Vergleichsweise früh war der Leiter der Bauabteilung, Otto Emils, in die NSDAP eingetreten, nämlich schon 1933.

Werner Ernsts Liste dokumentierte den misslungenen politischen Neubeginn in Stromberg. Ernst war als Schriftführer, Vorstandsmitglied, Schulungsleiter für den Nachwuchs und Distriktsvorsitzender Repräsentant der SPD. Er glaubte, etwas gegen die Rückkehr der Nazis tun zu können.

In einer Versammlung sagte er: »Die NSDAP war die größte Terrororganisation der Geschichte. Wollt ihr, dass Terroristen hier die Macht ausüben?« Breiter Applaus gab ihm Rückhalt.

Er wusste, dass seine Aktion gegen die Nazibeamten gefährlich war. Schließlich attackierte er seine Kollegen und Vorgesetzten in der Verwaltung. Daher wollte er nicht direkt als Urheber in Erscheinung treten. Er bat den ehemaligen Hilfspolizisten Gregor Pichler um Hilfe. Der übergab die Liste dem Vorsitzenden der Entnazifizierungskommission in Unna, Friedrich Rose.

Rose erkannte, dass Pichler nicht der Verfasser der Liste war, da dieser nicht richtig schreiben konnte. Rose gab ihm ein Trinkgeld und fragte ihn, wer die Liste geschrieben hatte. Pichler verriet, dass es Ernst gewesen war.

Rose unternahm nichts gegen die Nationalsozialisten in

der Verwaltung, sondern er leitete die Liste an den Stromberger Verwaltungschef Volker Glatzkamp weiter. Der witterte Verrat. Die komplette Beamtenschaft Strombergs stand am Pranger, ob zu Recht oder nicht, das spielte für ihn keine Rolle. Er holte zum Gegenschlag aus.

Glatzkamp schlug dem Kommunalparlament die fristlose Kündigung von Werner Ernst vor. Dafür brauchte er aber einen einleuchtenden Grund.

Glatzkamp kam auf die Idee, dass Ernst mit der Liste eine Urkundenfälschung begangen habe, da sie mit »gezeichnet Pichler« unterschrieben worden war. SPD-Vertreter widersprachen. Sie bezweifelten, dass die Erstellung der Liste ein Kündigungsgrund oder eine Urkundenfälschung war.

Für die CDU war allein die Erstellung der Liste verwerflich. Hier sei ein untergebener Angestellter gegen »untadelige« Mitarbeiter vorgegangen. Sie wollten den Nestbeschmutzer unbedingt zur Rechenschaft ziehen. CDU und Zentrum inszenierten in der Presse eine Schmutzkampagne gegen Werner Ernst.

Der SPD-Politiker Franz Hülser hielt dagegen. Er hatte sich schon in der Stadtvertretersitzung vom 3. Dezember 1946 darüber beklagt, dass Werner Ernst wegen seiner Entlassung im Jahr 1933 Prüfungen nicht hatte ablegen können. Ernst war 1927, im Alter von 18 Jahren, der SPD und dem Reichsbanner beigetreten. Das war 1933 der Grund für seine Entlassung gewesen. Daher war er formal weniger qualifiziert als die nationalsozialistischen Karrierebeamten, die nun darüber entschieden, ob Nazigegner eingestellt wurden.

Eine knappe Mehrheit der Amtsvertreter beschloss im August 1947 mit elf Stimmen die fristlose Kündigung, bei neun Gegenstimmen der SPD und einer Stimme für eine formgerechte Kündigung. Ernst wurde 1947 mit einer ähnlichen Begründung gefeuert wie 1933.

Anders als 1933 konnten sich Sozialdemokraten nach 1945 wehren, ohne verhaftet zu werden. Die SPD verklagte die Gemeinde Stromberg. Fast ein Jahr nach der Kündigung stellte ein Gericht fest, dass der Rauswurf rechtswidrig gewesen war, weil es sich nicht um eine Urkundenfälschung gehandelt hatte. Trotzdem hatte die Klage für Ernst keinen unmittelbaren Nutzen.

Einer der Drahtzieher der Schmutzkampagne war der CDU-Vorsitzende des Stromberger Entnazifizierungs-Unterausschusses, Herbert Schmitz, genannt »Flasche«, weil er eine Fabrik besaß, die Flaschen herstellte. Er hatte seit Juli 1947 gegen Ernst intrigiert.

Bei der Suche nach Dreck hatte er sich schwergetan. Er fand nur einen einzigen, sehr mageren Ansatzpunkt: Werner Ernst war 1939 Mitglied im Reichsarbeitsdienst (RAD) gewesen. Im Vergleich zu den politischen Ämtern der Nazibeamten eine Lappalie. Doch Herbert Schmitz behauptete, Werner Ernst sei Feldmeister beim RAD gewesen, habe aber nur den Rang eines Unterfeldmeisters bzw. Amtswalters der Verwaltung im Fragebogen angegeben. Tatsächlich war Ernst Amtswalter gewesen.

Was für ein Skandal. Während Herbert Schmitz alle Nazibeamten, Politische Leiter, SA- und SS-Führer, pauschal entlastete, legte er dem Sozialdemokraten Werner Ernst seine Position im RAD zur Last und stufte ihn in die Kategorie III der Entnazifizierung ein. Kategorie III war an sich den sogenannten »Minderbelasteten« vorbehalten. Was sich relativ harmlos anhört, war jedoch tatsächlich zweithöchste Kategorie, die in Nordrhein-Westfalen überhaupt vergeben wurde.

Während »Flasche« Werner Ernst in Stufe III packte, stuften die Briten keine Nazis in die Stufen I und II ein. Es hatte zwar entsprechende deutsche Anträge gegeben, aber die höchsten Kategorien durften nur die Briten vergeben.

In Kategorie III wurden in der britischen Zone beispielsweise Mitarbeiter der Gestapo eingereiht. Auch Nationalsozialisten, die Verbrechen begangen hatten. Oder Kreisleiter der NSDAP. Und in Stromberg Werner Ernst, der RAD-Feldmeister. »Flasche« stellte Ernst in eine Reihe mit Massenmördern.

»Flasches« Motto lautete: »Unsere Nazis machen wir uns selbst.« Aus dem Sozialdemokraten Werner Ernst machte er einen NS-Verbrecher, um ihn loszuwerden. Ihn störten seine politischen Absichten. Führer der SS, SA oder Blockleiter der NSDAP und selbst an Verbrechen beteiligte Beamte entlastete er dagegen und stufte sie in Kategorie IV oder V ein. Dabei hatten viele von ihnen falsche Angaben im Fragebogen gemacht. »Fragebogenfälschung« hieß das Delikt, eine echte Urkundenfälschung.

»Flasche« handelte getreu dem Politikermotto: Der Feind meines Feindes ist mein Freund. Nazis standen ihm näher. Sie waren Feinde der Sozialdemokraten. Ex-Nazis setzte er unter Druck, damit sie für ihn arbeiteten.

Die Sache wurde zur Prüfung an die übergeordneten Entnazifizierungskommissionen in Unna und Hamm weitergeleitet. Die Herren dort glaubten, dass die Mehrheit des Stromberger Ausschusses von allen guten Geistern verlassen war. Nachdem sie den Fall überprüft hatten, reihten sie Werner Ernst in die Kategorie V, »entlastet«, ein. Sie erklärten den Strombergern die Sachlage: Im Gegensatz zur Mitgliedschaft in der Partei und ihren Gliederungen war der Dienst im RAD ab Juni 1935 Pflicht für alle 18-jährigen Männer. Das war etwas anderes als Dienst in SA, SS oder Polizei des NS-Staates.

Die NS-Vergangenheit der neun auf der Liste stehenden Verwaltungsbeamten wurde bei der politischen Erörterung des »Falles Ernst« nicht diskutiert. Der Erlass des Oberpräsidenten der Provinz Westfalen vom 20. August 1945 hatte die beamtenmäßige Anstellung ehemaliger Parteigenossen verboten. Dieses Verbot war auch im November 1946 gültig. Stromberg verstieß mit der Anstellung von NSDAP-Mitgliedern gegen das Gesetz.

Die Entlassung Ernsts war ein Signal. Das »antifaschistische« Engagement in Stromberg war beendet. Die Nazis hatten wieder ihre Ruhe. Die Verfolgten hatten nicht mehr die Kraft, sich zu wehren.

Anna Ottinger las in der Zeitung über den Fall Ernst. Sie kannte ihn. Er hatte sie bei ihrem Entschädigungsantrag unterstützt. Der Antrag wurde abgelehnt, weil sie zur Zeit der Verfolgung 1933 bis 1935 noch nicht mit Willi Ottinger verheiratet gewesen war. Sie ärgerte sich maßlos über die politische Verfolgung von Werner Ernst, aber sie konnte nichts machen, nur darüber sprechen, wenn sie jemanden fand, der sich dafür interessierte.

Die Bevölkerungsmehrheit interessierte sich nicht, und die nationalsozialistischen Amtsträger verhielten sich sogar ausgesprochen dreist.

Das erfuhr Kurt Degener, der 1946 bei der Verwaltung als Überwachungsbeamter eingestellt worden war, am eigenen Leibe. Nach kurzer Zeit wurde er wieder gefeuert und war arbeitslos. Ein Stromberger Arzt weigerte sich, seine gesundheitlichen Schäden aus der Haftzeit im KZ Bergkamen-Schönhausen zu bescheinigen. Immerhin erkannte das Amt für Wiedergutmachung des Kreises Unna Kurt Degener als politisch Verfolgten an.

Gregor Pichler wurde, nachdem er sich aus der Polizei und aus der Öffentlichkeit hatte zurückziehen müssen, selbst zum Opfer körperlicher Gewalt, obwohl er vor 1933 so manche Saalschlacht geschlagen hatte. »Ehrbare Bürger« verprügelten Pichler mehrfach abends auf dem Nachhauseweg. Unter ihnen befanden sich ehemalige Nationalsozialisten, die er 1945 verhaftet hatte.

Pichler war nicht ganz untätig, aber er taktierte. Aus dem unerschrockenen Schläger, der so manchen SA-Mann angegriffen hatte, war nach 1945 ein ängstlicher Mann geworden. Mehrere Überfälle nahmen ihm den Mut. Er zog sich zurück.

Wütend nahm er zur Kenntnis, dass die christdemokratische »Westfalenpost« am 1. März 1949 eine weitere Wiedereinstellung bejubelte: »Wieder eingestellt wurde von der Amtsvertretung der ehemalige Polizeiinspektor Lins. Er wird zunächst als Amtsangestellter Dienst tun. Die Wiedereinstellung dieses qualifizierten Fachbeamten findet in der breitesten Öffentlichkeit Strombergs lebhafte Zustimmung.«

Der ehemalige Leiter der Stromberger Polizei, Paul Lins, hatte es geschafft. Er hatte seit 1933 NSDAP und SS angehört und für den SD nachrichtendienstlich gearbeitet. Bei der NSDAP war er Zellenleiter.

Als Leiter der Polizeiabteilung hatte er vor Ort die Aufgaben der Gestapo übernommen und Verhaftungen veranlasst, zum Beispiel die der Familie Hermans. Er verfasste über 100 Berichte über Staatsfeinde, erstattete Anzeigen aus eigener Beobachtung, ließ Staatsfeinde verhaften und in Konzentrationslager einliefern. In der Zeit von 1934 bis 1937 hat er 76 Ermittlungsverfahren eingeleitet. 1937 waren es allein 26. Dann wurde er befördert. Für 1938 sind neun bekannt. Der Massenmörder Eduard Strauch, 1936 Chef des SD-Abschnitts 25 in Essen, hatte Lins als einen seiner »besten Männer« bezeichnet.

Als Pichler und Ernst den ehemaligen Leiter der Polizeiabteilung verhaften wollten, war er noch nicht aus der Gefangenschaft zurückgekehrt. 1947 hatten die kommunalen Gremien seine Wiedereinstellung noch kategorisch abgelehnt. Lins sei als Mitglied von NSDAP und SS politisch untragbar.

Dabei spielten seine Aktivitäten für SD und Gestapo jedoch keine Rolle.

Viele Stromberger, die Insassen der Dortmunder Steinwache gewesen waren, waren in der Haft gefoltert worden. Das hatten sie seinen Schutzhaftvorschlägen zu verdanken. Andere waren dank der »Linseninitiative«, so hieß es im Volksmund, in Konzentrationslager geschickt worden.

1949 war die Zeit reif für seine Rückkehr. Damit waren die lokalen Träger des NS-Terrorregimes rehabilitiert. Sie wurden nicht zur Verantwortung gezogen, selbst wenn Blut an ihren Händen klebte. Sie setzten die vor 1945 begonnene Arbeit im neuen Staat fort.

Anna Ottinger beobachtete ihr Treiben. Sie las die sozialdemokratische »Westfälische Rundschau« und stimmte der antikommunistischen Haltung der Zeitung teilweise zu. Viele deutsche Kommunisten hatten zwar Stalin und ein falsches System unterstützt, aber sie hatten im Gegensatz zu den NS-Beamten hier keine Verbrechen gegen die Menschlichkeit begangen. Die Nationalsozialisten übernahmen wieder das Kommando in der Verwaltung.

Am 27. Oktober 1953 beantragte Gregor Pichler bei der Kreisverwaltung in Unna Wiedergutmachung aufgrund des Bundesergänzungsgesetzes zur Entschädigung für Opfer der nationalsozialistischen Verfolgung (BEG). Er meldete Schaden im beruflichen und wirtschaftlichen Fortkommen an. Das zuständige Amt hielt seinen Anspruch im Grunde für gerechtfertigt.

Er hatte seine Haftzeiten in der Steinwache und im Lager Esterwegen angegeben, vom 26. November 1934 bis 19. Juli 1935. Behördengänge nach Unna wagte er noch, denn dort war er weitgehend unbekannt. Paul Lins hatte ihm seine Gegnerschaft zum Nationalsozialismus bescheinigt. Die alte Zusammenarbeit lief weiter.

1954 saßen Nationalsozialisten wieder so fest im Sattel, dass sie die Säuberung ihres Apparates zu Ende bringen wollten. Der Personalausschuss beschloss am 5. März 1954 mit großer Mehrheit die Entlassung des ehemaligen KZ-Häftlings Fritz Deinert aus dem Verwaltungsdienst. Anders als seine Genossen hatte er es irgendwie geschafft, seinen Posten bis dahin zu behalten.

Dabei hatte Paul Lins eine Rolle gespielt. Vertraulich hatte er durchsickern lassen: »Behalten wir vorerst einen einzelnen Kommunisten. Damit können wir sie ruhigstellen, denn wir können behaupten, wir hätten einen echten Neubeginn geschaffen und den Opfern einen Platz in der neuen Verwaltung gegeben.«

Fritz Deinert diente als Alibikommunist. Im Laufe der Zeit änderte Paul Lins seine Meinung. Vor allem wollte er verhindern, dass Fritz Deinert brisante Akten über seine Taten aus der Zeit vor 1945 ausgraben und veröffentlichen könnte. Er hatte Angst. Die Akten lagen noch auf dem Dachboden und im Keller des Rathauses.

»Deinert muss jetzt weg«, verlangte Lins bei der Stammtischrunde der Beamten. Die ehemaligen NS-Beamten trafen sich einmal wöchentlich im Lokal »Zur Grünen Linse«. Dabei führten sie genau Buch über die Zahl der Butterbrote und Biere, die jeder Einzelne bestellte und verzehrte. Alles wurde protokolliert. Auch der Aufstrich.

Sie hatten mit der Aktenvernichtung angefangen. Belastendes Material aus der NS-Zeit sollte verschwinden. Deinert störte dabei, er hätte etwas mitbekommen können. Aber es gab ein Problem: Man konnte ihn nicht so einfach rausschmeißen und einsperren wie 1933. Die Sache musste Hand und Fuß haben.

Sie brauchten einen Kündigungsgrund. Wie im Fall Ernst machten sie sich nicht viel Mühe, sondern zogen den Grund an den Haaren herbei. Sie warfen Fritz Deinert vor, er solle während der Arbeit private Telefongespräche geführt haben. Weil das alleine vielleicht nicht ausgereicht hätte, erhob die Ratsmehrheit, die sich christlich nannte, weitere haltlose Vorwürfe: Er sei nicht ausgelastet, und er habe nicht gearbeitet.

Mit der gleichen Begründung hatte die Polizeiverwaltung 1933 die Schutzhaft für Deinert begründet. Die verantwortlichen Personen waren dieselben, Inhalte ähnlich. Ins KZ musste er nicht mehr. Er verlor »nur« seinen Job.

Deinert hatte im KZ einen schweren Nieren- und Lungenschaden erlitten, war 1947 an den Nieren operiert worden. In Folge der Operation war er auf einem Auge erblindet. Trotzdem arbeitete er in der Verwaltung. Für Paul Lins war Deinert selbst schuld, dass seine Polizei ihn 1933 ins Lager geschickt hatte. Die Folgeerkrankungen legten er, die Beamten und die Ratsmehrheit Deinert zur Last: »Sonst hätten wir ihn schon viel früher hinauswerfen können.«

Trotz der Hetzkampagne lief der Rausschmiss nicht reibungslos. Ein Personalvertreter hatte zum Leidwesen der früheren NS-Beamten dagegen gestimmt. Damit wurde die Kündigung nicht rechtskräftig, weil der Personalausschuss nur einstimmig entscheiden konnte. Nun musste die Amtsvertretung abstimmen. Und das blieb nicht geräuschlos. Die Niedertracht der treibenden Kräfte des Rausschmisses kam ans Licht.

Fritz Gebhard (SPD) sagte, dass er gegen die Kündigung gestimmt hätte, wenn er gewusst hätte, dass Deinert nur zwei private Telefonate in acht Jahren geführt hatte. In geheimer Sitzung beschloss die Amtsvertretung jedoch mit acht zu fünf Stimmen, bei drei Enthaltungen, dass Fritz Deinert in der Sitzung noch nicht einmal zu den Vorwürfen Stellung nehmen durfte. »Den wollen wir hier nicht hören«, sagten sie.

Ein Politiker, dem Deinert Korruption vorgeworfen hatte,

nahm trotz Befangenheit an der Abstimmung teil. Ausgerechnet der korrupte Ratsvertreter hatte den sofortigen Rausschmiss beantragt.

Verwaltungschef Glatzkamp überraschte die Versammlung mit der unerwarteten Nachricht, dass die Kündigung aus Kostengründen erfolgt sei. Das war neu. Amtsdirektor Glatzkamp argumentierte jetzt, ein gebrechlicher, ehemaliger KZ-Häftling wie Fritz Deinert koste die Verwaltung zu viel Geld. Die ursprünglichen Kündigungsgründe spielten keine Rolle mehr.

Glatzkamp hatte gemerkt, dass sie ungesetzlich waren. Trotzdem stimmten 13 Kommunalpolitiker für die sofortige Beurlaubung, drei enthielten sich. Der Mehrheit war die Moral egal. Deinert wurde zum Sündenbock. Er sollte bezahlen.

Das rechtskonservative Lager steigerte sich in einen Beschuldigungswahn. Sie verfolgten Deinert nach der Kündigung weiter. Sie warfen ihm sogar vor, dass er das Dienstgeheimnis verletzt hätte, weil er die Gewerkschaft ÖTV über die Kündigung informiert hatte. Das musste er natürlich tun, um sich wehren zu können. In den Augen der früheren NS-Beamten war das verwerflich. Intern trauerten sie der Zeit vor 1945 nach, als rote »Eckensteher« wie Deinert sich nicht wehren konnten. Als es keine Gewerkschaften und Betriebsräte gab.

Fritz Deinert gab nicht auf. Er war zäh. Mit Hilfe der Gewerkschaft zog er gegen die Verwaltung vor Gericht. Dabei stellte sich heraus, dass Verwaltungschef Volker Glatzkamp die Politiker belogen hatte. In der Statistik über die Arbeitsauslastung Deinerts waren nur die von ihm vermittelten Ferngespräche aufgeführt worden, nicht aber alle Telefonate, von denen die weitaus meisten Ortsgespräche gewesen waren.

Die Erkenntnisse über die beiden Privatgespräche innerhalb von acht Jahren hatte der Verwaltungschef mit Hilfe eines Abhörapparates gewonnen, der in der NS-Zeit für die Überwachung der Verwaltungsmitarbeiter installiert und trotz eines entsprechenden Beschlusses nach 1945 nicht abgeschaltet worden war. Die Kündigung Deinerts war laut Gericht illegal.

Die Macht der Altnazis war nicht vollkommen. Das Arbeitsgericht gab Fritz Deinert in erster Instanz Recht. Die Verwaltung ging in die Berufung. In zweiter Instanz wurde ein Vergleich geschlossen. Fritz Deinert erhielt eine Entschädigung von 2.700 D-Mark für die unrechtmäßige Kündigung.

Ein Jahr später stellte sich noch heraus, dass die Verwaltung sich geweigert hatte, ihm die Entschädigung auszuzahlen. Erst nach einer erneuten Klagedrohung erhielt er das ihm zustehende Geld. Altnazis konnten zu ihrem Leidwesen zwar nicht mehr tun und lassen, was sie wollten, aber faktisch hatten sie gewonnen. Deinert war gefeuert, ob er vor Gericht siegte, war egal. Die Entschädigung für ihr kriminelles Vorgehen kam aus der Stadtkasse. Die Täter wurden erneut nicht bestraft.

Nach der Entlassung war Fritz Deinert überwiegend arbeitslos. Seine Erkrankungen verschlimmerten sich. 1957 musste er wieder ins Krankenhaus eingeliefert werden, dieses Mal ins Klinikum Dortmund. Fritz Deinert hatte genug. Er verließ Stromberg. Am 10. April 1964 starb er im Alter von 56 Jahren in Menden.

Ähnliche Erfahrungen hatte schon der frühere Kommunist Wilhelm Beller gemacht. Er war am 1. Juni 1945 in die Verwaltung eingestellt worden und musste am 30. Juni 1947 ausscheiden. Im Juni 1948 verließ er Stromberg »aus gewissen Gründen«, berichtete die »Westfalenpost«. Die NS-Verwaltung hatte ihn mürbe gemacht. Heute würde man von Mobbing sprechen. Wilhelm Beller wanderte mit seiner Familie in die Sowjetische Besatzungszone aus. Kommunisten mussten gehen, Nationalsozialisten machten Karriere.

Wilhelm Beller hatte erlebt, welche Einstellung die Beamten des demokratischen Neuanfangs hatten. Als Amtsbaumeister Otto Emils im November 1947 Silberhochzeit feierte, sangen seine Beamtenkameraden das »Englandlied«. Eine Zeile lautet: »Bomben auf Engelland«.

Nachdem Beller den Skandal angezeigt hatte, behaupteten sie, sie hätten es leicht abgewandelt und lediglich zur Melodie des Englandliedes »Wir fahren mit der Eisenbahn« gesungen. Dass sie sich untereinander noch mit »Heil Hitler« grüßten, keine Frage.

Bellers Kinder wurden auf der Straße als »Kommunistenschweine« und »rotes Pack« beschimpft, wie vor 1933. Auch Beller hatte die Schnauze voll. Er verließ seine Heimat.

Getrübtes Familienglück

Davon waren Eva und Heinrich Gerbracht weit entfernt. Sie führten nach der Bestattung von Theo Bertram eine scheinbar glückliche Ehe und bekamen zwei Kinder. Von den politischen Kämpfen in der Umgebung erfuhren sie nicht viel. Sie lebten auf ihrem Hof und beschäftigten sich mit sich selbst. Nach der Hochzeit war Gerbracht vom katholischen zum evangelischen Glauben übergetreten. Die beiden Kinder wuchsen behütet auf, der Hof florierte. Es schien Gras über die Bluttat zu wachsen.

Heinrich Gerbracht bekam jedoch gesundheitliche Probleme. Er litt unter Herzrhythmusstörungen. Im Kältewinter 1946 holte er sich eine Lungenentzündung. Spätfolgen der Kopfverletzung, die er sich kurz vor Kriegsende zugezogen hatte, als er aus einem Militärfahrzeug gefallen war, machten sich bemerkbar. Er war nicht mehr der Alte, nicht mehr so fit wie im Sommer 1945. Er schlief schlecht. Oft dachte er an den Unfall zurück und ärgerte sich über das Missgeschick.

Der Arzt hatte damals nur eine Gehirnerschütterung diagnostiziert, da eine genaue Untersuchung nicht möglich gewesen war. In den Jahren nach dem Krieg litt Gerbracht häufig unter starken Kopfschmerzen.

Dazu kamen finanzielle Schwierigkeiten. Das Amtsgericht Unna verurteilte ihn 1947 wegen eines »Lebensmittelvergehens« zu einer Geldstrafe von 1.000 Reichsmark. Er hatte Fleisch auf dem Schwarzmarkt verkauft.

Eva Bertram bemerkte die Veränderungen bei ihrem Mann. Er reagierte zunehmend gereizter und rastete schon bei Kleinigkeiten aus. Sie fragte sich, warum immer wieder Vieh »verloren« ging, warum Fleisch, Milch und Getreide fehlten. Schließlich auch Geld. Eva fühlte sich fast in die Zeit zurückversetzt, als ihr Vater den Hof beherrscht und sie alle tyrannisiert hatte. Oft fragte sie ihn: »Was ist los mit dir?« Anfangs antwortete er noch: »Nichts.«

Heinrich Gerbracht war introvertiert. Er wirkte bedrückt und war schweigsam. Im Laufe der Zeit wurde er immer stiller, fraß seinen Kummer in sich hinein und versuchte, ihn mit Schnaps zu ertränken. Wenn sie mit ihm sprechen wollte und ihn fragte, wie es ihm geht, antwortete er nicht.

Sie machte sich große Sorgen. Ihm war deutlich anzusehen, dass er eine schwere Last mit sich herumtrug. Eva führte es auf die Kopfverletzung zurück, auf die Geldstrafe. Aber das Leben auf dem Hof musste weitergehen. Sie verdrängte die Probleme, die im Hintergrund schwelten.

Das Liebesglück wurde nach und nach zur Fassade. Sie lebten ihr Leben, aber sie waren nicht mehr glücklich. Der Schwebezustand hielt bis Mitte der 1950er Jahre an.

Pressekonferenz

»*Homborner Mord nach 9 Jahren geklärt*«, titelte die Lokalzeitung am 19. Oktober 1954. »*Durch unermüdliche Kleinarbeit ist es der Kriminalpolizei unter Mitarbeit der Bevölkerung gelungen, die Täter, die den Landwirt Theo Bertram am 10.12.1945 in seinem Pferdestall in Homborn ermordeten, ausfindig zu machen. Es handelt sich um drei Anwohner von Homborn. Diese drei Personen wurden festgenommen und dem Richter vorgeführt, der Haftbefehl erließ*«, berichtete Kriminalkommissar Eduard Spengler den erstaunten Journalisten, die sich zur Pressekonferenz in Unna eingefunden hatten.

Eduard Spengler behauptete, dass die Kripo Unna nach eingehendem Aktenstudium die richtige Spur gefunden hätte, obwohl die Arbeit wegen der Versäumnisse im Dezember 1945 sehr schwer gewesen sei. Durch seine »ausgefeilte« Vernehmungstechnik habe er, Spengler, die festgenommenen Beschuldigten zum Geständnis bewegen können.

Journalisten griffen die Formulierungen des Unnaer Kripochefs begierig auf. Die Arbeit der Polizei habe in den Jahren nach dem Mord nicht geruht. »*Die Akten wanderten von Dienststelle zu Dienststelle, neue Momente tauchten auf, wurden geprüft und wieder verworfen. Hin und wieder in den Jahren 1947 und 1952 wurden Dorfbewohner vernommen, machten ihre Aussagen vor der Polizei und wurden wieder entlassen.*«

Lokalzeitungen veröffentlichten Fotos, die sie Dorfbewohnern gegen Geld und leere Versprechungen abgeluchst hatten. Die Bilder zeigten Menschen aus dem privaten Umfeld des Opfers, Familienangehörige und Nachbarn. Autoren kürzten Namen der Beschuldigten ab, deren Gesichter auf den Fotos zu sehen waren, sodass jeder wusste, wer gemeint war.

Als die mediale Bombe im Oktober 1954 platzte, geriet der Dorffriede in Gefahr. Ein Tabu war gebrochen. Die Bericht-

283

erstattung blieb nicht auf den lokalen oder regionalen Rahmen begrenzt. Zeitungen und Illustrierte aus ganz Deutschland stürzten sich auf die Sensationsgeschichte.

Auch Bürgermeister Wilhelm Kirschkopf landete in der Zeitung, als guter Bekannter eines Beschuldigten, mit dem er bierselig am Tisch in seiner Stammkneipe trank: »An diesem Platz saß er oft mit dem Täter zusammen«, hieß es. Ein Foto zeigte »Täter« aus der Mitte der Dorfgemeinschaft, zu der auch das Opfer gehört hatte. Wer waren die angeblichen Täter?

Mal hieß es, drei Personen seien verhaftet worden, dann meldeten Zeitungen die Verhaftung von zwei Männern.

Die Polizei hatte den Viehhändler August Hackenberg und den Bergmann Walter Siegmund eingesperrt. Die Gerüchteküche brodelte. In Homborn hieß es, dass auch der »Schwiegersohn des Ermordeten«, der angesehene und sympathische Landwirt Heinrich Gerbracht, verhaftet worden sei.

Dorfbewohner waren geschockt. Drei Mitbürger und Nachbarn waren festgenommen worden. Sie konnten nicht glauben, dass Menschen aus ihrer Mitte zu solch einer Bluttat fähig waren, vor allem nicht der Hauptbeschuldigte. Die üblichen Mechanismen liefen an.

Für die Presse stand schnell fest, dass Heinrich Gerbracht der »Mörder des alten, wehrlosen Bauern« gewesen sei. Zeitungen veröffentlichten Gerbrachts Foto, ebenso das Bild seiner Frau Eva. Journalisten stellten die Eheleute öffentlich an den Pranger und verurteilten den Verdächtigen vor der Verhandlung. Lange vor Prozessbeginn hatten Lokalredakteure den Schuldigen gefunden.

Kommissar Eduard Spengler und sein Kollege Henkellos von der Kripo Unna verhörten Heinrich Gerbracht am Morgen des 21. Oktober 1954. Er sagte aus, sie hätten Theo Bertram zu dritt im Stall überfallen, um ihm einen Denkzettel zu verpassen. Da er befürchtete, Bertram könnte ihn erkannt haben, habe er zwei Mal mit dem Misthaken zugeschlagen, der griffbereit im Stall an einem Pfeiler stand. Noch am gleichen Tag wurde Gerbracht vom Haftrichter vernommen. Hier bezweifelte er seine Erstaussage, er hielt sie aber für möglich. Am Ende der richterlichen Vernehmung widerrief er sein Geständnis.

Eduard Spengler schlussfolgerte, dass Gerbracht der Haupttäter und Mörder sein müsse. Siegmund und Hackenberg waren danach Mittäter. Laut Zeitungsberichten legten Hofverwalter Heinrich Gerbracht und der 31-jährige August Hackenberg in der U-Haft Geständnisse ab.

Es blieb unklar, wer die letzten tödlichen Schläge ausgeführt hatte. Klar war nur, dass alle drei Bertram überfallen hatten.

Einen Monat nach der Pressekonferenz der Kripo, am 13. November 1954, berichtete eine Lokalzeitung, wie es zu den Verhaftungen gekommen war. Nicht die angebliche »mühevolle Kleinarbeit« der Kriminalpolizei war es, die zur Entlarvung der mutmaßlichen Täter geführt hatte, sondern König Alkohol.

»Ein Betrunkener hatte vor einigen Monaten in einer Gastwirtschaft eine unbedachte Äußerung über den bis dahin noch mysteriösen Tod des Bauern getan«, hieß es in dem Artikel. Er hatte neue Details über die Tat ausposaunt. Kriminalkommissar Eduard Spengler hatte zufällig in der gleichen Kneipe gesessen und die verdächtigen Äußerungen über den Tod des Landwirts gehört. Er hatte sich Notizen auf einem Bierdeckel gemacht. (Nicht, dass er zufällig in einer Kneipe saß. Zufall war, dass er gerade in dieser Kneipe trank.)

Der Bergmann Walter Siegmund hatte gut neun Jahre nach der Tat, im August 1954, in der Kneipe sein Gewissen erleichtert. Er kippte zu viel Bier und Schnaps, der Alkohol löste seine Zunge. Das Wissen, das er seit Dezember 1945 mit sich herumschleppte, belastete ihn. Er berichtete von dem Überfall auf Theo Bertram: »Wir waren da«, lallte er, »haben ihm eine Wucht verpasst. Dann sind wir weg, aber er lebte noch.«

Die Sache wäre in Vergessenheit geraten, hätte Spengler nicht Wochen später den Bierdeckel auf seinem Schreibtisch gefunden. Er hatte unter einem Aktenstapel gelegen. Als er den Deckel sah, fielen ihm mehrere Ausrufezeichen auf, die er gemacht hatte. Die Worte »Mord« und »Homborn« sowie »Siegmund« standen auf dem vergilbten, stark nach Bier stinkenden Bierdeckel.

Spengler und Henkellos suchten Siegmund zu Hause auf. Sie vernahmen ihn, setzten ihn unter Druck, fragten nach seinen Komplizen. Siegmund verriet die Namen der beiden anderen.

Zwei Monate nach der Prahlerei in der Kneipe nahm die Polizei drei Verdächtige fest. Aber das allein wäre Eduard Spengler zu einfach gewesen. Der Fahndungs- und Ermittlungserfolg sollte öffentlichkeitswirksam präsentiert werden. Die Geschichte von der unbedachten Äußerung eines Volltrunkenen wäre wenig hilfreich gewesen. Bei der Pressekonferenz lieferte Eduard Spengler nicht nur die eigene Erfolgsgeschichte, sondern auch eine plausible Erklärung für das Scheitern der Ermittlungen im Dezember 1945. Er verwies hier auf die damals zuständigen Fachkräfte der Polizei, Pichler, Beller und Ernst. Seine Feinde die »Roten«, Kommunisten.

Spengler erwähnte die ersten Ermittlungen der uniformierten Polizei, die sich unter der Regie von Pichler auf drei Ausländer und einen kranken Knecht konzentriert hatten. In einem Zeitungsbericht heißt es: »Der Bekannten- und Verwandtenkreis des Ermordeten schied damals für die Täterschaft aus.« Spengler verschwieg, dass der Schutzpolizist Herbert Nahlmann schon im Dezember 1945 Gerbracht und einen Mittäter vernommen hatte.

Presse und Kripo Unna behaupteten nicht ganz zu Unrecht, die ersten Ermittlungen seien oberflächlich und fehlerhaft gewesen. Eine Lokalzeitung schrieb unter der Zwischenüberschrift »Zwielichtige Figuren«: »Die beiden zwielichtigen Existenzen, die damals nach dem Kriege Polizeigewalt in Stromberg innehatten, können schlecht den Makel einer gewissen Unaufrichtigkeit von sich abstreifen, der ihnen seit damals anhängt.« Gemeint waren die Kommunisten Werner Pflock und Gregor Pichler, die nach der Sensation zu dem Fall vernommen wurden.

Wilhelm Beller war in die Ostzone ausgewandert. Werner Ernst, der Pichler unterstützt hatte, arbeitete nach seiner Stromberger Zeit für den Landrat Hubert Biernat. Er blieb im Hintergrund, weil er mit dem Fall nichts zu tun hatte.

Die Zeitungen enthüllten, dass die Ermittlungen 1947 und 1952 in anderer Richtung erneut aufgenommen worden waren. Zahlreiche Vernehmungen verhalfen jedoch nicht zum Durchbruch. Die wirklichen Täter hätten es geschafft, die Ermittler zu täuschen. Sie hatten sich gegenseitig Alibis verschafft. Zwei Beschuldigte, Siegmund und Gerbracht, hätten die Mittäterschaft einer dritten Person erfolgreich vertuscht. Die »Westfalenpost« veröffentlichte im November 1954 die Schlagzeile: »Gerbracht erschlug Bertram mit Mistharke«.

Die neugierige Öffentlichkeit erwartete eine gerichtliche Klärung des Mordfalls, aber die Ermittlungen zogen sich in die Länge. Die Dorfbewohner wurden unruhig, das Gerede nahm kein Ende. Die Stimmung war gereizt. Homborn war gespalten in Anhänger und Feinde des Mordopfers. Einig waren sich alle, dass die Medieninvasion schlecht war. Dazu hatten jedoch einige Bewohner beigetragen, indem sie Journalisten Fotos der Beteiligten gegeben oder verkauft hatten.

Nach dem Ende der Vorermittlungen leitete das Dortmunder Landgericht Anfang 1955 umfangreiche gerichtliche Untersuchungen in die Wege. Das Grab des Bauern Bertram wurde geöffnet, die Leiche exhumiert. Sie sollte nun, neun Jahre nach der Ermordung, genauestens untersucht werden, um zu klären, welche Verletzungen zum Tode des Ortsgruppenleiters geführt hatten. Akten wurden ans gerichtsmedizinische Institut nach Münster abgegeben.

Ein Jahr nach den Sensationsberichten war die Anklageschrift fertig. Die Zeitungen berichteten im Dezember 1955.

Heinrich Gerbracht wurde wegen Mordes angeklagt. Der Prozess sollte Anfang 1956 beginnen. Doch daraus wurde nichts. Wegen des Zeitaufwands für rechtsmedizinische Untersuchungen wurde der Prozessbeginn mehrfach verschoben.

Gericht

Am Mittwoch, 11. April 1956, war es so weit. Der Prozess im Mordfall Bertram begann am Dortmunder Landgericht, mehr als zehn Jahre nach der Tat. Landgerichtsdirektor Dr. Karl Eickhoff eröffnete als Vorsitzender das Schwurgerichtsverfahren. Die Kammer hatte drei Sachverständige und 23 Zeugen berufen.

Der Gerichtssaal war gerammelt voll. 65 Zuhörer drängten sich auf den überfüllten Bänken im Saal 130 des Landgerichts, im ersten Obergeschoss des Gebäudes. Als alle Plätze besetzt waren, schlossen Justizwachtmeister die Türen. Viele Besucher mussten draußen bleiben. Sie gingen enttäuscht wieder nach Hause.

Auf den Bänken saßen etliche Menschen aus Homborn.

Gesichter, die geprägt waren von harter Landarbeit und viel frischer Luft. Manche trugen grüne Lodenmäntel. Ein Stück Homborn mitten in Dortmund, das noch von Spuren der Kriegszerstörungen gezeichnet war.

Heinrich Gerbracht stand wachsbleich auf der Anklagebank. Wahrscheinlich war er so blass wie im Dezember 1945, als er mit seinen Komplizen am Spritzenhaus gestanden hatte. Ansonsten hatte er sich verändert. Während der Haft war er schmal geworden. Er sprach sehr leise und spielte zeitweise nervös mit einem Knopf an seinem dunkelblauen Zweireiher. Der Angeklagte wirkte scheu. Kerzengerade und stur geradeaus sah er den Richter Karl Eickhoff an. Die übrigen Anwesenden würdigte er keines Blickes.

Der Vorsitzende befragte Heinrich Gerbracht zur Person. Der Angeklagte sprach betont langsam und ließ sich bei den Antworten viel Zeit. Die Verhältnisse auf dem Hof Bertram beschrieb er vorsichtig als »nicht erfreulich«. Er wirkte elegant, nicht so, wie man sich einen echten westfälischen Landwirt vorstellte.

Heinrich Gerbracht überraschte Gericht und Öffentlichkeit mit einem Bericht über das Verhalten seiner einstigen Komplizen. Die ehemaligen Freunde und Mittäter Hackenberg und Siegmund hatten ihn nach dem Überfall über Jahre erpresst. Er hatte »Schweigegeld« zahlen müssen, zunächst in Naturalien, dann in bar. »Erst wollten sie Fleisch, Milch, Weizen, praktisch alle unsere Erzeugnisse. Dann reichte ihnen das nicht mehr. Sie wollten Geld.«

Richter Karl Eickhoff fragte die Mitangeklagten mit strenger Stimme: »Stimmt das so?« Beide drucksten zunächst herum und schwiegen, aber der strenge Richterblick hatte Wirkung. Sie gaben es zu.

»Wir haben Geld von Gerbracht bekommen, aber auch Lebensmittel und Getreide«, sagte Hackenberg.

Gerbracht fügte hinzu: »Einmal hat mich Siegmund mit der Waffe in der Hand bedroht und gesagt: ›Du bist nicht mehr wert, als dass ich dich umlege‹.« Das war eine weitere Erklärung für die Geldnöte des Hofes nach dem gewaltsamen Tod Bertrams.

Nach dieser Enthüllung schilderte Heinrich Gerbracht den Tatablauf: »Wir standen unmittelbar an der Verbindungstür zwischen Kuhstall und Pferdestall. Es brannte kein Licht. Der Misthaken stand draußen auf dem Mist. Da kam Bertram und machte die Tür auf. Ich habe ihn dann zuerst vor die Brust gefasst und ein paar Mal hin und her geschoben. Siegmund und Hackenberg fassten auch zu. Bertram hat nicht um Hilfe gerufen. Vielleicht hat er sich auch gar nicht gewehrt. Dann schlugen wir alle auf ihn los. Ich gab ihm einige Schläge mit der flachen Hand ins Gesicht. Dann schlug Hackenberg plötzlich mit einem Engländer zu, erst von hinten und dann von vorn ins Gesicht. Sein letzter Schlag landete auf dem Kopf von Bertram. Und da fiel Bertram lang hin in den Stallflur und schrie um Hilfe. Da sind Siegmund und ich hinausgelaufen und ließen Hackenberg allein. Draußen habe ich dann eine Minute gewartet, bis die anderen kamen …«

Bei der Verhandlung beschuldigte er August Hackenberg, die tödlichen Schläge ausgeführt zu haben. Vor der Polizei hatte Gerbracht ausgesagt, er habe Bertram in die Pferdebox gedrückt, da er das Gefühl hatte, Bertram hätte ihn erkannt. Da habe er den Entschluss gefasst, ihn zu töten.

Gegen Ende des ersten Verhandlungstages zeigte der Unnaer Kriminal-Obersekretär Erich Borrmann in einem Diavortrag die Ergebnisse der ersten Tatrekonstruktion, die am Tatort vorgenommen worden war.

Die Schlagzeilen des nächsten Tages hatten es in sich. Zwei Lokaljournalisten fragten die Leser, ob die Hoferbin Eva den Täter, also den »Mörder ihres Vaters«, geheiratet hatte. Andere Journalisten hatten diese Frage schon im Oktober 1954 mit Ja beantwortet. Für Dr. H. Frings stand 1956 fest, dass es so war.

Zeitungen berichteten wahrheitswidrig, dass der Hauptbeschuldigte bis dahin zehn Mal Mord gestanden hätte und das Geständnis erst jetzt, zum Prozessauftakt, widerrufen hätte. Tatsächlich hatte Gerbracht erstmals am 21. Oktober 1954, lange vor dem Prozess, in der polizeilichen Vernehmung durch Eduard Spengler gestanden. Stunden später vor dem Richter hatte er dieses Geständnis widerrufen. Das Gedächtnis der Redakteure – und möglicherweise auch des Gerichts – war kurz.

Der zweite Prozesstag: Donnerstag, 12. April 1956

Der große Auftritt der Frauen stand bevor. Ihre Aussagen wurden mit Spannung erwartet. Am zweiten Prozesstag traten Eva Gerbracht, »Gattin des wegen Mordes angeklagten Heinrich Gerbracht und Tochter des ermordeten Bauern Bertram«, und ihre Mutter Magdalene Bertram in den Zeugenstand.

Als sie den Saal betraten, prasselte ein Blitzlichtgewitter über die beiden Hauptdarstellerinnen des Tages. Die Augen der Zuschauer im erneut überfüllten Saal 130 richteten sich auf sie und den Hauptangeklagten.

Die 55-jährige Magdalene Bertram hätte beginnen sollen, aber sie verweigerte die Aussage. Also trat ihre Tochter Eva Gerbracht als Erste in den Zeugenstand. Die gut aussehende junge Dame wusste, wie sie auf Männer wirkte. Dezent, aber elegant gekleidet, zog sie die Blicke auf sich. Sie trug ein schlichtes, schwarzes Schneiderkostüm mit weißer Bluse, die ihre Kurven betonte. Selbstbewusst, ruhig und beherrscht machte sie ihre Aussagen. Die Zuschauerinnen waren neidisch. Sie bewunderten ihr erstaunlich souveränes Auftreten. Eva schien die Familientragödie gut zu verkraften.

Inhaltlich waren ihre Aussagen zwar nichtssagend, aber ihre erotische Stimme ließ Männerherzen höher schlagen. Immer dann, wenn sie vielleicht etwas Interessantes hätte sagen können, schwieg sie. »Ich weiß es nicht«, lautete eine ständig wiederkehrende Formel. Neuigkeitswert hatte nur ihre Ankündigung, dass sie die Aufhebung der Ehe mit Heinrich Gerbracht beantragt hatte. Sie blieb selbst dann ruhig, als sie persönlich beschuldigt wurde, in die Mordpläne verwickelt gewesen zu sein.

Heinrich Gerbracht saß regungslos auf seinem Stuhl, die Augen nach unten gerichtet, während seine Frau sprach.

Für die Öffentlichkeit war die charismatische Tochter des Mordopfers ein Star. Sie konnte sich gut ausdrücken. Ihre Fotos waren in allen Zeitungen. Prozessbeobachter registrierten ihr distanziertes Verhalten und fragten nach ihrem Charakter. Was steckte hinter der Fassade der attraktiven Frau, die sich als unnahbar gab? Zeugen beschrieben sie als »gefühlskalt«.

Die beiden Hausmädchen berichteten über Evas seltsames Verhalten am Abend des 10. Dezember 1945. In den Minuten unmittelbar nach der Tat sei sie mit ihrer Mutter ruhig und beherrscht in der Küche sitzen geblieben, während Theo Bertram nebenan im Sterben lag.

Eva und Heinrich Gerbracht waren erleichtert, als der zweite Tag bei Gericht zu Ende ging. Ihr Umgang mit der Prozessöffentlichkeit war dabei grundverschieden. Die Fragen des Richters nervten Eva, aber sie genoss es auch, im Rampenlicht zu stehen. Heinrich hatte erkennbare Probleme damit. Den Zuschauern fiel auf, dass die Eheleute den ganzen langen Verhandlungstag über keinen Blick tauschten und kein einziges Wort wechselten. Viele gingen mit dem Gefühl aus dem Saal, nicht die ganze Geschichte gehört zu haben.

Die Presse kündigte für den dritten Prozesstag eine Sensation an: Lokaltermin. Das Gericht machte eine Sitzung in Homborn.

Lokaltermin

Freitag, 13. April 1956. Es nieselte leicht, als das Gericht um 10 Uhr früh in der Nähe des Spritzenhauses zusammenkam, wo sich die drei Männer am 10. Dezember 1945 kurz nach 20 Uhr getroffen hatten, um Theo Bertram »eine Wucht« zu verpassen.

Der Lokaltermin war ein Renner. Neugierige Dorfbewohner kamen in Scharen zusammen, Männer, Frauen und Kinder. Wer nicht zur Arbeit musste, war dabei. Andere nahmen unbezahlten Urlaub. Es gab kaum einen Homborner, der nicht zum Lokaltermin erschien, um die Akteure am Tatort zu sehen. Es war wie im Film, großes Kino.

Das mediale Großereignis lockte auch Schaulustige aus den umliegenden Gemeinden an. Wer ein Auto und Zeit hatte, fuhr nach Homborn. Der Straßenverkehr kam beinahe zum Erliegen. Obwohl es noch nicht viele Autos gab, waren Straßen und Wege zugeparkt. Das Gericht reiste per Bus und mit einigen Pkw an und hatte Mühe, an den Tatort zu gelangen. Menschen drängten an den Zaun des Hofgrundstücks. Von der Straße aus konnten sie durch die Tür des Pferdestalls in den hell erleuchteten Stall sehen.

Schutzpolizisten organisierten die Absperrung und sorgten dafür, dass die zahlreichen Zaungäste wirklich hinter den

Zäunen blieben. Das gelang ihnen nicht bei allen Journalisten, die aus der gesamten Bundesrepublik angereist waren. Paparazzi-Fotografen durchbrachen die Absperrungen und lichteten Beschuldigte und Zeugen ab. Überall klickten Kameras. Sie alle, Presseleute und Schaulustige, standen auf den Weiden rund um den Bertram-Hof und versuchten, einen Blick auf das Ehepaar Gerbracht und den Tatort zu erhaschen.

Die Küche war der Dreh- und Angelpunkt des Lokaltermins. Von hier aus war der Bauer zu seinem Rundgang aufgebrochen. Hier hatten die Hausangestellten die Schreie gehört. Danach hatten Frau und Tochter untätig am Tisch gesessen. Jetzt suchten sich Richter, Schöffen, Staatsanwälte und Presseleute einen Platz. Dann wurden die Angeklagten hereingeführt.

Eva Gerbracht und Magdalene Bertram stellten sich neben den Herd. Richter Dr. Eickhoff wollte das Geschehen in der Küche Revue passieren lassen.

Magdalene Bertram starrte die Wand an. Zehn bis 15 lange Minuten standen die fünf Schlüsselpersonen in der Küche ganz eng beieinander, nur durch den Staatsanwalt getrennt. Jetzt wirkten sie wie Fremde. Die Eheleute blickten ständig aneinander vorbei, sie würdigten sich keines Blickes. Niemand hätte vermutet, dass Magdalene, Eva und Heinrich gut zehn Jahre zusammen auf dem Hof gelebt, einander geliebt und miteinander gearbeitet hatten, dass sie eine Familie waren. Und wo waren die Kinder?

Der Rückblick begann. Schritt für Schritt rekonstruierte das Gericht die Tat. Es wollte genau wissen, wie der Überfall abgelaufen war.

Heinrich Gerbracht war am 10. Dezember 1945, nach dem heftigen Streit auf dem Hofe Bertram, zu seinem Freund, dem Viehhändler August Hackenberg gegangen. Hackenberg bearbeitete gerade in seinem Haus im Nachbardorf Rechnungen. Gerbracht war um 10 Uhr angekommen. Er klopfte an, Hackenberg rief: »Herein!« Gerbracht trat ein und berichtete entrüstet über die Gewalt auf dem Hof: »Bertram hat die Frauen mit der Reitpeitsche geschlagen. Er muss dafür eine Wucht haben. Gehst du heute Abend mit? Wir wollen ihm einen Denkzettel verpassen. Heute muss etwas passieren, denn morgen haut Bertram wieder ab.«

Hackenberg überlegte kurz und stimmte dem Vorschlag zu, dass Bertram eine »Wucht« verdient hätte. Sie diskutierten, wie sie vorgehen wollten. Hackenberg wandte ein: »Es gibt da ein Problem. Siegfried und Dietmar Sprenger wohnen bei Bertrams. Das sind Polizisten. Was, wenn sie uns erwischen? Ist das Risiko nicht zu groß?«

»Ach was«, antwortete Gerbracht, »er kriegt eine ordentliche Abreibung, und bevor die was merken, sind wir längst weg. Wir kennen uns aus. Die nicht.«

Sie planten, die Dunkelheit abzuwarten, um unerkannt zum Hof zu gelangen. »Wir treffen uns am Spritzenhaus«, sagte Gerbracht. »Wir packen ihn beim Rundgang und verhauen ihn.«

»Wenn wir uns maskieren, erkennt er uns nicht«, meinte Hackenberg. Er sollte abends eine Flasche Schnaps mitbringen.

Danach ging Heinrich Gerbracht zu Siegmund und weihte ihn in die Pläne ein. Auch er wollte mitmachen. Siegmund sollte später am Nachmittag zu Gerbracht kommen. Für den Fall der Fälle wollten sie sich gegenseitig Alibis verschaffen. Sie wollten aussagen, sie hätten sich abends bei Gerbracht zum Schnaps getroffen. Hackenberg blieb außen vor, mit ihm war nur das Treffen am Spritzenhaus vereinbart.

Nach dem Gespräch mit Siegmund war es 13.30 Uhr. Gerbracht wollte zurück auf den Hof Bertram gehen, arbeiten und die Lage peilen. Aber er traute sich nicht. Er war nervös und wartete bis nachmittags. Erst gegen 16 Uhr ging er hin, nachdem er sich vergewissert hatte, dass der Alte nicht da war.

»Er ist mal wieder unterwegs«, sagte Eva vielsagend, als sie ihn sanft auf den Mund küsste. Zu gern wäre er mit ihr ins Haus gegangen, aber er wollte die Pläne für den Abend nicht gefährden. Also machte er sich an die Arbeit und fuhr Mist aus.

Als er fertig war, bereitete er den Überfall vor. Die Tür, die vom Pferdestall zum Mistfall führte, verriegelte er nur lose, damit sie später von außen hereinkämen. Aber es gab noch ein Problem: den Schäferhund. Gerbracht musste sich etwas überlegen.

Bertram hatte den Hof nach dem Streit verlassen und war zu seinem Freund, dem Bäcker Konstantin Klett, gegangen. Klett war mit dem Backen fertig, er räumte noch auf und wollte dann eigentlich schlafen.

Als Bertram kam, bot er ihm wie selbstverständlich einen Schnaps an. Da man auf zwei Beinen als echter Mann nicht stehen kann, mussten es drei Schnäpse sein. Bertram bekam dann einen Moralischen. Er weinte und klagte dem Bäcker sein Leid.

Gerbracht arbeitete bis halb sieben, ging dann nach Hause, um sich für den Abend vorzubereiten. Kaum war er angekommen, klopfte es an der Tür. Er öffnete.

Es war Siegmund. »Du bist aber spät dran. Ich war vorhin schon mal hier. Wir wollten uns doch nachmittags treffen«, sagte er vorwurfsvoll.

Gerbracht entschuldigte sich. »Ich musste länger machen. Es gab noch einiges zu tun. Das wär' sonst aufgefallen.«

Siegmund hatte Schnaps mitgebracht. Er zog den Korken heraus, und sie tranken. Siegmund war für Heinrich Gerbracht ein neuer Freund. Hackenberg kannte er schon länger. Beide waren katholisch. Sie waren zusammen im benachbarten katholischen Benkhausen zur Schule gegangen. In Homborn hatten sie ständig engen Kontakt.

Nach der Rückkehr aus der Gefangenschaft lernten sie den zugezogenen Siegmund kennen. Die Nachkriegsnot schweißte die jungen Männer zusammen. Sie waren im gleichen Alter, hatten gemeinsame Interessen, und sie hatten üble Kriegserfahrungen gesammelt. Mit Nazis wie Bertram wollten sie nichts zu tun haben.

Siegmund und Gerbracht tranken zwar viel Schnaps, aber Gerbracht war noch nüchtern genug für den Plan. Und er war noch immer nervös.

Gegen 20 Uhr verließen sie das Haus und zogen los. Der Mond stand am Himmel. »Ganz schön hell«, sagte Siegmund. »Macht nichts«, antwortete Gerbracht, »bis wir loslegen, ist es dunkel genug, und außerdem haben wir unsere Masken.«

Unterwegs tranken sie aus der Flasche, die Siegmund mitgebracht hatte. »Das ist Selbstgebrannter«, sagte Siegmund stolz. »Mirabellenschnaps, der hat locker über 50 Prozent.« Das Zeug war höllisch scharf, wie Gerbracht fand, aber es wärmte.

Als sie zum Spritzenhaus kamen, warfen sie die Flasche ins Gebüsch. Sie waren schon ziemlich betrunken.

Am Spritzenhaus trafen sie Hackenberg. Sein »Ermutigungsschnaps« war ein sogenannter »Balkanbrand«, illegaler Fusel, den Hackenberg bei Polen gegen ein Stück Fleisch eingetauscht hatte. »Eigentlich bin ich schon voll«, sagte Siegmund. Und zu Hackenberg: »Du kannst die Flasche alleine saufen.«

Trotzdem leerten sie auch diese Flasche gemeinsam, wobei Hackenberg etwas mehr trank als die anderen beiden.

Sie beobachteten den Hof. Sie wussten, dass der Landwirt

jeden Abend einen Rundgang machte, der im Kuhstall begann. Eigentlich wollten sie noch einmal genau besprechen, wie sie vorgehen wollten, aber der Schnaps hatte sie ziemlich benebelt gemacht. Sie sprachen über die Zielperson der Aktion, über die Gewalttaten des Bauern, seine Übergriffe und die Tyrannei auf dem Hof. Die Erinnerungen an seine Untaten steigerten ihre Wut. »Wir zahlen es ihm heim!«, bekräftigte Gerbracht.

»Wir gehen einfach rein und schlagen ihn grün und blau«, sagte Gerbracht leise. »Und dann hauen wir sofort ab.« Die beiden anderen stimmten zu.

Hackenberg zog grinsend seinen Engländer aus der Tasche. »Das wird ihm gut bekommen«, meinte er.

Aber die anderen zogen ihn mit. »Pack das Ding ein, wir müssen jetzt gehen«, sagte Gerbracht.

Hackenberg ließ den fast ein Kilo schweren Schraubenschlüssel in der Innentasche seines grünen Motorradmantels verschwinden.

Kurz vor 21 Uhr schlichen die drei Betrunkenen rüber zum Hof. Gerbracht sagte: »Wartet kurz hier. Ich muss mich noch um den Hund kümmern.« Er ging ums Haus und sperrte den Schäferhund sicherheitshalber im Zwinger ein. Es war kein Problem. Der Hund kannte ihn gut. Zur Beruhigung gab er ihm ein Stück Fleisch, das er mitgebracht hatte. Dann lief er zu seinen Komplizen zurück.

Sie gingen über den Misthaufen, öffneten die nur lose angelehnte Tür und betraten den dunklen Pferdestall. Neben der Verbindungstür zum Kuhstall blieben sie stehen und warteten auf Bertram, der jeden Abend gegen 21 Uhr durch Haus und Ställe ging.

Als der Bauer schwer verletzt im Stall lag, gelangten die Täter durch ein Loch in der Hofmauer auf eine Wiese. Sie liefen über den Hinterhof, sprangen über den Kirchbach und einen Drahtzaun ins freie Gelände. Sie reinigten ihre Kleidung von den Blutspuren und entkamen unerkannt. Seine blutverschmierte Lederweste versteckte Gerbracht in einer Sämaschine auf dem Hof seiner Eltern. Sie ist später von Siegmund verbrannt worden.

Das Gericht befragte auch Lisbeth Specht und Erna Hambusch, die an dem Mordabend in der Küche gesessen hatten. Sie versetzten sich zurück in die Abendstunden des 10. Dezember 1945, als sie die Schreie Bertrams gehört hatten. »Wenn ich heute ein Kuh brüllen höre, muss ich immer an das Schreien denken«, sagte Erna Hambusch. Sie berichtete auch, dass sie die Ohrfeigen- und Reitpeitschenattacke Bertrams am Tattag beobachtet hatte.

Zur weiteren Rekonstruktion des Geschehens ging es mit den Polizisten Siegfried und Dietbert Sprenger in den Pferdestall. Siegfried beschrieb, wie er einen maskierten Täter gesehen hatte und Bertram in der Box fand.

Im Lokal Rohling aß das Gericht zu Mittag. Der Saal war überfüllt. Neugierige hofften darauf, das eine oder andere spannende Detail über die Tat zu hören. Nach dem Essen wurde der Wirtssaal zum Gerichtssaal umfunktioniert.

Vernommen wurden Werner Pflock aus Stromberg, Bäcker Konstantin Klett und Gregor Pichler. Dr. Anton Bertram erinnerte daran, dass am 13. April vor 100 Jahren sein Vater Friedrich Wilhelm geboren worden war.

Das Gericht befragte die drei Angeklagten. Dabei kam Heinrich Gerbrachts Gesundheitszustand in den Jahren nach 1945 zur Sprache. Sein schlechtes Gewissen hatte ihn geplagt. Hinzu kamen die Erpressungen durch seine ehemaligen Kumpanen. Die ständige Unsicherheit hatte ihn zermürbt. Er war abgemagert und trank.

Auch an Siegmund und Hackenberg war die Bluttat nicht spurlos vorübergegangen. Die einstigen Freunde waren vom Neid zerfressen. Sie waren eifersüchtig auf Heinrich Gerbracht, der sich ins gemachte Nest auf dem Hof Bertram gesetzt hatte. Er hatte eine gesicherte Existenz, eine hübsche Frau, zwei Kinder und ein scheinbar schönes Leben.

Das Gericht beleuchtete den Lebenslauf des 33-jährigen Mitangeklagten August Hackenberg. Er wurde 1923 in Benkhausen im Kreis Unna geboren. 1930 zogen seine Eltern nach Homborn, um einen Hof zu übernehmen. Hackenberg hatte sechs Geschwister. Er war katholisch und besuchte die Volksschulen in Benkhausen und in Homborn, wo er immer versetzt wurde. 1936 starb sein Vater.

Nach der Schule blieb er ein Jahr zu Hause, um seine Mutter zu unterstützen. 1938 machte er eine Lehre in Castrop-Rauxel. Mit der bestandenen Gesellenprüfung kehrte er im April 1941 auf den Hof der Eltern zurück und leitete die Landwirtschaft. Im April 1942 wurde er zur Wehrmacht eingezogen. Er machte Dienst als Kradmelder beim Heer in Italien, Afrika, Ostpreußen und Polen. Verwundet wurde er im März 1945 beim Rückzug in Ostpreußen, als er einen Unterarmdurchschuss erlitt. Er kam in ein Lazarett und dann in englische Gefangenschaft.

Im Juni 1945 wurde er nach Hause entlassen. Dort half er den Eltern bei der Bewirtschaftung des Hofes. Etwa um diese Zeit hatte er versucht, mit Mechthild Bertram anzubändeln. Doch die ließ ihn abblitze. Auch ihn wies Theo Bertram als »katholischen Hund« ab. Als dann Bertram das Gerücht verbreitete, Hackenbergs Vater würde den Landwirten regelmäßig zu wenig für ihr gutes Vieh zahlen, wuchs sein Hass auf den Bauern.

Im Mai 1952 heiratete Hackenberg. Wie Gerbracht konvertierte er, weil auch seine Frau Protestantin war. Die Eheleute Hackenberg hatten drei Kinder.

Wie Gerbracht hatte auch Hackenberg während des Krieges einen Unfall. Er war mit einem Motorrad verunglückt und hatte sich dabei eine Gehirnerschütterung und einen Schulterbruch zugezogen. Die beiden Freunde hatten sich kennengelernt, als Gerbracht eine Lehre auf dem Hof seiner Eltern gemacht hatte.

Walter Siegmund wurde am 27. Mai 1920 in Unna geboren. Er besuchte die Volksschule in Dortmund. Nach der Schule machte er eine landwirtschaftliche Lehre beim Bauern Karl Schieferstein in Hessen-Nassau. Im Dezember 1934 wechselte Siegmund zu einem Bauern in Stockum bei Unna. Danach arbeitete er als landwirtschaftlicher Gehilfe auf verschiedenen Bauernhöfen in der Gegend.

Im Dezember 1940 wurde er zur Wehrmacht eingezogen. Bei seinen Einsätzen an der Ostfront bis November 1944 wurde er fünf Mal verwundet. Nach einem Lazarettaufenthalt wurde er an der Westfront eingesetzt. Er entging der Gefangenschaft und kehrte im Mai 1945 zu seinen Eltern nach Dortmund zurück. Danach arbeitete er als Tagelöhner bei Landwirten in Homborn.

1948 wechselte er den Beruf. Er wurde Bergmann, arbeitete aber zeitweise auch bei der Firma Popper in Stromberg. Im Mai 1948 heiratete er und wurde Vater. Das mit Gerbrachts Schwester hatte sich zu seinem Leidwesen zerschlagen. Er hatte ein Auge auf Gerbrachts Schwester Anne geworfen, aber die wollte nichts von ihm wissen. Er hatte gehofft, dass Gerbracht für ihn ein gutes Wort bei ihr einlegen würde, um sie rumzukriegen. Durch sein Mitmachen wollte er sich bei Gerbracht beliebt machen. Ihn lockte dabei auch die Aussicht, in den Hof Gerbracht einheiraten zu können. Daraus wurde nichts. In den 1950er Jahren arbeitete er auf der Zeche »Alter Hellweg« in Unna.

Siegmund war vorbestraft. Er hatte bei einem Arbeitgeber

Rotgussschalen geklaut und war zu einer Geldstrafe in Höhe von 180 DM verurteilt worden.

Das Gericht ermittelte bei Siegmund ein außergewöhnliches Tatmotiv. Gerbracht und Hackenberg hatten ihm davon erzählt, dass sein Homborner Namensvetter Hans Siegmund 1941 unter Mithilfe Bertrams in die Dortmunder Steinwache eingeliefert worden war. Er fühlte sich seinem Namensvetter verbunden. Gerbracht und Hackenberg hatten ihm auch gesagt, dass Ortsgruppenleiter Bertram Nachbarn wegen staatsfeindlicher Äußerungen angezeigt hatte. Das Hintergrundwissen erleichterte ihm seine Entscheidung, da er Nazis nicht leiden konnte.

Die Hagener »Westfalenpost« fasste den Lokaltermin mit folgender Schlagzeile zusammen: »Zwei schweigsame Frauen waren Schlüsselfiguren.« Der Untertitel: »Die Unklarheit über die Vorgeschichte der Homborner Tragödie blieb.«

Der Autor des Artikels fragte, »ob nicht vielleicht doch vor der Tat eine gemeinsame Absprache Gerbrachts mit einer der beiden schweigsamen Frauen« stattgefunden hatte. Sprachen nicht die gemeinsamen Versuche, Theo Bertram verhaften zu lassen, für diese Version? Erst hatten die Frauen es selbst versucht, dann hatten sie Gerbracht geschickt. Pichler hatte es bezeugt. Und was war das für ein merkwürdiges Verhalten der Frauen nach der Tat?

Auf die Frage des Richters, warum sie nicht in den Stall gegangen war, antwortete Eva: »Mutter blieb auch in der Küche.« Die Mutter schwieg vor Gericht eisern, so eisern, wie Freunde des Getöteten die gut aussehende Frau charakterisierten.

Die Zeitung gab einen Ausblick auf die letzten beiden Verhandlungstage: Ende April sollten »die wichtigsten Zeugen in diesem Prozess vernommen werden: Kommissar Spengler und Obersekretär Henkellos von der Kripo Unna, Amtsgerichtsrat Dr. Rudolf Schäfer als Untersuchungsrichter und der erste Staatsanwalt aus Dortmund, der sich mit Gerbracht nach seiner Verhaftung eingehend unterhalten hat«.

Vierter Prozesstag

Montag, 16. April 1956. Der vierte Prozesstag am Dortmunder Landgericht war der Tag der Gutachter. Vier Sachverständige kamen zu Wort. Als erster beleuchtete Dr. Benjamin Kingsley den Mord. Er war im Dezember 1945 als Kreisarzt an der damaligen Untersuchung beteiligt gewesen und hatte den Toten obduziert. Er legte dem Gericht seinen schriftlichen Obduktionsbericht vor. Diesen lobte der Berliner Rechtsmediziner Professor Dr. Walter Krauland für seine Genauigkeit.

Professor Krauland, bis in die 1960er Jahre ein führender Rechtsmediziner in der Bundesrepublik, hatte den Schädel des ermordeten Bauern Theo Bertram für diesen Prozesstag eingehend untersucht. Er erklärte dem Gericht, wie er die Knochen aus dem Sarg zusammengesucht, gereinigt und wieder zusammengesetzt hatte.

»Die Blutungen entstanden im Schädelgrund«, sagte der Professor. »Sie wurden hervorgerufen durch die Zertrümmerungen des Schädels durch Schlaginstrumente. Todesursache war ein Blutgerinnsel, das aus der Schädelverletzung in die Luftröhre geriet. Das Blut floss in die Luftröhre, weil der Verletzte bewusstlos war.«

Zur Veranschaulichung des Gesagten legte er den präparierten Schädel des Ermordeten auf den Tisch und erläuterte die Untersuchungsergebnisse am Objekt. Er sorgte für das passende Ambiente. Die Vorhänge wurde geschlossen, der

Schädel mit Hilfe einer Bühnenlampe hell erleuchtet. Die gespenstische Atmosphäre ließ viele der Zuhörer im Saal 130 schaudern.

Heinrich Gerbracht starrte den Schädel von der Anklagebank aus an. Ein Lichtstrahl fiel auf sein Gesicht. Er war kreidebleich. Das Licht verstärkte die Wirkung seiner Blässe.

Professor Krauland zeigte Dias von der Untersuchung und der Rekonstruktion des Schädels. »Ich bin sicher, dass die Schläge mit der Misthacke den Tod Bertrams verursachten.« Er zeigte, wie die Schläge mit dem Misthaken in den Schädel eingedrungen waren. Weil er den Misthaken vermessen hatte, konnte er die Verletzungen den verwendeten Waffen zuordnen.

»Die Hacke hatte zwei etwa 12 bis 15 Zentimeter lange, spitz zulaufende Zinken im Abstand von zwei Zentimetern, die an einem kräftigen, aber handlichen, etwa eineinhalb Meter langen Stiel angebracht waren«, erklärte er. Die Spuren der Schläge am Schädel entsprachen genau diesen Abmessungen. Die Zinken zertrümmerten danach den Bereich der Schädelgrube, durch den die vom Hals zum Gehirn verlaufenden Schlagadern verliefen. »Durch die Wucht der Schläge rissen die Schlagadern«, so Krauland. »Bertram starb schnell, weil er größere Mengen des Blutes eingeatmet hatte und daran erstickte.«

Das Gericht führte aus: »Ein Misthaken wird dazu benutzt, Dünger vom beladenen Wagen herunterzureißen und auf dem Feld zu verteilen oder beim Beladen des Wagens den Mist vom Dunghaufen loszureißen. Der eiserne Teil des Werkzeugs muss ein großes Eigengewicht haben, damit der Haken tief in den Dung eindringen kann. Der Holzstiel ist kurz, aber sehr stabil. Ein Misthaken eignet sich gut für kräftige Schläge. Gleichzeitig verursacht er schnell schwerste Verletzungen. Wird er bereitgestellt, um ihn gegen einen

Menschen zu benutzen, nimmt der Täter zumindest mehr als nur eine Verletzung des Angegriffenen in Kauf.«

Das Gericht ging davon aus, dass Gerbracht die Tatwaffe bereitgestellt und benutzt hatte. Allein daraus schloss es seine Tötungsabsicht. Ausschlaggebendes Tatmotiv sei die Verdrängung Bertrams vom Hof gewesen.

Am Ende seiner beeindruckenden Ausführungen ging Professor Krauland auf weitere Verletzungen ein. Bertrams Rippen Nr. 7 und 8 links waren durch Schläge mit einem stumpfen Gegenstand gebrochen worden.

Nach Professor Krauland rief das Gericht Kriminalkommissar Eduard Spengler in den Zeugenstand, der die Aufklärung des Falles als seinen Erfolg verkauft hatte. Vor Gericht wirkte er abwesend. Als Staatsanwaltschaft und Rechtsanwälte ihn befragen wollten, reagierte er äußerst seltsam. Er hielt sich auffallend zurück, antwortete zum Teil gar nicht auf Fragen und wirkte so, als könne er sich nicht an seine eigenen Ermittlungen erinnern. Das Einzige, was halbwegs verständlich rüberkam, waren seine Aussagen zur Person. Das Gericht ging über seine obskuren Antworten zur Sache stillschweigend hinweg. Als er den Saal verließ, ging ein Raunen durch die Menge. Zuschauer fragten sich: Und der soll den Fall aufgeklärt haben?

Kriminalobersekretär Henkellos trat als Nächster in den Zeugenstand. Ganz anders als sein Vorgesetzter wirkte er nüchtern und machte konkrete Aussagen. Henkellos erklärte die Arbeit der Kripo im Allgemeinen und in diesem Fall. Er hatte keinen Zweifel daran, dass Gerbracht der Täter gewesen sei. Aber er hatte auch den Eindruck gewonnen, dass Gerbracht ein sehr verschlossener Mensch sei, »der weit mehr über Hintergründe und Mitwisser hätte sagen können«.

Richter Karl Eickhoff fragte Heinrich Gerbracht, ob er sich dazu äußern wolle. Völlig überraschend sagte er nun aus, sein

Komplize Walter Siegmund habe mit einem Messer auf Theo Bertram eingestochen. Die Sachverständigen entgegneten allerdings, dass sie bei Bertram keine Verletzungen durch Messerstiche gefunden hätten.

Oberchemierat Dr. Müller hatte als Sachverständiger die Frage untersucht, welchen Einfluss der Alkoholkonsum auf das Verhalten der Angeklagten gehabt hatte. Immerhin hatten sie zwei Flaschen hochprozentigen Schnaps getrunken.

Müller legte sich nicht fest. Dieses könne nicht mit Sicherheit berechnet werden, da es mehrere unbekannte Größen gab. Unklar war zum Beispiel, wie viel Alkoholgehalt die selbstgebrannten Schnäpse hatten. Unbekannt war auch, wie viel Alkohol jeder einzelne der drei Beschuldigten konsumiert hatte. Aber, so sagte er, »Gerbracht kann zur Tatzeit problemlos 2,0 Promille Alkohol im Blut gehabt haben, zumal es sich um hochprozentigen Selbstgebrannten gehandelt hatte«.

Der psychologische Gutachter, Obermedizinalrat Dr. Simon Holzgerd, sezierte 45 Minuten lang die Psyche des Hauptangeklagten. Er hatte Heinrich Gerbracht in der Haftzeit drei Monate beobachtet. Er unterstellte dem Angeklagten ein ausgeprägtes »Nützlichkeitsdenken«. Eine Anstiftung durch Dritte sei nicht notwendig gewesen.

Gerbracht habe ein Lebensziel verfolgt. Er wollte einmal einen eigenen Bauernhof besitzen. Seine ethischen Bindungen seien unter dem Einfluss der Zeit verloren gegangen. Er habe sein Ziel um jeden Preis durchsetzen wollen, koste es, was es wolle. Die vergiftete Atmosphäre auf dem Bertram-Hof habe dieses Vorhaben begünstigt.

Gerbracht habe die Tyrannei und Intoleranz des Bertram als Rechtfertigung für seine Tat gesehen. Dr. Simon Holzgerd kam zum Ergebnis, dass Gerbracht für die Tat voll verantwortlich sei. Es handelte sich demnach nicht um eine Affekttat. Der Alkohol habe keine Rolle gespielt.

Das bezweifelte Gerbrachts Anwalt Dr. Julius Kaessmann, der nach dem Krieg unter anderem überregional dafür bekannt war, dass er Menschen verteidigte, die von den Nazis verfolgt worden waren. »Diese Ausführungen sind zu ungenau«, wandte er ein.

Das Gericht genehmigte seinen Antrag für ein weiteres psychologisches Gutachten. Auf Vorschlag von Dr. Kaessmann erhielt der renommierte Professor Udo Undeutsch den Auftrag. Der Prozess wurde kurzfristig unterbrochen, damit der Professor seine Untersuchungen vornehmen konnte. Das Gericht verschob die ursprünglich für Dienstag, 17. April 1956, erwartete Urteilsverkündung. Es terminierte die Plädoyers auf Donnerstag, 26. April 1956.

Mordmerkmale

»Die Geständnisse Gerbrachts haben wegen ihrer Detailkraft die Qualität einer wahrheitsgemäßen Darstellung«, sagte Psychologieprofessor Undeutsch aus Köln beim folgenden Gerichtstermin. Er schränkte sein Urteil im Gegensatz zu seinem Kollegen Dr. Simon Holzgerd dahingehend ein, dass eine Affekthandlung möglich sei, wenn Gerbracht die Mistharke nicht vor der Tat bereitgestellt hatte.

Professor Dr. Udo Undeutsch charakterisierte Gerbracht als Menschen, der sich nicht wahrheitswidrig selbst bezichtigen würde, »auch wenn die Vernehmungen unter ungewöhnlichen Bedingungen vor sich gegangen sind«. Undeutsch spielte damit auf Spenglers Brutalität an.

Diese »ungewöhnlichen Bedingungen« hatten Kriminalkommissar Eduard Spengler und Kriminalobersekretär Henkellos vehement bestritten, aber Spengler war für seine rüden Vernehmungsmethoden im Kreis Unna bestens bekannt.

Gleich nach der Vorstellung des letzten Gutachtens von Prof. Undeutsch präsentierten Anklage und Verteidigung ihre Schlussfolgerungen.

Prozessbeobachter kritisierten die Eile. Sie bezweifelten, ob die Analysen des Rechtsmediziners so kurzfristig angemessen berücksichtigt werden konnten.

Dessen ungeachtet, vertraten Staatsanwalt Schlaf und Gerichtsassessor Sander als Anklagevertreter mit Nachdruck die Überzeugung, dass Gerbracht die Tat als Mord geplant hätte. Sie waren sicher, der Hauptangeklagte habe den Misthaken zu diesem Zweck vorher am Tatort bereitgestellt. Zudem unterstellten sie ihm niedrige Beweggründe. Er habe sich den Hof aus Habgier aneignen wollen. Die Staatsanwaltschaft ging davon aus, dass er die Tat heimtückisch ausgeführt habe.

»Damit hat Gerbracht mehrere Mordmerkmale verwirklicht«, so Schlaf. Er beantragte Lebenslänglich wegen Mordes für Heinrich Gerbracht. Für August Hackenberg und Walter Siegmund forderte die Anklage zweieinhalb Jahre bzw. 15 Monate Gefängnis wegen Körperverletzung mit Todesfolge.

Verteidiger Dr. Julius Kaessmann widersprach. Die Tötung Bertrams sei nicht geplant gewesen. Der Misthaken sei nicht im Pferdestall bereitgestellt worden. Ein Zeuge hatte ausgesagt, der Misthaken habe immer an der Stelle im Stall gestanden, an dem er sich am Tattag befunden hatte. »Der Täter war durch den Alkoholkonsum vermindert zurechnungsfähig. Es handelt sich um Totschlag, weil die Tötung Bertrams nicht geplant war«, so Kaessmann.

Zwar hatte er das Gericht ausdrücklich darauf hingewiesen, dass der Zeuge Sprenger, der pensionierte Polizist, der in der Mordnacht als Erster am Tatort gewesen war, einen Täter weglaufen gesehen hatte, der »mit einem langen braunen Mantel bekleidet« gewesen war, während Gerbracht eine Weste trug. Trotzdem sah er seinen Mandanten als Täter an.

Dr. Kaessmann distanzierte sich sogar von seinem Mandanten. Er begründete das mit dem Verhalten Gerbrachts ihm gegenüber: »Mir wäre auch lieber, ich wüsste etwas mehr!«, rief er in den Saal. »Gerbracht hat mir praktisch seit 18 Monaten nichts gesagt«, klagte er.

Gerbracht sank in sich zusammen, als er die Worte seines Verteidigers hörte. Er wurde blass und wirkte verstört, als versuchte er, sich hinter Kaessmann zu verstecken.

Die Parteien stritten in der Frage, warum die drei Täter maskiert waren. Die Verteidigung der Mitangeklagten argumentierte, die Maskierung habe nur dann einen Sinn gehabt, wenn es darum ging, den Bauern zu verprügeln. »Sie wollten von ihrem Opfer nicht erkannt werden«, sagte einer der Rechtsanwälte.

Die Staatsanwaltschaft hielt dagegen: »Die Maskierung hatte auch bei einer vorsätzlichen Tat ihren Sinn. Gerbracht hätte damit seine Mordabsicht tarnen können. Selbst im Mordfall hätten die Täter mit dem Erscheinen von Zeugen rechnen müssen.«

Die Verteidiger der Mitangeklagten beantragten die Verfahrenseinstellung wegen Verjährung.

Das Schlusswort hatte Heinrich Gerbracht: »Ich kann mir vorstellen, dass ich in Wut geraten bin, aber nicht, dass ich zu dem Haken gegriffen habe!« Er behauptete, die Kriminalbeamten hätten ihm seine Geständnisse in den Mund gelegt.

»Lebenslänglich für den Mörder«, »Zelle statt Erbschaft«, titelten die Zeitungen am Tag danach.

Landgerichtsdirektor Dr. Karl Eickhoff begründete das Urteil: »Die planmäßige Tötung des Bauern passte genau in die Situation auf dem Hofe Bertram Ende des Jahres 1945.« Gerbracht sei mit Bauernschläue vorgegangen. Er hätte Hackenberg und Siegmund nur deshalb zu Mittätern gemacht, um später zwei Zeugen für sein Alibi zu haben.

Gerbracht habe Bertram mit dem Misthaken erschlagen, den er morgens bereitgestellt hätte, nachdem die Mittäter schon geflohen waren. Als er eine Stunde nach der Tat wieder auf den Hof gekommen war, hatte er sich zu den Menschen gesellt, die sich vor der Leiche des Bauern versammelt hatten. Er sei kühl, berechnend und beherrscht gewesen. Bewiesen habe er das auch sechs Tage später, als er an der Beerdigung Bertrams teilnahm, und schließlich, als er fünf Monate nach der Tat die Tochter des Opfers heiratete.

»Dieser Angeklagte seht auf der tiefsten sittlichen Stufe«, so Richter Eickhoff. »Er hat sein Opfer nach der Überzeugung des Schwurgerichts aus Habgier und anderen niedrigen Beweggründen heimtückisch ermordet.«

Eickhoff nannte Gerbrachts Motive: Er habe den Hof und Eva gewollt. Weil Bertram seinen ehrgeizigen Plänen im Weg stand, wollte er ihn beseitigen. »Triebhafte Eigensucht und Habgier ließen ihn zum Mörder werden.«

Gerbrachts anfängliche Geständnisse spielten für das Urteil eine ausschlaggebende Rolle. Der Hauptangeklagte habe seinen damaligen Freunden die Mordabsicht verschwiegen. Er habe nachmittags nicht nur die Tür vom Pferdestall zum Misthaufen geöffnet, sondern er habe auch den Misthaken griffbereit am Pfeiler in der Stallgasse abgestellt.

Für die Tötungsabsicht Gerbrachts habe laut Gericht auch sein Vorschlag gesprochen, Bertram in die Pferdebox zu legen. Das Vorgehen machte nur dann Sinn, wenn Bertram nicht am Leben bleiben sollte. Ohnehin hätte eine Tracht Prügel für einen Mann wie Bertram keinen Sinn gemacht, da er sich davon nicht hätte beeindrucken lassen.

Den Verdacht, Gerbracht habe Bertram auf Veranlassung

von Frau Bertram getötet, wies das Gericht zurück. Diesen Vorwurf habe Gerbracht selbst entkräftet.

Der Ausruf »Herr Bertram, Herr Bertram!«, den das Hauspersonal in der Küche gehört hatte, sei nach Überzeugung des Gerichts von Heinrich Gerbracht gekommen. Die Frage, warum Gerbracht gerufen haben soll, ließ das Gericht unbeantwortet.

Vor dem Amtsgerichtsrat Dr. Rudolf Schäfer habe der Beschuldigte seine Aussagen bestätigt, ebenso beim ersten Lokaltermin 1954. Gegen diesen Zeugen bestanden laut Gericht nicht die geringsten Bedenken. Das Urteil: »Der Angeklagte Gerbracht wird als Mörder zu lebenslangem Zuchthaus verurteilt.«

Heinrich Gerbracht nahm den Schuldspruch mit einer Mischung aus schwachen Zeichen innerer Erregung, äußerer Ruhe und Gleichgültigkeit auf. Zunächst sah er zu Boden, einige Sekunden lang, dann hörte er den Ausführungen des Richters zu. Rechtsanwalt Kaessmann beantragte Revision.

Die Entlastung der Mitangeklagten im Urteil hatte Gerbracht erschüttert. Laut Gericht habe Hackenberg bei dem Überfall nicht mitmachen wollen, er sei aber trotzdem abends um 20 Uhr zum Spritzenhaus gekommen. Die Mitangeklagten hatten sich zwar der Körperverletzung schuldig gemacht. Diese war aber fünf Jahre nach dem Mord verjährt.

Die schriftliche Urteilsbegründung schilderte die Vorgeschichte der Tat. Das Gericht hatte Gregor Pichler detailliert nach dem Vorhaben des Angeklagten und der beiden Frauen befragt, Bertram verhaften zu lassen. Dass die Frauen ihn beauftragt hatten, für eine Verhaftung Bertrams zu sorgen, bedeutete für das Gericht nicht, dass sie Gerbracht auch zur Tat angestiftet hätten.

In der Frage, wer den Stall als Letzter verlassen hatte, folgte das Urteil der Aussage Hackenbergs während der Verhandlung: »Gerbracht war als Letzter im Stall.« Bei der Vernehmung durch die Polizei am 20. Oktober 1954 hatte sich Hackenberg dagegen nicht mehr genau erinnert, ob er oder Gerbracht den Stall als Letzter verlassen hatte.

Trotz seiner widersprüchlichen Aussagen hielt ihn das Gericht für glaubwürdig, während die Widersprüche in den Aussagen Gerbrachts laut Gericht gegen dessen Glaubwürdigkeit sprachen. Soweit Gerbrachts Aussagen zu den Schlussfolgerungen des Gerichts passten, seien sie dagegen glaubwürdig.

Den Zeugen Siegfried Sprenger erklärte das Gericht für unzuverlässig. Der ehemalige Polizeibeamte hatte eine Täterbeschreibung abgegeben, die nicht auf Gerbracht passte. Hier sei der Zeuge unglaubwürdig, meinte das Gericht, obwohl es seine Aussagen über die Verletzungen Bertrams für zuverlässig hielt.

Sogar die Aussagen der Mitangeklagten hielt das Gericht für zuverlässiger als die des pensionierten Polizeibeamten. Für die Annahme, dass eine vierte Person den Stall betreten und auf Bertram eingeschlagen haben könnte, nachdem die drei Angeklagten den Stall verlassen hatten, lagen für das Gericht keine Anhaltspunkte vor.

Für die Öffentlichkeit war der Fall erledigt. Mit dem Urteil schien die Tat aufgeklärt zu sein. Kriminalkommissar Eduard Spengler wurde am 26. September 1956 für seine Mitwirkung an der Aufklärung des Falles ausdrücklich belobigt.

Der Regierungspräsident in Arnsberg schrieb: »In der Mordsache Bertram waren Sie bei der Aufklärung maßgeblich beteiligt. Bei den Ermittlungen haben Sie unter schwierigen Verhältnissen mitgewirkt und dazu beigetragen, daß der Täter überführt werden konnte.

Ich spreche Ihnen hierfür meine Anerkennung aus und gewähre Ihnen eine Belohnung von 50 DM (…).«

Der Strafsenat des Bundesgerichtshofes lehnte den Revisionsantrag des verurteilten Angeklagten am 24. Oktober 1956 ab. Das Urteil war damit rechtskräftig, Gerbracht musste seine Strafe absitzen. In Homborn kehrte Ruhe ein.

Eduard Spengler wurde bald darauf zur Kripo nach Dortmund versetzt. Hier wechselte er die Kommissariate wie andere Menschen die Unterwäsche. Nur beim 5. Kommissariat hielt er es länger aus. Von Februar 1957 bis Mai 1957 leitete Spengler den Erkennungsdienst. Danach übernahm er bis August 1957 das 6. Kommissariat, das für allgemeine Diebstähle zuständig war. Jedoch geriet seine Karriere ins Stocken.

Seine Vorgesetzten gewannen den Eindruck, dass er außerhalb der Dienstzeit zu viel Alkohol trank und daher regelmäßig am Folgetag in »verkatertem Zustand« zum Dienst erschien. Er musste wiederholt ermahnt werden, den häufigen Alkoholgenuss zu unterlassen, um sein Ansehen als Oberbeamter nicht zu gefährden.

Im September 1957 übernahm er das 3. Kommissariat, die »Sitte«. Auf diesem Gebiet kannte er sich aus. Sein Vorgesetzter schrieb: »Da zu dieser Zeit schon bekannt war, dass Kriminalkommissar Spengler zur Trunksucht neigte, wurde er entsprechend beobachtet, zumal seine Pünktlichkeit und sein persönlicher Einsatz in dienstlicher Hinsicht nachließen. Anfang des Jahres 1958 gab sein Verhalten zu ernsten Klagen Anlass, die aus den Reihen seiner eigenen Dienststelle kamen. Die Überprüfung ergab, dass Kriminalkommissar Spengler offenbar dem chronischen Alkoholgenuss verfallen war und nicht mehr die Willensstärke besaß, ohne ärztliche Hilfe eine Besserung zu erzielen.«

Im Januar 1958 hatte Spengler zwei Tage unentschuldigt

gefehlt. Seine Frau hatte ihn auf der Dienststelle angerufen, weil die Steuerfahndung bei ihm zu Hause war. Daraufhin war er mit Tränen in den Augen aus dem Präsidium gegangen und hatte gesagt: »Dann muss ich sofort nach Hause.« Als er am nächsten Tag nicht zum Dienst erschien, rief das Präsidium bei ihm zu Hause an.

Seine Frau wusste nicht, wo er war. Wie sich später herausstellte, hatte er bei der Schwiegermutter übernachtet.

In der nächsten Woche kam er wieder zum Dienst. Kollegen bemerkten, dass er nach Alkohol roch. Auf der Suche nach verschwundenen Akten fand ein Kollege eine Sammlung Flachmänner in Spenglers Büroschrank.

Absturz

»Ehemaliger Kripo-Chef des Kreises Unna wurde am Edersee festgenommen«, titelte eine Unnaer Lokalzeitung am 17. März 1962. In der Unterzeile hieß es: »Kommissar a.D. Spengler soll an Judenerschießungen beteiligt gewesen sein.« Eduard Spengler war erst 51 Jahre alt, aber er war zu diesem Zeitpunkt schon Rentner. Er hatte Verbrecher gejagt und Menschen erschossen. Jetzt saß er selbst im Knast.

Er war unterwegs zu einem Verwandtenbesuch am hessischen Edersee gewesen, als er am Bahnhof Vöhl von Kollegen festgenommen wurde. Über Brilon brachten sie ihn nach Dortmund, wo er zuletzt als Abteilungsleiter bei der Kripo gearbeitet hatte.

Das Kamener Amtsgericht hatte auf Antrag der Dortmunder Zentralstelle zur Bearbeitung von NS-Verbrechen Haftbefehl erlassen. Aufgrund seines Alkoholkonsums stand Spengler bereits vor dem totalen Absturz.

Helmut Dorn fragte sich, wie es möglich war, dass ein Mann

wie Spengler in den Polizeidienst zurückkehren konnte. War das normal? Er recherchierte zur Geschichte des Kriminalbeamten, der angeblich den Mord am Ortsgruppenleiter aufgeklärt hatte. Vor allem interessierte ihn, wie Spengler es geschafft hatte, zurück in den Polizeidienst zu kommen.

Im Januar 1945 war Spengler als Reserveoffizier zur Wehrmacht nach Österreich kommandiert worden. Nach der bedingungslosen Kapitulation entging er der Gefangenschaft und kehrte schnell an seinen Wohnort Kamen zurück. Dort schlug er sich zunächst mit Gelegenheitsarbeiten durch. Weil er Angst vor einer Verhaftung hatte, verließ er Kamen wieder und arbeitete bis Ende 1947 in der Gegend von Tecklenburg als Landarbeiter, anschließend malochte er im Tiefbau und auf der Kokerei oder war auf Montage unterwegs.

Nachdem sich die Lage beruhigt hatte und er keine Strafverfolgung mehr befürchtete, bemühte er sich ab 1949 um eine Wiedereinstellung bei der Polizei. Sein alter Kumpel Alfred Gleisner half ihm.

Gleisner hatte nach 1945 eine steile Karriere in der SPD gemacht. Er besaß Einfluss und Macht. 1948 brachte er seinen langjährigen Freund, den er seit frühester Jugend kannte, durch das Entnazifizierungsverfahren. Er setzte sich für Spengler ein, indem er ihm ein gutes Leumundszeugnis ausstellte:

»Sein Vater war mein Lehrer. Die Familie ist allseits geschätzt und geachtet. Als ich hörte, dass Herr Spengler der Allgemeinen SS angehört hat, war ich sehr erstaunt, stellte dann fest, dass dieses für fast alle Beamten der gehobenen Laufbahn in der Kriminalpolizei der Fall war. Die jungen Menschen waren aussichtslos in ihrer Berufsentwicklung, wenn sie sich dem Drängen ihrer Vorgesetzten entzogen hätten und nicht in die SS eingetreten wären.

Herr Spengler hat sich nicht nur allen Eigentümlichkeiten der SS ferngehalten, sondern durch die ihm eigene Charakterhaltung einen sicheren Schutz gebaut. Ich kenne ihn nur als einen gerechten und verantwortungsbewussten Menschen. Die Gewaltmethoden der SS haben seine Missachtung gefunden. Nie hat er sich zum Diener der heute abzuurteilenden Menschen gemacht.

Ich halte ihn darüber hinaus für einen ausgezeichneten Kriminalbeamten, der baldigst wieder in seinen Beruf muss, weil es uns an qualifizierten Beamten fehlt und er seine besondere Eignung unter Beweis gestellt hat. Die Tatsache, dass Spengler in der SS war, veranlasste ihn, manuelle Arbeit anzunehmen und zu beweisen, dass er warten wollte, bis man ihn rief. Er hat am Aufbau aktiv teilgenommen und als Arbeiter Vorbildliches geleistet. Auch diese mehrjährige Leistung findet meine besondere Achtung.

Ich halte Herrn Spengler für einen Nationalsozialisten, der sich durch Haltung, Lebensführung und innere Sauberkeit selbst entlastet hat. Ich gab diese Erklärung an Eides statt und in meiner Eigenschaft als Mitglied des Landtages, Mitglied des Pol. Senats und anderer Ehrenämter.«

Spengler konnte diese Hürde überspringen. Der Entnazifizierungsausschuss für die Polizei in Dortmund stufte ihn im Juni 1949 in die Kategorie V, »entlastet«, ein. Damit war die Einstufung aus der Welt, die ihn Monate zuvor noch als ungeeignet für eine Wiederbeschäftigung bei der Polizei bezeichnet hatte.

Als SPD-Landtagsabgeordneter schickte Gleisner am Nikolaustag 1949 ein Empfehlungsschreiben für Spengler an Polizeioberrat Ferdinand Hahnzog bei der Bezirksregierung in Arnsberg. Im April 1951 wurde Spengler bei der Kripo des Kreises Unna wieder eingestellt. Zunächst musste er als einfacher Wachtmeister Dienst leisten, aber er war wieder drin, und das zählte.

Gleisner selber gab nach 1945 in seinem offiziellen Lebenslauf an, er habe von 1931 bis 1933 als Kriminalsekretär bei der Kripo in Berlin gearbeitet. Nach 1933 sei er Organisationsleiter in einem Lebensmittelbetrieb gewesen und Fabrikdirektor in Frankfurt/Main. Von 1939 bis 1945 habe er am Zweiten Weltkrieg teilgenommen. Das waren unklare, unvollständige und vermutlich falsche Angaben. Natürlich kein Wort davon, dass die Gestapo von 1935 bis 1937 gegen ihn ermittelt und keine Hinweise auf eine Tätigkeit bei der Kripo Berlin in den 1930er Jahren gefunden hatte.

Polizeidirektor Ferdinand Hahnzog war von Januar 1940 bis April 1942 Kommandeur der Gendarmerie im Distrikt Lublin und als solcher dem SS- und Polizeiführer Odilo Globocnik unterstellt gewesen. Seine Gendarmen beteiligten sich an »Judenjagden« auf dem Land. Sie waren für Verhaftungen und Erschießungen von Juden verantwortlich.

Hahnzog scheint aber nicht überzeugt gewesen zu sein vom Vernichtungskrieg. Im Januar 1945 wurde er in Wien von der Gestapo verhaftet, vor ein SS- und Polizeigericht gestellt und zum Tode verurteilt. Der Grund für die Verurteilung ist unbekannt. Der drohenden Hinrichtung entging Hahnzog durch das schnelle Kriegsende. Nach 1945 machte er Karriere bei der Polizei im Regierungsbezirk Arnsberg. Nach der Pensionierung arbeitete er als Regionalhistoriker.

Eduard Spengler wurde 1952 zum Kriminalkommissar befördert. Wiedereinstellung und Aufstieg hatte er unter anderem auch einem Meineid zu verdanken, den er zweimal leistete. 1953 erklärte er schriftlich, dass er von 1941 bis 1945 weder dem SD noch der Gestapo angehört hätte. Er behauptete auch, dass er vor 1945 bei der Kripo Berlin rein kriminalpolizeiliche Arbeit versehen habe.

Der Oberkreisdirektor des Kreises Unna, Heinrich Bergmann, der Chef der Kreispolizeibehörde war, beurteilte Spengler 1955: »Leistungen: vorzüglicher Kriminalist, der gute Erfolge aufzuweisen hat.«

Spengler leitete die Kripo des Kreises Unna bis 1956, als er wegen Trunkenheit im Dienst zur Kripo nach Dortmund versetzt wurde. Dort befand er sich mit seiner SD-Vergangenheit in guter Gesellschaft. Zahlreiche SS- und Polizeiangehörige aus der Zeit vor 1945 hatten Unterschlupf bei der Dortmunder Polizeibehörde gefunden.

Zu ihnen gehörte Dr. Rudolf Braschwitz, der 1954 den Dienst bei der Kripo in Dortmund begann und stellvertretender Chef wurde. Der ehemalige Freikorpskämpfer und Zahnarzt Dr. Rudolf Braschwitz war 1923 in den Dienst der Berliner Polizei getreten und 1938 ins Reichssicherheitshauptamt gewechselt. Vor 1933 war er Spitzel der NSDSAP bei der Politischen Polizei in Berlin gewesen. 1934 übernahm er die Leitung der Kripoleitstelle Berlin. Während des Krieges zog er mit der Geheimen Feldpolizei und Polizeieinheiten durch besetzte Ostgebiete. 1943 war er SS-Obersturmbannführer beim Befehlshaber der Sicherheitspolizei in Kiew. Gemeinsam mit Erich von dem Bach Zelewski beteiligte er sich an der »Partisanenbekämpfung«. Unter diesem Deckmantel wurden Hunderttausende Zivilisten in Osteuropa ermordet. Gegen Braschwitz wurde nach 1945 in Kassel wegen Aussageerpressung und Körperverletzung ermittelt. Eine Beteiligung an Judenerschießungen konnten ihm die Ermittler nicht nachweisen. Der Entnazifizierungsausschuss stufte ihn in die niedrigste Kategorie V, »entlastet«, ein.

Braschwitzs' Vorgesetzter war SS-Sturmbannführer Dr. Josef Menke, der ebenfalls im Reichssicherheitshauptamt gewirkt hatte. Sie kannten sich vom Reichskriminalpolizeiamt. Menke hatte sich dafür eingesetzt, das »erbmäßig bedingte Verbrechertum auszurotten«. 1959 sollte er Chef des LKA in

NRW werden. Eine Intervention der Gewerkschaft stoppte das Vorhaben.

Bei der Kripo Dortmund war auch Kriminalhauptkommissar Walter Pohl tätig. Wie Spengler wurde er wegen Beteiligung an Judenerschießungen verhaftet. Er hatte dem Einsatzkommando 6 angehört. In der Sowjetunion hatte er als Teilkommandoführer Erschießungen geleitet. Das Landgericht Wuppertal verurteilte ihn wegen Beihilfe zum Mord zu einer Haftstrafe von vier Jahren Zuchthaus.

Der ehemalige Inspekteur der Sicherheitspolizei in Düsseldorf, Walter Albath, nahm nach 1945 seinen Wohnsitz in Dortmund. Er hatte einige Zeit gut versorgt im Zuchthaus Werl eingesessen, war zu einer langen Haftstrafe verurteilt, aber 1955 nach zehn Jahren wieder entlassen worden.

Diese Umgebung war eigentlich wie geschaffen für einen Mann wie Eduard Spengler, wäre nicht das Alkoholproblem gewesen. Der Polizeiarzt wurde eingeschaltet, Spengler vorläufig beurlaubt.

Der Vorgang wurde an die Aufsichtsbehörden der Landesregierung weitergeleitet. Kriminalhauptkommissar Kurt Schulz-Isenbeck kannte sich mit der Materie aus. Er war Vertreter des Referenten der Kripo im Innenministerium des Landes NRW. Vor 1945 war er als SS-Obersturmführer Chef eines Teilkommandos der Einsatzgruppe B gewesen. Im Juli 1941 hatte er in Lida die Ermordung von 70 Juden geleitet. Auch Schulz-Isenbeck war vor 1945 bei der Kripo Dortmund tätig gewesen. Und: Er kam gebürtig aus Unna.

Sein Kollege Lothar Heimbach wurde nach dem Krieg, im Gegensatz zu Schulz-Isenbeck, zu einer Haftstrafe verurteilt. Im April 1961 schrieb Heimbach aus der Haft im Kölner »Klingelpütz« an die Staatsanwaltschaft Köln. Er erklärte, er hätte sich bis dahin zurückgehalten und dadurch seine eigene

Lage erschwert. Weiter heißt es: »Es ist eine Tatsache – und ich betone es an dieser Stelle erneut – daß ich stellvertretend stehe für abertausende Polizisten in Diensten der bundesdeutschen Länder (besonders in NRW), die wie ich im Einsatz standen und deren Handlungen keine anderen waren als die mir angelasteten und daß fast die gesamte Leitung insbesondere der westdeutschen Kriminalpolizei aus früheren Angehörigen der SS besteht. Dies aber zunächst nur am Rande.

Zum ganzen Geschehen vernehmen Sie bitte den jetzigen Personalreferenten im Düsseldorfer Innenministerium, den ehemaligen SS-Führer und jetzigen Kriminalhauptkommissar Schulz-Isenbeck, der zu dieser Zeit im Osten im Einsatz bei einer Einsatzgruppe der Sicherheitspolizei und des SD war und hierüber vollkommen erinnerungsfrisch an seinen damaligen Chef der Heimatdienststelle, Kriminal-Direktor Hermanns in Dortmund, berichtete und die Briefe Schulz-Isenbeck's im Kegelclub der Kriminalräte und Kriminal-Kommissare verlas und von Hand zu Hand gehen ließ.«

Heimbach schrieb: »Die Einsatzkommandos standen in einem Wettstreit um die meisten Judenerschießungen. Das wurde bei geselligen Runden der Sipo in Dortmund, Bochum und Münster berichtet.«

Kriminalhauptkommissar Schulz-Isenbeck lehnte eine neuerliche Versetzung des Kameraden Spengler ab, zumal dieser aus dem gleichen Grunde von Unna nach Dortmund versetzt worden sei. Das Problem Spengler sollte auf die lange Bank geschoben werden. Spengler besuchte den Polizeiarzt und machte danach regulären Urlaub. Zurück im Dienst wurde er rückfällig. Er kam zu spät, sammelte Flachmänner in seinem Schreibtisch und war nicht dazu in der Lage, über seine Ermittlungen zu berichten.

Er verließ die Dienststelle, meldete sich bei seinen Kollegen ab, um zur Bank zu gehen, kehrte aber nicht wieder zurück. Dazu befragt, versprach er Besserung und wollte sich einer Entziehungskur unterziehen. Er blieb im Dienst.

Am 3. März 1958 versäumte Spengler einen Gerichtstermin. Es ging um Straftaten einer Bande am Dortmunder Nordmarkt. Spengler hatte die Ermittlungen geführt. Aber er ging nicht zum Gericht. Er ging zum Bahnhof und kaufte Schnaps.

Auf Befragen gab er an, sein Alkoholkonsum sei auf die Kriegszeit zurückzuführen, da er in Russland »als Soldat« jede Menge Schnaps bekommen habe.

Kollegen vom 3. Kommissariat bemerkten, dass er ständig Kaugummi und Rheila-Hustenperlen kaute. Als sie eine Akte suchten, fanden sie acht leere Schnapsflaschen in seinem Schreibtisch.

Spengler pausierte erneut, machte eine Entziehungskur und kehrte zurück. Er begann die Arbeit, verlor aber schnell die Übersicht. Im Juli 1958 ging im Polizeipräsidium eine Ermittlungsakte »verloren«. Wenn seine Kollegen Akten brauchten, die er bearbeitet hatte, fanden sie häufig keine vor.

Anfang 1959 bekannte er, dass er immer mehr Alkohol getrunken habe. »Erleichtert wurde mir dies noch dadurch, dass ich die Tochter eines Gastwirtes geheiratet habe und meine Schwiegermutter eine Gaststätte in Kamen besitzt. Weiter haben meine Frau und ich bis 1955 im gleichen Hause, also in der Gaststätte, gewohnt.«

Ein Disziplinarverfahren wurde eingestellt, weil man ihm zugutehielt, dass er ohne eigenes Verschulden Alkoholiker geworden sei. Im Februar 1959 gab er an, nicht mehr zu trinken.

Als Spengler von April bis Juni 1960 das 5. Kommissariat (Diebstahl) leitete, hieß es in einer wohlwollenden Beurteilung, er habe sich nach Wiederherstellung seiner Gesundheit im Jahre 1958 als Dienststellenleiter bewährt und zur Aufklärung einer Serienstraftat beigetragen.

Im Juni 1960 stürzte er wieder ab. Er lieh sich von Kollegen Geld für Alkohol, trank während des Dienstes im Büro. Wieder türmten sich leere Flaschen in seinem Schreibtisch. Ein neues Disziplinarverfahren wurde eingeleitet.

Im Juli 1960 wurde er als Leiter zum 8. Kommissariat versetzt, das Betrugsfälle bearbeitete. Diese Funktion behielt er bis zum 31. Dezember 1961. Während dieser Zeit sammelte er auch Ermittlungsvorgänge in seinem Schreibtisch, weil er sie nicht mehr bearbeiten konnte. Er legte sie in Schubladen ab.

Im Mai 1961 stellten interne Ermittler fest, dass 20 bis 30 Vorgänge allein aus dem Jahr 1961 fehlten. Sie waren weder in Spenglers Büro noch sonst irgendwo in Präsidium aufzufinden. Kriminaloberrat Dr. Josef Menke ordnete daraufhin die Durchsuchung seiner Wohnung in Kamen an. Dort fand die Kripo die Akten.

Ende 1961 wurde Spengler aus gesundheitlichen Gründen pensioniert. Bis zur Inhaftierung am 13. März 1962 arbeitete er nebenberuflich für eine Krankenkasse. Am 30. Juni 1962 wurde Spengler unter Auflagen aus der U-Haft entlassen. Entweder glaubte das Gericht nicht an Fluchtgefahr, oder es wollte ihm die Gelegenheit geben, sich aus dem Staub zu machen. Doch dazu wäre er nicht mehr in der Lage gewesen.

Die Zentralstelle bei der Staatsanwaltschaft Dortmund legte ihm Beihilfe zum Mord in vier Fällen zur Last: Die Teilnahme an der Erschießung von 400 Juden im März 1942 in Klinzy und die Erschießung von 30 Juden in Wolowka bei Klinzy im März 1942, die Erschießung von 70 Juden in Dobrush Anfang April 1942 und die Erschießung einer leprakranken Frau nach dem 20. April 1942 an einem unbekannten Ort. Die Staatsanwaltschaft forderte fünf Jahre Zuchthaus für Spengler.

Die Erschießung einer leprakranken Frau gestand er. Diese sei nur deshalb erschossen worden, weil man ihr nicht mehr habe helfen können. In diesem Fall sprach das Essener Landgericht Spengler frei, da nicht sicher sei, dass es sich um Mord handelte.

In Bezug auf die anderen Anklagepunkte leugnete er anfangs. Später sagte er aus, die Vernichtungsaufgaben seines Kommandos hätten bei ihm einen Schock ausgelöst. Kommandochef Steimle habe ihn aber in Welish auf die Pflicht zu unbedingtem Gehorsam hingewiesen. Er habe das Gefühl gehabt, nichts machen zu können. Einwände seien ihm sinnlos erschienen.

An die Erschießung in Klinzy erinnerte er sich: »Es waren aber nicht alle Opfer gleich tot. Ich sah, wie sich Menschen in der Grube bewegten. Den Anblick wird man nicht mehr los. Es waren verhältnismäßig viele, die sich noch bewegten. Es war sehr kalt. Die Juden mussten sich entkleiden. Die Kleider wurden später an die russische Bevölkerung verteilt, die Wertsachen eingesammelt. Erst gegen Schluss der Exekution sollten wir als SS-Führer Fangschüsse geben. Die Grube war gegen Ende fast voll. Wir brauchten uns nur herunterzubücken und mit der PPK zu schießen. Wir schossen nicht mit der MP. Tormann hielt sich in der Nähe Rapps wie dessen Adjutant auf. Bei der Exekution überwogen die Frauen und Kinder. Zigeuner habe ich nicht gesehen.«

Den Befehlsnotstand konnte er laut Gericht nicht geltend machen, da Spengler keine ernsthaften Versuche unternommen hatte, den Mordbefehlen zu entgehen. Er hätte sich freiwillig zur Waffen-SS melden können. Den Eintritt in die Allgemeine SS 1936 kreidete das Gericht ihm an, aber es glaubte ihm, dass er die Vernichtungsaufgaben missbilligte. Es stellte fest, Spengler habe sich nicht freiwillig zum Osteinsatz gemeldet. Seine zukünftige Verwendung sei ihm unbekannt gewesen. Das wirkte sich strafmildernd aus.

Eine Unnaer Lokalzeitung berichtete am 11. Februar 1966, dass Spengler wegen Beihilfe zum Mord bei der Erschießung in Klinzy zu vier Jahren Zuchthausstrafe verurteilt wurde. Er blieb aber auf freiem Fuß. Spengler starb am 25. März 1966. Das Urteil wurde nicht rechtskräftig.

Spenglers Freund und Förderer Alfred Gleisner war von 1946 bis 1959 SPD-Fraktionsvorsitzender im Rat der Stadt Unna und im Kreistag des Kreises Unna gewesen. Von 1949 bis 1959 gehörte er dem deutschen Bundestag als Abgeordneter an.

Die Stasi hatte Gleisner 1953 in einem zentralen Vorgang zur SPD erfasst. Sie legte 1954 den Vorgang »Glaser« an. 1962 umfasste der »IMA«-Vorgang sechs Aktenbände, aber sie sind nicht aufzufinden.

Laut Gutachten, das die Stasi-Unterlagen-Behörde 2013 für den Bundestag erstellte, sei nicht genau bekannt, welcher Natur die Kontakte zwischen Gleisner und der Stasi waren. Während das Kürzel »IM« ganz normal für Inoffizieller Mitarbeiter steht, war »IMA« entweder ein Inoffizieller Mitarbeiter für besondere Aufgaben oder es handelte sich um eine sogenannte IMA-Akte, d.h. eine IM-Akte A mit Personal- und Arbeitsakte.

Gleisner taucht auch in der berühmten Rosenholz-Kartei auf. Die Rosenholz-Dateien sind mikroverfilmte Karteien der Hauptverwaltung Aufklärung (HV A), der Spionage-Abteilung des Ministeriums für Staatssicherheit (MfS). Nach der Wende kauften die USA die Daten vom KGB.

Seit Juli 2003 stehen die Rosenholz-Dateien für die Aufarbeitung in Deutschland zur Verfügung. Sie werden von der

Stasi-Unterlagen-Behörde in Berlin aufbewahrt und betreffen Stasi-Aktivitäten im westlichen Ausland.

Nach Angaben der Stasi-Unterlagen-Behörde sei ein Teil der Personen, die in den HV A-Karteien verzeichnet sind, keine inoffiziellen Mitarbeiter (IM) des MfS gewesen. Bei etwa 90 Prozent der in den Karteien erwähnten Personen handele es sich um Betroffene oder Dritte im Sinne des Stasi-Unterlagen-Gesetzes, also nicht um Stasi-Agenten.

Aber welche Rolle spielte Alfred Gleisner und warum wird er in den »Rosenholz«-Dateien genannt?

Heinrich Gerbracht war wegen Mordes verurteilt worden. Eduard Spengler, der den Fall angeblich aufgeklärt hatte, zwei Jahre später wegen Massenmordes.

Gerbracht hatte mit August Hackenberg und Walter Siegmund einen Überfall auf Theo Bertram geplant. Alle drei hatten einen Grund, dem verhassten Bauern »das Maul zu stopfen«, wie es Siegmund ausdrückte. Aber es war vor allem Heinrich Gerbracht, der etwas unternehmen wollte. Sie hatten Bertram zusammengeschlagen, aber was war dann passiert?

Offene Fragen

Als der Historiker Helmut Dorn viele Jahre später die Zeitungsartikel aus den 1950er Jahren las, wunderte er sich über die merkwürdige Vorgehensweise des Dortmunder Landgerichts. Er recherchierte weiter zu den Hintergründen des Falles und fand einige merkwürdige Dinge heraus. Die kompletten Verfahrensakten und Prozessunterlagen fehlen. Sie sind nicht auffindbar oder wurden vernichtet. Es gibt keine Vernehmungsprotokolle und Polizeiberichte. Die vorhandenen Dokumente erlauben zwar eine Fallrekonstruktion. Eine Analyse aber ist ohne die Verfahrensakten nicht möglich.

Helmut Dorn fand allerdings eine umfangreiche Zeitungsartikelsammlung zu dem Mordfall, die das Stromberger Archiv aufbewahrt. Zum Glück hatten viele Zeitungen berichtet. Und er sprach mit Zeitzeugen. Vor allem fand er im nordrhein-westfälischen Landesarchiv, Abteilung Rheinland, wichtige Reste der Justizakten, ohne die eine Rekonstruktion der Geschichte nicht möglich ist.

Das ehemalige Hauptstaatsarchiv Düsseldorf, das heute in Duisburg sitzt, antwortete auf seine Anfrage. Anklageschrift, Urteil und ein wenig Schriftverkehr sind im Bestand »Justizministerium« erhalten geblieben. Die Dortmunder Justiz hatte der Landesregierung berichtet. Die Unterlagen der Polizei und der Rechtsmedizin sind dagegen nicht mehr vorhanden.

Helmut Dorn war irritiert. Heinrich Gerbracht war von einem Massenmörder und Alkoholiker überführt worden. Was bedeutet das für das Gerichtsverfahren? Kann eine Verurteilung rechtmäßig sein, wenn die polizeilichen Ermittlungen unter der Leitung eines alkoholsüchtigen Kriminalbeamten standen, der wenige Jahre später selbst wegen Massenmordes verurteilt wurde? Sind Geständnisse verwertbar, die ein solcher Kriminalkommissar mit »verschärften Vernehmungsmethoden« aus der dunklen Zeit vor 1945 erzielt hatte?

Was hatte Professor Dr. Udo Undeutsch im Prozess gemeint, als er darauf hinwies, dass die »Vernehmungen unter ungewöhnlichen Bedingungen vor sich gegangen sind«. Hatte Spengler Geständnisse erpresst wie vor 1945? Das Urteil stützte sich ausgerechnet auf Spenglers Ermittlungsergebnisse.

Das Gericht hatte wichtige Fragen unbeantwortet gelassen. Wie war das mit der Person, die vom Polizisten Siegfried Sprenger am Tatort gesehen worden war? War es doch Raubmord? War der Täter geflohen und hatte Portemonnaie und Uhr auf der Flucht fallen lassen? Hätte einer der drei Angeklagten Zeit und Muße gehabt, beides absichtlich neben dem Verletzten zu drapieren? Und die Tatwaffe? Plausibler als die Sichtweise des Gerichts erschienen Dorn die übereinstimmenden Aussagen mehrerer Zeugen, wonach die Misthacke immer an der Stelle im Stall gestanden hatte.

Eduard Spenglers Personalakte aus der Zeit vor 1945 fehlt, obwohl sie im Landesarchiv in Münster verzeichnet ist. Vorhanden sind dagegen seine Personalakten der Nachkriegszeit und die Ermittlungsakten der Zentralstelle Dortmund.

Heinrich Gerbracht lebte nach der Haftentlassung in einem benachbarten Dorf und leitete einen landwirtschaftlichen Betrieb.

Nachwort

Diese Erzählung beruht auf einer wahren Geschichte. Die Ermordung des ehemaligen Ortsgruppenleiters hat es gegeben. Anklageschrift und Urteil sind die einzig erhalten gebliebenen Quellen aus dem Ermittlungsverfahren. Die Orte Homborn und Stromberg und die Hauptfiguren aus diesen Orten sind erfunden. Zur Wahrung der Persönlichkeitsrechte und zum Schutz der Familienangehörigen sind die Namen der Hauptpersonen dieser Geschichte geändert. Klarnamen werden verwendet bei Personen der Zeitgeschichte wie Eduard Spengler und Alfred Gleisner.

Diese Romancollage führt Personen und Handlungsstränge um den Mord vom 10. Dezember 1945 zusammen. Es geht um verbotene Liebe, Religion, Erbschaft und deutsche Zeitgeschichte.

Die Grenzen zwischen Opfern und Tätern verwischen. Das Mordopfer Theo Bertram hatte als Ortsgruppenleiter der NSDAP Regimegegner verfolgt. Der Nachkriegspolizist, der in dieser Geschichte Gregor Pichler genannt wird, hat nichts zur Aufklärung des Falles unternommen. Er war vor 1945 aus politischen Gründen im Konzentrationslager und im Dortmunder Polizeigefängnis inhaftiert gewesen. Kriminalkommissar Spengler, der den Fall Bertram 1955 aufgeklärt haben soll, war ein Massenmörder und hatte vor 1945 für die Sicherheitspolizei und den SD gearbeitet. Schon als die bundesdeutsche Presse in den 1950er Jahren über den Fall berichtete, stellte sie die Frage, ob der Mord wirklich aufgeklärt wurde.

Dank an meine Familie, an die Mitarbeiter der Archive, an Birgit und Karin fürs Korrekturlesen und an die Lektorin.

Personenregister

Hauptpersonen

Namen geändert

Baumann, Peter – Landwirt, Homborn

Beller, Wilhelm – Herausgeber einer kommunistischen Zeitschrift, Stromberg

Bertram, Eva – älteste Tochter der Bertrams und Hoferbin

Bertram, Gertrud – jüngere Tochter, Evas Schwester

Bertram, Magdalene (Magda) – Theos Ehefrau

Bertram, Theo – Landwirt, NSDAP-Ortsgruppenleiter, Mordopfer

Degener, Kurt – KPD, Freund der Familie Hermans, Stromberg

Deinert, Fritz – KPD, Freund der Familie Hermans, Stromberg

Ernst, Werner – SPD, Privatdetektiv, Polizeibeamter in Stromberg

Gerbracht, Heinrich (Heinz) – Landwirt, Verwalter bei Bertrams in Homborn

Hackenberg, August – Viehhändler aus Homborn

Hambusch, Erna – Hausangestellte bei Bertrams, Zeugin

Hermans, Heinrich – KZ-Häftling, Niederlande

Hermans, Johann – KZ-Häftling, Niederlande

Hermans, Willem – 1942 in Sachsenhausen zu Tode gekommen, Niederlande

Hermans, Willem jun. – KZ-Häftling, Niederlande

Hochmut, Gottfried – Amtsbürgermeister, Stromberg

Jägerschmidt, Hermann – mutiger Landgendarm

Kingsley, Benjamin – Arzt aus Unna

Lins, Paul – Polizeichef Stromberg, SS und SD

Müller, Bruno – Knecht bei Bertram

Nahlmann, Herbert – Gendarmeriebeamter

Pichler, Gregor – Nazigegner, Krimineller, 1934 von der Gestapo verhaftet, KZ, 1945 Polizist

Pichler, Luise – Ehefrau Gregor Pichlers

Popper, Albert – Stahlindustrieller

Prinz, Ludwig – evangelischer Politiker und früher Nationalsozialist, Homborn

Rostlaube, Otto – NSDAP-Ortsgruppenleiter in einem Nachbardorf

Siegmund, Hans – Nazigegner, 1941 von der Gestapo verhaftet

Siegmund, Walter – landwirtschaftlicher Arbeiter, Homborn

Sommer, Rieke – Jüdin, 1938/39 aus Altenbüren/Homborn vertrieben, später ermordet

Sprenger, Siegfried – Polizeibeamter a.D., wohnte bei Bertrams, Familie evakuiert, Zeuge

Specht, Lisbeth – Hausangestellte bei Bertrams, Zeugin

Personen der Zeitgeschichte:

Gleisner, Alfred – Politiker, in den Rosenholz-Dateien genannt

Spengler, Eduard – Kriminalkommissar

Eickhoff, Dr. Karl – Richter Landgericht Dortmund

Kaessmann, Julius – Rechtsanwalt in Dortmund

Krauland, Dr. Walter – Professor, Rechtsmediziner aus Münster

Personal Sonderkommando 7a (Einsatzgruppe B) der Sicherheitspolizei:

Friedrich Meyer – Kommandoführer im Sonderkommando 7a

Arthur Nebe – Chef der Reichskriminalpolizei, Kommandeur der Einsatzgruppe B

Albert Rapp – Führer des Sonderkommandos 7a, Nachfolger Steimles

Eduard Steimle – Führer des Sonderkommandos 7a

Alfred Tempfer – Obersturmführer der Waffen-SS, Kamerad Spenglers

Abkürzungen:

BDM – Bund Deutscher Mädels, Jugendorganisation der NSDAP

CIC – Criminal Investigation Command, ursprünglich der US-Militärregierung

Gestapo – Geheime Staatspolizei, ab 1933 Politische Polizei

HJ – Hitlerjugend der NSDAP, mit Jungvolk für 10- bis 14-Jährige

KPD – Kommunistische Partei Deutschlands, 1956 verboten

NSDAP – Nationalsozialistische Deutsche Arbeiterpartei, 1945 verboten

SA – Sturmabteilung der NSDAP, paramilitärischer Saalschutz

SD – Sicherheitsdienst der SS, später in die Polizei eingegliederter Parteinachrichtendienst

SS – Schutzstaffel der NSDAP, religiöse Eliteorganisation

Zum Autor

Heinz Pohl, geboren 1963 in Bochum, Journalist und Historiker, lebt im Ruhrgebiet und in Berlin. Er liest finnische Krimis, geht zum VfL Bochum, mag schottischen Whiskey, Punk-Rock und rothaarige Frauen. Er hat den Fall rekonstruiert.

Inhalt